Die ungehorsame Braut

JOHANNA LINDSEY

Die ungehorsame Braut

Roman

Übersetzung aus dem Englischen
von Nicole Friedrich

Weltbild

Die englische Originalausgabe erschien 2007 unter dem Titel *The devil who tamed her* bei Atria Books, a Division of Simon & Schuster, Inc., New York.

Besuchen Sie uns im Internet:
www.weltbild.de

Genehmigte Lizenzausgabe für Verlagsgruppe Weltbild GmbH,
Steinerne Furt, 86167 Augsburg
Copyright der Originalausgabe © 2007 by Johanna Lindsey
Copyright der deutschsprachigen Ausgabe © 2009 by Wilhelm Heyne Verlag, München
ein Unternehmen der Verlagsgruppe Random House GmbH.
Übersetzung: Nicole Friedrich
Umschlaggestaltung: Studio Höpfner-Thoma, München
Umschlagmotiv: Bildagentur Thomas Schlück, Garbsen
Gesamtherstellung: Bagel Roto-Offset GmbH & Co.KG, Schleinitz
Printed in the EU

ISBN 978-3-8289-9440-9

2011 2010 2009 2008
Die letzte Jahreszahl gibt die aktuelle Lizenzausgabe an.

Für Sharon und Douglas, die
das weltbeste Kartoffelpüree gezaubert haben.
Vielen Dank für die vielen schönen und heiteren Jahre.

Kapitel eins

Es kam geradezu einer Auszeichnung gleich, als die hübscheste und begehrenswerteste Debütantin des Jahrhunderts gefeiert wie auch als verabscheuungswürdigstes Frauenzimmer ganz Englands gehandelt zu werden. Seltsamerweise war es genau das, was Ophelia Reid angestrebt hatte – sowohl in die eine als auch in die andere Richtung. Für sie war es ein Fluch, mit solch atemberaubender Schönheit gesegnet zu sein. Alle naselang führten sich die Menschen in ihrer Nähe wie Narren auf. Und die Gäste, die sich auf Summers Glade, dem Landsitz des Marquis of Birmingdale, eingefunden hatten, bildeten da keine Ausnahme.

An der obersten Stufe der breiten Treppe zum Foyer blieb Ophelia stehen. Insgeheim hatte sie gehofft, sie wäre allein. Doch sie hätte es besser wissen müssen. Es schien sich bereits herumgesprochen zu haben, dass sie mit dem Erben des Marquis gebrochen hatte. Überall wurde getuschelt und geredet. Mit einem Mal kehrte Stille ein, und sämtliche Augenpaare schossen hinauf zum Treppenabsatz.

Es mochte so aussehen, als hätte Ophelia sich durch ihr Erscheinen gekonnt in Szene setzen wollen; etwas, wofür sie sich gewöhnlich auch nicht zu schade war. Doch heute verhielt es sich anders.

»Wann werden Sie mir endlich sagen, was passiert ist?«, raunte Sadie O'Donald, Ophelias Zofe, die neben ihr stand.

»Gar nicht«, entgegnete Ophelia steif, als das Gerede unter ihnen wieder einsetzte.

Wortlos folgte Sadie Ophelia nach unten, die hier und da einige Wortfetzen aufschnappte.

»Erst sind sie verlobt, dann wieder nicht und dann doch. Und jetzt sagt sie die Hochzeit endgültig ab. Ein recht wankelmütiges Frauenzimmer, wenn Sie mich fragen.«

»Der Bräutigam meinte, die Entscheidung sei in beiderseitigem Einverständnis getroffen worden.«

»Wer's glaubt, wird selig. Ihr kann man es eben nicht recht machen. Bei ihrer Schönheit ist das aber auch kein Wunder. Ich wäre vermutlich nicht weniger wählerisch.«

»Von solch exquisiter Schönheit zu sein, kommt einer Sünde gleich.«

»Vorsichtig, meine Liebe, Ihnen ist der Neid förmlich anzusehen.«

»… verzogenes Gör, wenn Sie mich fragen.«

»Leise, sonst hört sie Sie noch. Sie ist nicht nur über die Maßen hübsch, sondern obendrein recht schmähsüchtig. Sie täten besser daran, sie nicht zur Feindin zu haben.«

»Gütiger Gott, wie bestrickend sie ist. Ein Engel, eine …«

»… und wieder auf dem Heiratsmarkt. Es wäre gelogen, wenn ich sagen würde, dass ich darüber nicht erfreut wäre. Vielleicht habe ich ja doch noch eine Chance.«

»Ich dachte, sie hätte Ihnen noch vor der offiziellen Eröffnung der Saison einen Korb gegeben.«

»Das stimmt. Mir und zahlreichen anderen. Aber da wussten wir ja nicht, dass sie eigentlich MacTavish versprochen war.«

»Reine Zeitverschwendung. Ihr Titel dürfte nicht genug hergeben. Sie könnte sich einen König angeln, wenn sie wollte.«

»Wundert mich, dass ihre Eltern sie nicht dazu ermutigen. Sie sind entsetzliche Emporkömmlinge, müssen Sie wissen.«

»Aber trifft das streng genommen dann nicht auch auf sie zu?«

»Sie hat gerade erst dem Erben eines Marquis einen Korb gegeben. Was sagt Ihnen das?«

»Dass ihre Eltern außer sich sein werden, genau wie seinerzeit, als ...«

»Das steigert die Chancen für Locke dort drüben, den Sohn des Herzogs von Norford. Ich bin überrascht, dass er schon wieder in unserem schönen England weilt.«

»Wenn ihn eines nicht interessiert, dann ist es die Ehe. Jetzt sagen Sie nicht, Ihnen sei nicht zu Ohren gekommen, dass er England aus ebendiesem Grunde verlassen hat. Er hat sich seinerzeit nicht mehr retten können vor heiratswütigen Frauenzimmern ...«

Ophelia tat, als höre sie nichts. Als jedoch Lockes Name fiel, wurde ihr Blick wie magisch in seine Richtung gezogen. Bereits vom Treppenabsatz aus war ihr der attraktive Norford-Erbe ins Auge gesprungen. Sie kannten sich flüchtig, und vor einiger Zeit hatte Ophelia ihn sogar als potenziellen Heiratskandidaten in Erwägung gezogen. Das war jedoch, bevor sie sich zum zweiten Mal mit Duncan MacTavish verlobt hatte.

Wie es schien, hatte Locke in das feindliche Lager gewechselt. Jenes Lager, welches das Schlimmste von ihr dachte. Wie hatte er sie doch gleich genannt? Eine »gehässige Klatschbase«. Er hatte sogar gedroht, sie zu ruinieren, wenn sie herumerzählte, er und Sabrina Lambert hätten den fleischlichen Gelüsten gefrönt.

Dabei war sie felsenfest davon überzeugt gewesen. Welchen anderen Grund mochte ein Mann sonst haben, sich mit einem Mauerblümchen wie Sabrina abzugeben?

»Wie kommen wir eigentlich nach Hause?«, flüsterte Sadie, als sie am Fuß der Treppe angelangt waren.

»Mit meiner Kutsche natürlich«, antwortete Ophelia leicht genervt.

»Ohne Kutscher dürfte sich das ein wenig schwierig gestalten.«

Herrje, das war Ophelia vollkommen entfallen. Der Kutscher, der eigentlich im Dienst ihres Vaters stand, hatte sich klammheimlich davongeschlichen, damit er seine Anstellung bei ihrem Vater nicht verlor. Sicher würde er ihm brühwarm erzählen, wo seine Tochter war. Sie hatte sich nämlich von zu Hause entfernt, ohne ihrem Vater eine Nachricht zukommen zu lassen, so sauer war sie auf ihn wegen der Backpfeife gewesen, die er ihr verabreicht hatte.

»Kein Problem, wir leihen uns einfach einen Kutscher aus. Der Bedienstete dort drüben, der gerade meine Truhen trägt, tut es vollkommen. Du gibst ihm Bescheid, während ich im Salon bleibe.«

Ophelia hätte liebend gern draußen gewartet, weit weg von den Gästen, doch der leichte Reiseumhang, den sie sich vor allem deshalb umgelegt hatte, weil er ihrer schlanken Figur schmeichelte, würde sie nicht wärmen. Es war tiefster Winter und viel zu kalt, um unnötig Zeit im Freien zu verbringen. Vielleicht war wenigstens der Salon leer.

Aber wie konnte es anders sein, er war es nicht. Eine andere Person hatte bereits vor ihr dieselbe Idee gehabt. Zu allem Überfluss war es ausgerechnet jene Frau, mit der sie nie wieder etwas zu tun haben wollte. Mavis Newbolt, einst ihre beste Freundin, nun ihre ärgste Feindin. Für einen Rückzieher war es jedoch zu spät; Mavis hatte sie bereits entdeckt.

»Mit eingezogenem Schwanz auf der Flucht?«, stichelte Mavis.

O Gott, nicht schon wieder. Hatte Mavis nicht schon genug Schaden angerichtet, indem sie gekommen war, um sie und Duncan auseinanderzubringen? Anscheinend nicht.

»Du irrst«, antwortete Ophelia gekünstelt, nachdem sie ihre Gefühle wieder einigermaßen unter Kontrolle hatte. Sie würde nicht zulassen, dass ihre ehemalige Freundin sie noch einmal zum Weinen brachte. »Und, zufrieden mit deinem Werk? Eigentlich müsste ich dir dankbar sein, dass du mir diesen Schotten vom Hals geschafft hast.«

»Wie ich schon sagte, ich habe es nicht für dich getan. Du bist die letzte Person auf Erden, der ich helfen würde.«

»Ja, ja, ich weiß. Du spielst einzig Duncan zuliebe die Heldin.«

»Schluss mit der Scharade, Pheli«, fauchte Mavis mit wippenden Locken. »Wir empfinden nichts als Hass füreinander und ...«

»Hör auf!«, fuhr Ophelia sie an, damit keine alten Wunden aufgerissen wurden. »Da wir allein sind, könntest du ausnahmsweise mal bei der Wahrheit bleiben. Du warst die einzige wahrhaftige Freundin, die ich je hatte, und das weißt du auch. Du hattest einen festen Platz in meinem Herzen. Wäre dem nicht so gewesen, hätte ich nicht versucht, dich vor Lawrence zu beschützen, indem ich dir die Wahrheit über ihn aufgezeigt habe. Aber du hast es ja vorgezogen, mir für seine Untreue die Schuld zu geben. Wie hast du es doch gleich formuliert? Dass du dich einzig mit mir abgegeben hast, um meinen Untergang hautnah mitzuerleben. Und du nennst *mich* gehässig?«

»Wie ich bereits sagte, ich habe mich selbst kaum wiedererkannt«, verteidigte Mavis sich. »Aber das ist einzig dein Fehler. Deinetwegen bin ich so verbittert, dass ich mich selbst nicht mehr ausstehen kann.«

»Das stimmt so nicht. Er hat dir das angetan. Dein ach so wundervoller Lawrence. Er hat dich nur benutzt, um an mich heranzukommen. So, jetzt ist es endlich raus. Ich habe versucht, dir viel Leid zu ersparen. Angefleht hat er mich, ihn zu heiraten, während er nach außen hin dir den Hof gemacht hat. Aber ich sehe keinen Grund, warum ich dich jetzt noch vor der Wahrheit schützen sollte.«

»Du bist eine Lügnerin vor dem Herrn und besitzt die Unverfrorenheit, mich vor unseren Freundinnen als selbige zu beschimpfen.«

»Ach, auf einmal sind sie Freundinnen, diese beiden Blutsauger. Wo du doch erst heute klipp und klar gesagt hast, Jane und Edith wären nicht meine Freundinnen? Als ob ich das nicht selbst wüsste. Außerdem hast du mich an dem Tag, an dem ich dich eine Lügnerin geschimpft habe, bis aufs Blut gereizt, und das weißt du auch. Was dachtest du denn, wie lange ich mir deine boshaften, abfälligen Bemerkungen gefallen lasse, ohne Vergeltung zu üben? Du solltest doch am besten wissen, wie schnell mir der Kragen platzt. Machen wir uns nichts vor, wir wissen beide, dass Jane und Edith sich nur an mich gehängt haben, weil es *en vogue* ist, mit mir gesehen zu werden. Das hast du heute, als du mich so schändlich verunglimpft hast, zufällig vergessen zu erwähnen«, schnaubte Ophelia. »Du weißt genau, dass das Gegenteil wahr ist, dass alle meine sogenannten Freunde mich und meine Popularität ausgenutzt haben, um sich Vorteile zu verschaffen. Gütiger Gott, du selbst hast mich darauf hingewiesen, damals, als du noch meine Freundin warst.«

»Dachte ich es mir doch, dass du mit Ausflüchten aufwarten würdest«, entgegnete Mavis steif.

»Die Wahrheit ist keine Ausflucht«, hielt Ophelia dagegen. »Ich bin mir meiner Schwächen durchaus bewusst und weiß, dass mein Temperament zuweilen mit mir durchgeht. Und wer ist dafür verantwortlich, dass mir alle naselang der sprichwörtliche Kragen platzt?«

»Was hat das denn mit deiner Gehässigkeit zu tun?«

»Du bist doch diejenige, die davon angefangen hat, Mavis. Du hast gesagt, Jane und Edith hätten sich nur deshalb bei mir angebiedert, damit sie meiner Boshaftigkeit nicht zum Opfer fallen. Eine bodenlose Unterstellung. Möchtest du das Thema hier und jetzt diskutieren, wo du kein Publikum hast, das du mit deiner Rachsucht beeindrucken kannst?«

Mavis schnappte nach Luft. »Nicht ich bin hier die Rachsüchtige, Pheli, sondern du. So sieht es doch aus. Du hast dich gegen die beiden gewandt, und dennoch besitzt du die Frechheit, es zu leugnen.«

»Weil du die Sache aufgebauscht hast. Es stimmt, hier und da ist mein Temperament wohl mit mir durchgegangen, aber du hast leider versäumt zu erwähnen, dass die beiden höchst opportunistisch sind. Wie ihr alle. Wenn sie nicht ständig an meinem Rockzipfel hängen und mich mit falschen Komplimenten überhäufen würden, müsste ich mich nicht so häufig vergessen.«

Mavis schüttelte den Kopf. »Ich weiß gar nicht, warum ich mich überhaupt dazu herabgelassen habe, dir aufzuzeigen, was für ein Scheusal du bist. Du wirst dich nie ändern. Du warst schon immer nur mit dir selbst beschäftigt und wirst es auch immer sein.«

»Jetzt mach aber mal halblang. Wir wissen beide, warum du heute gesagt hast, was du gesagt hast. Du hast selbst zugegeben, dass du nur zum Schein meine Freundin gewesen seist, damit du meinem Untergang beiwohnen kannst. Und, bin ich untergegangen, meine Liebe? Wohl kaum. Ich werde nach London zurückkehren und einen dieser Idioten, die pausenlos beteuern, sie hätten ihr Herz an mich verloren, zum Gemahl nehmen. Aber was wird aus dir, meine Liebe? Wo sind eigentlich deine Verehrer?«

»Scher dich zum Teufel«, fauchte Mavis und stapfte aus dem Zimmer.

Ophelia schloss die Augen und kämpfte gegen die Flut der aufwallenden Tränen an. Sie hätte doch besser daran getan, gleich wieder zu gehen, statt an die entsetzliche Szene anzuknüpfen, die sich vor wenigen Stunden zwischen ihr und ihrer einstigen Freundin zugetragen hatte.

»Soll ich applaudieren? Und ich hätte schwören können, Sie beide hätten Ihren großen Auftritt bereits vorhin absolviert.«

Ophelia erstarrte. *Er.* O Gott, ausgerechnet er. Und das, wo sie sich in einem schwachen Moment an seiner Schulter ausgeweint hatte.

Ophelia schoss herum und hob pikiert eine Augenbraue.

»Von einem Auftritt zu sprechen, wenn wir uns allein wähnen, ist wohl kaum angemessen. Haben Sie etwa gelauscht, Lord Locke? Pfui, wie niederträchtig von Ihnen.«

Raphael Locke setzte ein unverbesserliches Grinsen auf. »Ich konnte einfach nicht anders. Ihre Wandlungsfähigkeit ist geradezu faszinierend. Vergessen ist die gepeinigte Maid, lang lebe die Eiskönigin.«

»Scheren Sie sich zum Teufel!«, entgegnete sie und bediente sich Mavis' Abschiedsworten. Und wie ihre einst beste Freundin es vor ihr getan hatte, stapfte sie aus dem Salon.

Kapitel zwei

»Worüber hat sie geredet?«
»Warum fühle ich mich beleidigt?«
»Sie muss mit angehört haben, dass Sie über sie gesprochen haben. Ich habe Ihnen doch gesagt, Sie sollten nicht so laut reden.«
»Mit Verlaub, aber ich tratsche nicht«, ertönte eine verächtliche Frauenstimme.
»Doch, genau das haben Sie getan. Aber machen Sie sich keine Sorgen. Ein hübsches Ding wie sie wird immer Aufmerksamkeit in Form von Tratsch auf sich ziehen.«
Raphael lachte leise in sich hinein, als die entrüsteten Kommentare im Foyer an sein Ohr drangen. Die Eiskönigin – so der Spitzname, den er Ophelia Reid, der ehemaligen Verlobten seines Freundes, gegeben hatte – war so aufgebracht, dass sie der Menge im Foyer zuraunte: »Tun Sie einfach so, als wäre ich nicht anwesend. Sobald ich außer Sichtweite bin, können Sie gern weiter über mich hetzen.« Mit diesen Worten verschwand sie im oberen Stockwerk.
Im Handumdrehen setzte das Getuschel wieder ein, dieses Mal jedoch ein wenig lauter, da sie außer Hörweite war.

Raphael und Duncan hatten sich erst nach Raphaels Rückkehr nach England kennen und schätzen gelernt. Sie waren beide etwa im selben Alter, Raphael Mitte Zwanzig, Duncan ein wenig jünger. Beide waren von großer, muskulöser Statur und attraktiv. Sah man einmal davon ab, dass sie zudem Anwärter auf einen begehrenswerten Titel waren, hörten hier jedoch die

Ähnlichkeiten auch schon auf. Duncans Haar leuchtete in einem nicht eben modischen Dunkelrot, und er hatte tiefblaue Augen, während Raphael mit blonden Locken und strahlend blauen Augen gesegnet war. Anders als Duncan war Raphael nicht auf Brautsuche; er hatte auf absehbare Zeit nicht vor, sich an eine Frau zu binden. Vielleicht hatte er sich gerade deshalb mit seiner Nachbarin Sabrina Lambert angefreundet. Eine bezaubernde junge Dame, wenngleich auch keine klassische Schönheit. Dafür hatte sie andere Attribute, durch die sie bestach. Mit ihrem feinsinnigen Humor schaffte sie es sogar, niedergeschlagene Zeitgenossen wieder aufzurichten.

Mit einem Schmunzeln dachte Raphael über die Ereignisse des Tages nach. Erst hatte Mavis Ophelia in aller Öffentlichkeit die Leviten gelesen, woraufhin Ophelia in Tränen aufgelöst geflohen war. Doch das war noch nicht alles. Wenig später waren er und Ophelia sich im Obergeschoss zufällig über den Weg gelaufen, und ehe er es sich versah, hatte er die bitterlich weinende Ophelia getröstet, ein Ereignis, das ihn nachdenklich gestimmt hatte. Bisher hatte er Ophelia für eine Zicke gehalten, doch so langsam zog sie ihn in ihren Bann. Auf der einen Seite war sie eine Kratzbürste vor dem Herrn, auf der anderen verletzlich wie ein Vogeljunges, das aus dem Nest gefallen war.

Als Duncan ihm plötzlich kräftig auf den Rücken klopfte, wurde Raphael aus den Gedanken gerissen.

»Was ist denn hier los?«, fragte Duncan.

»Nur das übliche Trara um Ophelia.« Noch immer leicht abwesend wies er mit dem Kopf auf den Salon und bedeutete seinem Freund, er möge ihm folgen. »Du wirst nicht glauben, was ich eben erlebt habe«, fuhr er fort, als sie allein waren. »Nachdem Mavis mit deiner Entlobten fertig war, hat Ophelia sich erst einmal kräftig an meiner Schulter ausgeweint.«

Duncan wirkte anders als erwartet nicht sonderlich überrascht, gab aber immerhin ein lautes Schnauben von sich.

»Mir schwant, du hast noch nie etwas von Krokodilstränen gehört?«

»Doch, habe ich, aber ihre schienen mir echt zu sein. Meine Schulter ist immer noch ganz nass. Hier, fühl mal.«

»Nein danke. Vermutlich nur Spucke«, unkte Duncan, der Raphaels Gehrock mit einem flüchtigen Blick streifte.

Raphael lachte. Schließlich war Duncan nicht dabei gewesen, hatte nicht gesehen, wie ihr die Tränen über das hübsche Antlitz gekullert waren. »Beim Allmächtigen, die sind ja echt?«, hatte er zu Ophelia gesagt und sie auf Armeslänge von sich geschoben, als sie im Flur zusammengeprallt waren. Er hatte sogar ihre nasse Wange berührt, ehe er hinzugefügt hatte: »Und Sie hatten vor, sie mit niemandem zu teilen. Ich bin beeindruckt.«

»Lassen Sie … mich«, hatte Ophelia mit erstickter Stimme geantwortet.

Doch dem Wunsch war er nicht nachgekommen. Überrascht über sein eigenes Handeln, hatte er sie mit einer unbeholfenen Bewegung an sich gezogen, damit sie sich ausweinen konnte. Er hatte geahnt, dass es unter Umständen keine sonderlich gute Idee war, doch er hatte es einfach tun müssen. Ophelias zierlicher Körper hatte vor lauter Erregung gezittert, und es war unglaublich gewesen, wie viele Gefühle sich an seiner Schulter entladen hatten.

An Duncan gerichtet, sagte er nun: »Warum immer so pessimistisch, alter Mann? Wie der Zufall es will, bin ich durchaus in der Lage, echte von falschen Tränen zu unterscheiden. Falsche Tränen lassen mich kalt, echte hingegen gehen mir kräftig an die Nieren. Ich muss nur auf mein Bauchgefühl hören.«

»Wenn Ophelia weint, würde das bedeuten, dass Mavis' verbale Attacke sie verletzt hat, aber ich habe Beweise dafür, dass dem nicht so ist«, frohlockte Duncan.

»Was für Beweise?«

»Als ich dachte, ich müsste den Rest meines Lebens an Ophelia Reids Seite verbringen, habe ich sie mit ihrer Selbstsucht und ihrer intriganten Art konfrontiert und sie unmissverständlich wissen lassen, dass ich so etwas nicht dulde. Ich habe ihr nahegelegt, sich von Grund auf zu ändern, um uns ein friedliches Zusammenleben zu ermöglichen. Meinst du, sie hätte irgendwelche Zugeständnisse gemacht? Nicht die Bohne.«

»Vermutlich ist sie direkt in die Defensive gegangen, weil du es falsch angepackt hast«, gab Raphael zu bedenken.

Duncan schüttelte den Kopf. »Nein, sie hat ausdrücklich betont, dass es an ihrer Art und ihrem Wesen nichts auszusetzen gebe. Das Wort *nichts* hat sie dabei besonders betont. Da hast du deinen Beweis. Diese zänkische Sirene wird sich niemals ändern. Darauf würde ich mein Hab und Gut verwetten.«

»Es läge mir fern, dich um deine Liegenschaften und dein Geld zu erleichtern, aber für eine kleine Wette unter Freunden bin ich stets zu haben. Ich wette fünfzig Pfund darauf, dass du dich irrst. Jeder kann sich ändern, selbst Ophelia.«

Duncan gluckste. »Sagen wir hundert Pfund. Es gibt nichts Schöneres als eine todsichere Wette. Die Frage ist nur, wie wir das Ergebnis beurteilen wollen. Schließlich reist sie in wenigen Minuten nach London ab, um dort ihr Unwesen zu treiben, und ich hoffe, sie nie wieder sehen zu müssen.«

»Eigentlich hatte ich auch vor, nach London zu reiten ...« Der Gedanke, der Raphael in diesem Augenblick in den Kopf schoss, war so erschütternd, dass er ihn selbst erst einmal begreifen musste, ehe er ihn in Worte kleiden konnte.

»Ja, und?«, brummte Duncan unwirsch.

Raphael zuckte gleichgültig mit den Schultern, um seinen Freund zu besänftigen. »Mir ist gerade etwas in den Sinn gekommen, über das ich erst noch ein wenig nachdenken muss, alter Freund.«

»Jetzt, wo ich meinem Schicksal mit diesem Scheusal entkommen bin, bin ich einfach nur froh, dass ich sie nie wieder zu Gesicht bekommen werde. Ich werde um die Hand der richtigen Frau anhalten – der Frau, die ich wirklich liebe und die ich heiraten werde, auch wenn es meiner Familie bitter aufstoßen wird. Ich lasse mir nicht mehr vorschreiben, wen ich zur Gemahlin nehmen soll.«

Raphael wusste, dass sein Freund von Sabrina Lambert sprach und davon, dass seine beiden Großväter ihn in die Ehe mit Ophelia Reid hatten drängen wollen. Er zweifelte keinen Augenblick daran, dass Sabrina annehmen würde. Duncans breitem Feixen nach zu urteilen, war er sich seiner Sache ebenso sicher. »Da ich in den nächsten Tagen viel unterwegs sein werde, wäre es das Beste, du schickst mir die Einladung nach Norford Hall. Dort wird man wissen, wo ich zu finden bin.«

Duncan nickte und begab sich auf die Suche nach seinen Großvätern, um ihnen reinen Wein einzuschenken. Als Raphael wieder allein war, kehrte er zu seiner verwegenen Idee zurück. Ihm blieben nur wenige Minuten, um eine Entscheidung zu treffen. Ophelias Kutsche konnte jeden Moment vorfahren. Entweder handelte er blitzschnell, oder er ließ es bleiben.

Kapitel drei

Ophelia sah durch das Fenster der Kutsche auf die vorbeiziehende Winterlandschaft. Das Gras war braun und die Bäume kahl bis auf einige wenige, die noch an ihren welken Blättern festhielten. Die Landschaft außerhalb der Kutsche war so trostlos wie die Gedanken innerhalb ihres hübschen Kopfes.

Hatte sie ernsthaft geglaubt, ihre Einführung in die Gesellschaft würde anders ablaufen? Sie hätte wissen müssen, dass die Männer von ihr geblendet waren, dass sie in Heiratsanträgen förmlich ertrank. Aber liebte einer dieser Männer sie? Nein. Wie denn auch, wenn keiner sie nicht richtig kannte und sich Zeit für sie nahm. Sie wollten sich lediglich mit ihr schmücken.

Und ihre *Freundinnen* waren keinen Deut besser. Allesamt Lügnerinnen und Heuchlerinnen. Auch sie wollten nur, dass ein wenig von ihrem Glanz auf sie abfärbte.

Ophelia hatte ein gespaltenes Verhältnis zu ihrer äußeren Hülle. Auf der einen Seite liebte sie es, dass sich keine Frau in puncto Schönheit mit ihr messen konnte, auf der anderen Seite empfand sie ihre Wirkung auf ihre Mitmenschen teils befremdlich.

Nicht nur Mavis war ihre Feindin, sondern auch die Erfindung des Spiegels, wenngleich sie selbst mehrmals am Tag ihr hellblondes Haar, den makellosen elfenbeinfarbenen Teint, die strahlend blauen Augen und ihre gleichmäßig geschwungenen Brauen studierte, die durch ein wenig Zupfen wie gemalt wirkten. Alles an ihrem Antlitz, die schmale gerade Nase, die hohen Wangenknochen, die Lippen, die nicht zu voll und nicht zu dünn waren, das kleine feste Kinn, das nur hervorstach, wenn sie störrisch war – und das war sie die meiste Zeit –, hatte bisher noch jeden in seinen Bann gezogen. Männer wie Frauen, wenn auch aus verschiedenen Gründen.

Ophelia warf ihrer Zofe einen flüchtigen Blick zu. Sie saßen in ihrer privaten Kutsche, die zwar nicht so groß und imposant wie die ihres Vaters war, auf dessen Türen das Wappen des Earl of Durwich prangte, doch für ihre Bedürfnisse reichte sie aus, und sie freute sich jedes Mal über die gepolsterten Samtbänke, die sie ihrem Vater abgeschwatzt hatte, und die wärmende Kohlenpfanne. Sadie, die anders als Ophelia nur einen einzigen Unterrock trug, hatte ihre kurzen, stämmigen Beine zum Schutz vor der winterlichen Kälte in eine Schoßdecke eingehüllt.

»Möchten Sie jetzt vielleicht darüber sprechen, was genau sich zugetragen hat?«, versuchte Sadie es ein weiteres Mal.

»Nein«, antwortete Ophelia schroff.

Mit einem Schnalzen fügte Sadie hinzu: »Irgendwann werden Sie es mir doch erzählen, meine Liebe. Wie immer.«

Welch eine Unverschämtheit!, dachte Ophelia bei sich. Auf der anderen Seite wusste sie, was sie an Sadie hatte, und war froh, nach langer Suche endlich eine Zofe gefunden zu haben, die ihr weder mit Ehrfurcht noch mit Angst begegnete wie ihre Vorgängerinnen. Sadie war ein Unikat. Auf harsche Befehle reagierte sie mit einem Lachen, auf strenge Blicke mit Spott. Dennoch trug sie das Herz am rechten Fleck, und als Mutter von sechs Töchtern konnte sie nichts so leicht aus der Bahn werfen, vor allem nicht Ophelias Hang zur Theatralik. Sadie war untersetzt, mittleren Alters, hatte schwarzes Haar, dunkelbraune Augen und nahm so gut wie nie ein Blatt vor den Mund.

Es war das erste Mal, dass Ophelia auf Sadies Schweigen nicht wie sonst reagierte und freiwillig mit der Sprache herausrückte, weil sie die Stille nicht ertrug – ein Makel, den sie selbst an sich verabscheute.

»Soso, Sie haben ihn also fast sprichwörtlich am Altar stehen gelassen«, sagte Sadie schließlich, deren Neugierde mit jeder Radumdrehung wuchs.

»Nein«, sagte Ophelia steif. »Und ich möchte noch immer nicht darüber sprechen.«

Doch dann tat sie genau das, wenn auch mit eisiger Stimme. »Ich habe ihm den Laufpass gegeben, weil er und sein Großvater mich zu einem Leben als Landpomeranze verdonnern wollten. Allein die Vorstellung beschert mir Übelkeit! Keine Unterhaltung, keine Zeit für Geselligkeit. Nichts als Arbeit, Arbeit, Arbeit. Und das mir!«

»Aber das war Ihnen doch schon vorher klar. Wieso haben Sie sich dann ein zweites Mal mit ihm verlobt?«

»Was hätte ich denn tun sollen?«, schoss Ophelia zurück. »Mavis hätte mich ruiniert, wenn ich mich nicht einverstanden erklärt hätte, diesen ungehobelten Rohling nicht zu heiraten.«

»Ich dachte, Sie hätten längst zugegeben, dass er kein Barbar ist. Schließlich haben Sie dieses Gerücht in die Welt gesetzt, ohne dass Sie ihn überhaupt kannten. Und das auch nur, damit es Ihren Eltern zu Ohren kommt und sie der Auflösung der Verlobung zustimmen.«

Ophelia warf ihrer Zofe einen funkelnden Blick zu. »Was hat das denn damit zu tun? Das ist doch Schnee von gestern. Außerdem hat es nicht funktioniert. Du hast mich dennoch nach Summers Glade geschleift, um ihn kennenzulernen. Und jetzt sieh dir an, wohin das alles geführt hat. Eine gedankenlose Bemerkung meinerseits, und er fühlt sich gleich in so hohem Maße beleidigt, dass *er* die Verlobung auflöst. Dabei stand es gar nicht in meiner Absicht, ihn zu verletzen. Schließlich kann ich ja nichts dafür, wenn er mir den Schock meines Lebens versetzt. Wieso musste er mir auch mit diesem scheußlichen Kilt unter die Augen treten? Der Anblick eines Mannes im Rock ist ein Affront für meine Augen. Es war mein gutes Recht, ihm das zu sagen.« Ophelia beendete ihre Ausführung mit einem lauten Schnauben.

»Wenn es nicht der Kilt gewesen wäre, wäre es etwas anderes gewesen«, hielt Sadie dagegen, die Ophelia recht gut kannte.

Es fehlte nicht viel, und Ophelia hätte gegrinst. »Ich war mit den Nerven fertig. Es hieß, er hätte den Großteil seines Lebens in den Highlands verbracht. Meine Angst, er könne ein Barbar sein, war also nicht ganz unbegründet.«

»Aber irgendwann sind Sie zu dem Schluss gekommen, dass er dennoch einen passablen Gemahl abgeben würde.«

»Ich muss doch sehr bitten, Sadie. Sonst bist du nicht so schwerfällig«, sagte Ophelia mit einem anklagenden Seufzen. »Ja, eine Zeit lang kam er durchaus in die engere Wahl. Bis sein Großvater mir die Liste mit den endlosen Pflichten aufgezeigt hat, die mir durch die Hochzeit auferlegt würden. Und das ausgerechnet mir, die nichts lieber täte, als die glanzvollsten Bälle ganz Londons auszurichten. Ich bin einfach nicht für das Landleben geschaffen.«

»Soll das heißen, dass wir uns auf der Flucht befinden?«, dachte Sadie laut.

Ophelia verdrehte genervt die Augen. Wäre es in ihrem Pelzmuff nicht so kuschelig warm gewesen, hätte sie vor lauter Empörung die Hände in die Luft gerissen.

Um Sadie endlich zum Schweigen zu bringen, sagte sie: »Wenn du es unbedingt wissen willst, Mavis war diejenige, die mich vor dem größten Fehler meines Lebens bewahrt hat. Ja, wir sind auf dem Weg nach Hause, aber als Flucht würde ich es dennoch nicht bezeichnen.«

Mehr sagte Ophelia nicht, für die das Thema endgültig abgeschlossen war. Unglücklicherweise wusste Sadie genau, dass Mavis für ihre Herrin niemals aus freien Stücken in die Bresche sprang.

Da Ophelia nicht der Sinn danach stand, dieses pikante Thema weiter zu vertiefen, wechselte sie es einfach. »Ich freue mich riesig, nach London zurückzukehren. Auch wenn mein Vater alles andere als erfreut sein dürfte, dass er sich schon wieder damit abfinden muss, nun doch keinen Marquis zum Schwiegersohn zu haben.«

»Das ist noch milde ausgedrückt, meine Liebe. Er war außer sich vor Freude, als Duncans Großvater wegen der Eheanbahnung mit ihm in Verbindung getreten war. Ich kann mich noch gut daran erinnern, wie laut er seinerzeit seiner Freude Ausdruck verliehen hat. Die Wände im Haus haben gewackelt.«

Ophelia registrierte den Hohn in Sadies Stimme sehr wohl. Sadie hatte nicht viel für ihren Vater übrig – genau wie Ophelia. Vielleicht war dies das Geheimnis, warum die beiden Frauen sich so gut verstanden. Mit Schrecken erinnerte Ophelia sich daran, wie aufgebracht er nach der ersten Auflösung der Verlobung mit Duncan gewesen war. Er hatte ihr sogar eine kräftige Backpfeife verabreicht.

»Wenn er auf mich gehört hätte oder wenigstens mit offenen Augen durch die Welt ginge, wären uns diese vielen Unannehmlichkeiten erspart geblieben. Niemand hat ihn schließlich gezwungen, das erstbeste Angebot anzunehmen. Warum überlässt er es nicht mir, ihm einen betuchten Schwiegersohn zu finden? Einen, der sowohl seinen als auch meinen Wünschen entspricht. Aber dieser alte Narr ist viel zu verbohrt.«

»Ich sage es nur ungern, meine Liebe, aber wir wissen beide, warum er zu der Überzeugung gekommen ist, dass Sie sich niemals für einen Gemahl würden entscheiden können.«

»Ja, ja«, antwortete Ophelia zerknirscht. »Aber vergiss nicht, dass er mich seit Jahren wie ein Juwel überall herumgezeigt hat.«

»Mir schwant, seine Geduld neigt sich dem Ende zu.«

Für die Dauer eines Lidschlages sah Ophelia Sadie mit ausdrucksloser Miene an. Dann brach sie in schallendes Gelächter aus. »Und du glaubst, der Apfel fällt nicht weit vom Stamm?«

»Nun ja, von Ihrer Mutter können Sie es nicht haben. Lady Mary, Gott möge mir verzeihen, braucht für jede Entscheidung rund ein Jahr, wenn man sie nicht an die Hand nimmt.«

Ophelia seufzte. Sie liebte ihre Mutter, obschon sie nicht die Stärke besaß, sich gegen ihren Gemahl aufzulehnen – egal, ob es um Nichtigkeiten oder elementare Entscheidungen wie die Zukunft ihrer Tochter ging.

»Vermutlich weiß mein Vater noch nicht einmal, dass ich mich wieder mit Duncan verlobt hatte«, führte Ophelia leise ins Feld.

»Sie haben ihn nicht darüber unterrichtet, doch ich bin mir sicher, Duncans Familie hat dies übernommen.«

»Mag sein, aber ich bezweifle, dass er einen Brief vom Marquis öffnen würde. Er war sehr ungehalten darüber, dass wir nach der ersten Entlobung geradewegs hinausgeworfen wurden.«

»Sie gehen demnach davon aus, dass unsere Rückkehr friedlich verlaufen dürfte, also ohne Zeter und Mordio?«

»Zumindest so lange, bis mein Vater davon erfährt, dass ich mich ein weiteres Mal mit ihm verlobt und jetzt entlobt habe. Vielleicht wäre es das Beste, wenn ich ihm die Nachrichten selbst überbringe.«

»Warum?«

»Weil nichts von alledem geschehen wäre, wenn er von Anfang an auf mich gehört hätte.«

»An Ihrer Stelle würde ich keine weiteren Züchtigungen riskieren, nur um ihm auf die Nase zu binden, dass Sie es von Anfang an besser wussten.«

»Lass das meine Sorge sein, Sadie.«

Die Zofe schüttelte ungläubig den Kopf und sah aus dem Fenster in die Spätnachmittagssonne, die ihre Strahlen durch eine Lücke in der dunklen Wolkenwand schickte. Ophelia hoffte, Sadie würde endlich Ruhe geben. Doch da hatte sie die Rechnung ohne ihre Zofe gemacht.

»Mavis würde sich eher ein Bein brechen, als Ihnen zu helfen. Sie ist die Verbitterung in Person. Vor allem, seitdem Sie sie als Lügnerin bezichtigt haben.«

»Das hat sie sich ganz allein selbst zuzuschreiben«, merkte Ophelia so leise an, dass Sadie sie fast nicht verstanden hätte.

»Es wäre nie so weit gekommen, wenn sie mich nicht bis aufs Blut gereizt hätte.«

»Sie sind mir keine Erklärung schuldig, meine Liebe. Ich weiß nur zu gut, wie ich Mavis einzuschätzen habe. Falls es Ihnen entfallen ist, ich war es, die Sie davor gewarnt hat, dass sie Ihnen nicht wohlgesinnt ist und dass ihre wahren Gefühle eines Tages aus ihr herausplatzen und Ihnen Schaden zufügen würden. Sie haben sich lange genug mit ihr herumgeplagt.«

Als Ophelia antwortete, war ihre Stimme durch die Flut der Gefühle, die in ihrem Innern emporstiegen, noch weicher als sonst. »Sie war meine einzige echte Freundin. Ich hatte inständig gehofft, dass sie mir irgendwann für das, was ich ihr ihrer Meinung nach angetan habe, verzeihen würde. Dabei habe ich doch nur versucht, sie zu schützen.«

»Ich weiß«, antwortete Sadie mitfühlend, beugte sich nach vorn und tätschelte Ophelias Muff, in dem ihre schlanken Hände verborgen waren. »Dieser Mann, an den sie ihr Herz verloren hatte, war ein Schürzenjäger und Lump der übelsten Sorte und hat sie doch nur benutzt, um sich an Sie heranzumachen. Mehr als einmal, wenn ich mich recht entsinne, haben Sie versucht, sie zu warnen. Aber sie wollte ja nicht hören. Unter diesen Umständen hätte ich vermutlich genauso gehandelt, wie Sie es getan haben. Sie brauchte einen handfesten Beweis. Und genau den haben Sie ihr geliefert.«

»Und im Gegenzug ihre Freundschaft verloren.«

»Ob sie in der Zwischenzeit zur Vernunft gekommen ist und Ihnen deshalb zur Hilfe geeilt ist?«

»O nein«, antwortete Ophelia, die mit jeder Silbe verbitterter klang. »Sie hat es Duncan zuliebe getan. Du hättest sie hören müssen, wie sie mich durch den Dreck gezogen hat.«

Und dann erzählte sie Sadie in epischer Breite von Mavis' Verbalattacke auf ihre Persönlichkeit, die sie mehr mitnahm, als ihr lieb war. Nach wenigen Sätzen konnte Ophelia ihre Tränen nicht mehr zurückhalten. Genau wie nach dem Angriff ihrer ehemals besten Freundin. Doch die treue Sadie hatte Verständnis für sie, hörte ihr zu wie sonst auch und spendete ihr den Trost, den sie nötig hatte.

Kapitel vier

Raphael ließ die Zügel kräftig auf die Rücken der Pferde knallen, die vor die prunkvolle Kutsche gespannt waren, um sie zur Höchstleistung anzutreiben. Trotz der eisigen Witterung – der Wind zerrte an seinem blonden Haar und peitschte es ihm ins Gesicht – genoss er es, zur Abwechslung mal keinen Einspänner innerhalb der Stadt zu lenken.

Er war sich noch immer nicht sicher, ob sein Plan brillant oder töricht war. Für eine Umkehr war es zu spät; blieb nur zu hoffen, dass er seinen waghalsigen Entschluss nicht bereuen würde. Noch konnte er seine Meinung ändern. Ophelia war vollauf mit sich und ihrem Selbstmitleid beschäftigt und ahnte nicht einmal, dass sie und ihre Zofe sich gar nicht auf dem Weg nach London befanden, geschweige denn, dass er auf dem Kutschbock saß. Wenn er jedoch ehrlich war, wollte er seine Pläne gar nicht ändern. Zum einen wollte er Ophelia wirklich helfen, denn sie hatte sich offensichtlich in eine Lage katapultiert, aus der sie aus eigenen Kräften nicht mehr herauskam. Auf der anderen Seite hatte er natürlich ein gesteigertes Interesse daran, die Wette mit Duncan zu gewinnen. Es wäre auch nicht das erste Mal, dass Raphael sich für einen Menschen in Not stark machte.

Natürlich hatte er auch ein gesteigertes Interesse daran, die Wette zu verlieren. Und die einzige Möglichkeit, sie zu *bekehren*, war, sie an einen abgelegenen Ort zu bringen. In London wäre seine Mission von Anfang an zum Scheitern verurteilt. Zum einen würde sie ihm nicht glauben, und zum anderen würden sie nur unnötig die Gerüchteküche anheizen, wenn sie zu oft miteinander gesehen würden. Ehe er es sich versah, hieße es, sie wären verlobt.

Raphael war sich im Klaren darüber, dass sich vor ihm eine riesige Herausforderung auftat, doch er liebte es, in unbekannte Gefilde vorzustoßen. Wenn er siegte, wären alle glücklich – Ophelia eingeschlossen.

Ein Blick in den Himmel verriet ihm, dass die Sonne in Kürze untergehen würde. Zeit, eine Entscheidung zu treffen. Sollte er trotz eines Gefährts, das nur mäßig für Nachtfahrten geeignet war, sein Ziel namens Alder's Nest im Dunkel zu erreichen versuchen, oder sollte er auf einen Gasthof am Wegesrand hoffen? Das Problem war nur, dass das Domizil, das sein Großvater ihm vermacht hatte, noch Stunden entfernt lag und sie nicht einmal die Grenze von Durham erreicht hatten. Hinzu kam, dass seine Passagiere mittlerweile nicht minder hungrig sein dürften als er. Während er sämtliche Optionen abwog, fiel ihm ein, dass er bei seiner letzten Fahrt nach Northumberland – dort lag Alder's Nest – bei seiner Tante genächtigt hatte, deren Cottage so gut wie auf dem Weg lag.

Esmeralda war die älteste der zahllosen Schwestern seines Vaters. Sie hatte seinerzeit einen Schotten zum Gemahl genommen, aber darauf bestanden, dass sie in England wohnten. Ihr Gemahl hatte zugestimmt, unter der Bedingung, dass sie sich unweit der schottischen Grenze niederließen – woraufhin sie sich ein Haus in Durham gebaut hatten. Nach dem Ableben ihres Mannes hätte Tante Esmeralda natürlich wieder in die Nähe ihrer Familie ziehen können, doch sie hatte es vorgezogen, in Durham zu bleiben, weil ihr die Gegend in all den Jahren ans Herz gewachsen war. Wie töricht von Raphael, dass er nicht schon früher an Tante Esmeralda gedacht hatte.

Wenn seine Erinnerung ihn nicht trog, war es inzwischen gar nicht mehr allzu weit bis zu ihrem Haus. Je länger er darüber nachdachte, desto mehr kam er zu der Überzeugung, dass seine Tante eine fabelhafte Gesellschafterin für Ophelia abgab.

Wenn er es geschickt anstellte, konnte er Esmeralda sogar dazu überreden, ihn nach Alder's Nest zu begleiten. Schließlich war es von nicht unermesslicher Bedeutung, dass sein doch recht impulsiver Plan keinesfalls in einem wie auch immer gearteten Skandal endete.

Zum Glück war er geistesgegenwärtig genug gewesen, sich um das größte Hindernis bei der Umsetzung seines Plans bereits gekümmert zu haben: Ophelias Eltern. Er hatte, nachdem seine Entscheidung gefallen war, in Windeseile einen Brief an das Ehepaar Reid aufgesetzt, sich den Diener geschnappt, der dafür abbestellt gewesen war, Ophelia zu fahren, und ihm aufgetragen, die Zeilen auf dem schnellsten Wege nach London zu befördern. Zugleich hatte er ihm versichert, er werde sich darum kümmern, dass jemand anders Ophelia fuhr.

Da ihre Eltern bekanntermaßen sehr von Adelstiteln angetan waren, hegte er keinerlei Zweifel daran, dass sie ihm ihre uneingeschränkte Zustimmung gäben, Ophelia vorübergehend dem Kreise seiner Familie zu überlassen. Er hatte angedeutet, dass er sie ein wenig unter seine Fittiche nehmen wolle. Sollten sie aus seinen Zeilen schließen, dass er ein tiefergehendes Interesse an ihr hatte, so war das nicht seine Schuld.

Fünf Meilen später bog die Kutsche auf eine Seitenstraße ab, und rund dreißig Minuten später fuhren sie vor dem Haus seiner Tante vor. Durch die lange Fensterfront, hinter der sich der Salon befand, sickerte warmes Licht; der Rest des Hauses war in Dunkelheit gehüllt.

Raphael wappnete sich innerlich dagegen, dass Ophelia ihm eine hässliche Szene machen würde. Erst dann öffnete er die Tür der Kutsche und bot ihr zum Aussteigen die Hand. Einem Diener, so vermutete er, würde sie ohnehin kaum Aufmerksamkeit schenken.

Dennoch erwischte er sich einen Augenblick später dabei, wie er sie angaffte. Stumm seufzte er. Obwohl sie stundenlang durchgerüttelt worden war und ihre Augen ein wenig geschwollen waren – vermutlich hatte sie weitere Tränen vergossen –, raubte ihre Schönheit ihm den Atem. Als er sie das erste Mal auf Summers Glade gesehen hatte, hätte es ihn um ein Haar aus den Schuhen gehauen. Er konnte von Glück sagen, dass er sich am anderen Ende des Salons befunden hatte, als sie denselben betreten hatte. Bis sie zu ihm und Sabrina gestoßen war, um sich vorzustellen – und das ziemlich impertinent –, hatte er sich wieder gefangen.

Just als Ophelia sich zu ihrer Zofe umdrehen wollte, trafen sich Raphaels und ihr Blick. Sie erstarrte.

»Was, in Gottes Namen, haben *Sie* denn hier zu suchen?«, platzte es aus ihr heraus. »Sind Sie mir etwa heimlich gefolgt?«

»Mitnichten, Verehrteste. Der Diener des Marquis hätte Sie nämlich lediglich bis nach Oxford gebracht, wo Sie sich auf eigene Faust um die Weiterreise hätten bemühen müssen. Der Marquis schätzt es nicht sonderlich, wenn sein Gesinde im Auftrag Dritter zu lange außer Haus weilt. Und da wir die gleiche Reiseroute haben, habe ich mich kurzerhand als Kutscher verdingt.«

»*Sie* haben auf dem Kutschbock gesessen?«

»Kaum zu glauben, nicht wahr?«

Ophelia schnaubte – möglicherweise, weil er ihr ein Grinsen offerierte, das an Anmaßung nicht mehr zu überbieten war. »Erwarten Sie jetzt bloß keine Dankbarkeit von mir. Schließlich habe ich Sie nicht darum gebeten, mich zu fahren.«

Es war nicht Raphaels Art zu lügen, und er mochte auch keine Menschen, die es taten. In diesem Fall jedoch gestattete er sich eine Ausnahme. Es war wichtig, dass sie noch immer davon ausging, sie befände sich auf dem Weg gen Süden.

Mit einem weiteren Schnauben steuerte sie auf die Eingangstür des Cottages zu, verlangsamte dann aber die Schritte und blieb schließlich ganz stehen. Ihr musste aufgefallen sein, dass es sich bei dem Haus nicht um einen Gasthof handelte.

Mit einem Schulterblick und Neugier in der Stimme fragte sie: »Wo sind wir?«

Raphael half noch schnell der Zofe aus der Kutsche, ehe er hochzufrieden an Ophelia vorbeischlenderte und laut an die Tür klopfte. Er hatte nicht vor, ihr zu antworten, sondern wollte sie noch ein bisschen zappeln lassen. Da er nicht ahnte, wie ungeduldig Ophelia zuweilen sein konnte, wenn man auf ihre Fragen nicht umgehend antwortete, war er fassungslos, wie vernichtend sie ihn ansah, als er sich wieder umdrehte. Es dauerte einen Augenblick, bis er seine gewohnt lässige Haltung einnahm.

»Äh, ich habe eine ziemlich große Familie, die im ganzen Land verstreut lebt. Das machte das Reisen, zumindest für mich, sehr angenehm. Wir befinden uns vor dem Haus meiner Tante Esmeralda, auch Esme genannt, wo wir die Nacht verbringen werden. Die Betten sind um einiges bequemer als in den Gasthöfen entlang des Weges, darauf gebe ich Ihnen mein Wort.«

Kaum hatte er seine Ausführung beendet, öffnete sich die Tür. Vor ihnen stand der alte William und blinzelte sie durch sein winziges Sehglas an. William stand seit Esmeraldas Hochzeit vor einer halben Ewigkeit in ihrem Dienst und war so blind, wie Esme schwerhörig war.

»Wer da?«, krächzte William.

Es stimmte Raphael traurig, dass William ihn nicht auf Anhieb erkannte, schließlich verkehrte er regelmäßiger hier.

»Ich bin es, Rafe, und bitte für mich und meine Begleiterinnen um ein Nachtquartier. Wir bräuchten drei Zimmer, und eine Kleinigkeit zu essen wäre auch wunderbar. Ist mein Tantchen noch wach, oder hat sie sich bereits zur Nacht zurückgezogen?«

»Sie haben Glück, Ihre Tante ist noch auf. Sie sitzt im Salon und gibt sich größte Mühe, das Haus in Brand zu setzen, so viele Scheite knistern im Kamin. Soll ich ihr Bescheid sagen, dass Sie da sind?«

Williams Worte entlockten Raphael ein Lächeln. Seine Tante war dafür bekannt, dass sie stets fröstelte. »Bemühen Sie sich nicht, William, ich werde ihr persönlich sagen, dass …«, antwortete Raphael, wurde aber aufs Rüdeste unterbrochen.

»Wenn Sie mir dann jetzt mein Zimmer zeigen würden?«, sagte Ophelia und marschierte hoch erhobenen Hauptes durch die Eingangstür. »Ah ja, bitte servieren Sie mir mein Abendessen ebenfalls dort.«

»Wie Mylady wünschen«, antwortete William pflichtbewusst. Da der Butler Ophelias Geschmeide und prunkvolle Erscheinung wegen seines schlechten Augenlichts nicht sehen konnte, hatte er vermutlich aus ihrem anmaßenden Unterton geschlossen, dass er es mit einer Dame von Stand zu tun hatte.

Kopfschüttelnd sah Raphael Ophelia nach, wie sie die Treppe erklomm. Es wirkte geradeso, als hätte sie seine Anwesenheit vollends vergessen, was Raphael sauer aufstieß. Er war es nicht gewohnt, dass man ihn ignorierte.

»Wir sehen uns morgen früh«, rief er ihr noch nach.

»Spätestens bei Sonnenaufgang«, antwortete sie, ohne sich noch einmal zu ihm umzudrehen. »Ich möchte so schnell wie möglich London erreichen. Ich habe nämlich vor …«

Doch Raphael hörte sie nicht bis zum Ende an, sondern begab sich in den Salon. Insgeheim hoffte er jedoch, dass sie sich noch einmal umdrehte und sah, dass er verschwunden war. Was für eine arrogante Ziege diese Ophelia doch war!

Kapitel fünf

»Was soll das heißen, du hast sie *entführt*, mein Junge? Bitte sag mir, dass ich mich verhört habe, dass mein Gehör mir mal wieder einen Streich gespielt hat.«

Liebevoll tätschelte Raphael seiner Tante die Hand. Er war sich sicher, dass sie ihn sehr wohl verstanden hatte, schließlich hatte er zu ihrer Linken Platz genommen, und ihr linkes Ohr war noch einigermaßen intakt.

Genau wie William gesagt hatte, saß seine Tante im Salon. Sie hatte sich so dick eingehüllt, dass man hätte meinen können, sie befände sich in einem Iglu ohne Dach. Es wunderte ihn, dass sie außer Schal und Schultertuch nicht noch Handschuhe trug. Raphael hingegen empfand die Hitze im Raum als unerträglich und hatte sich bereits des Gehrocks entledigt und den Kragen seines Hemdes gelockert. Und das, obwohl er nach den vielen Stunden auf dem Kutschbock das Gefühl hatte, zu einem Eisblock gefroren zu sein.

»Tantchen, du hast dich nicht verhört. Aber es ist nicht so, wie du denkst. In wenigen Tagen wird mich die Erlaubnis ihrer Eltern erreichen, dass ich sie so lange bei mir behalten darf, wie ich möchte.«

»Sie haben sie dir verkauft?«

»Nein, nein, nichts dergleichen. Du kannst völlig beruhigt sein. Die Reids werden annehmen, ich hätte es auf ihre Tochter abgesehen, was in gewisser Weise auch stimmt, nur dass es dabei keinesfalls um eine Eheschließung geht. Die Kleine ist nämlich eine Kratzbürste, wie du sie noch nicht erlebt hast. Sie lügt und verbreitet Gerüchte, wie es ihr gerade in den Sinn kommt. Dass sie damit die Gefühle anderer verletzt, berührt sie nicht im Geringsten.«

»Aber ist es nicht in London üblich, andere durch den Kakao zu ziehen?«, erwiderte Esmeralda ein wenig pikiert.

Raphael lachte. »Ganz unrecht hast du nicht, aber die meisten denken, dass sie lediglich die Wahrheit weiterreichen, wenn sie tratschen. Ophelia hingegen setzt im vollen Bewusstsein Lügen in die Welt.«

»Und warum, bitte schön, gibst du dich dann mit ihr ab?«

»Ich habe es mir auf die Fahne geschrieben, einen anderen Menschen aus ihr zu machen. Du müsstest sie sehen, sie ist schöner als alle Frauenzimmer dieses Landes zusammengenommen. Schade nur, dass sich hinter der hübschen Fassade nichts als schwarzes Eis verbirgt.«

»Jetzt übertreibst du aber, Junge.«

»Nein, Tantchen, das tue ich nicht. Wenn du sie kennenlernst, wirst du sie nicht mögen, das versichere ich dir.«

»Da du beschlossen hast, dich ihrer anzunehmen, bin ich gewillt, meinen ersten Eindruck zu ignorieren. Ausnahmsweise.«

Raphael schüttelte bedächtig den Kopf. »Wie kommt es, dass das holde Geschlecht das Leben eigentlich stets von der heiteren Seite betrachtet?«

»Weil ihr Männer allesamt Pessimisten seid. Mit Ausnahme deiner Wenigkeit natürlich. Wenn du wie die anderen wärst, würdest du dich einer solch schwierigen Aufgabe nicht stellen.«

»Drück mir die Daumen, dass es mir gelingt. Sicher kann ich mir da wahrhaftig nicht sein. Für den Fall, dass ich doch Erfolg haben sollte, werde ich als ihr Gönner mit ihr nach London zurückkehren und mich darum kümmern, dass sie in eine betuchte und renommierte Familie einheiratet.«

»Das ist ja alles sehr nobel von dir, aber warum nimmst du diese Strapazen überhaupt auf dich? Ich dachte, du wolltest dein Junggesellendasein nach deiner Rückkehr so richtig genießen.«

»Nun ja, genau genommen habe ich mit einem Freund gewettet, dass es möglich ist, selbst einen intriganten und selbstsüchtigen Menschen wie Ophelia Reid zu ändern.«

»Das hätte ich mir eigentlich denken können«, entgegnete Esmeralda abfällig. »Das ist eine ganz schlimme Angewohnheit von dir, mein Junge. Ständig lässt du dich auf waghalsige Herausforderungen ein.«

»Das liegt mir nun mal im Blut, würde ich sagen. Aber was ich dich die ganze Zeit schon fragen wollte: Was hältst du eigentlich davon, mit nach Alder's Nest zu kommen? Du wärst die perfekte Anstandsdame für Ophelia.«

»Danke für das Angebot, aber warum bleibt ihr nicht einfach hier?«

Raphael dachte kurz über den Vorschlag nach, schüttelte dann aber den Kopf. »Dein Cottage ist nicht einsam genug gelegen, zu viele Nachbarn.«

»Ja und?«

»Na ja, ich hatte nicht vor, sie hinter Schloss und Riegel zu halten, möchte aber dennoch sichergehen, dass sie nicht einfach ausreißt. Von daher ist Alder's Nest der geeignetere Ort.«

»Ganz wie du meinst, mein Junge«, antwortete seine Tante schulterzuckend, ehe sie hinzufügte: »Da es mir bisher nicht vergönnt war, Alder's Nest einen Besuch abzustatten, wäre es wunderbar, das endlich nachzuholen. Dein Großvater hat es nämlich vorgezogen, allein dort hinzufahren, wenn er seiner Rasselbande auf Norford Hall entfliehen wollte.« Esmeralda spielte darauf an, dass ihr Vater sich Alder's Nest als Refugium erbaut hatte und regelmäßig dort hingefahren war, um sich zu erholen.

»Ich kann mir beim besten Willen nicht vorstellen, dass ausgerechnet du Großvater auf die Nerven gegangen bist.«

»Das bin ich auch nicht, glaube ich«, antwortete die betagte Dame und wackelte dabei mit den Augenbrauen. »Julie und Corinthia waren viel schlimmer. Ständig haben sie sich gezankt. Am schlimmsten war jedoch dein Vater. Es verging kein Tag, an dem er uns nicht geärgert, im Haus umhergescheucht oder uns Streiche gespielt hat. Manchmal kann ich es gar nicht fassen, dass aus ihm ein halbwegs anständiges Mitglied unserer Gesellschaft geworden ist.«

Raphael schmunzelte innerlich, denn genau wie sein Vater liebte auch er es, seine jüngere Schwester zu necken.

»Wir werden morgen zeitig aufbrechen«, sagte er schließlich, rollte die Ärmel auf und wischte sich den Schweiß von den Augenbrauen. »Sei so lieb und erzähl Ophelia nicht, wohin wir fahren. Sie geht davon aus, dass wir uns auf dem Weg nach London befinden.« Und dann, als sein Blick zum prasselnden Feuer glitt, hielt er es nicht länger aus und fragte: »Frierst du eigentlich immer noch, Tante Esme?«

»Ach was, ich habe das Gefühl, vor lauter Hitze gleich dahinzuschmelzen. Aber ich möchte William das Gefühl geben, dass er hier gebraucht wird«, sagte sie im Flüsterton, um sicherzugehen, dass sie nicht belauscht wurden. »In letzter Zeit spricht er immer häufiger davon, sich zur Ruhe zu setzen. Es würde mir das Herz brechen, wenn ich ihn nicht mehr um mich hätte. Wir bekommen dieses Jahr leider nur noch so selten Besuch, dass er sich überflüssig fühlt. Deshalb lasse ich ihn jede Stunde Holz nachlegen.«

Raphael lachte lauthals los. »Dann hast du doch bestimmt nichts dagegen, wenn ich kurz lüfte?«

Esmeralda grinste ihn an. »Im Gegenteil.«

Kapitel sechs

Im Laufe der Nacht schneite es, jedoch nicht annähernd genug, als dass die weiße Pracht lange liegen geblieben wäre. Dennoch bot die weiß gepuderte Landschaft einen traumhaften Anblick.

Genau wie zu Spiegeln hatte Ophelia ein gespaltenes Verhältnis zum Schnee. Sie liebte den Zauber des Schnees, konnte es aber auf den Tod nicht ausstehen, wenn er dreckig wurde, was in einer belebten Stadt wie London natürlich nicht lange auf sich warten ließ. Heute hingegen, dessen war sie sich sicher, würde ihre Freude länger währen als üblich, schließlich waren sie auf dem Land.

Ihr Kutscher – der Gedanke, dass ausgerechnet der Locke-Erbe auf dem Kutschbock saß, amüsierte sie noch immer ein wenig – wartete bereits in der Eingangshalle auf sie. Seinetwegen hatte sie ihr elegantestes Reisekostüm angelegt; jenes, das sie bereits für Duncan MacTavish getragen hatte, als sie versucht hatte, ihre Meinungsverschiedenheit in einem Gasthof in Oxbow beizulegen. Sie wusste nur allzu gut, wie verführerisch sie in dem bodenlangen puderblauen Mantel mit Pelzbesatz und der passenden Pelzmütze auf ihrem blonden Schopf aussah.

Sie hatte Duncan in diesem Aufzug bezirzt, wenngleich er sich nicht hatte weichkochen lassen. Die Narbe, die sie ihm zugefügt hatte, indem sie ihn einen Barbaren geschimpft hatte, war doch zu tief gewesen. Es war eine knifflige Situation und, zumindest ihrer Meinung nach, einer ihrer besten Auftritte gewesen. Sie hatte gewollt, dass er ihr vergab, damit sie ihre Verlobung wieder aufnehmen und dem Gerede ein Ende bereiten konnten, um die Verlobung anschließend in beiderlei Einvernehmen wieder zu lösen – genau wie sie es mit der ersten Verlobung hätten tun sollen. Zudem wollte sie sichergehen, dass er seine schlechte Meinung über sie nicht änderte und am Ende noch meinte, er wäre in sie verliebt, wie so viele andere Männer. Das galt es, unter allen Umständen zu unterbinden.

Sie hatte den Grad ihrer Reue der schlechten Meinung angepasst, die er von ihr hatte – mit dem Ergebnis, dass er ihr ihren Dünkel vorwarf. Seine letzte Bemerkung hatte gelautet: »Ich war nicht davon ausgegangen, mit meiner eigenen Ehefrau um ihre Aufmerksamkeit buhlen zu müssen.«

Seinerzeit hatte es sie maßlos aufgeregt, jetzt hingegen konnte sie dem Ganzen durchaus etwas Amüsantes abgewinnen. Zum Beispiel, dass der attraktive, reiche Lord Locke als ihr Kutscher fungierte. Wie nett von ihm, solche Strapazen auf sich zu nehmen, dachte Ophelia, die sich allerdings doch ein wenig über seine Hilfsbereitschaft wunderte. Schließlich war es ein offenes Geheimnis, dass er sie nicht sonderlich mochte. Vielleicht tat er ihr den Gefallen aber auch nur, weil seine Schwester Summers Glade ohne ihn verlassen hatte. Wie auch immer, ihr sollte es recht sein. Sie hatte nämlich nichts dagegen, wenn ihrer beider Namen in einem Atemzug erwähnt würden. Es würde sich bestimmt schnell herumsprechen, dass niemand Geringeres als der Locke'sche Erbe sie nach der aufgelösten Verlobung nach Hause gebracht hatte – schließlich entstammte er einer angesehenen und betuchten Familie, und sie musste sich langsam ernsthaft Gedanken darüber machen, wen sie zum Manne nahm. Jetzt, wo ihr nicht mehr der Makel einer »arrangierten« Ehe anhaftete, konnte sie sich voll und ganz darauf konzentrieren, endlich den Mann zu finden, der gut zu ihr passte. Einer, der nicht nur Augen für ihr ansprechendes Äußeres hatte, sondern sich Mühe gab, sie näher kennenzulernen. Sie brauchte niemanden, der ihr unsterbliche Liebe versprach, wenn er sie nicht einmal richtig kannte.

»Da sind Sie ja«, sagte Raphael vom Fuß der Treppe aus. »Ich könnte schwören, Sie sprachen von Sonnenaufgang.«

Ophelia knirschte mit den Zähnen. So viel zu ihrem Plan, ihn derart zu verzaubern, dass er es bitterlich bereute, ihr am Vorabend nicht gleich geantwortet zu haben. Es war empörend, dass er sie kaum eines Blickes würdigte! Und das, nachdem sie – obwohl sie bereits vor dem ersten Hahnenschrei wach gewesen war – sich still verhalten hatte, um den anderen noch ein wenig Ruhe zu gönnen. Das nächste Mal, so schwor sie sich, würde sie sich ihre Rücksicht für jemanden aufsparen, der ihre Bemühungen zu schätzen wusste.

»Ich war erschöpft«, sagte sie schließlich. »Das ist auch der Grund dafür, warum ich mich direkt nach der Ankunft zurückgezogen habe, ohne vorher die Bekanntschaft Ihrer Tante zu machen.«

»Dazu werden Sie noch genügend Zeit haben, sie wird uns nämlich begleiten. Ich nehme nicht an, dass Sie etwas dagegen haben, wenn Sie sich die Kutsche mit ihr teilen, oder?«

»Ich verstehe. Sie halten es für angemessen, mir eine Anstandsdame zur Seite zu stellen, um bösen Gerüchten den Riegel vorzuschieben, nicht wahr?«, sagte Ophelia mit einem affektierten Feixen, als sie die unterste Treppenstufe erreichte.

»Wusste ich doch, dass Sie nichts dagegen haben. Wie heißt es so schön? Eine Hand wäscht die andere.«

»Vorausgesetzt, es handelt sich auf beiden Seiten tatsächlich um einen Gefallen. Bei Ihnen wäre ich mir da nicht so ganz sicher«, entgegnete sie trocken. »Warum geben Sie nicht einfach zu, dass Ihre Schwester Sie allein auf Summers Glade zurückgelassen hat? Wenn man es also genau betrachtet, bin ich diejenige, die Ihnen einen Gefallen erweist.«

»Wenn dem so wäre, säße ich neben Ihnen auf der Samtbank im Innern der Kutsche«, hielt er mit hochgezogenen Augenbrauen dagegen.

Ophelia spürte, wie ihr die Röte ins Gesicht stieg. Was, zum

Teufel, geschah mit ihr? Sie errötete doch sonst nicht bei der kleinsten Kleinigkeit. Wenn sie rot wurde, dann sah es aus, als litte sie unter einem scheußlichen Ausschlag. Ihre armen elfenbeinfarbenen Wangen!

Ohne auf eine Antwort ihrerseits zu warten, fuhr Raphael unbeirrt fort: »Warum einigen wir uns nicht darauf, dass wir jeweils unter der Gesellschaft des anderen leiden, und belassen es dabei?«

»Prima«, entgegnete sie. »Da sich unsere Wege in Bälde wieder trennen werden, werde ich es schon überleben.« Ophelia meinte, ihr Gegenüber hätte so etwas wie »Autsch« gesagt, war sich aber nicht ganz sicher. Just in dem Moment öffnete sich die Tür zum Salon, und eine ältere Dame stieß zu ihnen, im Schlepptau eine junge Zofe, die wie ihre Herrin reisebereit war. Ophelia vermutete, dass es sich bei der Frau, die zusätzlich über dem Reisemantel einen dicken Umhang trug und deren pausbäckiges Antlitz wegen des dicken Wollschals kaum zu erkennen war, um Raphaels Tante handelte. »Sie müssen Lady Esmeralda sein«, sagte sie lächelnd und streckte ihr höflich die Hand entgegen. »Ich bin Ophelia Reid. Es ist mir eine Freude, Sie ...«

»Sie müssen lauter sprechen, Kindchen«, sagte Esmeralda leicht gereizt. »Ich höre nämlich schlecht, müssen Sie wissen.«

»Ich sagte, es ist mir ...«

»Das heißt aber noch lange nicht, dass Sie gleich schreien müssen«, unterbrach Esmeralda sie. »So taub bin ich nun auch wieder nicht. Noch nicht.«

Ophelia lächelte. »Darf ich Sie zur Kutsche begleiten?«

»Danke, aber mit meinen Beinen ist alles in Ordnung, Kindchen.«

Ophelia stieß sich nicht an den giftigen Kommentaren der älteren Dame. Im Gegenteil, sie fand sie sogar amüsant. »Wie Sie wünschen. Ich habe meine Zofe bereits vorgeschickt, um die Kohlenpfanne zu beheizen. Es dürfte also hübsch warm in der Kutsche sein.«

»Sehr umsichtig von Ihnen«, sagte Esmeralda, ehe sie sich dem Butler zuwandte. »Sie halten in der Zwischenzeit die Stellung, William, ich verlasse mich auf Sie. Allerdings sagt mir mein Gefühl, dass ich eher zurück sein werde als erwartet.«

Ophelia entging nicht, wie Raphael bei den Worten seiner Tante zusammenzuckte. Als er sie dann auch noch am Arm packte, ehe sie Lady Esmeralda zur Kutsche folgen konnte, wunderte sie sich nur noch mehr.

»Was, in drei Teufels Namen, sollte das denn?«, zischte er und fügte im selben Atemzug hinzu: »Wenn Sie denken, Sie könnten meine Tante um den kleinen Finger wickeln, täuschen Sie sich. Das werde ich nicht zulassen.«

Ophelia blinzelte verständnislos. Es dauerte einen Augenblick, bis sie ahnte, woher seine unwirsche Reaktion rührte. Er dachte, sie wäre zu der älteren Dame gegenüber nur deshalb leutselig gewesen, weil sie sich davon etwas versprach.

»Es tut mir aufrichtig leid, Lord Locke, wenn ich Sie enttäuschen muss, aber ich habe nun mal ein Herz für Leute jenseits der Sechzig. Diese Menschen versuchen wenigstens nicht, sich mit mir zu messen oder sich anderweitige Vorteile durch eine Freundschaft mit mir zu verschaffen. Seien Sie unbesorgt, Ihre Tante und ich werden blendend miteinander auskommen. Sie haben mein Wort darauf, dass sie nicht meiner spitzen Zunge zum Opfer fallen wird. Allerdings muss ich schon sagen, dass …«

»Schon gut, schon gut. Ich habe verstanden«, unterbrach er sie, wenn auch wesentlich gemäßigter als zuvor. »Am besten, Sie steigen jetzt ein. Je früher wir an unserem Ziel ankommen, desto erleichterter bin ich.«

»Wie schön, dass wir ausnahmsweise einer Meinung sind«, antwortete Ophelia hochnäsig und verließ das Haus.

Kapitel sieben

Da Raphael genau wie Ophelia gern das letzte Wort hatte, hätte er Galle spucken können. Im selben Moment wurde er jedoch von leisen Zweifeln überfallen. Angesichts der Art und Weise, wie sie sich seiner Tante gegenüber gegeben hatte, war er sich seiner Sache nicht mehr so sicher wie noch am Vorabend. Ophelia hatte sich von einer Seite präsentiert, die er bisher noch nie bei ihr erlebt hatte. Sie war freundlich und zuvorkommend gewesen, eine Tatsache, die auch seiner Tante nicht entgangen war. Anders war Esmes Bemerkung William gegenüber nicht zu verstehen.

Und auch Ophelias Erklärung hatte glaubwürdig geklungen und in ihm Zweifel geweckt, ob sie wirklich so intrigant war, wie er annahm. Leider kannte er sie nicht gut genug, um einschätzen zu können, ob sie die Wahrheit sprach oder ihm eine Lüge auftischte. Nein, bei genauerem Überlegen kam er doch zu dem Entschluss, dass sie sich die Welt so hinbog, wie sie ihr passte.

Am Vorabend, nachdem er mit seiner Tante gemütlich zusammengesessen hatte, hatte er einen Brief an Sabrina aufgesetzt und ihn ihr mittels eines Bediensteten seiner Tante zustellen lassen. Der Mann würde vor Ort auf eine Antwort warten und diese dann auf dem schnellsten Wege nach Alder's Nest bringen. Sabrina kannte Ophelia um einiges besser als er, hatte sogar ihrem Gesellschaftsdebüt beigewohnt. Wenn er sich recht entsann, kannten Sabrinas Tante und Ophelias Mutter sich noch aus Kindertagen. Aus dem Grunde war er sich gewiss, dass Sabrina einen besseren Überblick über Ophelias Verfehlungen hatte. Deshalb hatte er sie gebeten, ihm in allen Einzelheiten aufzuschreiben, was Ophelia sich hatte zuschulden kommen lassen – eine wichtige Basis für die Arbeit, die vor ihm lag. Er hoffte inständig, Sabrina möge sich mit einer Antwort nicht allzu lange Zeit lassen.

Die Fahrt nach Alder's Nest dauerte fast den ganzen Tag. Sie verließen Durham und fuhren tief nach Northumberland hinein, wo sie schließlich das Refugium seines Großvaters erreichten. Damit Ophelia nicht zufällig von anderen Reisenden erfuhr, dass sie sich immer weiter von London entfernten, hatte Raphael Esmeralda gebeten, einen Korb mit Reiseproviant packen zu lassen, damit sie zur Mittagszeit nirgends einkehren mussten. Doch mittlerweile bereute er seine Entscheidung ein wenig, denn der beißende Winterwind machte ihm als unerfahrenem Kutscher sehr zu schaffen. Wie gern hätte er sich am Kamin des letzten Gasthofes aufgewärmt, den sie passiert hatten. Mit jeder Wagenlänge gen Norden wurde der Wind schneidender und die Landschaft weißer.

Als sie am späten Nachmittag endlich Alder's Nest erreichten, das fernab jeglicher Zivilisation lag, stellte er erfreut fest, dass aus einem der Kamine Rauch stieg. Das bedeutete, dass sein Verwalter im Haus weilte und er sich endlich die durchgefrorenen Glieder wärmen konnte. Ehe es so weit war, würde er sich jedoch erst mit Ophelias Ungehaltenheit herumplagen müssen, sobald sie erfuhr, wo sie war und was er mit ihr vorhatte.

Nachdem er sich für eine höchst ungemütliche Begegnung gewappnet hatte, brachte er die Kutsche zum Stehen, sprang vom Kutschbock und öffnete den Verschlag. »Anstelle der Damen würde ich auf kürzestem Wege ins Haus gehen, um den eisigen Fingern des Winters zu entkommen«, sagte er beschwingt.

»Dabei täte ein wenig Abkühlung nicht schlecht«, hob Ophelia an. »Hier drinnen war es brütend warm. So warm, dass mir die Augen zugefallen sind.«

So kam es, dass Ophelia als Erste aus der Kutsche stieg.

Genau wie er befürchtet hatte, musterte sie das kleine Anwesen mit großen Augen und fragte mürrisch: »Wo sind wir denn jetzt schon wieder? Wie viele Verwandte wollen Sie denn noch besuchen?«

»Seien Sie beruhigt, dieses schmucke Häuschen gehört mir.«

»Das erklärt aber noch nicht, warum wir hier halten? Bis London kann es doch nicht so weit sein. Warum halten wir dann hier?«

»Bis London ist es weiter, als Sie denken, meine Liebe. Herzlich willkommen in Alder's Nest.«

Ophelia versuchte, aus Raphaels Worten schlau zu werden. Mit jedem Herzschlag wurden die Furchen auf ihrer Stirn tiefer. Ihr Blick glitt an der Kutsche vorbei auf die winterkahle und, verglichen mit dem Sommer, trostlose Moorlandschaft, die sich bis zum Horizont erstreckte.

»Ich hoffe inständig, dass uns genug Personal zur Verfügung steht«, bemerkte Esmeralda, an ihren Neffen gewandt. »Meine Wenigkeit wird sich nicht an den Herd stellen, nur dass du das weißt.«

»Sei unbesorgt, Tantchen. Das Haus wird seit einigen Jahren von dem Verwalter bewohnt, der einst im Dienste meines Vaters stand. Immer, wenn ich hier einkehre, springt seine Frau als Haushälterin und Köchin ein. Wenn mich nicht alles täuscht, haben die beiden eine Hand voller Töchter, sodass es uns an nichts fehlen dürfte.«

Esmeralda nickte und hastete in Richtung Tür, die Bartholomew Grimshod, der leicht ergraute Verwalter mittleren Alters, zum Empfang der Gäste offen hielt. Esmeraldas hübsche, junge Zofe folgte ihrer Herrin, aber nicht ohne Raphael ein aufreizendes Lächeln zuzuwerfen. Der jedoch bekam davon nichts mit, weil er in Gedanken bei Ophelia weilte.

»Wieso habe ich das Gefühl, dass wir hier nicht nur einen Zwischenhalt einlegen?«, erkundigte sich die Londoner Schönheit mit pikierter Stimme.

»Weil wir fürs Erste hier unsere Zelte aufschlagen werden.«

»Den Teufel werden wir. Ich bestehe darauf, dass Sie mich auf der Stelle nach London bringen. So war es vereinbart.«

»Sie können darauf bestehen, so lange Sie wollen. Ich werde hierbleiben. Außerdem habe ich nie versprochen, Sie nach *London* zu bringen. Ich habe lediglich gesagt, dass wir denselben Weg haben. Und genau der endet hier.«

Mit diesen Worten half er Sadie aus der Kutsche. Die Zofe rieb sich die Augen und warf den beiden einen fragenden Blick zu. Sofort packte Ophelia sie beim Arm. »Untersteh dich, ins Haus zu gehen. Wir kehren augenblicklich wieder um.«

Raphael tat, als höre er Ophelia nicht, und wandte ihr den Rücken zu. Aus Ophelias wütendem Schnauben schloss er, dass sie Gleichgültigkeit von Männern nicht gewohnt war. Doch das war ihm einerlei. Schließlich wartete im Innern ein prasselnder Kamin auf ihn, an dem er sich endlich ein wenig wärmen konnte.

»Lord Locke«, rief Ophelia ihm mit schriller Stimme hinterher. »Raphael!« Sie schrie fast. »Himmel, Arsch und Zwirn, Raphael, so bleiben Sie doch stehen.« Ihre Stimme drohte sich zu überschlagen.

Doch Raphael blieb einzig kurz stehen, um Bartholomew zu begrüßen und ihm eine erste Anweisung zu geben: »Lassen Sie das Gepäck bitte vorerst hier draußen stehen, und kümmern Sie sich erst einmal um die Pferde. Bringen Sie sie umgehend von hier fort. Ich werde Ihnen dann später dabei helfen, die Reisetruhen ins Haus zu tragen. Sobald ich mich ein wenig aufgewärmt habe.«

»Sehr wohl, Mylord«, kam die Antwort des Verwalters. »Wie lange gedenken Sie zu bleiben, Mylord?«

»Das kann ich momentan noch nicht abschätzen. Ich gehe allerdings davon aus, dass wir mehr Personal brauchen werden. Seien Sie so nett und kümmern sich darum. Ach ja, und die keifende Dame dort drüben … Nun, die Sache gestaltet sich ein wenig kompliziert. Am besten, Sie ignorieren sie einfach.«

»Das habe ich gehört«, fauchte Ophelia und kam auf die beiden Männer zugestapft. »Das werden Sie noch bitterlich bereuen, dass Sie mich mit Missachtung strafen!«

Sofort hastete der Verwalter fort, um seinen Pflichten nachzukommen. Ophelia schoss herum und rief ihrer Zofe zu: »Lass dir etwas einfallen, damit er nicht die Pferde ausspannt.«

Jetzt wirkte auch Sadie einigermaßen aufgebracht, ehe sie sich mit einem kurzen Nicken und entschlossenem Gesichtsausdruck an Bartholomews Fersen heftete. In dem Wissen, dass die Zofe keinen Erfolg haben würde, bot Raphael Ophelia seinen Arm an und bedeutete ihr, sie möge ihn ins Haus begleiten. »Wenn Sie die Gnade hätten, sich wieder zu beruhigen, werde ich Ihnen alles erklären, Ophelia. Sobald wir ein ruhiges Eckchen gefunden haben, in dem wir uns unter vier Augen unterhalten können. Unterstehen Sie sich, in der Gegenwart meiner Tante eine Szene zu machen. Wir sprechen uns wieder, sobald ich mich ein wenig aufgewärmt habe. Bis dahin müssen Sie allerdings etwas Geduld haben.«

In der Annahme, dass sich seine Tante bereits in den Salon begeben hatte, steuerte Raphael auf die Salontür zu. Ophelias Zischen ließ ihn jedoch aufhorchen.

»Wagen Sie es ja nicht, mich noch einmal stehen zu lassen.«

Raphael drehte sich um und sah sie an. »Sprach ich nicht gerade von Geduld?«, entgegnete er trocken. »Doch, ich bin mir sicher, das Wort gebraucht zu haben.«

»Und was, wenn ich kein geduldiger Mensch bin?«

»In dem Fall hätten wir gerade das erste Thema gefunden, an dem wir arbeiten können. Am besten, wir fangen direkt damit an. Hören Sie mir gut zu, Ophelia. Sie werden mit mir in den Salon kommen, sich hinsetzen und still sein, bis wir unsere Zimmer beziehen können. Sie werden als Letzte hinaufgeführt werden, stellen Sie sich schon einmal darauf ein.«

»Und was, wenn ich mich weigere?«

»Dann werde ich mich in eisiges Schweigen darüber hüllen, warum Sie hier sind. Je länger ich darüber nachdenke, desto weniger halte ich eine Erklärung für ...«

»Das ist doch lächerlich«, fuhr sie ihm mit kreischender Stimme ins Wort. »Ich pfeife auf irgendwelche Erklärungen und werde jetzt zusehen, dass ich endlich nach Hause komme.«

Ophelia machte auf dem Absatz kehrt und wäre um ein Haar mit ihrer Zofe zusammengeprallt, die leise vor sich hin murmelnd das Haus betreten hatte. »Dieser ungehobelte Klotz von Verwalter stellt sich stur. Meinte, er nehme nur von seinem Dienstherrn Befehle entgegen.«

Mit einem Lächeln registrierte Raphael, dass Ophelia verärgert brummte. »Gestatten Sie mir die Frage, wer von Ihnen beiden eigentlich die Kutsche zu lenken gedachte.«

Ophelia schoss abermals herum und funkelte ihn fuchsteufelswild an.

Mit einem Schulterzucken setzte Raphael noch einen obendrauf. »Falls Ihnen etwas an einer Erklärung liegt, Ophelia, schlage ich vor, Sie tun, was ich Ihnen gesagt habe. Sie sollten wissen, dass ich mich für das, was ich mit Ihnen vorhabe, im Grunde gar nicht erklären muss.«

»Das kann unmöglich Ihr Ernst sein«, keuchte sie.

»Geduld ist eine Tugend. Da beides für Sie Fremdworte zu sein scheinen, erteile ich Ihnen hiermit die erste Lektion.«

Kapitel acht

Ophelia schäumte noch immer vor Wut. Der Viscount war scheinbar nicht mehr bei Sinnen, brauchte dringend ärztliche Hilfe. Wieso hatte ihr das nie jemand erzählt? Sie saß im Salon und durchbohrte Raphael, der mit ausgestreckten Händen vor dem Feuer stand, mit giftigen Blicken, weil er sie wie Luft behandelte. Es kam ihr vor, als säße sie bereits eine halbe Ewigkeit hier herum.

Er hatte seine Drohung wahr gemacht, und Esmeralda war, sobald ihr Zimmer einigermaßen geheizt war, nach oben geführt worden. Ehe sie den Saal verlassen hatte, hatte sie Ophelia noch einen Rat mit auf den Weg gegeben. »Ziehen Sie nicht so eine Schnute, Kindchen, das steht Ihnen nicht. Spielen Sie mit offenen Karten, und Sie werden als Siegerin aus dieser Sache hervorgehen.«

Wäre Raphael nicht anwesend gewesen, hätte sie bei der älteren Dame sogleich nachgehakt, was sie damit meinte. Aber es war nur eine Frage der Zeit, bis sie herausfinden würde, was hier vor sich ging. Bei der erstbesten Gelegenheit würde sie sich Lord Lockes Tante, die offensichtlich im Bilde war, schnappen und sie aushorchen. Wenn sie es klug anstellte, konnte sie seine Tante für sich gewinnen. Bis dahin saß sie hier auf diesem Sofa fest und malte sich aus, wie sie es diesem widerlichen Raphael heimzahlen würde.

Als Sadie schließlich den Salon betrat, um ihr mitzuteilen, ihr Zimmer wäre fertig, wies sie sie mit einer wegwerfenden Handbewegung ab. Sie war nämlich zu dem Entschluss gekommen, so lange sitzen zu bleiben, bis Raphael ihr reinen Wein eingeschenkt hatte. Doch dieser teuflische Mensch schien eine perverse Freude daran zu haben, sie auf die Folter zu spannen.

Ophelia brodelte. Sie kochte! Noch nie in ihrem Leben war sie so wütend gewesen. Besonders machte ihr zu schaffen, dass sie nicht einmal wusste, wo genau sie sich befand!

Bereits in der Kutsche hatte sie sich zwischen zwei Nickerchen gewundert, warum die Landschaft so dünn besiedelt schien. Nur hier und da hatte sie einen Bauernhof oder ein Cottage erblickt, war dann aber zu dem Schluss gekommen, dass Raphael vermutlich einen Umweg nahm, um den stark befahrenen Straßen von und nach London zu entgehen. Als sie den menschenleeren Horizont rund um das Haus erblickt hatte, in dem sie sich nun befand, war ihr angst und bange geworden.

Wie konnte dieser Grobian es wagen, sie einfach zu verschleppen? Hielt er sich für so bedeutend, dass er dachte, er könnte … tja, was denn eigentlich?

Es gab eigentlich nur ein Motiv, das Ophelia in den Sinn kam. Es musste mit ihrer Schönheit zu tun haben. Er wollte sie deshalb für sich … Ja, so musste es sein. Vermutlich war er dabei dem Irrglauben aufgesessen, er dürfe sich das Recht herausnehmen, sie an einen fremden Ort zu bringen, nur weil er der Erbe eines Herzogtitels war. Wollte er sie womöglich davon überzeugen, dass er sein Herz an sie verloren hatte?

»Und, haben wir heute etwas über Geduld gelernt?«, riss Raphael sie aus den Gedanken.

Sofort legte sich Ophelias eisiger blauer Blick wieder auf seinen Rücken. Wie herablassend er mit ihr sprach! Was für eine Frechheit, sie noch nicht einmal anzusehen, wenn er mit ihr sprach.

Steif und ohne ihre Wut zu zügeln, fauchte sie: »Nein … haben … wir … nicht!«

»Schade eigentlich.« Kaum hatte er zu Ende gesprochen, begab er sich in Richtung Tür.

Ophelia starrte ihn fassungslos an. Er trug sich doch tatsächlich mit dem Gedanken, den Salon zu verlassen! Im nächsten Moment kam sie auf die Füße, mit dem Vorsatz, sich zwischen ihn und die Tür zu werfen. Bedauerlicherweise hatte sie den niedrigen Sofatisch vergessen, auf dem noch immer der Tee stand, den sie nicht einmal angerührt hatte. Sie stieß sich schmerzhaft das Knie. Die Teetasse samt Untersetzer segelte zu Boden, Ophelia schnappte nach Luft.

Sofort blieb Raphael stehen. »Alles in Ordnung mit Ihnen?«, erkundigte er sich mit besorgtem Gesichtsausdruck.

»Ja, nein, nicht wirklich.« Ophelia meinte damit ihre Wut, nicht die Beule an ihrem Knie.

»Am besten, Sie setzen sich wieder«, sagte er mit einem Seufzer. »Von mir aus können wir auch an einem anderen Tag das Thema Geduld bearbeiten.«

Ophelia ließ ihn absichtlich im Dunkeln darüber, dass er ihre Reaktion falsch gedeutet hatte. Geschah ihm recht, diesem Widerling. Vor allem, weil es sich anfühlte, als wolle er nun endlich damit herausrücken, warum er sie bis ans Ende der Welt geschleppt hatte.

Nachdem Ophelia sich wieder gesetzt hatte, nahm Raphael am anderen Ende des Sofas Platz und sah sie an.

»Werden Sie mir nun endlich verraten, warum ich hier und nicht in London bin, wo ich hingehöre?«, platzte es aus ihr heraus, als er keine Anstalten machte, sie anzusprechen.

»Ja, wir beide werden ...«

»Ich wusste es!«, riss sie das Wort an sich. »Sie halten mich gefangen, um die Heirat mit mir zu erzwingen. Sie wollen mich kompromittieren, aber eins sage ich Ihnen, ich ...«

Als Raphael lauthals loslachte, verfiel Ophelia in jähes Schweigen. Dieser Fiesling klang wahrhaftig amüsiert. Wäre sie nicht so wütend gewesen, hätte sie sich dafür in Grund und Boden geschämt, dass sie die Situation augenscheinlich falsch eingeschätzt hatte.

»Gütiger Gott, wie kommen Sie denn auf solch eine abstruse Idee?«

Nachdem Ophelia sich wieder einigermaßen gefangen hatte, fragte sie: »Welchen Grund sollten Sie sonst haben, mich hierherzubringen?«

»Wenn Sie mich hätten ausreden lassen, wüssten Sie bereits, was mich dazu veranlasst hat. Aber nein, Sie mussten mir ja ins Wort fallen. Als Erstes gebe ich Ihnen mein Wort, dass Ihr Aufenthalt hier nicht zu Ihrem Nachteil gereichen und auch keinen Skandal nach sich ziehen wird. Aus dem Grunde habe ich meine Tante mitgenommen.«

»Warten Sie nur, bis mein Vater von dieser Freveltat erfährt«, zischte sie.

»Freveltat? Wovon sprechen Sie, meine Liebe? Davon, dass die Lockes Sie ganz offiziell auf einen Besuch eingeladen haben? Dass ich mich dafür einsetze, Ihnen einen guten Start in die Saison zu ermöglichen? Ihr Vater ist übrigens längst darüber im Bilde, dass sich seine Tochter in meiner Obhut befindet. Ich war umsichtig genug, ihm vor unserer Abreise von Summers Glade eine entsprechende Nachricht zukommen zu lassen.«

»Ein Besuch? Ohne mich vorher um Erlaubnis zu fragen?«

»Hätten Sie denn angenommen?«

Raphael wirkte, als gäbe es auf die Frage nur eine einzige Antwort. Erfreut darüber, ihm widersprechen zu können, sagte sie: »Nein, natürlich nicht.«

»Meinen Sie, Ihr Vater hätte Ihre Meinung geteilt?«

»Nein. Er hätte mich im Notfall sogar persönlich vor Ihrer Tür abgeliefert«, antwortete sie und konnte nichts gegen die vermaledeite Verbitterung tun, die sich schon wieder in ihre Stimme schlich.

Als Raphael ihr voller Selbstgefälligkeit antwortete, wünschte Ophelia sich, sie hätte den Mund gehalten. »Habe ich es mir doch gedacht.«

Mit finsterem Blick erinnerte sie ihren Gesprächspartner

daran, dass sie diejenige war, deren Erlaubnis er einholen musste. Doch selbst dieser durchaus berechtigte Einwurf konnte seiner Blasiertheit nichts anhaben. Raphael besaß doch tatsächlich die Dreistigkeit, sie mit einem breiten Lächeln auf den Lippen zu korrigieren: »Hat die Episode mit Duncan Sie denn nicht gelehrt, dass Ihre Eltern das Sagen über Ihr Leben haben? Das mag Ihrer Meinung nach ungerecht sein, aber das ändert nichts an den landläufigen Gepflogenheiten.«

Da war er wieder, der kecke, sardonische Locke. Dieser Unhold hatte auch noch Spaß daran, sie mit der Nase darauf zu stoßen, wie wenig Kontrolle sie über ihr eigenes Leben besaß.

»Wenn mich nicht alles täuscht, befinden wir uns hier nicht bei Ihnen zu Hause«, versuchte sie, ihn aus der Reserve zu locken. »Wo, in Gottes Namen, haben Sie mich hingebracht?«

»Nach Northumberland.«

»Das ist ja fast schon Schottland.«

»In der Tat, die Grenze ist lediglich einen Steinwurf entfernt.«

»Mit anderen Worten, Sie haben meinem Vater eine Lüge aufgetischt?«, sagte sie triumphierend. »Ihre Familie lebt gar nicht hier. Wenn ich ihm die Wahrheit sage, wird er ...«

»Sie kennen die *Wahrheit* doch noch gar nicht, Ophelia«, unterbrach er sie unwirsch. Allmählich wurde auch er ungehalten. »Lassen Sie uns hoffen, dass Sie in Bälde eine bessere Sicht auf die Dinge erlangen, bevor Sie Ihrem Vater das nächste Mal unter die Augen treten.«

»Sie meinen damit, *Sie* hoffen das«, antwortete Ophelia spitzfindig und spiegelte seine Selbstgefälligkeit wider.

»Nein«, lautete die nachdenkliche Antwort. »An meiner Wortwahl gibt es nichts auszusetzen. Zumal Sie nicht eher von hier abreisen werden, bis Sie Ihr Leben umgekrempelt haben.«

Ophelia schnappte empört nach Luft. »Sie können mich nicht gegen meinen Willen hier gefangen halten.«

»Und weshalb nicht?«

Diese Antwort war so hanebüchen, dass Ophelia aufsprang und ihn anschrie: »Weil Sie kein Recht dazu haben!«

»Reagieren Sie immer so heftig, wenn etwas nicht so läuft, wie Sie es sich vorstellen?«

»Nur, wenn ich bis aufs Blut gereizt werde.«

Raphael schnalzte mit der Zunge. »Mit Verlaub, aber ich habe nichts dergleichen getan. Bitte mäßigen Sie sich, denn ich dulde keine Theatralik. Wenn Sie jetzt die Güte hätten, sich wieder zu setzen, sich still zu verhalten und mir zuzuhören? Es ist nämlich an der Zeit, Sie den eigentlichen Grund für Ihre Anwesenheit in Northumberland wissen zu lassen.«

»Der da wäre?«

»Ich möchte Ihnen zu einem glücklicheren Leben verhelfen.« Er hielt kurz inne, um dann hinzuzufügen: »Sie wollen mir doch nicht allen Ernstes weismachen, Sie hätten ein erfülltes Leben?«

Ophelia war nicht glücklich, nein. Aber sie würde einen Teufel tun, es ihn wissen zu lassen. »Danke der Nachfrage, aber ich bin mit meinem Leben äußerst zufrieden.«

»Ganz sicher? Finden Sie wirklich Erfüllung darin, das Leben anderer zu zerstören? Oder ziehen Sie Ihre Kraft etwa daraus, andere ins Unglück zu stürzen? Nein, jetzt habe ich es. Gerüchte über Menschen zu verbreiten, die Sie kaum kennen, versetzt Sie regelrecht in Ekstase.«

Ophelia spürte, wie ihre Wangen abermals zu glühen begannen. »Sie kennen mich doch nicht einmal richtig und begründen Ihr Urteil auf dem, was andere Ihnen zugetragen haben. Aber was hat das alles eigentlich damit zu tun, ob ich glücklich bin oder nicht? Warum interessiert Sie das überhaupt? Davon abgesehen, wie wollen ausgerechnet *Sie* mich glücklich machen, wo ich Sie nicht einmal annähernd ausstehen kann?«, verteidigte sie sich.

»Tun Sie das wirklich?«

Sie starrte ihn entgeistert an. »Wussten Sie das nicht? Wie

können Sie daran zweifeln? Nach den scheußlichen Worten, die Sie mir auf Summers Glade an den Kopf geworfen haben.«

Er zuckte die Achseln. »Ich habe Sie lediglich gewarnt, keine Gerüchte über mich und Sabrina in die Welt zu setzen. Daran ist nichts Scheußliches.«

»Sie haben einfach angenommen, ich würde ein Gerücht in Umlauf bringen. Was ich aber nie getan hätte. Ich habe lediglich versucht, ihr großen Kummer zu ersparen. Weil ich überzeugt davon war, dass Sie beide sich das Lager teilten. Es war ja nicht zu übersehen, wie viel Aufmerksamkeit Sie ihr schenken. Es wäre nur eine Frage der Zeit gewesen, bis andere zu demselben Rückschluss gekommen wären. Doch statt mich aufzuklären, dass ich mich geirrt habe, haben Sie mir angedroht, mich zu ruinieren, falls ich je wieder ein Wort darüber verlieren würde.«

»Aus gutem Grund, wenn man Ihren Ruf bedenkt – nämlich dass Sie eine Vorliebe dafür haben, Gerüchte zu streuen.«

»Mit anderen Worten, Sie haben keinerlei Beweise dafür, dass es Gerüchte gibt, die auf mich zurückgehen«, entgegnete Ophelia trocken. »Aber wir können hiermit getrost festhalten, dass *Sie* niemals einen wertvollen Beitrag zu meinem Glück leisten werden. Und aus ebendiesem Grunde werden Sie mich morgen zurück nach Hause fahren.«

Raphaels Antwort ließ nicht lange auf sich warten. »Nein, das werde ich nicht. Außerdem habe ich nie gesagt, ich würde Sie glücklich machen. Ich werde Ihnen lediglich dabei behilflich sein, sich Ihrem Glück zu nähern, mit sich selbst im Reinen zu sein.«

»Aber das bin ich doch!«, knurrte sie.

»Das klingt ganz und gar nicht so«, antwortete er und erhob sich.

»Wo gehen Sie hin?«, fragte Ophelia wie aus der Pistole geschossen.

»Etwas essen und dann ins Bett. Ich werde das Gefühl nicht los, dass vor uns ein anstrengender Tag liegt.«

»Und was ist mit der Erklärung? Sie schulden mir noch etwas.«

Raphael hob eine Augenbraue. »Ach ja, das. Angesichts meines knurrenden Magens werde ich mich kurz fassen. Wir werden in der nächsten Zeit daran arbeiten, Sie in eine höfliche, rücksichtsvolle Frau zu verwandeln, die andere gern um sich haben. Und zwar nicht wegen Ihrer umwerfenden Schönheit, sondern wegen Ihres liebreizenden und gefälligen Wesens. Erst wenn Sie *mich* überzeugen können, dass wir dieses Ziel erreicht haben, werde ich Sie zurück nach Hause fahren.«

Kapitel neun

Raphaels Begegnung mit Ophelia war um einiges besser verlaufen, als er es erwartet hatte. Inzwischen hatte er sich in sein Schlafzimmer zurückgezogen und lag auf dem breiten, massiven Bett aus Eichenholz. Ophelia einen derartigen Schock zu versetzen, dass sie schwieg, hatte zu keiner Lösung geführt, aber er bereute es nicht. Immerhin hatte es ihm die Gelegenheit geboten, sich zu empfehlen und für die Nacht zurückzuziehen.

Obwohl es ruhig im Haus war – auch Ophelia war ins Bett gegangen –, war ihm keine erholsame Nachtruhe vergönnt. Mit Schrecken dachte er daran, dass Ophelia die Dunkelheit für einen Fluchtversuch nutzen könnte.

Seine Gedanken kreisten darum, dass er sich von Ophelia derart in die Defensive hatte drängen lassen, dass er die Wette mit Duncan mit keinem Wort erwähnt hatte. Auf der anderen Seite war es nicht unbedingt notwendig, dass sie davon erfuhr. Sie könnte es in den falschen Hals bekommen. Sobald sie die ersten Erfolge erzielt hatten und sie ihre unbändige Wut und Gehässigkeit einigermaßen unter Kontrolle hatte, wäre noch immer genug Zeit. Was ihn ein wenig erstaunte, war, dass Duncan in einem Punkt recht zu behalten schien. Ophelia war felsenfest davon überzeugt, dass es nichts gab, wofür sie sich schämen müsste. Aus ihrer Sicht sah es so aus, als gäbe es an ihrem Betragen nichts auszusetzen. Vielleicht hatte sie es bislang einfach nur versäumt, sich ihr Verhalten und die Reaktion ihrer Umwelt aus der Distanz anzusehen. Beim Allmächtigen, schoss es ihm durch den Kopf, ist es jetzt schon so weit, dass ich ihretwegen nach Entschuldigungen suche? Er schüttelte sich.

Allerdings musste er sich eingestehen, dass ihre atemberaubende Schönheit ihn stärker in den Bann zog, als ihm lieb war. In einem besonders schwachen Moment hatte er sich sogar dabei ertappt, dass er ihren Wutausbruch am liebsten mit einem langen, sinnlichen Kuss beendet hätte. Wo, zum Teufel, war dieser Gedanke nur hergekommen? Als radikale Gegenmaßnahme beschloss Raphael, sie fortan nicht mehr anzusehen.

Entrüstet darüber, dass seine Gedanken ihn um den Schlaf brachten, warf er sich auf die andere Seite und drosch mit der Faust in sein Kissen.

* * *

»Warum tun Sie das?«

Raphael, der sich auf dem Weg zum Esstisch befand, würdigte Ophelia, die bereits Platz genommen hatte, keines Blickes. Er kostete den Augenblick aus. Wie lange sie wohl schon auf sein Eintreffen gewartet hatte? Ein flüchtiger Blick auf ihren Teller verriet ihm, dass sie bereits gefrühstückt hatte.

»Wenn Sie nichts dagegen haben, würde ich erst eine Kleinigkeit zu mir nehmen, ehe wir mit der Arbeit beginnen?«

»Doch, habe ich.«

»Dann betrachten Sie dies als Gelegenheit, die gestrige Lektion zu wiederholen.«

Ehe Ophelia etwas erwidern konnte, betrat Nan, die älteste Tochter des Verwalters, den Frühstückssalon, einen Teller in den Händen. Sie und ihre Mutter Beth waren am Vortag gerade noch rechtzeitig eingetroffen, um den Gästen ein kaltes Abendessen zu servieren. Sowohl Mutter als auch Tochter waren einfache, hilfsbereite Frauen vom Lande, die das Herz am richtigen Fleck trugen.

»Die Ausbeute ist recht mager, Mylord«, warnte Nan ihn,

als sie ihm den Teller servierte. »Mein Vater ist zum Markt gefahren, um die Vorratskammern aufzufüllen, und wird nicht vor heute Abend oder morgen früh zurück sein. Und die Speisekammer gibt nicht sehr viel her.«

»Sie müssen sich nicht entschuldigen, ich habe vollstes Verständnis«, sagte Raphael und lächelte Nan an. »Schließlich bin ich ja auch unangemeldet aufgetaucht, und dann auch noch mit vier fremden Damen.«

Mit einem Nicken eilte das schüchterne Mädchen zurück in die Küche.

Die ganze Zeit über hatte Ophelia unablässig mit den Fingern auf dem Tisch getrommelt. Raphael starrte auf ihre Hand.

»Das sieht mir nicht sehr nach Geduld aus«, sagte er streng.

»Wie ich bereits sagte, Geduld gehört nicht gerade zu meinen Stärken. Eine meiner wenigen Charakterschwächen, wenn Sie es genau wissen wollen.«

Raphael war erleichtert, dass sie sich wenigstens eines zivilisierten Tons bediente, auch wenn sich das jeden Augenblick ändern konnte. »Sie geben also zu, Schwächen zu haben. Würden Sie nicht gern ein Leben ohne diese Schwächen führen?«

»Welch eine Frage. Natürlich. Aber Sie sind der Letzte, den ich dabei um Hilfe bitten würde«, entgegnete sie.

Raphael, der gerade dabei war, sich eine Scheibe frisch gebackenen und leicht gerösteten Brots mit Butter zu bestreichen, fragte: »Wie alt sind Sie? Achtzehn? Neunzehn? Und können sich nicht in Geduld fassen? Sie brauchen dringend Hilfe, und ich hätte nichts dagegen, die Rolle des Lehrers zu spielen.«

»Sie meinen wohl eher die Rolle des Teufels?«

Mit einem Glucksen warf Raphael ihr einen Blick zu. »Man hat mir schon Schlimmeres an den Kopf geworfen, und ja, Sie werden mich in noch schlechterem Licht sehen, ehe wir hier fertig sind. In der Zwischenzeit werden Sie meine Hilfe dankend annehmen.«

Ophelias Antwort bestand aus einem lauten Schnauben,

woraufhin Raphaels Glucksen sich zu einem Lachen auswuchs.
»Verstehe, aber *dankend* trifft es nicht annähernd.«

Ophelia schleuderte funkelnde Blicke über den Tisch, doch Raphael zuckte lässig mit den Schultern und ging dazu über, sie wieder zu ignorieren. Dem Anschein nach konzentrierte er sich auf das, was vor ihm auf dem Teller lag. Innerlich jedoch verfluchte er sich, weil er sie angesehen hatte. Sie sah aber auch verdammt gut in ihrem dunkelrosa Morgenmantel aus. Und er mochte ihr Haar, das sie zu einer eng anliegenden Frisur geformt hatte, die sie dem Anschein nach sehr gerne trug. Der Pony fiel ihr bis über die Augenbrauen, und kleine Korkenzieherlocken rahmten ihre Schläfen ein. Raphael ertappte sich dabei, wie er sich fragte, ob es Tage gab, an denen sie weniger bezaubernd aussah.

Nachdem sie einige Minuten weiter getrommelt hatte, fragte sie: »Wo ist eigentlich Ihre Tante?«

»Sie ist in Deckung gegangen. Zu viel schlechte Laune im Frühstückssalon.«

»Warum müssen Sie mich eigentlich mit jedem Wort beleidigen?«, fuhr Ophelia ihn ungehalten an.

»Tue ich das? Ich frage mich nur, warum.«

Raphael beobachtete, wie sich ihre Wangen leicht verfärbten. Es stand ihr so gut, dass er sich wunderte, warum sie nicht jeden Tag ein wenig Rouge auflegte. Nein, entschied er, das hatte sie nicht nötig. Sie war von Natur aus schön genug.

In lockerem Ton antwortete er: »Sie lässt sich nie vor dem Mittagessen blicken, genießt es, in ihrem Zimmer zu sitzen und zu stricken. Außerdem liebt sie es, ihre Nase in Bücher zu stecken. Aber nur, wenn sie allein ist. Würde mich nicht wundern, wenn eine ihrer Truhen randvoll mit Büchern wäre.«

»Vielen Dank, aber so genau wollte ich es gar nicht wissen.«

»Gespräche, die sich ausnahmsweise nicht um Ihre Wenigkeit drehen, scheinen Sie nicht gewohnt zu sein, oder wie darf ich Ihre Reaktion verstehen?«

Die Röte auf ihren Wangen wurde intensiver. Aha! Endlich etwas, das ihrem himmlischen Strahlen etwas anhaben konnte und ihr den Anschein des Normalen verlieh. Vermutlich war das der Grund, warum sie kein Make-up trug. Ein wenig zu viel, und ihre blassen Wangen wirkten, als würden sie von hektischen Flecken heimgesucht.

Um seine Gedanken von ihrer äußeren Erscheinung abzulenken, sagte er: »Hatten Sie gehofft, sie auf Ihre Seite ziehen zu können? Sie können sich die Mühe sparen. Sie hält zu mir.«

»Sie wird nicht gutheißen, was Sie hier tun«, erwiderte Ophelia schlicht.

»Das muss sie auch nicht. Sie weiß, dass ich den Segen Ihrer Eltern habe, das reicht ihr. Damit sollten *Sie* sich im Übrigen auch zufriedengeben.«

»Eine höchst fragwürdige Erlaubnis, wenn man in Betracht zieht, dass Sie sich die Vorliebe meines Vaters für gewichtigere Titel als den seinen zunutze gemacht haben.«

Raphael bemerkte die Verbitterung, die sich in Ophelias Stimme schlich, und es war nicht das erste Mal, wie ihm auffiel, wenn die Rede auf ihren Vater kam. Alles deutete darauf hin, dass sie ihn nicht sonderlich mochte. Auf der anderen Seite schien die Liebe, die der Earl für seine Tochter empfand, auch nicht sonderlich tief zu gehen, hatte er doch versucht, sie gegen ihren Willen zu einer Ehe zu drängen.

Sie hatte keine Antwort erwartet und verfiel tatsächlich für einige Minuten in Schweigen. Sogar das Trommeln versiegte. Stattdessen starrte sie ihn an, was ihm ein Gefühl des Unbehagens bescherte. Auf Summers Glade, ehe sie sich abermals mit Duncan verlobt hatte, hatte sie ihm unverkennbar schöne Augen gemacht. Das war auch der Grund dafür gewesen, warum er sie seinerzeit gewarnt hatte, es sei in seiner Familie so üblich, dass die Männer auf Brautjagd gingen, und es nicht gutheißen, wenn heiratswütige Frauenzimmer ihnen nachstellten. Augenscheinlich hatte sie sich zu ihm hingezogen gefühlt, ansonsten hätte sie ihm keinerlei Avancen gemacht. Das zumindest war ihm durch den Kopf gegangen, ehe er ihr einen Rüffel erteilt hatte, als ihre Behauptung, er und Sabrina würden das Bett teilen, ihn hatte aus der Haut fahren lassen.

Er hatte ihr gegenüber einen heftigen Ton angeschlagen, und seitdem hegte sie vor allem Abneigung gegen ihn. Nicht, dass seine Gefühle ihr gegenüber positiver waren, aber ihre gegenseitige Abneigung machte diese Mission um einiges schwieriger, für beide wohlgemerkt. Er hatte jedoch nicht vor, sich anzubiedern, nur um die Sache zu vereinfachen. Zum Teufel, nein. Er hatte alle Hände voll damit zu tun, ihre Schönheit zu ignorieren, auch ohne dass sie ihm feurige Blicke zuwarf.

»Wenn Sie Ihr Frühstück beendet haben«, merkte sie schließlich an, »möchte ich, dass Sie mir endlich eine Antwort auf meine ursprüngliche Frage geben.«

Er hatte gerade erst angefangen zu essen, aber sie hatte bereits so viele Fragen gestellt, dass er sich nicht sicher war, worauf sie eine Antwort erwartete. »Und welche wäre das?«

»Warum Sie mir das antun.«

»Darum geht's schon wieder. Es gibt eine Menge Gründe dafür.«

»Nennen Sie mir wenigstens einen.«

»Die meisten Menschen mögen Sie nicht, mit Ausnahme der armen Tölpel, die noch nicht herausgefunden haben, dass Sie ein zänkisches Weib sind.«

»Ich bin kein zänkisches Weib. Das hat außerdem nichts mit Ihnen zu tun, also geben Sie mir einen weiteren Grund.«

»Wie Sie wünschen. Ich finde es befremdlich, dass jemand von solch erlesener Schönheit so unglücklich ist – ein Umstand, den ich zu ändern gedenke. Meine gute Tat des Jahres, wenn Sie wollen. Was Ihre Reaktion auf meinen ersten Grund betrifft, muss ich Ihnen jedoch widersprechen. Ich tendiere dazu, den Schwächeren zu beschützen, ihm zu helfen, wenn es in meiner Macht steht. Und in Ihrem Fall tut es das.«

»Es ist hinlänglich bekannt, dass Sie ein Herz für Schwächere haben«, gestand sie ihm zu. »Selbst mir ist es bereits zu Ohren gekommen. Aber lassen Sie sich eins gesagt sein: Ich gehöre definitiv *nicht* zu den Schwachen. Es ist empörend, dass Sie auch nur eine Sekunde angenommen haben, ich sei ...«

»Und ob Sie das sind«, unterbrach er sie mit ruhiger Stimme. »Nennen Sie mir einen Menschen, abgesehen von Ihren Eltern und der Horde Männer, die ich bereits erwähnte, der Sie mag.«

»Meine Zofe«, antwortete Ophelia, sichtlich stolz darüber, dass sie so schnell mit einer Antwort aufgewartet hatte.

Raphael rollte mit den Augen. »Bedienstete zählen nicht.«

»Fahren Sie zur Hölle«, entgegnete Ophelia und verließ zu seiner Überraschung den Tisch.

»Wo gehen Sie hin?«

»Ich werde nach Hause laufen«, ließ sie ihn wissen, ohne sich noch einmal umzudrehen.

Raphael lachte los, was Ophelia veranlasste stehen zu bleiben, noch bevor sie die Tür erreicht hatte.

»Das ist mein voller Ernst«, sagte sie und drehte sich zu ihm um, damit er ihr glaubte. »Ich werde mir jemanden suchen, der mir hilft, nach London zurückzukommen.«

»Das dürfte Ihnen mit Sicherheit gelingen, aber vermutlich nicht, ehe es dunkel wird. Und dann, was gedenken Sie dann zu tun? Außer zu frieren oder sich hoffnungslos zu verlaufen und zu frieren?«

Wutentbrannt stand sie da. Raphael verspürte Mitleid mit ihr. »Kommen Sie her, setzen Sie sich wieder, und ich werde Ihnen erklären, warum es keine gute Idee ist, sich zu Fuß auf den Rückweg zu machen. Hier, nehmen Sie noch eine Scheibe Brot«, fügte er hinzu, als sie an ihm vorbeilief und sich auf die andere Seite des Tisches stellte. Statt sein Angebot anzunehmen, nahm sie den Stuhl, hob ihn hoch und ließ ihn mit voller

Wucht wieder fallen, damit er wusste, wie sehr sie vor Wut kochte. Erst dann nahm sie Platz.

»Ich höre«, brummte sie.

Raphael hatte große Mühe, nicht laut loszulachen. Um sich nichts anmerken zu lassen, nahm er schnell einen Bissen vom Brot, was für Ophelia wiederum bedeutete, dass sie warten musste, was, wie die beiden ja festgestellt hatten, nicht zu ihren Stärken zählte. Aber ihr bühnenreifer Auftritt war einfach zu köstlich, zumal die Wut dahinter echt war. Er hatte das Gefühl, dass sie auf diese Weise ihren Willen für gewöhnlich durchsetzte, und machte sich im Geiste die Notiz »verwöhnt« auf der ohnehin schon ellenlangen Liste mit Verfehlungen.

»Ich warte«, knurrte sie mit eisigem Blick.

Raphael richtete geschwind den Blick auf den Teller, ehe er sagte: »Hatte ich vergessen zu erwähnen, wie einsam Alder's Nest gelegen ist? Mein Großvater erstand dieses riesige Stück Land in der Wildnis von Northumberland just aus dem Grunde, weil hier weit und breit kein Nachbar ist. Um sicherzugehen, dass er nicht gestört wurde, hat er das Cottage genau in die Mitte seines Landes bauen lassen.«

»Warum?«, wollte Ophelia wissen, deren Interesse nun geweckt war.

»Eine gute Frage, die sich auch die ganze Familie immer wieder gestellt hat. Ihm schwebte eine Rückzugsmöglichkeit vor, bei der sich die Familie zweimal überlegen würde, ob sie ihm einen Besuch abstattete. Er machte keinen Hehl daraus; seinerzeit lebte er mit einer ganzen Horde lärmender Kinder unter einem Dach.«

»Dafür, dass er dieses Cottage nur brauchte, um hin und wieder ein wenig Ruhe zu haben, ist es ganz schön groß ausgefallen.«

»Da gebe ich Ihnen recht, aber vergessen Sie nicht, dass er ein Herzog war«, antwortete Raphael feixend. »Für einen

Mann in seiner Position hätte sich ein einfaches Domizil nicht geziemt.«

»Er hat sich eine Geliebte hier gehalten, habe ich recht?«, fragte Ophelia mit triumphierendem Unterton.

Zum Glück hatte Raphael nichts im Mund, an dem er sich hätte verschlucken können. »Grundgütiger, es ist unglaublich, welch verschrobene Gedankengänge Sie zuweilen haben. Nein, Sie irren. Er liebte und verehrte seine Gemahlin und seine Kinder. Er blieb nie lange hier, höchstens ein bis zwei Wochen im Jahr.«

Ophelia zuckte lässig die Achseln. So, als hätte sie weder ihn noch seine Familie mit grundlosen Anschuldigungen beleidigt. »War nur eine Vermutung.«

»Nein, das war eine erstklassige Demonstration Ihrer Boshaftigkeit.«

Ophelia schnappte nach Luft. »Ich muss doch sehr bitten.«

»Ohne meine Familie zu kennen oder je meinem Großvater begegnet zu sein, besitzen Sie die Unverfrorenheit, ihn des Ehebruchs zu bezichtigen und es dann als harmlose Vermutung abzutun. Nur damit Sie es wissen: Wenn ein Mann sich eine Geliebte hält, dann nicht an einem so unzugänglichen und abgelegenen Ort wie diesem.«

»Ich nehme stark an, Sie sprechen aus eigener Erfahrung.«

Sie hatte es schon wieder getan. War ihr das eigentlich bewusst? Waren Abfälligkeit und Hohn so tief in ihrem Wesen verwurzelt, dass sie gar nicht merkte, was sie sagte?

Ophelia schien seine Gedanken erraten zu haben. »Machen Sie sich nicht lächerlich. Sie erwarten doch nicht allen Ernstes, dass ich Ihnen gegenüber leutselig bin, oder? Wenn Sie glauben, das wäre eine Beleidigung gewesen, dann warten Sie erst einmal ab, bis ich richtig loslege.«

Wieder musste Raphael ein Lachen unterdrücken. Er hatte beileibe nicht damit gerechnet, dass sie derart schlagfertig war.

»Natürlich erwarte ich nicht, dass Sie freundlich zu mir sind –

noch nicht. Schließlich ist das der Grund, warum Sie hier sind, schon vergessen? Aber falls es Sie interessiert, ja ich habe aus eigener Erfahrung gesprochen. Ihnen dürfte bestimmt auch schon zu Ohren gekommen sein, dass ich ein Lebemann bin, wie er im Buche steht.«

»Natürlich doch. Ich habe es nur nie geglaubt.«

»Warum nicht?«

»Weil Sie der zukünftige Duke of Norford sind«, antwortete sie stark gekünstelt. »Mit anderen Worten, Sie werden genug Umsicht walten lassen, sich auf dem Weg zum Herzogtum nicht selbst ein Bein zu stellen.«

»Verstehe. Sie empfinden es also als skandalös, wenn ein unverheirateter Mann sich eine Geliebte hält.«

Sie legte die Stirn in Falten. »Nun, nein. Ich dachte dabei vielmehr an einen verheirateten Mann.«

»Schon in Ordnung, meine Liebe. Sie können ruhig zugeben, überhaupt nicht nachgedacht zu haben. Das tun Sie ohnehin recht oft, kann das sein? Reden, ohne nachzudenken.«

Da war sie wieder, die kleidsame Wangenröte. Aber er würde sich noch ein wenig mehr ins Zeug legen, damit die hektischen Flecken zutage traten.

»Wenn Sie damit fertig sind, mich durch den Dreck zu ziehen«, zischte sie, »sollten wir uns wieder den wichtigen Dingen widmen.«

»Warum es keine sonderlich gute Idee ist, sich zu Fuß auf den Weg nach London zu machen?«

»Das auch. Aber Sie erwarten doch nicht allen Ernstes, dass ich Ihnen glaube, wenn Sie behaupten, dieses Haus läge so abgeschieden, dass ich in der Nachbarschaft keinerlei Hilfe finden würde, oder?«

Er lachte auf. »Es gibt keine Nachbarschaft. Aber Sie können gern das Gesinde fragen. Sie werden Ihnen sagen, dass Bartholomews Haus das einzige im Umkreis von fünfzig Meilen ist. Bis zum nächsten Markt ist es sogar noch weiter. Oder haben Sie nicht gehört, wie Nan sagte, ihr Vater wäre den ganzen Tag fort, um Besorgungen zu machen?«

»Das ist unerträglich!«

»Und der Grund dafür, warum ich Sie ausgerechnet hierher und nicht auf eines meiner anderen Anwesen gebracht habe. Hier können Sie sich im Haus und der näheren Umgebung frei bewegen.«

»Im Gegensatz dazu, dass Sie mich anderswo hinter Schloss und Riegel gehalten hätten, oder wie darf ich das verstehen?«

»Sie haben es erfasst!«

Sie blickte verwundert drein. »Das sollte ein Scherz sein.«

»Das weiß ich, aber ich habe es ernst gemeint. Und je früher Sie verstehen, wie viel mir daran liegt, Ihnen zu helfen, umso schneller können wir beide von hier fort.«

»Und wie genau stellen Sie sich Ihre *Hilfe* vor?« Ophelias Stimme triefte vor Sarkasmus. »Planen Sie etwa, hier eine Benimmanstalt zu eröffnen? Kein sonderlich guter Auftakt, wenn Sie dafür Ihre Elevinnen gewaltsam entführen müssen.«

»Machen Sie sich nicht lächerlich.«

»Ihr gesamtes Vorhaben ist lächerlich. Wo soll denn der Unterricht stattfinden, wenn es kein Klassenzimmer gibt?«

»Es ist das erste Mal in meinem Leben, dass ich mich einer solch beängstigenden Aufgabe widme. Ich schlage vor, wir lassen es einfach auf uns zukommen, und sehen, wie es klappt.«

Beängstigend. Seine Wortwahl hatte gesessen. »Warum geben Sie nicht einfach zu, dass Sie einen Fehler gemacht haben, bringen mich nach Hause, und wir vergessen diese alberne Sache? Sie denken doch ohnehin, ich wäre ein hoffnungsloser Fall, oder?«

»Wenn dem tatsächlich so wäre, befänden wir uns jetzt nicht hier. Und dass ich Sie nach Hause bringe, steht nicht zur Debatte – noch nicht.«

Ophelias Kiefer mahlte. »Sie haben mir noch immer keine befriedigende Antwort darauf gegeben, warum Sie sich in mein

Leben einmischen. Haben Sie auch nur eine Sekunde daran gedacht, dass ich mich mag, so wie ich bin? Dass ich gar kein anderer Mensch sein möchte?«

»Ausgemachter Blödsinn. Sie sind todunglücklich. Und genau deswegen setzen Sie auch alles daran, dass es anderen nicht besser ergeht. Selbst ein Kind würde das erkennen. Beim Allmächtigen, Ophelia, nein, bitte nicht weinen.«

Ophelia stürmte aus dem Zimmer, um die Tränen zu verbergen, die ihr unter den Lidern brannten.

Raphael unternahm nichts, um sie zurückzuhalten. Diese vermaledeiten Tränen! Echte Tränen des schönen Geschlechts waren sein Niedergang. Er wollte nicht, dass sie erfuhr, wie butterweich sein Herz wurde, wenn er Frauen weinen sah. Sie würde diese Schwäche schamlos ausnutzen, da war er sich sicher. Es verdutzte ihn, dass er mit seiner Feststellung bereits so schnell ins Schwarze getroffen hatte. Die Frage war nur, welche Ursachen ihrem Unglück zugrunde lagen.

Kapitel zehn

»Na, na, wer wird denn da gleich weinen«, sagte Sadie in ihrem strengen, mütterlichen Tonfall, als sie Ophelias Gästezimmer betrat. »Davon bekommen Sie doch nur rote Augen.« Ophelia, die auf dem Bett gelegen und in die Kissen geweint hatte, richtete sich ein wenig auf. Sie verstand selbst nicht, woher die Tränen kamen, fühlte sich aber jetzt, nachdem sie sie vergossen hatte, ein wenig besser.

»Rot passt ganz gut zu dem Kleid, für das ich mich entschieden habe«, antwortete sie, um der Situation etwas Heiteres abzuringen.

»Ich bin untröstlich, aber da muss ich Ihnen widersprechen. Rot ist einfach nicht Ihre Farbe, meine Liebe. Darf ich fragen, wie es überhaupt so weit kommen konnte? Gestern waren Sie so wütend, dass Sie nicht mit mir reden wollten, und heute weinen Sie schon wieder?«

»Dieser Raphael ist ein Unhold. Ich könnte vor Wut über mich selbst platzen, weil ich kurz mit dem Gedanken gespielt habe, ihn zum Gemahl zu nehmen.«

»Aber das ist doch mehr als verständlich – bei dem gewichtigen Titel, den er eines Tages erben wird«, versuchte Sadie sie zu beruhigen.

»Als ob ich mich auch nur ein Jota für Titel und Ränge interessieren würde. Der Titel wäre für meinen Vater gewesen.«

»Wissen Sie, selbst ich habe von dem Gerede über die vielen Mädchen- und Mütterherzen, die Lord Locke gebrochen hat, Wind bekommen. Ein ziemlicher Charmeur, wenn Sie mich fragen.«

Ophelia schnaubte. »Pah, davon merke ich aber nicht viel.«

»Dann haben Sie sich vermutlich körperlich zu ihm hingezogen gefühlt. Denn schlecht sieht er nun wahrlich nicht aus.«

Ophelia hätte Sadie liebend gern widersprochen, aber das ging nicht. Es machte sie nur noch wütender, dass ein solch stattlicher Mann ein solch selbstherrlicher Bastard sein konnte.

»Hast du eigentlich etwas erreicht?«

Ophelia hatte Sadie losgeschickt, um etwas über den Verbleib der Kutsche herauszufinden. Sie dachte zwar nicht, dass eine von ihnen in der Lage wäre, das Gefährt zu lenken, aber es konnte nicht schaden, auf die Pferde zurückzugreifen. Das war jedoch gewesen, bevor sie in Erfahrung gebracht hatte, wie tief Raphael sie in die Wildnis geführt hatte.

»Die Kutsche steht im Stall«, antwortete Sadie. »Aber ohne die Pferde. Und die Dienstboten haben die Anweisung, nicht mit uns darüber zu reden, wo sie sind.«

»Das überrascht mich nicht im Geringsten«, seufzte Ophelia. »Wir sitzen hier fest, daran besteht kein Zweifel.«

»Das dachte ich mir schon. Aber wie lange?«

»Bis er zugibt, seine Kompetenz gehörig überschritten zu haben.«

»Also hat er Sie nicht hergebracht, um Sie zu kompromittieren?«

Ophelia spürte, wie ihre Wut wieder die wildesten Blüten trieb. »Anfänglich dachte ich ähnlich wie du, aber er kann mich nicht einmal ausstehen. Deswegen ergibt es ja auch keinen Sinn, dass er mir *helfen* möchte.«

»Ihnen helfen?« Sadie runzelte die Stirn. »Wie soll es Ihnen denn helfen, wenn er sich mit Ihnen davonschleicht? Das würde mich brennend interessieren.«

»Er will mir vor Augen führen, was für ein gemeiner, schlechter Mensch ich doch bin«, sagte Ophelia sarkastisch. »Wenn ich die Situation richtig einschätze, wird er sich nicht eher zufriedengeben, bis ich mich von Grund auf geändert habe und mir die Liebenswürdigkeit aus den Poren trieft.«

Sadie johlte. »Das hat er Ihnen gesagt? Das ist doch ...«

»Es war ihm ernst.«

»Na ja, dann zeigen Sie ihm halt, wie herzlich Sie sein können.«

»Den Teufel werde ich tun!«

»Ich kann mir vorstellen, wie aufwühlend das alles sein muss, aber wenn es uns wieder nach Hause bringt, sollten Sie ... Ist ja auch egal. Ich glaube diesen Humbug ohnehin nicht. Sind Sie sich sicher, dass er nicht doch heimlich sein Herz an Sie verloren und Sie hierhergebracht hat, um Ihnen in Allerseelenruhe den Hof zu machen? Für mich ist das die einzige logische Erklärung. Immerhin hatten Sie beide einen recht holprigen Start.«

»Seitdem ist es steil bergab gegangen. Er macht nicht einmal einen Hehl aus seiner Abneigung.«

Sadie war trotzdem noch immer nicht überzeugt. »Das könnte alles zur Strategie gehören. Ein ziemlich alter Trick, müssen Sie wissen.«

»Was?«

»Er will Sie glauben machen, Sie könnten ihn nicht haben«, antwortete Sadie, als läge es klar auf der Hand. »Bei den meisten Menschen funktioniert es, man muss ihnen nur vorgaukeln, man sei unerreichbar. Damit schürt man das Interesse an der eigenen Person gewaltig.«

Ophelia schnaubte. »Da kennt dieser grobe Klotz mich aber schlecht.«

»Aber das weiß er ja nicht – noch nicht.«

Ophelia zog die Augenbrauen in die Höhe. Vielleicht sollte sie sich die Zeit nehmen, über Sadies Einwurf ein wenig nachzudenken – doch nein, welch ein törichter Gedanke. Aber nicht so töricht wie Raphaels Erklärung, dass er sie zu einem anderen Mensch machen wollte. Sie? Ein anderer Mensch? Und das, obwohl er keinen blassen Schimmer hatte, mit wem er es eigentlich zu tun hatte?

Sie schüttelte den Kopf. »Glaub mir, ich erkenne genau, wann ein Mann mich heimlich bewundert. Sobald dieser Locke auch nur das Wort an mich richtet, beleidigt er mich. Es macht ihm Spaß, mir vorzuhalten, niemand würde mich mögen. Er hat mich gemein und boshaft geschimpft. Er ist genauso niederträchtig wie Mavis. Hat nicht einmal davor zurückgeschreckt, mich ein zänkisches Weib zu schimpfen!«

»Mit Verlaub, aber zuweilen sind Sie in der Tat ein wenig kratzbürstig.«

»Aber nie ohne Grund! Ich bin diese ständige Heuchelei satt. Und seit dem Beginn der Saison ist alles noch viel schlimmer. Ich weiß überhaupt nicht mehr, wem ich noch vertrauen kann – mit Ausnahme meiner Mutter und dir, versteht sich. Und du weißt, dass die Hälfte der Dinge, die ich sage oder tue, erst nach reiflicher Überlegung erfolgt. Aber manchmal habe ich meinen Groll eben nicht im Griff.«

»Ich weiß.« Sadie setzte sich neben Ophelia und legte ihr den Arm um die Schulter.

»Das tut weh.«

»Ich weiß«, sagte Sadie mitfühlend. »Habe ich übrigens schon erwähnt, dass es schneit? Das war der eigentliche Grund, warum ich Sie aufgesucht habe«, schob sie schnell hinterher, damit Ophelia nicht noch einmal in Tränen ausbrach.

»Ernsthaft? Es schneit?«

Unter anderen Umständen hätte Ophelia bei dieser Nachricht einen Freudenschrei ausgestoßen. Nicht so in diesem Moment, zu groß war die Niedergeschlagenheit. Dennoch glitt ihr Blick wie von selbst zu den Fenstern, die hinter den weißen Vorhängen verborgen lagen. Mit einem Mal wünschte sie sich, sie hätte es Sadie doch erlaubt, sie am Morgen zurückzuziehen. Doch stattdessen hatte sie die Zofe angeraunzt, es sein zu lassen, weil es ohnehin nichts gab, auf das es sich zu blicken lohnte.

Ophelia war ein Eckzimmer zugewiesen worden, von dessen zahlreichen Fenstern aus sie in die trostlose Einöde sehen konnte. Es war zweckdienlich eingerichtet, nahm allerdings nur in begrenztem Rahmen Rücksicht auf die Bedürfnisse einer Frau. Es gab keinen Toilettentisch, dafür aber einen wundervoll gearbeiteten Sekretär aus Kirschholz, der rundherum mit aufwendigen Intarsien verziert war, die Beine eingeschlossen. Davor stand ein passender Stuhl. Zwischen zwei Fenstern lud ein ausladender Sessel zum Lesen ein, und auf der anderen Seite befand sich ein hohes Bücherregal. Ferner gab es einen Kleiderschrank, der auf der Innenseite seiner Tür einen Spiegel beherbergte. Die Lampen auf den beiden Nachttischchen neben dem Bett waren einfach, verströmten aber ein angenehmes Licht.

Die nackten Dielen zierte ein Teppich mit einem braun-violetten Muster, der sich fast durch den gesamten Raum erstreckte und es Ophelia ermöglichte, sich zwischendurch auch barfuß im Zimmer zu bewegen. Die Wandgemälde zeigten verschiedene Motive, angefangen von spielenden Kindern auf dem Land über eine belebte Straße in einer Stadt und eine traurig dreinblickende Frau bis zu einem Stillleben, auf dem eine Vase zu sehen war, in der eine einsame Blume ihr tristes Dasein fristete.

Gemessen an der Größe des Cottages und der Tatsache, dass es so weit ab von der Zivilisation lag, war die Ausstattung geradezu als luxuriös zu bezeichnen. Ophelia hatte bereits gehört, dass die Lockes mit Reichtum gesegnet waren, jetzt glaubte sie es auch. Nicht, dass es ihr etwas bedeutete. Wenn es nach ihr ginge, konnte Raphael Locke ruhig am Geld der Familie ersticken.

Als sie es nicht mehr aushielt, sprang sie aus dem Bett, riss die Vorhänge zurück und blickte auf die dicken Flocken, die durch die Luft gewirbelt wurden und auf dem Boden liegen blieben.

»Welch ein wundervoller Anblick«, sagte sie ehrfürchtig.

Sadie gesellte sich zu ihr und blickte ebenfalls nach draußen. »Dachte ich mir doch, dass es Ihnen gefällt.«

»Wenigstens bleibt er liegen und bedeckt die Einöde.«

»Die Köchin meinte, im Hochsommer, wenn die Heide blüht, wäre es himmlisch hier. Können Sie sich das vorstellen, überall blühende Heide, so weit das Auge reicht?«

»Könnte in der Tat verlockend sein«, sagte Ophelia, wenngleich sie derzeit keinen Sinn für Blumen hatte, so sehr begeisterte sie das kalte Schauspiel jenseits der Fensterscheibe.

»Wenn es weiter so schneit, sind wir morgen von einem dicken Teppich aus unberührtem Schnee umgeben«, meinte Sadie.

Das interessierte Ophelia schon mehr. »Glaubst du, er bleibt tatsächlich liegen?«, fragte sie aufgeregt.

»So weit nördlich, wie wir sind, bleibt er bestimmt liegen. Soll ich vorsichtshalber die dickere Kleidung doch auspacken?«

Sadie kannte ihre Herrin wie keine andere. Ophelia liebte es, in jungfräulichem Schnee zu wandeln, vorausgesetzt, er war dick genug, dass ihre Fußstapfen nicht den Boden darunter freigaben.

»Pack meinetwegen alles aus«, seufzte Ophelia.

Noch am Abend hatte sie Sadie verboten, alle Kleider aus der Truhe zu holen, überzeugt davon, dass sie ohnehin nicht sonderlich lange bleiben würden. »Wir werden eine Weile hier sein – zumindest einige Tage lang«, fügte sie hinzu, ehe sie sich Sadie zuwandte und die Augen weit aufriss. »Meine Augen sind nicht wirklich gerötet, oder?«

»Klingt, als wollten Sie sich doch wieder in die Höhle des Löwen begeben«, mutmaßte Sadie.

Immerhin widersprach Ophelia ihr nicht. »Raus mit der Sprache. Gerötet, ja oder nein?«

Die Zofe schnalzte mit der Zunge und meinte: »Warum sehen Sie nicht selbst nach. Dort drüben ist ein Spiegel, und er ist nicht Ihr Feind.«

»Sadie«, warnte Ophelia die ältere Frau.

»Nein, sie sind nicht gerötet. Nicht einmal ansatzweise. Leider. Es wäre nicht das Schlechteste, wenn er wüsste, dass Sie geweint haben. Männer mit einem schlechten Gewissen lassen sich leichter um den Finger wickeln.«

Kapitel elf

Obwohl Raphael auf dem Sofa saß, entdeckte Ophelia ihn beim Betreten des Salons nicht auf Anhieb. Stattdessen wurde ihr Blick wie magisch zu den Fenstern gezogen. Mit einem Lächeln registrierte sie, dass es noch immer schneite.

»Fühlen wir uns wieder besser?«, riss Raphael sie aus den Gedanken und legte das Buch, in dem er gelesen hatte, beiseite. Als Ophelias Blick zum Sofa glitt, fiel ihr Lächeln in sich zusammen. Raphael hatte sich des Gehrocks entledigt, vermutlich wegen des prasselnden Feuers im Kamin. Erst jetzt sah sie, dass auch Esmeralda anwesend war. Sie hatte sich auf einem anderen Sofa niedergelassen. Der Salon war geräumig und beherbergte drei Sofas sowie diverse gemütlich aussehende Sessel. Die alte Frau sah über den Rand ihres Buches zu Ophelia und nickte ihr zu.

»Guten Morgen, meine Liebe. Oder ist es schon Mittag? Vermutlich, denn ich werde langsam hungrig. Ich frühstücke für gewöhnlich nicht, müssen Sie wissen. Das wiederum bedeutet, dass ich ein zeitiges Mittagessen bevorzuge.«

Ophelias Lächeln kehrte Raphaels Tante zuliebe zurück. »Den Geräuschen aus der Küche nach zu urteilen werden Sie sich nicht mehr lange in Geduld üben müssen, Lady Esme.«

»Hä?«, sagte Esmeralda, die Ophelia kaum verstanden hatte. »Ich werde mal in die Küche gehen und dann im Speisezimmer warten. Hätten Sie Lust, mich zu begleiten?«

»Ich bin gleich bei Ihnen«, sagte Ophelia ein wenig lauter. »Vorher würde ich gern noch einige Worte mit Ihrem Neffen wechseln.«

»Wieso klingt das so unheilvoll?«, fragte Raphael, sobald die Tür ins Schloss gefallen war.

»Sie belieben zu scherzen, Lord Locke. Und das, wo es nichts zu lachen gibt.«

»Ich scherze nicht. Ist Ihnen eigentlich aufgefallen, dass Sie seit Ihrer Ankunft fast ausschließlich herumschreien, nörgeln und toben?«

»Und das aus gutem Grund. Sie haben doch nicht etwa erwartet, dass ich mich bei Ihnen dafür bedanke, weil Sie mich gefangen halten?«

Raphael stieß ein tiefes, leidendes Seufzen aus. Ophelia war überzeugt davon, dass es nicht echt war. »Kommen Sie und setzen Sie sich. Und nennen Sie mich bitte Rafe. All meine Freunde tun das.« Ophelia warf ihm einen argwöhnischen Blick zu, woraufhin Raphael auflachte und schnell hinzufügte: »Selbst meine Feinde nennen mich so. Ernsthaft, das tun sie. Wenn es Ihnen nichts ausmacht, werde ich Sie von nun an Pheli nennen. Je weniger formell unser Umgang miteinander ist, desto ...«

»Doch, ich habe etwas dagegen.«

»Schade. Aber wie ich gerade sagte, ehe Sie mich so forsch unterbrochen haben, ich ...«

»Und wie ich etwas dagegen habe«, unterbrach sie ihn abermals. Es interessierte sie nicht, ob es ihn störte, wenn sie ihm ins Wort fuhr. »So bin ich als Kind immer von meinen Freunden gerufen worden. Als ich dachte, sie wären meine Freunde, hatte ich nichts dagegen, doch dann fand ich heraus, dass sie keine echten Freunde waren. Aus dem Grunde assoziiere ich den Namen in erster Linie mit Lügen und Hinterhältigkeit.«

Ophelia war nicht darauf gefasst gewesen, dass Raphael mit tiefem Schweigen auf ihre Worte reagieren würde. In seinem Blick schwang Verwirrung mit ... und noch etwas anderes. Mitleid?

Nachdem Raphael sich wieder einigermaßen gefangen hatte, fragte er: »War Ihre Kindheit denn so ... ungewöhnlich?«

»Versuchen Sie es erst gar nicht«, warnte Ophelia ihn mit einem Zischen. »Das ist mein Ernst.«

Raphael zuckte mit den Schultern. »Wir müssen uns trotzdem etwas einfallen lassen. *Ophelia* klingt viel zu distanziert. Wie ich *gerade sagte* – dies ist im Übrigen schon der dritte Anlauf –, erzielen wir schnellere Ergebnisse, wenn wir die Formalitäten über Bord werfen. Wie wäre es also mit Phelia? Nein, jetzt habe ich es. Phil. Klingt zwar nach einem Buben, aber ...«

»Schon gut«, zischte Ophelia. »Phelia ist in Ordnung.«

»Gute Wahl.« Raphael schenkte ihr sein schönstes Grinsen, auf das Ophelia mit zusammengekniffenen Augen reagierte. Raphael setzte sogleich eine unschuldige Miene auf.

Da Ophelia keine Anstalten machte, sich zu setzen, kam Raphael auf die Füße und erkundigte sich: »Gab es etwas Bestimmtes, das Sie mit mir besprechen wollten? Zumindest haben Sie so etwas in Gegenwart meiner Tante angedeutet.«

»Ja, aber ... Würde es Ihnen etwas ausmachen, wenn wir dazu in die Eingangshalle gingen? Es ist mir schleierhaft, wie Sie diese Hitze aushalten.«

»Das fällt mir nicht schwer, weil ich gern in der Nähe meiner Tante bin. Sie braucht mehr Wärme als wir.«

»Ich weiß. Ihretwegen ist die Kohlenpfanne in der Kutsche fast aus den Nähten geplatzt. Na ja, vielleicht gewöhne ich mich ja irgendwann daran.«

»Sieh einer an, Sie sind ja *doch* in der Lage, Zugeständnisse zu machen«, ließ Raphael mit gespieltem Erstaunen verlauten. »Ich bin beeindruckt.«

»Das müssen Sie nicht sein. Ich sagte Ihnen doch, dass ich ein Herz für ältere Menschen habe. Hören Sie mir jetzt gut zu, *Rafe*. Wenn es Ihnen ernst ist, was ich nach wie vor bezweifle, aber wenn es Ihnen tatsächlich ernst ist, dass ich ein gewisses Ziel erreiche, täten Sie besser daran, mich nicht ständig zu beleidigen, was mich rasend vor Wut macht. Jedes Mal, wenn wir uns unterhalten, beleidigen Sie mich nämlich.«

Raphael nahm eine nachdenkliche Pose ein, indem er den Finger an die Lippen legte. »Sie sehen aber nicht wütend aus«, sagte er schließlich.

»Das kann ich leicht ändern.«

Er lachte. »Ich wusste ja gar nicht, dass Sie so humorvoll sein können.«

»Das liegt daran, dass ich mich gerade nicht in der Gegenwart von Freunden befinde, bei denen ich jedes Wort auf die Goldwaage legen muss.«

»Zugegeben, wir sind keine Freunde, aber ich finde, dass Sie das Pferd von hinten aufzäumen. Unter Freunden kann man sich doch so geben, wie man ist.«

»Nein, es ist, wie ich es sage.«

»Aha. Verstehe«, sagte Raphael. »Sie meinen Freunde, die gar keine sind?«

»Wie scharfsinnig. Jetzt bin *ich* beeindruckt.«

Wieder erklang sein Lachen, dieses Mal jedoch eine Nuance eisiger.

Ophelia wandte sich um und blickte in das dichte Schneegestöber. Und dann fiel ihr wieder ein, warum sie ihn aufgesucht hatte. Um ihn vorzuwarnen. Sie plante nämlich einen Ausflug in den Schnee und wollte um jeden Preis verhindern, dass er dies für einen Fluchtversuch hielt. »Wenn es weiter so schneit, werde ich morgen einen Spaziergang machen. Das war es, was ich Ihnen sagen wollte.«

Neugierig auf seine Reaktion schoss Ophelia herum. Immerhin bestand die Möglichkeit, dass er alles daran setzen würde, sie nicht hinausgehen zu lassen. Doch in seinem Blick schwang in erster Linie Neugierde mit.

»Warum wollen Sie ausgerechnet bei Schnee einen Spaziergang machen? Ich habe immer gedacht, dass die meisten Frauen wie meine Schwester sind, und die weigert sich standhaft, bei Schnee einen Fuß vor die Tür zu setzen.«

»Vorher muss es natürlich aufgehört haben zu schneien«,

ließ sie ihn wissen. »Ich wollte Sie nur über meine Pläne informieren. Nicht, dass Sie denken, ich wolle fliehen.«

»Sie mögen also frischen Schnee? Ich dachte, ich wäre der Einzige, der einen Narren daran gefressen hat. Wie der Zufall es will, hatte ich dieselbe Idee wie Sie.«

»Aber wehe, Sie laufen durch den jungfräulichen Schnee, bis ...«

»... Sie es getan haben?«, beendete er ihren Satz.

Ophelia grinste, sie konnte nicht anders. »Ja«, sagte sie und merkte nicht, dass sie errötete.

Kapitel zwölf

Das gemeinsame Mittagessen mit Ophelia und Tante Esmeralda verlief überraschend angenehm. Für wenige Minuten war es Raphael sogar vergönnt, sich zu entspannen und nicht an die monumentale Herausforderung zu denken, die sich vor ihm auftat. Er musste sich nicht einmal darum kümmern, ein Tischgespräch in Gang zu bringen, die beiden Damen verstanden sich prächtig.

Als sich herauskristallisierte, dass Esmeralda in ihrem ganzen Leben erst zweimal in London gewesen war – das eine Mal, um in die Gesellschaft eingeführt zu werden, und das andere Mal, um dem Sachwalter ihres Bruders anlässlich des Ablebens ihres Gemahls einen Besuch abzustatten –, blühte Ophelia förmlich auf und nahm die ältere Dame auf eine verbale Reise zu den allseits bekannten Orten der Stadt mit. Bond Street! Gütiger Gott, wenn zwei Frauen über das Einkaufen sprachen, spielte es keine Rolle, ob Männer anwesend waren oder nicht. Außerdem kam sie auf die Parkanlagen zu sprechen, die wichtigsten Festlichkeiten der Saison, die verschiedenen Schauspielhäuser und selbst den Palast, den Ophelia in Kindertagen besichtigt hatte.

Erst beim Nachtisch merkte Raphael, dass das Gespräch gar nicht um Ophelia kreiste. Hatte Mavis' ihr nicht vorgeworfen, sie wäre nur glücklich, wenn sie im Mittelpunkt des Interesses stünde, wenn alles sich um sie drehte? Nicht ein einziges Mal hatte Ophelia das Gespräch auf sich gelenkt, sondern war vielmehr darauf bedacht, über jene Orte zu sprechen, die seiner Tante geläufig waren.

Sie hatte sich sogar amüsiert und seiner Tante das eine oder andere Lachen entlockt. Eine der Geschichten hatte sich um ihre Mutter gedreht.

»Sie hat mich zum Einkaufen mitgenommen, weil ich einen Hut brauchte, der farblich zu meiner neuen Garderobe passt, die ich eigens für diese Saison habe anfertigen lassen. Mit Stoffproben bewaffnet, betraten wir einen gut sortierten Hutladen. Der Besitzer war sich sicher, dass er genau das Passende für mich hätte: einen Hut aus blauem Samt. Allerdings befand er sich im Lager, und er signalisierte uns, ihm zu folgen. Leider war es ein sehr altes Geschäft mit recht schmalen Türen. Und meine Mutter blieb doch tatsächlich in einer der Türen stecken.«

»Sie wollen mir einen Bären aufbinden, Mädchen«, sagte Esmeralda in zweifelndem Ton. »Geben Sie es zu.«

»Nein, ernsthaft. Sie hat eine ausgeprägte Schwäche für alles Süße und einen entsprechend stattlichen Umfang. Allerdings ist es ihr noch nie passiert, dass sie in einer Tür stecken geblieben ist. Meist geht sie seitlich hindurch, doch an jenem Tag war sie mit ihren Gedanken woanders und lief mir einfach hinterher. Und da passierte es. Der arme Ladenbesitzer wurde vollkommen panisch. Es gab nämlich keinen anderen Weg aus dem Raum, müssen Sie wissen.«

Esmeralda hielt sich den Bauch vor lauter Lachen. »Und wie hat sich die Situation dann aufgelöst?«

»Da uns niemand zur Hilfe eilen konnte, haben der Ladeninhaber und ich mit vereinten Kräften versucht, meine Mutter wieder in den Gang zu schieben.«

»Und das hat funktioniert?«

»Leider nicht.«

»Was ist dann geschehen?«

»Meine Mutter musste zum Glück kräftig aufstoßen.«

»Grundgütiger«, entfuhr es Esmeralda, und sie wischte sich eine Träne weg. »Hatte sie so viel Luft im Bauch?«

Jetzt fiel Ophelia in ihr Lachen ein.»Vor unserem Abstecher in den Hutladen waren wir essen.«

Für Raphael war Ophelias Gelächter eine Wohltat. Es zauberte ein Leuchten in ihre blauen Augen und ließ ihre Züge weicher wirken. Als sich eine Strähne ihres hellblonden Haars löste, hätte Raphael gewettet, dass sie aufspringen würde, um sich auf die Suche nach dem nächsten Spiegel zu machen. Aber nichts dergleichen geschah. Sie strich sich die Strähne einfach aus dem Gesicht, als wäre nichts geschehen.

Auch wenn Raphael eine freundliche Miene aufsetzte, es fuchste ihn, dass sein Hausgast ihm keinerlei Aufmerksamkeit schenkte. Auf der anderen Seite wurde er sich bewusst, dass er sie noch so gelöst erlebt hatte wie jetzt in seinem Esszimmer. Aber das lag vermutlich daran, dass er die Eiskönigin noch nie herzhaft hatte lachen hören. Genau genommen durfte er sie nach den Erlebnissen heute nicht länger Eiskönigin nennen ...

Und da waren sie wieder, diese nagenden Zweifel. Raphael wurde das Gefühl nicht los, dass er eine Seite an Ophelia gesehen hatte, die anderen verborgen blieb. Derselbe Gedanke war ihm bereits gekommen, als sie ihn im Salon zum Lachen gebracht hatte. Und als sie zugegeben hatte, dass sie für ihr Leben gern durch unberührten Schnee spazierte, hatte ihr verlegenes Lächeln ihn fast umgeworfen. Aus welchem Grund hielt sie die lebhafte, amüsante Frau, die in ihr schlummerte, so sehr unter Verschluss?

Wie erhofft, traf einer von Esmeraldas Dienern am späten Nachmittag mit dem Antwortschreiben von Sabrina ein. Da Sabrina vermutlich bereits mitten in den Vorbereitungen zu ihrer Hochzeit mit Duncan steckte, rechnete Raphael es ihr hoch an, dass sie ihm umgehend geantwortet hatte. Endlich hatte er Ophelias Vergehen schriftlich vor sich liegen.

Raphael wartete jedoch bis nach dem Abendessen, um sie damit zu konfrontieren – eine Entscheidung, die nur mäßig klug war. Seine schlechte Laune drückte derbe auf die Stimmung am Tisch. Vorbei war es mit der Leichtigkeit, die noch am Mittag geherrscht hatte. Bei der erstbesten Gelegenheit verzog Esmeralda sich nach oben. Als Ophelia es ihr gleichtun wollte, hielt Raphael sie zurück.

»Wie wäre es mit einem Schlummertrunk im Salon?«, schlug er vor, als sie sich erhob und sich empfehlen wollte.

»Das halte ich für keine gute Idee«, antwortete Ophelia. »Es war ein langer Tag.«

»Mit Verlaub, aber es war alles andere als ein langer Tag. Tun Sie mir den Gefallen und leisten Sie mir Gesellschaft. Da Sie genug Zeit hatten, sich einzugewöhnen, sollten wir allmählich damit beginnen, Sie ...«

»Was?«, unterbrach sie ihn mit defensiver Stimme. »Auseinanderzunehmen?«

»Ich ziehe es vor, wenn wir davon sprächen, dass wir Ihre Beweggründe untersuchen.« Er hielt ihr den Arm hin und fragte: »Sollen wir?«

Mit gestrafften Schultern lief Ophelia vor Raphael her und betrat den Salon, dessen Tür bereits geöffnet war. Nicht weniger steif nahm sie auf dem ersten Sofa Platz, das ihr im Wege stand. Raphael stellte sich vor den Sekretär, in dem er bei seinem letzten Besuch diverse alkoholische Getränke verstaut hatte. Er füllte zwei Schwenker mit einem Fingerbreit Brandy, setzte sich neben Ophelia und bot ihr eines der Gläser an. Doch Ophelia lehnte mit einer wegwerfenden Handbewegung ab.

»Wie Sie meinen«, sagte Raphael achselzuckend und leerte sein Glas. »Ich habe ohnehin das Gefühl, ich brauche die Stärkung mehr als Sie.«

Ophelias Antwort bestand aus einem tiefen Brummen.

»Wissen Sie«, hob er nachdenklich an, »wenn Sie diese defensive Haltung annehmen, kommen wir nicht sonderlich weit. Ich dachte, Sie würden lieber gestern als morgen wieder nach London zurückkehren.«

»Das tue ich auch. Aber diese Farce war Ihre und nicht meine Idee. Wir sollten sie so schnell wie möglich hinter uns bringen.«

»Nun gut. Ich habe hier eine Liste mit Ihren Verfehlungen, Phelia. Ich werde sie nicht alle auf einmal darlegen, denn sonst säßen wir morgen früh noch hier. Aber wir werden Sie durchgehen, Punkt für Punkt. Heute Abend werden wir mit einem der Kritikpunkte an Ihnen beginnen, von dem ich und andere denken, dass er mit am schwersten wiegt. Die Rede ist von Ihrem Hang zum Kolportieren.«

»Ach ja, ich bin ja solch ein Klatschmaul«, entgegnete sie trocken. »Das sagten Sie bereits. Und das, obwohl ich in meinem ganzen Leben nur ein einziges Gerücht in die Welt gesetzt habe.«

»Drei«, korrigierte Raphael sie.

Ophelia sog scharf den Atem ein. »Drei? Die beiden anderen würden mich brennend interessieren.«

»Geduld, meine Liebe. Heute Abend werden wir uns nur mit dem Gerücht beschäftigen, bei dem Sie keinen Hehl daraus machen, dass Sie es in Umlauf gebracht haben. Ich nehme an, es handelt sich um den Rufmord an Duncan.«

»Sie nehmen das alles viel zu ernst. So groß dürfte der Schaden nicht sein, den er genommen hat. Sobald die Leute Duncan kennenlernen, wissen sie, dass er *nichts* Barbarisches an sich hat.«

»Aber das gibt Ihnen noch lange nicht das Recht, seinen Namen durch den Dreck zu ziehen.«

»Vergessen Sie nicht, dass er aus den Highlands stammt, einem rauen und unzivilisierten Landstrich.«

Wortlos starrte Raphael sie an.

Es vergingen einige Augenblicke, ehe Ophelia mit einem Seufzen hinterherschob: »Nun gut. Scheinbar haben wir es hier mit einem Mythos zu tun. Highlander können durchaus kultiviert sein. Zugegeben, wäre ich nicht so verzweifelt gewesen, hätte ich es vielleicht nie behauptet.«

»Wieso waren Sie verzweifelt?«

Ophelia murmelte etwas vor sich hin, doch Raphael konnte sie nicht verstehen. »Wie bitte?«

»Ich sagte, dass ich Angst hatte, er könnte tatsächlich ein Barbar sein. Schließlich bin ich nicht die Einzige, die an Mythen glaubt.«

»Sie haben also in erster Linie aus Furcht heraus gehandelt? Wenn ja, wäre das sogar nachvollziehbar.«

»Nein.«

Raphael traute seinen Ohren nicht. Da hatte sie ihm gerade einen glaubhaften Grund für ihr Verhalten geliefert, nur um im nächsten Atemzug alles wieder zunichte zu machen? »Nein?«

»Es war mehr als Angst. Ich war außer mir. Ich habe das Gerücht nicht in die Welt gesetzt, um Duncan zu verletzen, sondern um meinen Vater davon abzuhalten, mich mit einem Wildfremden zu verheiraten. Natürlich hatte ich Angst, was für ein Mensch er sein könnte, aber davon abgesehen bin ich nicht einmal gefragt worden, ob ich mich mit ihm verloben wollte. Ich war stinksauer auf meinen Vater, weil er nicht mit sich reden ließ. Also wollte ich, dass ihm die Gerüchte zu Ohren kämen, und er diese vermaledeite Verlobung aufhob.«

»Wozu es aber nie gekommen ist. Gehe ich recht in der Annahme, dass das Gerücht nie bis zu ihm vorgedrungen ist?«

»Doch, davon bin ich sogar überzeugt. Aber er hat sich vermutlich nicht viel darum geschert«, sagte sie leise.

»Ist es Ihnen je in den Sinn gekommen, sich Duncan mitzuteilen, statt die Dinge selbst in die Hand zu nehmen und ihn derart zu beleidigen, dass er die Verlobung löst?«

Ophelia stieß ein verbittertes Lachen aus. »Dasselbe hat Duncan mich auch schon gefragt. Aber ich hatte Angst, dass ich ihn nie würde loswerden können, sobald er mich erst einmal gesehen hätte.«

»Wegen Ihrer Schönheit? Ich sage es nur ungern, meine Liebe, aber es gibt Männer, die Gutherzigkeit und Ehrlichkeit über ein hübsches Antlitz stellen.«

Ophelia verdrehte die Augen. »So langsam dämmert es mir, warum Sie und Duncan sich so gut verstehen. Selbst Ihre Gedankengänge ähneln sich.«

»Wie meinen Sie das?«

»Er hat fast dasselbe wie Sie gesagt. Mit dem winzigen Unterschied, dass er von Gediegenheit sprach, die Männer angeblich so sehr schätzen. Aber ich werde Ihnen verraten, was ich daraufhin erwidert habe. Dass ich Hunderte von Heiratsanträgen hätte, die Beweis genug dafür sind, was Männer sich in Wahrheit wünschen. Viele der Anträge stammen von Männern, die mich kaum kennen. Wie haben Sie sie doch gleich genannt? *Arme Tölpel*? Wie recht Sie haben.«

Raphael war ohnmächtig gegen das Feixen, das sein Gesicht eroberte. »Zur Verteidigung meines Geschlechts möchte ich nicht in Abrede stellen, dass die meisten von ihnen von ihrem Anblick hingerissen waren, und das aus gutem Grund. Wegen Ihres hohen Bekanntheitsgrades hielten sie ein gewisses Maß an Eile für angebracht, um ihren Mitstreitern zuvorzukommen. Ich glaube, dass diese Männer Ihnen nur deshalb einen Antrag gemacht haben, obwohl Sie sie gar nicht kannten.«

»Aber natürlich doch. Als Nächstes werden Sie mir wohl sagen, dass die Männer, wenn sie mich näher kennen würden, mich in demselben Maße verabscheuen würden, wie Sie und Duncan es tun. Lassen Sie mich an dieser Stelle darauf hinweisen, dass Duncan zugegeben hat, mich für sich gewinnen zu wollen, wenn ich ihn nicht im Vorfeld unseres ersten Aufeinandertreffens beleidigt hätte. Als er mich dann das erste Mal sah, war er überglücklich, mit mir verlobt zu sein. Sie sind also der einzige Mann, der von meinem Antlitz nicht angetan ist.«

Ophelia schien durch ihre eigenen Worte überrascht. Als sie Raphael auch noch mit einem nachdenklichen Blick bedachte, fühlte er sich mit einem Mal unwohl in seiner Haut.

»Mit Spekulationen ist uns nicht geholfen«, warnte er sie. »Ich für meinen Teil habe nicht vor, in diesem Jahrhundert noch vor den Altar zu treten.«

»Mit anderen Worten nie.«

»Das wäre übertrieben«, sagte er mit einem Seufzen. »Zumindest nicht in den nächsten zehn Jahren. Mein Vater ist in dieser Hinsicht sehr verständnisvoll. Vermutlich, weil er selbst erst sehr spät geheiratet hat. Deswegen hat er noch nicht versucht, mich auf den Heiratsmarkt zu schieben.«

»War das der Grund dafür, dass Sie England verlassen haben? Weil die Mütter von Töchtern im heiratsfähigen Alter es auf Sie abgesehen haben?«

»Aus Ihrem Munde klingt es schlimmer, als es war, aber ja, ich hatte mehr Anfragen, als mir lieb waren. Ich konnte kaum einen Schritt tun, ohne dass mir ein junges Ding unter die Nase gehalten wurde. Irgendwann wurde es mir lästig. Und da mir ohnehin der Sinn nach einer großen Fahrt stand, entschied ich, dass der Zeitpunkt gekommen war. Jetzt sollten wir uns aber wieder den dringenderen Angelegenheiten widmen.«

»Von mir aus«, antwortete sie gelangweilt. »Ich kann es kaum abwarten, bis Sie richtig losgelegt haben.«

Raphael zog die Augenbrauen hoch. »Kann es sein, dass Sie das hier nicht sonderlich ernst nehmen, Phelia?«

»Nein? Vielleicht, weil ich keinen Sinn darin sehe, auf etwas herumzureiten, wenn ich längst eingeräumt habe, dass ich dieses Gerücht über Duncan nie von mir gegeben hätte, wenn ich nicht so verängstigt und aufgewühlt gewesen wäre. Damit wären wir dann bei meiner zweiten Charakterschwäche: meinem Temperament. Ich bin vollkommen machtlos dagegen, wenn es mich überkommt!«

»Das überrascht mich nicht, meine Liebe«, sagte er trocken.

»So viel habe ich auch schon herausgefunden.«

»Wahrhaftig? Mit anderen Worten, Sie haben mich absichtlich provoziert?«

»Mitnichten. Sie sind einfach sehr empfindlich, wenn es um Ihre Makel geht.«

»Weil ich sie hasse. Jeden einzelnen von ihnen.«

Von Leidenschaft ergriffen, sahen sie einander an, bis Raphael die Sprache wiederfand und fragte: »Warum wehren Sie sich dann mit Zähnen und Klauen dagegen, dass ich Ihnen helfen möchte?«

»Habe ich mich denn bis jetzt geweigert, mit Ihnen zu sprechen? Habe ich Ihnen gesagt, Sie sollen zur Hölle fahren? Zumindest nicht in den letzten Minuten, das müssen Sie zugeben.«

Raphael brach in schallendes Gelächter aus. »Nein, das liegt in der Tat schon ein wenig länger zurück. Soll das heißen, Sie werden kooperieren? Wenn auch nur für Sie selbst?«

»Für mich? Nein. Um so schnell wie möglich von hier fortzukommen? Ja.«

Er seufzte. »Nicht gerade die Gesinnung, die ich mir erhofft hatte, aber besser als nichts. Eine Frage hätte ich allerdings noch. Wenn Sie noch einmal in der Situation wären, würden Sie andere Maßnahmen ergreifen, um die Verlobung mit Duncan aufzulösen?«

»Warum fragen Sie mich nicht, ob ich das Gefühl hatte, mir wäre eine andere Möglichkeit geblieben, als so zu handeln, wie ich es getan habe? Ich habe nämlich keine andere Möglichkeit gesehen, falls es Sie interessiert. Welche Silbe von *ver-zwei-felt* ist Ihnen nicht geläufig?«

»Sie bereuen Ihr Verhalten also nicht?«

»Natürlich tue ich das. Sie denken, ich hätte aus Gehässigkeit oder Häme gehandelt, aber dem war nicht so. Ich wollte ihn nicht verletzen. Ich wollte ihn nur möglichst effektiv loswerden. Mir wurde erst später klar, dass er gar keine schlechte Partie war. Und sein Titel hätte zumindest meinen Vater in Verzückung versetzt.«

»Im Gegensatz zu Ihnen?«

»Es gibt nur ein Kriterium, das mir bei einem Mann wichtig ist. Und das ist nicht sein Titel. Es ist der Maßstab meines Vaters, nicht der meine.«

»Wie lauten denn Ihre Kriterien?«

»Ich kann mir kaum vorstellen, dass diese Information wichtig ist, damit Sie Ihr Ziel erreichen.«

»Nein, aber Sie haben meine Neugierde geweckt.«

»Das ist dann Ihr Problem«, entgegnete sie mit einem süffisanten Lächeln.

Kapitel dreizehn

»Wie wäre es mit einem weiteren Unterrock?«, fragte Sadie. »Ich habe vorhin die Nase zur Tür hinausgestreckt. Heute Morgen ist es kälter, als ich vermutet hätte.«

»Warst du jemals so weit im Norden? Ich nicht, aber mir kommt es auch so vor, als wäre es hier um Längen kälter, als ich es gewohnt bin. Außerdem trage ich bereits drei Unterröcke«, beschwerte Ophelia sich.

»Haben Sie die Wollstrumpfhose gefunden, die ich Ihnen herausgelegt habe?«

»Ja, und jetzt hör auf, mich zu nerven.«

»Ich wünschte, wir hätten daran gedacht, Ihre Reitstiefel mitzunehmen. Die bringen Ihre Unterschenkel besser zur Geltung als die niedrigen Reisestiefel.«

Ophelia musste kichern. »Wir hätten gar keinen Platz für die Stiefel gehabt. Und jetzt hör bitte endlich auf, dir Sorgen zu machen. Das dicke Samtkleid und mein Mantel werden mich schon warm halten. Außerdem mache ich ja nur einen kurzen Spaziergang. Wenn mir zu kalt wird, komme ich sofort wieder herein, das verspreche ich dir.«

Wenige Minuten später hastete Ophelia die Treppe herunter. Sie trug wieder den puderblauen Mantel und die dazu passende Mütze sowie einen Pelzmuff, der an einer Kordel am Handgelenk festgebunden war, damit sie ihn nicht verlor. Da der Tag noch recht jung war, hoffte sie, Raphael nicht zu begegnen. Es reichte, wenn sie am Nachmittag damit weitermachten, ihr angebliches Sündenregister durchzukauen. Der vergangene Abend war schmerzhaft genug gewesen. Sie schätzte es nicht, an ihre Verfehlungen erinnert zu werden. Derer gab es nicht viele, aber jene, mit denen sie sich herumschlagen musste, stimmten sie traurig, und sie mochte es nicht, traurig zu sein. War es das, was er sich von alledem erhoffte? Dass sie traurig und unglücklich war und – voilà – zu einem anderen Menschen wurde? Sie prustete innerlich.

Es war verwunderlich, aber der erste Vorstoß in ihre angebliche Boshaftigkeit war gar nicht so schlimm gewesen, wie sie befürchtet hatte. Sie hatte entschieden, Raphael gegenüber aufrichtig zu sein. Etwas, das sie nicht immer und nicht für jeden tat. Es handelte sich um eine Gewohnheit, die sie von ihren »Freunden« kopiert hatte. Ständig hatten sie ihr nach dem Mund geredet und nur das gesagt, von dem sie *dachten*, dass sie es hören wollte. Davon abgesehen, wäre sie je ehrlich zu ihnen gewesen, hätten sie sich derart auf die Füße getreten gefühlt, dass sie sich für immer von ihr abgewandt hätten. Schon seit langem war ihr klar, dass es besser war, falsche Freunde zu haben, als gar keine.

Dennoch war sie sich nicht sicher, warum sie Raphael gegenüber ehrlich war. Vielleicht, weil er mit besonderer Scharfsinnigkeit gesegnet war. Vermutlich würde er sie ohnehin durchschauen, wenn sie ihm eine Lüge auftischte.

Als Ophelia nach draußen trat, merkte sie, dass Sadie recht gehabt hatte. Es herrschte eine leichte Brise, die sich wie viele kleine Nadeln in die Haut bohrte. Bei Sonnenschein wäre ihr das vielleicht nicht aufgefallen, doch es war weit und breit keine Sonne zu sehen. Sie versteckte sich hinter einer dicken Wolkenwand, die auf weiteren Schnee hoffen ließ.

Mit düsterem Blick registrierte Ophelia, dass jemand bereits eine Schneise zwischen Stallungen und Haus geschaufelt hatte. Faul war der Verwalter immerhin nicht. Ophelia ließ die Hände in den Muff gleiten und bahnte sich vorsichtig ihren Weg durch den unberührten Schnee, links am Haus vorbei, von wo aus sich ihr ein atemberaubender Blick bot.

An dieser Seite des Hauses, an der sich das Speisezimmer und der Salon befanden, gab es keine Nebengebäude, sondern nur eine Reihe von winterkahlen Bäumen, die in Weiß eingehüllt gleich um ein Vielfaches ästhetischer wirkten. Hier und da wuchsen immergrüne Gebüsche und Bäume, deren Äste sich unter der weißen Last bogen.

Mit einem breiten Lächeln betrachtete Ophelia die ringförmig angeordneten Fußspuren, die sie hinterlassen hatte. Verträumt dreinblickend blieb sie stehen und ließ den Blick über die sanft geschwungenen Hügel schweifen, denen der Winter ein weißes Kleid angezogen hatte.

Sie tat einen tiefen Atemzug und ließ langsam die kalte Luft entweichen, als etwas sie am Rücken traf. In der Erwartung, einen entkräfteten Vogel am Boden liegen zu sehen, fuhr sie herum – und erblickte Raphael, der einen Schneeball formte.

Ophelia starrte ihn mit offenem Mund an. Der schelmische Ausdruck auf seinem Gesicht sprach Bände. Allein die Idee, sie mit einem Schneeball zu bewerfen ... Wie kindisch!

»Sind Sie von allen guten Geistern verlassen?«, rief sie, ehe sie einen spitzen Schrei ausstieß, weil der zweite Schneeklumpen dicht an ihrem Kopf vorbeiflog.

Wütend und von dem Bedürfnis getrieben, es ihm heimzuzahlen, ging Ophelia hinter dem nächsten Busch in Deckung. Schnell schüttelte sie den Muff ab und nahm sich eine Handvoll Schnee, den sie fest zusammendrückte, ehe sie sich aufrichtete, ihn warf ... und Raphael am Mantel traf! Ophelia stieß ein beschwingtes Johlen aus, nur um im nächsten Moment ebenfalls getroffen zu werden. Schnaufend ging sie abermals in die Hocke. Eines musste sie ihm lassen: Zielen konnte er! Aber sie hatte ihm ja auch schon bewiesen, dass sie keine schlechte Werferin war. Außerdem war da noch der Busch, hinter dem sie Schutz gesucht hatte, während ihr Kontrahent ihr schutzlos ausgeliefert war.

Aufgeregt schoss sie nach oben, um ihren zweiten Ball auf

Reisen zu schicken. Aber Raphael hatte nur darauf gewartet, dass sie sich wieder zeigte. Sein dritter Angriff kostete sie die Mütze. Vielleicht war es doch keine so brillante Idee, sich hinter einem Busch zu verstecken, weil sie dann nicht sehen konnte, was er in der Zwischenzeit aushecke. Ophelia entschied, die Deckung zu verlassen und es mit Weglaufen zu probieren.

Sie lugte über den Busch, duckte sich unter dem nächsten Geschoss hindurch, sprang in die Höhe, ging zum Gegenangriff über – und nahm die Beine in die Hand. Sie lief, so schnell sie konnte. Schlingernd und schlitternd kam sie mehr schlecht als recht vorwärts. Doch die ganze Zeit über lachte sie.

Ophelia spürte, wie sie zwei weitere Male im Rücken getroffen wurde, ehe sie ihn rufen hörte: »Sie Hasenfuß!«

Sie drehte sich um und warf ihm ein strahlendes Lächeln zu.

»Kommen Sie doch näher, vorausgesetzt, Sie trauen sich«, spöttelte sie zurück.

»Und ob ich mich traue.« Gesagt, getan, im nächsten Augenblick lief er ihr hinterher. Flink formte Ophelia einen weiteren Schneeball und schleuderte ihn in seine Richtung, ehe sie weiterlief – allerdings erst, nachdem sie voller Freude gesehen hatte, dass sie ihn an der Schläfe getroffen hatte. Mit einem munteren Lachen ging sie in die Hocke, um das nächste Wurfgeschoss zu formen. Als sie feststellte, dass ihr Gegner die Gelegenheit nutzte, die Entfernung zwischen ihnen zu verringern, und ihr mit einem Mal bedrohlich nahe war, quietschte sie. Warum musste er auch so verflucht lange Beine haben?

Ophelia wollte flüchten, doch Raphael setzte zu einem Hechtsprung auf sie an. Gemeinsam gingen sie zu Boden und schlitterten noch einige Ellen über den Schnee. Ophelia keuchte vor lauter Ausgelassenheit.

Der Kuss kam so unerwartet, dass es einige Momente dauerte, bis Ophelia merkte, was geschehen war ... dass seine Lippen die ihren wärmten. Auf Bestürzung folgte Entrüstung und dann Entspannung. Es fühlte sich gar nicht so furchtbar an.

Genauso wenig wie der behagliche Schauer, der von ihrem Körper Besitz ergriff. Ihr war, als flögen kleine Marienkäfer aufgeregt in ihrem Bauch herum, ein Gefühl, das sie bis dahin noch nie zuvor erlebt hatte.

Wie von selbst legten sich ihre Arme um seine Schultern. Vergessen war die Kälte, so sehr wärmte Raphaels Körper sie, und der Dampf ihres vereinten Odems fuhr über ihr Antlitz. Als seine Lippen in verführerischer Weise über die ihren glitten, war ihr, als verglühe sie von innen heraus. Ihre Brüste zogen sich zusammen, wurden von einem heißen Prickeln erfasst. Ihre Zehen verkrampften sich, ihr Puls raste. Als Raphael, der vollkommen in dem lodernden Kuss aufging, ihr die Finger in den Nacken legte, wurde Ophelia abrupt in die Gegenwart zurückgeholt, und ihre Entrüstung gewann die Oberhand. Sogleich schob sie ihn von sich, rappelte sich unbeholfen hoch und klopfte sich, so gut es ging, den Schnee vom Samtmantel.

»Also habe ich doch mit meiner Vermutung recht, warum Sie mich entführt haben«, fuhr sie ihn an. »Sie hätten mich ebenso gut fragen können, ob ich Sie heiraten möchte. Die Zustimmung meiner Eltern wäre Ihnen gewiss gewesen.«

»Aber nicht die Ihre, wenn ich Sie richtig verstehe.«

»Machen Sie sich doch nicht lächerlich.«

»Lächerlich sind einzig Ihre aus der Luft gegriffenen Anschuldigungen. Ich wollte lediglich überprüfen, ob Sie so griesgrämig schmecken, wie Sie häufig klingen.«

Ophelia sah auf Raphael herunter, der noch immer auf dem kalten Boden lag – und zwar in einer legeren Pose, als lümmele er sich auf einem Sofa. Sie legte die Stirn in Falten und riss die Augenbrauen in die Höhe. »Und? Wie schmecke ich?«

»Schlimmer als griesgrämig«, antwortete er mit einem verschlagenen Grinsen.

Beim Allmächtigen, er zog sie schon wieder auf. Sie hasste es, wenn sie verspottet wurde.

Ja, sie hatte bei der Schneeballschlacht ihren Spaß gehabt.

Und nein, sie wollte nicht, dass diese Begegnung im Streit endete. Aus dem Grunde ließ sie sich etwas Zeit, über ihre Antwort nachzudenken. Dabei ging ihr auf, dass sie keinen Grund hatte, sich so griesgrämig zu geben. Was war denn schon groß passiert? Ein simpler Kuss, mehr nicht. Außerdem durfte sie nicht vergessen, dass sie es hier mit einem bekennenden Lebemann zu tun hatte.

»Wenigstens kann ich mehr Treffer verbuchen als Sie«, sagte sie und gönnte sich selbst ein schwaches Feixen. Das war ihre Art einzuräumen, dass sie überreagiert hatte. Eine Art unausgesprochene Entschuldigung.

»Wer's glaubt, wird selig« antwortete Raphael lachend und rappelte sich auf. »Aber Sie waren nicht schlecht, das muss ich Ihnen lassen. Kann es sein, dass Sie früher schon den ein oder anderen Schneeball geworfen haben?«

Mit einem Mal wurde Ophelia sehr still. »Nein, ich hatte nie jemanden, der mit mir spielen wollte«, sagte sie schließlich.

Von jetzt auf gleich fiel Raphaels heiterer Gesichtsausdruck in sich zusammen. »Ich hoffe inständig, dass Sie mich gerade angeschwindelt haben, Phelia.«

»Natürlich doch«, lautete ihre Antwort, um schnell das Thema zu wechseln.

Doch Raphael schien nicht locker lassen zu wollen. »Oder war es am Ende die Wahrheit?«

»Ich habe Sie gewarnt, nicht in meiner Kindheit herumzustochern. Also lassen Sie es.« Mit diesen Worten stapfte sie davon. Schade, jetzt hatte ihre Begegnung doch im Streit geendet.

Kapitel vierzehn

Der Wind hatte ihr Lachen zu ihm herübergetragen. Raphael war, als könne er weder dieses Geräusch noch die Begegnung mit Ophelia je wieder vergessen.

Den ersten Schneeball hatte er aus einem Impuls heraus geworfen. Er hatte gerade beim Frühstück gesessen, als er sie draußen erspäht und spontan beschlossen hatte, es ihr gleichzutun. Was sich danach zugetragen hatte, war nie geplant gewesen.

Raphael hatte Ophelia heute kaum wiedererkannt. Welch ein Unterschied zwischen der Frau herrschte, die mit Schneebällen nach ihm geworfen hatte, und jener, die alle Welt hasste. Er spürte, dass sie sich nicht verstellt hatte, war sich hundertprozentig sicher, dass ihr Verhalten auf Spontaneität gefußt hatte. Es war nicht ihre Absicht gewesen, ihn glauben zu machen, er hätte sie auf wundersame Weise verändert. Sie hatte ihm schlicht und ergreifend eine andere Seite ihrer selbst gezeigt. Eine verspielte Facette ihrer Persönlichkeit, die sonst niemand zu Gesicht bekam.

Was den ersten Impuls betraf, so bereute er nicht, ihm nachgegeben zu haben. Im Gegensatz zum zweiten. Es war töricht gewesen, sie zu küssen. Kein Wunder, wenn sie jetzt einen vollkommen falschen Eindruck von ihm hatte. So wie er gehandelt hatte, hätten vermutlich die meisten Männer gehandelt. Ihre Lippen waren so nah gewesen, ihr Lachen hatte die Luft erfüllt, und ihre Schönheit hatte ihr Übriges getan. Wie hätte er da widerstehen können? Und was sollte die Erklärung, er wolle sich davon überzeugen, ob sie griesgrämig schmeckte? Was für ein Humbug. Hätte ihm der Kuss nicht die Sinne und den halben Verstand geraubt, hätte er sich bestimmt etwas Plausibleres einfallen lassen.

Wieder im Haus, machte Raphael sich umgehend auf die Suche nach ihr.

Ophelia war im Salon, stand vor einem der Fenster. Sie war allein und sah hinaus auf das Durcheinander, das ihre Schneeballschlacht verursacht hatte. Dachte sie an den Spaß, den sie gemeinsam gehabt hatten, oder gar an den Kuss?

Worüber dachte sie eigentlich für gewöhnlich nach, wenn sie allein war? Mit einem Mal wurde Raphael flau im Magen. Er konnte kaum fassen, was für Ausmaße seine Neugierde annahm.

»Sind Sie bereit für ein weiteres Gespräch?«, fragte er freundlich und gesellte sich zu ihr.

Ophelia erschrak nicht, vermutlich hatte sie ihn kommen gehört.

Raphael entgingen weder das Seufzen noch der verzweifelte Unterton, als sie sagte: »O ja, das bin ich.«

Schuldgefühle! Sie stiegen in ihm auf und schnürten ihm fast die Kehle zu, als sie mit hängenden Schultern zum Sofa ging. Aber warum sollte er sich schuldig fühlen? Nur weil er ihr half? Sie war diejenige, die von seinen Bemühungen profitierte, nicht er – das heißt, er würde seine Wette mit Duncan gewinnen, aber das war nicht mehr so wichtig, nicht, seitdem er festgestellt hatte, dass es ihm ein inneres Bedürfnis war, ihr zu helfen. Etwas hatte sie zu derjenigen werden lassen, die sie heute war, und vielleicht sollte er in seinen Plan einbeziehen, diesen verborgenen Grund offenzulegen.

Als er sich neben sie auf das Sofa setzte, rutschte Ophelia von ihm ab. »Ich beiße nicht, müssen Sie wissen«, sagte er leicht gereizt.

»Da bin ich mir nicht so sicher«, antwortete sie patzig und goss sich eine Tasse Tee ein. Die Kekse, die auf dem Tablett vor ihr lagen, würdigte sie keines Blickes.

»Ich nehme auch eine Tasse.«

»Dann schenken Sie sich gefälligst selbst ein«, kam die herablassende Antwort.

Na prima. Eine verzweifelte Ophelia war genauso schlimm wie eine in Tränen aufgelöste.

Raphael blieb nichts anderes übrig, als sich selbst eine Tasse einzuschenken. »Sie sollten unbedingt von dem Gebäck kosten«, meinte er. »Sie sind ohnehin zu mager.«

Jetzt konnte Ophelia, die ihn geflissentlich ignoriert hatte, nicht mehr anders und riss den Kopf herum. »Das bin ich nicht!«

»Doch, und außerdem viel zu blass«, setzte er noch einen obendrauf. »Ihre Haut hat gar keine Farbe.«

»So soll es auch sein.«

»Und ich dachte, Sie wollten das Beste aus sich machen.«

»An meinem Äußeren gibt es nichts auszusetzen. Ich bin so schön, dass es fast schon widerlich ist.«

Oh! Hatte er gerade richtig gehört? Und wie viel Verbitterung in ihrer Stimme mitgeschwungen hatte.

»Nicht nur fast. Es ist widerlich. Sehr sogar«, sagte er spitzfindig.

Ophelia kniff die Augen zusammen und funkelte ihn an.

»Kein Grund, auch noch darauf herumzureiten.«

»Habe ich das? In dem Fall bitte ich vielmals um Verzeihung. Wie wäre es, wenn wir uns jetzt einem anderen Gerücht widmeten, das Sie in Umlauf gebracht haben?«

Sollte er vorgehabt haben, Ophelia mit dieser Taktik zu überrumpeln, so hatte er sich getäuscht. Sie lehnte sich zurück und setzte ein neugieriges Gesicht auf. »Ja, bitte. Zumal ich mich nicht entsinnen kann, weitere Gerüchte verbreitet zu haben.«

»Ich bin mir sicher, dass Ihre Freundin, das heißt, einstige Freundin, Ihnen widersprechen würde. Was war es doch gleich, das Sie laut Mavis ihr angedichtet haben? Dass sie eine Lügnerin und Verräterin sei?«

»Falsch, sie war diejenige, die mich des Verrats bezichtigt hat. Ich habe sie lediglich in Anwesenheit unserer gemeinsamen Freundinnen Jane und Edith als Lügnerin bezeichnet. Sie hätte mich eben nicht provozieren dürfen. Mein Temperament ist mit mir durchgegangen. Aber mehr habe ich mir nicht zuschulden kommen lassen. Ich bin mir sicher, dass Jane und Edith eine solche Bemerkung über Mavis nicht nach außen tragen würden. Zufällig sind sie ihr wohlgesinnt.«

»Ihnen jedoch nicht?«

Ophelia wandte den Blick ab. »Ich weiß, dass Sie das zweite Gespräch zwischen mir und Mavis mit angehört haben. Nein, Jane und Edith waren nie wirklich meine Freundinnen. Sie gaben vor, mit mir befreundet zu sein, doch dem war nicht so.«

»Stört Sie das?«

»Kaum. Ich will nicht gemocht werden. Ich setze alles daran, dass es gar nicht erst so weit kommt.«

Diese Aussage war derart bizarr, dass es Raphael die Sprache verschlug. Selbstredend glaubte er ihr nicht. Aber was mochte sie dazu veranlassen, so etwas zu behaupten?

Er kleidete in Worte, was unausgesprochen in der Luft hing: »Niemand würde sich eigens Mühe geben, nicht gemocht zu werden. Das ist wider die menschliche Natur.«

Mit einem schlichten Achselzucken und einem »Wenn Sie das meinen« tat Ophelia seinen Einwand ab.

Wie konnte es sein, dass sie sich nicht einmal zur Wehr setzte? Verärgert über ihre neue Gleichgültigkeit, versuchte Raphael es erneut. »Nun denn, welche vertretbaren Gründe mag es denn gegeben haben, dass Sie absichtlich Ihre Freunde vertreiben?«

»Damit ich mich nicht dauernd fragen muss, ob sie ehrlich sind, wenn ich mir doch sicher bin, dass sie es nicht sind.«

»Sie vertrauen also niemandem? Ist es das, was Sie damit sagen wollen?«

»Genau.«

»Ich vermute, das schließt mich ein.«

Insgeheim hoffte er, sie würde seine Aussage verneinen, wenngleich ihm schleierhaft war, woher dieser Wunsch rührte. Doch er sollte enttäuscht werden.

»Natürlich schließt Sie das mit ein. Wie alle anderen auch haben Sie mich angelogen.«

»Den Teufel habe ich«, sagte er entrüstet. »Ich bin ganz und gar ehrlich mit Ihnen ...«

Ophelias wütendes Schnauben unterbrach ihn. »Sie haben gesagt, Sie würden mich nach London fahren. Mag sein, dass Sie sich schwammig ausgedrückt haben, aber Sie haben mich in jedem Fall in dem Glauben gelassen. Fällt das nicht unter *Lüge*?«

Raphael schoss die Röte in die Wangen. »Das war eine Ausnahme. Um zu vermeiden, dass Sie sich in theatralischem Gehabe ergehen, bis wir hier sind.«

»Verstehe. Ihre Lügen dienten also einem guten Zweck. Sie sollten zu meinem eigenen Wohl verhindern, dass ich mir Hilfe suche, damit Sie mich in aller Seelenruhe in diese Einöde verschleppen konnten. Wer einmal eine Ausnahme macht, macht bestimmt bald wieder eine, habe ich recht?«

Das Rot seiner Wangen erinnerte jetzt an reife Kirschen. »Ich möchte mich in aller Form dafür entschuldigen, Sie aus Gründen der Zweckmäßigkeit belogen zu haben. Aber ich werde mich nicht dafür entschuldigen, dass ich Ihnen helfen möchte.«

»Sie brauchen sich nicht dafür zu entschuldigen, gelogen zu haben. Und schon gar nicht, weil Sie es aus Zweckmäßigkeit getan haben. Das tue ich selbst oft genug.«

»Ist das Charakterschwäche Nummer drei?«

»Wo denken Sie hin. Ich bin doch keine notorische Lügnerin. Wenn ich lüge, dann aus freien Stücken. Meine Makel – meine Ungeduld und mein Temperament – kann ich nicht kontrollieren, meine Lügen schon.«

»Und das sehen Sie nicht als schlechte Angewohnheit an?«

»Wenn Sie das anders sehen und meinen, es wäre eine schlechte Angewohnheit, dann sparen Sie sich den Atem.«

»Ich halte es in der Tat für eine Unart. Und genau da liegt der Unterschied zwischen uns. Ich ziehe Ehrlichkeit vor, Sie hingegen scheinen Unehrlichkeit zu bevorzugen.«

»Von *bevorzugen* kann gar keine Rede sein«, entgegnete sie, ehe sie einräumte: »Es gab sogar Zeiten, da habe ich mich deswegen schuldig gefühlt.«

»Wie kam es zu dem Wandel?«

»Jeder um mich herum hat mich angelogen. Das war auch der Grund dafür, dass Mavis die einzige richtige Freundin war, die ich je hatte. Von ihr wusste ich, dass sie ehrlich ist – zumindest, bis ich sie verletzt habe.«

»Würden Sie gern darüber sprechen?«, wagte er sich vor.

»Nein.«

Sie würde von nun an nichts mehr dazu sagen. Jetzt, wo sie zugegeben hatte, keine Skrupel zu haben, wenn es darum ging zu lügen, musste er sich fragen, ob und was er von dem, das sie bislang gesagt hatte, denn glauben konnte. Welch ein abschreckender Gedanke. Wenn sie entschied, mithilfe von Lügen zurück nach London zu kommen …

»Ich habe Mavis nicht absichtlich wehgetan«, hörte sie sich sagen, gefolgt von: »O Gott, sehen Sie?«

Er runzelte die Stirn. »Was meinen Sie?«

»*Das* ist mein dritter Makel.«

Jetzt war er vollkommen verwirrt. »Was?«

»Dass ich meinen Mund nicht halten kann. Es ist lächerlich, wie ich auf Stille reagiere.«

Er lachte los. »Und das sehen Sie als Charakterschwäche an?«

»Was sollte es sonst sein?«, antwortete sie gereizt. »Wie würden Sie sich denn fühlen, wenn Ihnen eine nette Anekdote unter den Nägeln brennt, die Sie aber noch ein wenig hinauszögern wollen, und Sie bei der nächsten Stille damit herausplatzen? Damit bringen Sie sich quasi um die Pointe, weil Sie sie zum falschen Zeitpunkt vortragen.«

Sein Lachen wurde leiser. »Ich kann Sie trösten, das ist, wenn überhaupt, nur ein winziger Makel.«

»Das sehe ich anders«, antwortete sie aufgebracht.

»Gibt es denn eine Geschichte, die Sie gern loswerden wollen?«

»Nein, das habe ich nur so als Beispiel gesagt. Es passiert übrigens auch, wenn ich über etwas nicht sprechen will.«

»Aha, verstehe. Gut zu wissen.« Er feixte. »Kehren wir zu Mavis zurück.«

»Nein.«

»Muss ich wieder schweigen?«

Ophelia schleuderte ihm einen funkelnden Blick zu. Dieses Mal hatte Raphael sein Lachen unter Kontrolle. Ophelia war dem Anschein nach genauso leicht zu necken wie seine Schwester Amanda. Das nächste Thema, das er anschneiden würde, würde zweifelsohne Ernüchterung mit sich bringen.

»Mavis zufolge haben Sie unzählige Leben zerstört. Hat sie übertrieben, oder spricht sie die Wahrheit?«

»Es stimmt. Ich bin überzeugt davon, dass viele der Männer, denen ich einen Korb gegeben habe, denken, ihr Leben wäre zerstört. Duncan ist der Einzige, der gegenteilig denkt, nämlich dass eine Heirat mit mir schlimmer wäre, als durch die Hölle zu waten. Eine Meinung, die ich voll und ganz teile, seit sein Großvater mir aufgezeigt hat, was für eine elende Schufterei das Leben auf Summers Glade mit sich gebracht hätte.«

Duncan war willens gewesen, Ophelia vor dem Ruin zu bewahren, falls Mavis sich entschieden hätte herumzuerzählen, was sie gesehen hatte, als sie in ihr Zimmer gekommen war. Es war ganz harmlos, aber wer würde das glauben, wenn das Gerücht erst einmal im Umlauf war? Raphael war sicher, dass er sich in derselben Situation – wenn es um Ophelias Wohl ging – nicht so nobel verhalten hätte.

»Und Sie haben die kompromittierende Situation nicht zufällig mit Absicht herbeigeführt, damit Mavis einen falschen Eindruck bekommt, oder?«, hakte er nach.

»Wo denken Sie hin? Als das geschah, war ich willens, Duncan zum Gemahl zu nehmen, nur, um die Sache endlich hinter mich zu bringen. Ich hatte entschieden, dass er gut genug war – zumindest für meinen Vater. Und ich dachte, irrtümlicherweise, wie sich bald herausstellen sollte, dass Duncan mich ebenfalls heiraten würde, sobald er sich davon erholt hatte, dass ich ihn einen Barbaren genannt hatte. Hätte ich seinerzeit gewusst, dass er sich ziert, wäre ich jedoch durchaus geneigt gewesen, eine kompromittierende Szene ins Leben zu rufen.«

Raphael amüsierte sich königlich über Ophelias Worte. Warum, zum Teufel, machte sie keinen Hehl daraus? Er war felsenfest davon überzeugt, dass sie seinerzeit unschuldig gewesen war.

»Und daran können Sie nichts Falsches erkennen?«, fragte er.

»Solange ich davon überzeugt war, dass er mit unserer Beziehung am Ende zufrieden sein würde? Nein.«

Mit einem Kopfschütteln sagte er: »Mir scheint, ich kann Ihnen noch nicht einmal einen Vorwurf aus Ihrer Sichtweise machen, zumal Frauen seit Angedenken Männer in die Ehe locken. Ich persönlich sehe es als die schlimmste aller Machenschaften an, aber ich kann es ja auch nur aus der Warte eines Mannes betrachten, wenn Sie wissen, was ich meine.«

»Natürlich doch. Es hätte mich überrascht, wenn Sie eine andere Sichtweise hätten. Da wir gerade beim Thema sind, sollten Sie wissen, dass ich nichts dergleichen getan hätte, wäre mir bewusst gewesen, dass Duncan niemals mit mir hätte glücklich werden können.«

Sollte er ihr glauben? Nach dem, was sie bereits zugegeben hatte, nahm er an, dass er es konnte.

»Jetzt möchte ich Sie gern einmal etwas fragen«, fuhr Ophelia mit forschendem Blick fort. »Angenommen, ich hätte mich einer List bedient, wie wollen Sie dann erklären, was Sie mit mir getan haben? Sie bringen mich gegen meinen Willen hierher und halten mich so lange gefangen, bis ich mein Verhalten ändere – bis *Sie* zufrieden sind. Sie haben die Dreistigkeit besessen, die Sache in die eigene Hand zu nehmen, haben mich nicht einmal gefragt, ob ich Ihre Hilfe überhaupt möchte. Raus mit der Sprache, Rafe. Wo genau liegt da der Unterschied zu meinem Verhalten?«

Ophelia machte einen selbstzufriedenen Eindruck, dachte vermutlich, sie hätte ihn an die Wand gespielt. »Ich sehe in der Tat gewisse Parallelen, aber Sie sehen nur einen Ausschnitt des Ganzen. Einen Mann zu einer Ehe zu zwingen, die er nicht möchte, würde beide Ehepartner bis ans Lebensende unglücklich machen, weil es außer einem handfesten Skandal kein Entrinnen gäbe. Wollen Sie das ernsthaft damit vergleichen, dass Sie ein paar Wochen hier oben im hohen Norden verbringen, was am Ende alle glücklich macht? Niemand wird verletzt, und niemand geht unglücklich aus der Sache hervor.«

»Fahren Sie zur Hölle!«

Raphael grinste spitzbübisch. »Sie können mich noch so oft dorthin wünschen, aber der Heiligenschein oberhalb meines Kopfes sitzt fest. Geben Sie sich einen Ruck und seien Sie kein schlechter Verlierer.«

»Warum nicht?«, schoss sie wutentbrannt zurück. »Setzen Sie es doch einfach mit auf die schier endlose Liste meiner Vergehen. Aber denken Sie bloß nicht, Sie wären ein Engel. Sie sind der Teufel in Person, und das wissen Sie auch.«

Raphael schnalzte tadelnd mit der Zunge. »Ihr Temperament geht mal wieder mit Ihnen durch, Phelia. Das wäre jetzt der ideale Zeitpunkt, daran zu arbeiten, es unter Kontrolle zu bekommen, meinen Sie nicht auch?«

Ophelia schenkte ihm ein dünnlippiges Lächeln. Er wunderte sich darüber, wie sie es überhaupt zustande brachte, da in ihrem Blick Dolche aufblitzten.

Ihre Stimme triefte nur so vor Sarkasmus, als sie antwortete: »Worüber sprachen wir gerade? Ach ja, darüber, wie viele Leben ich angeblich zerstört habe. Wieso reden wir nicht lieber noch ein wenig darüber?«

Ophelia sprang von der Couch auf und lief umher, was Raphael gehörig durcheinanderbrachte. Wie von selbst schweifte sein Blick zu dem wippenden Saum, und er registrierte, wie der Stoff über ihren Allerwertesten glitt ...

»Wer ist das?«, wollte sie wissen und blieb vor dem Porträt über dem Kamin stehen.

Widerwillig riss Raphael sich vom Anblick ihres Gesäßes los und folgte ihrem Blick. »Das ist meine Großmutter Agatha.«

Ophelia warf ihm einen Blick über die Schulter zu, die Augenbrauen in die Höhe gezogen. Mit süffisantem Unterton fragte sie: »Ist das die Frau, deretwegen Ihr Großvater das Weite gesucht hat?«

»Nein, das ist die Frau, zu der er stets nach Hause geeilt ist. Wenn Sie es genau wissen wollen, hat er sie oft mit hierher gebracht, sobald ihre Kinder aus dem Gröbsten heraus waren. Sie wollten ungestört sein.«

»Es tut mir leid«, sagte Ophelia zu seiner Überraschung. »Ich wollte Sie nur ein wenig aufziehen. Aber wie es scheint, mangelt es mir am nötigen Talent dazu.«

Da sie einen aufrichtig zerknirschten Eindruck machte, entschied Raphael, sie zu beruhigen. »Es gibt sogar eine Geschichte zu diesem Gemälde. Bei einem Ausritt wurde ich Zeuge, wie der Künstler sich in einen Fluss warf.«

»Sie meinen, er ist geschwommen?«

»Das dachte ich anfänglich auch. Es war nämlich ein recht

warmer Tag. Aber nein, er hat versucht, sich zu ertränken, hat es aber nicht geschafft. Immer wieder stieg er an die Wasseroberfläche empor. Als ich ihn sah, trieb gerade ein Baumstamm auf ihn zu. Ich rief ihm eine Warnung zu, doch er hörte mich nicht. Und dann begrub der Baum ihn unter sich.«

»Aber Sie haben ihm das Leben gerettet, nicht wahr?«

»Sehr zu seinem Leidwesen«, sagte er mit einem Glucksen. »Er wollte mich sogar verprügeln, sobald er wegen des Wassers, das er verschluckt hatte, nicht mehr husten musste. Und dann klagte er mir sein Leid, erklärte mir, warum ich ihm mit meiner Rettung einen Bärendienst erwiesen hätte. Es stellte sich heraus, dass er sich mit Leib und Seele der Kunst verschrieben hatte und keiner anderen Arbeit nachgehen wollte, er jedoch am Hungertuch nagte, weil er keine Abnehmer für seine Gemälde fand. Der Narr lebte in einem winzigen Dorf, wo sich niemand seine Kunst leisten konnte. Aber er dachte nicht daran, von dort fortzugehen.«

»Also haben Sie ihn mit dem Porträt Ihrer Großmutter beauftragt, um ihm unter die Arme zu greifen.«

»Genau genommen hatte ich ein Miniaturbild meiner Großmutter bei mir, und er hat mir zum Dank ein Porträt von ihr angefertigt. Dabei habe ich nichts weiter getan, als ihn in die nächste Stadt zu schleifen, wo er sich nun vor Aufträgen gar nicht mehr retten kann. Aber Sie sehen ja selbst, was für ein begnadeter Maler er ist.« Raphael deutet auf das Gemälde. »Das war mir bereits beim ersten Pinselstrich klar, als er sich daran machte, meine Großmutter zu malen. Das Miniaturbildnis wurde meiner Großmutter nicht gerecht, aber dank seines Künstlerauges hat er ihr wahres Wesen erkannt und auf die Leinwand gebannt. Dieses Bild ist ihr wie aus dem Gesicht geschnitten, so behauptet es mein Vater zumindest. Ich hatte eigentlich vor, es in Norford Hall aufzuhängen, doch es erfüllte meine Großmutter zu sehr mit Melancholie, weshalb es jetzt hier hängt.«

»Warum, wenn es ihr doch so ähnlich sieht?«

Er zuckte die Achseln. »Vermutlich, weil ihre Jugend längst verblüht ist und sie nicht daran erinnert werden möchte. Sie ist schließlich auch nicht mehr die Jüngste.«

Ophelia gesellte sich wieder zu ihm aufs Sofa. Sie wirkte um einiges entspannter.

Raphael räusperte sich, um ihr zu signalisieren, dass er sich nun wieder den eigentlichen Themen zuwenden würde, und sagte: »Sie bestreiten also, anderen das Leben zerstört zu haben, oder irre ich mich?«

»Im Gegenteil. Ich habe Mavis' Leben ruiniert. Ich hätte schweigen und zusehen sollen, wie sie diesen Schurken zum Gemahl nimmt. Vielleicht wäre sie ja an der Seite eines untreuen Ehemanns glücklich geworden. Glücklicher, als sie es jetzt ist.«

»Liege ich mit meiner Vermutung richtig, dass Sie ihn ihr unter der Nase weggestohlen haben?«

»Das hat nichts mit Diebstahl zu tun. Ich zählte noch nicht einmal sechzehn Lenze, als er um meine Hand anhielt. Das war lange, bevor die beiden sich überhaupt kannten. Er wurde mir bald lästig, versuchte mir ständig einen Kuss zu rauben. Bis ich meine Mutter bat, ihn ein für alle Mal von der Gästeliste zu streichen, was sie auch tat. Später ging er dazu über, meinen besten Freundinnen den Hof zu machen, damit er zu denselben Bällen und Festivitäten eingeladen wurde wie ich. Er hat sogar zugegeben, dass er all das nur deshalb auf sich nahm, um in meiner Nähe zu sein.«

»Und das haben Sie Mavis verschwiegen?«

»Natürlich nicht, ich habe es ihr mehr als einmal gesagt. Sie hat mich stets ausgelacht. Sie wollte nichts hören, was ihn schlecht machte. Also habe ich ihm erlaubt, mich zu küssen. In dem Wissen, dass sie uns dabei erwischen würde. Da sie nicht auf mich hören wollte, habe ich ihr den Beweis geliefert, damit sie sein wahres Wesen endlich erkennt.«

»Und das war vermutlich das Ende Ihrer Freundschaft zu Mavis.«

»Für eine Weile trennten sich unsere Wege, ja. Sie weinte, verbreitete scheußliche Dinge über mich, gab mir die Schuld an allem. Aber dann kam sie zurück, gab vor, sie hätte verstanden und mir verziehen.«

»Aber dem war wohl eher nicht so.«

»Nein. Ganz und gar nicht«, sagte Ophelia mit dünner Stimme. »Zwischen uns wurde alles anders.«

Die Traurigkeit wegen der verlorenen Freundschaft stand Ophelia ins Gesicht geschrieben. Mit einem Mal fühlte Raphael sich wie ein gemeiner Schuft. Er wollte, dass sie ihre Fehler eingestand, aber die Geschichte mit Mavis lag gänzlich anders, als er angenommen hatte. Sie hatte lediglich versucht, einer Freundin zu helfen, und sie dadurch verloren.

Angesichts dieser Wendung entschied er, ihr Ungestüm zum Thema zu machen. »Sehen Sie, so schwer war es doch gar nicht, Ihr Temperament unter Kontrolle zu bringen, oder?«

Ophelia erhob sich. »Indem Sie mich durch schmerzhafte Erinnerungen traurig machen? Wenn das Ihr Gegenmittel ist, lehne ich dankend ab.«

Mit diesen Worten marschierte sie aus dem Raum hinaus. Raphael dachte nicht daran, sie aufzuhalten. Es gab so vieles, worüber er erst einmal in Ruhe nachdenken musste. Vor allem, dass sie jeden seiner Vorwürfe bislang plausibel entkräftet hatte. Er durfte jedoch nicht vergessen, dass er das unerfreulichste Thema noch nicht auf den Tisch gebracht hatte. Die Rede war von der Art und Weise, wie sie die liebreizendste, netteste Frau auf Erden behandelt hatte – Sabrina Lambert.

Kapitel fünfzehn

Am oberen Treppenabsatz blieb Ophelia stehen, drehte sich um und setzte sich auf die oberste Stufe. Sie hatte keine Lust, Sadie zu begegnen, die sich vermutlich in ihrem Zimmer aufhielt und sie mit endlosen Fragen löchern würde, warum sie so traurig aussah. Sie wollte mit niemandem reden, außer mit Raphael. Es war sogar so, dass sie erwartete, dass er ihr nachlief und sich entschuldigte. Und sie gab ihm die Chance dazu, indem sie nicht so weit fortlief.

Aber was für eine Närrin sie doch war. Er ging ihr gar nicht hinterher!

»Ein Penny für Ihre Gedanken, Kindchen.«

Ophelia hatte Schritte im Flur vernommen und inständig gehofft, es möge jemand vom Gesinde sein. Doch das Glück war ihr nicht hold.

Sie erhob sich und richtete das Wort an Raphaels Tante. »Das wollen Sie gar nicht wissen.«

»In dem Fall erhöhe ich auf ein Pfund.«

Für die Dauer eines Herzschlags erhellte ein Lächeln Ophelias Züge. »Ihr Neffe ist ein unmöglicher Mensch, unglaublich selbstherrlich und starrköpfig. Er wird nicht auf die Vernunft hören.«

»Und ich war mir sicher, dass er Sie längst mit seinem Charme erobert hat. Darin ist er nämlich sehr gut, müssen Sie wissen.«

Ophelia schnaubte. »Vielleicht in einem früheren Leben. Ich finde, er hat so viel Charme wie ein aufgebrachter Eber.«

Esmeralda kicherte. Ophelia konnte dem Ganzen nichts

Amüsantes abgewinnen. Was sie gesagt hatte, war ihr voller Ernst.

»Darf ich Sie etwas fragen, Lady Esme? Ich wollte es bereits gestern ansprechen, aber Rafe hat mir versichert, es wäre vertane Müh, weil Sie unverrückbar auf seiner Seite stünden. Stimmt das? Können Sie es wirklich stillschweigend dulden, dass er mich gegen meinen Willen hier festhält?«

»Er hat mir versichert, dass Ihre Eltern nichts gegen Ihren Besuch bei uns einzuwenden hätten. Hat er womöglich übertrieben?«

»Nein, hat er nicht. Ich bin mir sogar sicher, dass sie auf sein Schreiben mit größter Verzückung reagiert haben. Aber spielt es denn keine Rolle, was ich denke und möchte?«

Esmeralda verengte die Augen und sah Ophelia an. »Sind Sie alt genug, damit Ihre Meinung in dieser Sache Gewicht hat? Oder sind Sie noch immer Ihren Eltern unterstellt? Wenn Sie alt genug sind, Ihre eigenen Entscheidungen zu treffen, meine Liebe, werde ich Sie höchstpersönlich nach London zurückbringen, wenn es Ihr ausdrücklicher Wunsch ist.«

Ophelia stieß ein verbittertes Seufzen aus. »Nein, so alt bin ich nun auch wieder nicht. Das ist so *ungerecht*. Ich bin alt genug, um zu heiraten, aber nicht alt genug, um mitzubestimmen, wen ich zum Mann nehme. Ich bin alt genug, um Kinder zu bekommen, besitze aber nicht genug Verstand, mir den Kindsvater selbst auszusuchen.«

»Seien Sie nicht überrascht, wenn ich Ihnen nicht zustimme. Natürlich habe ich in meinem Alter gut reden, schließlich treffe ich meine eigenen Entscheidungen. Aber ich *verstehe* Sie und gebe zu, dieselben Gefühle gehabt zu haben, als ich in Ihrem zarten Alter war. Als ich dem Mann begegnete, den ich heiraten wollte, war es sehr aufwühlend, ihn nicht ohne die Erlaubnis meines Vaters zum Gemahl nehmen zu können. Da er Schotte war, liefen wir Gefahr, dass mein Vater abwinkte und mir riet, einen netten englischen Burschen auszusuchen. Das hat er

nicht, aber er hätte es tun können. Und es hätte nichts gegeben, was ich dagegen hätte tun können.«
»Sie hätten mit ihm weglaufen können.«
Esmeralda lächelte breit. »Ich bin nicht von der wilden Sorte wie Sie. Ich breche keine Regeln oder zeige den gesellschaftlichen Geboten eine lange Nase.«
»Das tue ich auch nicht«, protestierte Ophelia.
»Aber Sie würden es gern«, hielt Esmeralda dagegen. »Und genau da liegt der Unterschied.«
Ophelia konnte nicht anders, als ihr recht zu geben. »Und dennoch schreit das alles zum Himmel.«
»Die Beweggründe meines Neffen sind positiver Natur, das versichere ich Ihnen. Er liebt es, Menschen zu helfen. Bringt sich ohne mit der Wimper zu zucken für andere ein. Dies ist mitnichten das erste Mal, dass er zu etwas drastischeren Maßnahmen greift. Seine Reise auf dem Festland war anders als die der meisten, müssen Sie wissen. Im Alleingang hat er eine Handvoll Waisen vor dem Schlimmsten bewahrt. Einer von ihnen wollte meinen Neffen bestehlen, um seine Schwester aus dem fürchterlichen Waisenhaus zu holen, aus dem er geflohen war. Raphael brauchte letzten Endes ein halbes Jahr, aber es ist ihm gelungen, für jedes Kind ein gutes Zuhause zu finden. Und dann war da noch das Dorf in Frankreich, bei dessen Evakuierung er mitgeholfen hat. Amanda meint, er hätte in seinen Briefen geschrieben, dass er so manchem Bewohner das Leben gerettet habe. Das sind nur zwei von vielen Beispielen dafür, dass er ein sehr hilfsbereites Wesen hat.«
Und das sollte alles wiedergutmachen? »Aber ich habe ihn nicht gebeten, mir zu helfen.«
»Nein, aber wenn ich ihn richtig verstanden habe, haben Sie für ein ziemliches Durcheinander auf Summers Glade gesorgt. An Ihrer Stelle würde ich sicherstellen, dass so etwas nicht noch einmal geschieht.«

»Ich habe den einen oder anderen Makel«, brummte Ophelia. »Das gebe ich ja sogar zu.«

»Wir alle haben unsere Macken, Mädchen.«

»Aber meine tendieren ein wenig ins Exzessive.«

Esmeralda lachte in sich hinein. »Ein wenig? In dem Fall können ein paar Lektionen in Sachen Zurückhaltung bestimmt nicht schaden, oder?«

»Aber wie wollen Sie ein unkontrollierbares Temperament unter Kontrolle bringen?« Ophelia war sich sicher, dass es keine Antwort auf diese Frage gab.

Doch da hatte sie sich getäuscht; die ältere Dame sprach aus Erfahrung. »Indem Sie sich auf die Zunge beißen.«

Ophelia grinste. »Sie sind lange nicht so impulsiv wie ich.«

»Das war früher einmal anders.«

»Wirklich?«

»Ja. Mein Gemahl hatte seine wahre Freude daran, zumal er als Schotte alles andere als impulsiv war.«

Ophelia lachte. Das Geräusch lockte Raphael aus dem Salon. Als er sie, augenscheinlich gut gelaunt, mit seiner Tante am oberen Treppenabsatz stehen sah, fragte er: »Fühlen Sie sich besser?«

Ophelia schleuderte ihm einen bitterbösen Blick zu. »Kein bisschen.«

Er verdrehte die Augen und ging zurück in den Salon. Esmeralda schnalzte mit der Zunge.

»Ein Satz von ihm, und schon gehen Sie an die Decke.«

»Selbst, wenn es gar nicht seine Absicht ist, mich zu provozieren«, sagte Ophelia mit gedämpfter Stimme, aus Angst, Raphael könnte durch die geschlossene Tür lauschen. Dann sagte sie jedoch: »Nein, das nehme ich zurück. Er legt es darauf an, mich aus der Reserve zu locken.«

»Als eine Art Strategie? Um Ihnen zu helfen, Ihr Temperament unter Kontrolle zu bringen?«

»Dann braucht er dringend eine Lektion in Sachen Strategie. Es funktioniert nämlich nicht.«

»Versuchen Sie denn wenigstens, Ihre Impulsivität zu drosseln?«

Ophelia seufzte. »Das habe ich bereits. Immerhin schreie ich ihn nicht mehr an.«

Esmeralda grinste, doch dann schlich sich Nachdenklichkeit in ihren Blick. »Ich würde Ihnen gern eine Frage stellen. Warum sträuben Sie sich gegen Ihren Aufenthalt hier? Vergessen Sie nicht, dass Sie es mit einem der begehrtesten Junggesellen Englands zu tun haben, der sich alle Mühe gibt, Ihnen zu helfen. Ich hätte angenommen, Sie würden sich das zum Vorteil machen.«

»Warum sollte ich?«

»Aber warum nicht? Er hat mir erklären wollen, dass Sie ihn nicht sonderlich mögen. Ich verstehe gar nicht, wie man ihn *nicht* mögen kann, er ist doch so ein netter Junge. Er ist sympathisch, witzig, von angenehmem Äußeren und entstammt einer der renommiertesten Familien des Königreichs, wenn Sie mir diese Bemerkung erlauben.«

»Ich sage es nur höchst ungern, aber Sie sind in dieser Angelegenheit voreingenommen, was durchaus verständlich ist. Schließlich reden wir hier von Ihrem Neffen. Alles, was Sie vorgebracht haben, rechtfertigt nicht, dass er sich in mein Leben einmischt.«

Esmeralda legte die Stirn in Falten. »Soll das heißen, dass Sie nicht kooperieren werden und von seinen Anstrengungen auch nicht profitieren wollen?«

Ophelia stieß einen gedehnten Seufzer aus. »Es mag nicht so wirken, aber ich kooperiere. Eine andere Möglichkeit habe ich nicht, wenn ich in absehbarer Zeit wieder nach Hause möchte.«

Kapitel sechzehn

»Amanda! Was, zum Teufel, willst du denn hier?«
Raphael war verdutzt, als sein Blick auf seine jüngere Schwester fiel. Sie hatte Alder's Nest noch nie einen Besuch abgestattet, und mit einem Mal stand sie mitten im Salon und klopfte sich energisch den Schnee vom Mantel. Vor ungefähr einer Stunde hatte es wieder zu schneien begonnen, ziemlich genau, als Ophelia aus dem Zimmer gerannt war. Amanda konnte Schnee nicht sonderlich ausstehen, doch Raphael ahnte, dass hinter ihrer Erbostheit etwas anderes steckte.

Sie bedachte ihn mit einem düsteren Blick. »Was ich hier will? Ich verpasse einen sehr netten Ball, um hierherzufahren und herauszufinden, was du hier treibst. Es war abgemacht, dass du mir nach London folgst. Warum hast du das nicht getan?«

»Ich habe gesagt, ich würde ...«

Doch Amandas Tirade war noch nicht beendet, weshalb sie ihm das Wort abschnitt. »Alle Welt fragt nach dir. Und fast alle meine Freundinnen waren enttäuscht, dass du nicht mit mir in die Stadt zurückgekehrt bist.«

»Ich habe dir doch gesagt, dass ich nicht mehr mit dir zu diesen Partys gehen würde, dass nach Summers Glade damit Schluss wäre. Unzählige Cousinen und Tanten von uns leben in London und könnten dich begleiten, meine Liebe. Deshalb ist es einerlei, wann ich mich wieder in London blicken lasse, meinst du nicht auch?«

»Aber du bist ein gefragter Mann, vergiss das nicht.«

Raphael hob eine Augenbraue. »Du meinst, bei den gackernden Hühnern, die sich um dich scharen und die du als Freundinnen bezeichnest.«

»Sie bewundern dich eben. Wie alle Frauen.«

»Nicht alle«, antwortete er und dachte dabei an seinen Hausgast. »Bitte zieh den Mantel aus. Es ist ziemlich warm hier drin. Oder hast du gar nicht vor zu bleiben?«

Amanda entging der hoffnungsvolle Unterton in seiner Stimme; sie lief schnaufend zum Kamin und hielt die Hände ans Feuer. »Ich ziehe es vor, ihn noch ein wenig anzubehalten. Mir ist nämlich kalt bis auf die Knochen. Die Kohlenpfanne in der Kutsche ist vor zwei Stunden erloschen. Ich habe mir die Schoßdecke mit der Zofe teilen müssen. Wir haben versucht, uns gegenseitig zu wärmen, was allerdings nur mäßig erfolgreich war. Weshalb, zum Teufel, hast du eigentlich nur *eine* Schoßdecke in deiner Kutsche?«

»Weil die Kohlenpfanne meist genug Wärme absondert, sodass ich sie gar nicht brauche. Du bist also mit meiner Kutsche hier?«

»Natürlich! Ich habe ja kein eigenes Gefährt, habe auch nie eines gebraucht. Schließlich hat Vater ja ein halbes Dutzend Kutschen im Schuppen von Norford Hall. Da ich aber nicht von dort aus losgefahren bin, konnte ich nicht auf seine Kutschen zurückgreifen. Ich bin auf direktem Weg von deinem Londoner Stadthaus hergekommen.«

Ehe Raphael Ophelia kennengelernt hatte, hätte er Stein und Bein geschworen, dass seine Schwester die hübscheste Frau weit und breit war. Seine Ansicht hatte nichts mit familiärer Loyalität zu tun, nein. Es war die Wahrheit. Mit ihrem blonden Schopf, der einige Nuancen dunkler war als seiner, ihren blauen Augen, die wiederum heller waren als die seinen, und ihren aristokratischen Gesichtszügen, die jeder in seiner Familie aufwies, hätte niemand daran gezweifelt, dass sie die anderen Debütantinnen der Saison in den Schatten stellen würde. Allerdings hatte keiner aus seiner Familie vor dem Fest auf Summers Glade von Ophelia gehört oder sie zu Gesicht bekommen. Und niemand, Amanda inbegriffen, konnte Ophelia in puncto Schönheit das Wasser reichen.

»Außerdem haben wir uns verfahren«, fügte sie murmelnd hinzu.

»Wirklich? Das war bestimmt furchtbar interessant.«

»Nicht im Geringsten.«

»Lag es am Schnee?«

»Nein, vielmehr daran, dass dein Fahrer sich nicht auskennt. Erst als wir uns verfahren haben, habe ich herausgefunden, dass er noch nicht sonderlich lange in deinem Dienst steht und es ihn bisher nie so weit in den Norden verschlagen hat. Dieser widerliche Kerl hätte ja auch früher den Mund aufmachen können.«

»Die meisten meiner Bediensteten sind noch nicht sonderlich lange bei mir beschäftigt, Mandy. Vor meiner Reise nach Europa habe ich fast alle entlassen. Aber jetzt erzähl mir lieber, wie du herausgefunden hast, wo ich bin.«

»Ich nahm an, du wärst von Summers Glade nach Norford Hall gefahren. Also habe ich einen der Diener entsandt, um herauszufinden, was dich dort so lange hält. Er kam zurück und berichtete mir, du wärst gar nicht da gewesen, sondern hättest eine Nachricht geschickt, aus der hervorging, du wärst stattdessen hier. Die Frage ist nur, was dich dazu veranlasst hat.«

Er zuckte mit den Schultern. »Warum nicht?«

»Du verpasst doch die Saison!«

Raphael musste lachen. »Was kümmert mich die Saison? Du bist diejenige, die auf der Suche nach einer guten Partie ist, nicht ich. Und, bist du schon fündig geworden?«

Amanda blickte empört drein. »Nein. Die meisten Männer, die ich attraktiv finde, würdigen mich kaum eines Blickes.«

Er lachte. »Das kann unmöglich wahr sein.«

»Vielen Dank für deine Unterstützung, aber es stimmt leider. Die Einzige, für die sie sich interessieren, ist diese eingebildete Schnepfe Ophelia Reid. Alle wundern sich, warum sie noch nicht nach London zurückgekehrt ist. Die Kunde, dass sie Duncan MacTavish nun doch nicht heiraten wird, hat sich in Windeseile herumgesprochen. Weißt du etwas darüber?«

»Die beiden sind übereingekommen, dass sie nicht zueinander passen.« Mehr wollte er zu diesem Thema nicht sagen.

»Wie enttäuschend.«

»Warum?«

»Sei nicht so begriffsstutzig, Rafe. Weil sie nun wieder auf dem Heiratsmarkt zurück ist und es nur eine Handvoll wirklich guter Partien gibt.«

Amandas Begründung trieb Raphael ein Lächeln auf die Lippen. »Muss dein Zukünftiger denn perfekt sein?«

»Nein, natürlich nicht. Ein bisschen vielleicht. Aber jetzt, wo sie wieder im Rennen ist, sehe ich blass aus.«

»Eitelkeit und Eifersucht in einem Atemzug. Schande über dein Haupt, Mandy.«

Amanda errötete. »Ärgere mich nicht. Schließlich reden wir hier über den Rest meines Lebens.«

»Das sehe ich anders. Wir reden über deine Ungeduld. Entspann dich und genieß deine erste Saison in London. Und ehe du dich versiehst, triffst du den Richtigen.«

»Und der verliebt sich dann bei der erstbesten Gelegenheit in diese Ophelia«, murmelte Amanda gereizt.

»Du bist ja tatsächlich eifersüchtig, kann das sein?«

Sie stieß einen langen Seufzer aus. »Es überkommt mich einfach. Gütiger Gott, diese Frau ist so wunderwunderhübsch, dass einem die Augen aus dem Kopf fallen.«

Raphael schluckte das Lachen herunter, das sich in ihm zusammenbraute, und antwortete nur: »Da gebe ich dir recht.«

Amanda blinzelte und kniff die Augen zusammen. »Jetzt sag bloß nicht, du gehörst auch zu denen, die ihr erlegen sind.«

»Wo denkst du hin?«

»Da bin ich aber erleichtert. Sie mag umwerfend hübsch sein, aber ansonsten ist sie nicht sehr leutselig. Vor allem nicht leutselig genug für dich. Sie ist eitel, schnippisch und hochmütig.«

»Sind das die Gerüchte, die momentan über sie im Umlauf sind?«, erkundigte er sich neugierig.

»Nein, im Augenblick spricht jeder nur davon, dass sie wieder zu haben ist, was viele Männerherzen höher schlagen lässt. Weißt du eigentlich, dass sie den Nerv besessen hat, mir auf Summers Glade ins Gesicht zu sagen, ich würde nur meine Zeit dort verschwenden? Und das, obwohl ihre zweite Verlobung mit MacTavish noch gar nicht spruchreif war. Sie war felsenfest davon überzeugt, dass er sie zurücknehmen würde.«

»Wenn man es genau nimmt, war es tatsächlich verschwendete Zeit. Duncan war längst in Sabrina verliebt. Er hat nur eine Weile gebraucht, um es sich einzugestehen.«

»Freut mich für ihn. Ist das der Grund, warum er und Ophelia die Verlobung dann doch gelöst haben?«

»Ja und nein. Vergiss nicht, es waren die Familien, die die Verbindung vorangetrieben haben. Deswegen waren beide froh, einen Ausweg gefunden zu haben. Los jetzt, leg den Mantel ab und trink eine Tasse Tee mit mir, ehe du dich auf den Heimweg machst.«

»Sei kein Langweiler, Rafe. Oder hast du etwa schon vergessen, dass du mich eingeladen hast, die Saison bei dir zu verbringen?«

»Nicht hier.«

»Nein, natürlich nicht.«

»Und nicht mit mir«, berichtigte er sie. »Ich habe dich in mein Stadthaus eingeladen, weil Vater keines besitzt, das stimmt. Aber es war nie die Rede davon, dass ich die ganze Saison über nicht von deiner Seite weiche.«

»Aber ich wünsche es mir doch so sehr!«, flehte sie ihn an.

»Ich dachte, du würdest in London bleiben. In den zwei Jahren, die du auf dem Kontinent warst, habe ich dich entsetzlich vermisst. Jetzt, wo du wieder da bist, dachte ich, es wäre auch dir ein Herzenswunsch, mehr Zeit mit mir zu verbringen.«

»Das werde ich auch. Sobald ich nach London zurückkehre.«

»Aber *wann*? Außerdem weiß ich noch immer nicht, was dich veranlasst hat, dich hier zu verkriechen.«

»Ist es dir denn gar nicht in den Sinn gekommen, dass ich vielleicht Besuch mitgebracht haben könnte?«

Amanda wurde mit einem Schlag blass. »Beim Allmächtigen, daran habe ich keine Sekunde gedacht. Das ist mir jetzt aber peinlich. Ich mache mich sofort wieder auf den Weg – sobald mir einigermaßen warm ist.«

»Prima.«

»Prima? Du hast also nicht vor, mich zu fragen, ob ich bleiben möchte – wenigstens heute Nacht?«

»Nein, habe ich nicht. Außerdem ist es noch früh genug, um das nächste Gasthaus zu erreichen, ehe es dunkel wird.«

Mit einem Seufzen entledigte sich Amanda des Mantels und gesellte sich zu ihm auf das Sofa. Sie nahm einen dünnen Stapel Briefe aus der Tasche und reichte ihn Raphael.

»Ich habe dir deine Post mitgebracht, für den Fall, dass etwas Wichtiges dabei ist.«

»Du meinst, du hoffst auf eine Einladung zu einem Ball, der mir gefiele, stimmt's?« Er warf einen flüchtigen Blick auf die Briefe. Bis auf das Schreiben von Ophelias Vater war nichts Interessantes dabei. Er öffnete es und überflog den Inhalt. Es war, wie er es erwartet hatte.

»Das auch«, räumte Amanda ein, ehe sie wieder auf das ursprüngliche Thema zu sprechen kam. »So früh ist es auch nicht mehr. Der Gasthof, in dem ich die letzte Nacht verbracht habe, liegt sechs Stunden von hier entfernt.«

Raphael sah seine Schwester an und sagte: »Ihr habt euch verfahren, schon vergessen?«

Amanda seufzte abermals. »Na gut, vielleicht waren es auch

nur vier Stunden. Aber es wird schon bald wieder dunkel. Ich verspreche auch, dass ich ganz früh abreise. Wer ist sie eigentlich? Jemand, den ich kenne?« Insgeheim hoffte Amanda, ihren Bruder mit der spontanen Frage aus der Reserve zu locken. Doch es funktionierte nicht.

»Ja, du kennst sie, und nein, ich werde dir nicht sagen, um wen es sich handelt. Das, meine Teure, geht dich nichts an. Aber es ist nicht so, wie du denkst, ich habe Alder's Nest nicht zu einem Liebesnest umfunktioniert.«

»Natürlich nicht«, kam die zweifelhafte Antwort. »Du und deine weibliche Begleitung treffen sich an einem Ort, der einsamer kaum liegen könnte, aber es ist alles ganz harmlos?«

»Richtig. Außerdem wäre da noch Tante Esme, die auf uns aufpasst.«

»Sie ist hier?«, rief Amanda erfreut. »Das ist ja wunderbar. Ich habe sie schon seit einer halben Ewigkeit nicht mehr gesehen! Du kannst mich jetzt unmöglich fortschicken oder mir verbieten, ein paar Tage hier zu verbringen.«

»Du hast sie doch erst vor zwei Monaten gesehen. Als Vater seinen Geburtstag gefeiert hat. Und nein, du wirst nicht ...«

Er hielt inne und sah zum Fenster hinaus. Da er zuvor in ein Buch vertieft gewesen war, hatte er nichts von Amandas Ankunft mitbekommen. Jetzt bemerkte er aber, wie sich die Kutsche vom Haus entfernte.

»Ich kann nur hoffen, dass du nichts im Schilde führst, Mandy. Wehe, du willst meine Rückkehr erzwingen. Hast du die Kutsche wieder nach London geschickt?«

Amanda verzog das Gesicht, weil Raphael mit anklagendem Unterton gesprochen hatte. »Natürlich nicht, wie soll ich denn sonst wieder von hier fortkommen?«

»Zur Hölle«, raunte Raphael und sprang vom Sofa auf.

Kapitel siebzehn

Ophelia war viel zu nervös, um zu bemerken, wie kalt es im Innern der Kutsche war. Zu sehr war sie in Gedanken damit beschäftigt, ob ihre überstürzte Flucht wirklich eine gute Idee war. Als sie jedoch merkte, dass nirgends in der Kutsche Briketts für die Kohlenpfanne lagen, wurde sie panisch.

Blieb ihr noch die Schoßdecke. Ein schwacher Trost, aber besser als nichts. Flugs wickelte sie sich ein. Ob das reichen würde? Der Kutscher fror noch mehr als sie, ermahnte sie sich. Also konnte sie das bisschen Kälte auch aushalten. Zum Glück hatte sie dem Burschen unmissverständlich klargemacht, dass Eile geboten war.

Die Freude darüber, dass sie endlich auf dem Heimweg war, wärmte sie von innen. Genau wie die Genugtuung, Raphael ein Schnippchen geschlagen zu haben.

Als sie die Treppe hinuntergegangen war, hatte sie Stimmen im Salon vernommen. Um ein Haar wäre sie hineingeplatzt, doch dann hatte sie gemerkt, dass es sich nicht um Raphaels Tante, sondern um seine Schwester gehandelt hatte, die in einer Kutsche angereist war. Schnell hatte sie kombiniert, dass diese möglicherweise noch fahrtüchtig vor der Tür stünde.

Es war ihr jedoch zu risikoreich gewesen, sich an der offen stehenden Salontür vorbeizuschleichen. Zudem wäre es töricht gewesen, das Haus ohne wärmende Kleidung zu verlassen. Also war sie mit flinken Schritten wieder nach oben geeilt, hatte sich ihren Mantel und ihr Ridikül geschnappt und war über die Gesindetreppe nach unten gehastet, in der Hoffnung, Sadie in der Küche anzutreffen. Doch dort war sie nicht gewesen, und Ophelia hatte keine Ahnung gehabt, wo sie um diese Tageszeit stecken mochte. Welch ein Dilemma! Hätte sie nach Sadie suchen und damit riskieren sollen, sich die Gelegenheit zur Flucht durch die Finger gehen zu lassen?

Eigentlich hatte es nur eine Möglichkeit gegeben. Wenn sie die Chance hatte, diesem trostlosen Ort zu entkommen, dann musste sie sie ergreifen und darauf vertrauen, dass Raphael ihre Zofe nach London zurückschicken würde. Sie hatte schnell handeln müssen, und zwar, bevor die Pferde ausgespannt wurden.

Da die Köchin gerade in der Vorratskammer zugange gewesen war, war es ihr gelungen, ungesehen die Küche zu durchqueren. Durch den Hintereingang war sie ins Freie geschlüpft, gerade noch rechtzeitig, denn die Kutsche war bereits auf dem Weg zum Stall gewesen.

In der Aufregung war Ophelia entgangen, dass es wieder zu schneien begonnen hatte und es durch den alten, leicht angeschmolzenen Schnee zu vereisten Straßen kommen konnte.

»Warten Sie!«, hatte sie dem jungen Burschen zugerufen, der, mit zwei Mänteln und unzähligen Schals bekleidet, auf dem Kutschbock Platz genommen hatte.

Sogleich hatte der junge Mann die Kutsche angehalten und war heruntergesprungen. Der Ausdruck auf seinem Gesicht war typisch für alle Männer gewesen, die Ophelia zum ersten Mal sahen, als sei er geblendet und traue seinen Augen nicht.

Damit seine Verzückung noch ein Weilchen anhielt, hatte Ophelia ihr betörendstes Lächeln aufgesetzt. »Ich bräuchte dringend jemanden, der mich nach London zurückfährt. Hätten Sie wohl die Güte, mir zu helfen?«

Es hatte einige Augenblicke gedauert, bis sich der Jüngling gefangen hatte. Ophelia hatte ihre Bitte zur Sicherheit noch einmal wiederholt.

Doch der junge Bursche hatte die Stirn gerunzelt und gesagt: »Ich fürchte, das kann ich nicht, Ma'am. Nicht ohne Lord Lockes Erlaubnis. Dies ist nämlich seine Kutsche.«

»Wie heißen Sie?«
»Albert, Ma'am.«
»Würden Sie Ihre Meinung ändern, wenn ich Ihnen zwanzig Pfund böte, Albert?«
»Das ist eine Menge Geld für jemanden wie mich. Wenn ich allerdings erwischt werde, dass ich ohne Erlaubnis mit der Kutsche davongefahren bin, werde ich bestimmt entlassen und lande im Kerker.«
Ophelias Ungeduld war mit jedem Atemzug gewachsen. Ihr war förmlich die Zeit davongelaufen. Raphael hätte jeden Moment auftauchen können, was das Ende ihrer Flucht bedeutet hätte, bevor sie überhaupt angefangen hatte.
»Niemand würde Sie unter Arrest nehmen«, hatte sie ihm mit zuckersüßer Stimme versichert. »Darauf gebe ich Ihnen mein Wort.«
»Aber ich habe die Schwester des Lords hergebracht, eine sehr nette Person übrigens. Ich kann mir gut vorstellen, dass sie Sie mit zurück nimmt, wenn sie in wenigen Tagen abreist.«
»Damit ist mir leider nicht geholfen. Ich muss dringend von hier fort. Es ist eine Art Notfall. Fünfzig Pfund!«
»Na ja … Besonders gut gefällt mir die Arbeit ohnehin nicht«, hatte er langsam gesagt. »Hab im Sommer als Kutscher angefangen. Da war es nicht so schlimm wie jetzt. Das Wetter, meine ich. Fünfzig Pfund sind nicht schlecht, aber früher oder später würde ich doch auf der Straße landen.«
Wie unverfroren dieser Bengel log! So viel würde er in den nächsten zwei oder drei Jahren nicht verdienen. »Einhundert Pfund«, hatte Ophelia sich geschlagen gegeben, während sie vor Nervosität fast vergangen war.
Umgehend hatte er ihr die Tür geöffnet. »Wo wollen Sie hin?«
»London. So schnell es geht. Und das meine ich so, wie ich es sage. Wir haben allen Grund zur Eile.«
»Seien Sie unbesorgt, Ma'am. Ich bringe Sie in Windeseile in den nächsten Gasthof, wo schon ein wärmendes Feuer auf

Sie wartet. Wir werden doch in einem Gasthof nächtigen, nicht wahr?«

»Aber natürlich doch«, hatte sie gesagt. »Ich würde niemals von Ihnen verlangen, bei Nacht zu fahren.«

Mit klappernden Zähnen dachte sie darüber nach, wie gut es war, dass sie ihn zur Eile angetrieben hatte. Die Temperaturen im Innern der Kutsche konnten kaum noch fallen, oder? Aber schließlich war sie ja auch schon eine ganze Weile unterwegs. Die Schoßdecke half nur mäßig, und ihr Samtmantel war viel zu dünn. Wie lange es wohl noch dauern würde, bis sie in die nächste Stadt kamen und ein wärmendes Gasthaus fanden? Gemessen an dem halsbrecherischen Tempo, das Albert vorlegte, mochte es noch höchstens eine Stunde sein.

Der Gedanke daran, dass Raphael fuchsteufelswild sein würde, wenn er von ihrer Flucht erfuhr, zauberte ein Lächeln auf ihre Lippen. Wenn er es darauf anlegte, sie zurückzuholen, und sie in einem Gasthof übernachteten, würde er sie vielleicht vor Sonnenaufgang ausfindig gemacht haben. Aber das würde ihm nichts nützen. Sie wäre unter Menschen, die ihn nicht kannten und die es nicht gutheißen würden, wenn er eine kreischende Frau in seine Kutsche zwingen wollte. Und wie sie kreischen würde!

Das Einzige, was sie maßlos wurmte, war die Tatsache, dass sie Sadie, ihre Kutsche und ihre Kleider hatte zurücklassen müssen. Raphael, der mit ihrer Abreise keinen Grund mehr hatte, auf Alder's Nest zu bleiben, würde vermutlich ihre Kutsche nehmen und die anderen nach Hause bringen. Nun, darüber, was sie tun sollte, falls er ihr die Kutsche nicht zurückbrachte, würde sie sich den Kopf zerbrechen, wenn es so weit war. Und sobald auch das Thema erledigt war, so schwor sie sich, würde sie sich nie wieder mit diesem Teufel abgeben.

Das war der letzte Gedanke, als es sie von der Sitzbank riss. Da sie sich in der Schoßdecke verhedderte, merkte sie nicht, wie sehr die Kutsche ins Schlingern geriet, bis sie schließlich im Graben landete.

Als es wieder ruhig um sie wurde, kam sie auf die Knie. Im selben Moment wurde die Tür aufgerissen, und Albert sah sie mit besorgtem Gesichtsausdruck an. »Alles in Ordnung bei Ihnen, Ma'am?«

»Bis auf den einen oder anderen blauen Fleck, ja«, versicherte Ophelia ihm. »Bitte sagen Sie jetzt nicht, Sie hätten die Kutsche in einen Graben gelenkt.«

Der Jüngling lief rot an. »Ich habe das Loch nicht gesehen, ich schwöre es. Wenn ich die Pferde nicht angetrieben hätte, hätte ich ihn vielleicht bemerkt. Aber dann ist da ja auch noch der viele Schnee. Wer weiß, vielleicht hätte ich ihn doch übersehen.« Es war ihm anzuhören, dass er unter Schock stand.

»Ich höre!«

»Eines der Räder ist gebrochen.«

»Sind denn die Pferde in Ordnung?«

»Ihnen geht es gut, Ma'am.«

»Können sie die Kutsche wieder auf die Straße ziehen?«

»Das schon, aber mit einem gebrochenen Rad kommen wir nicht von der Stelle. Warum muss das ausgerechnet mir passieren?«

Das kannst du laut sagen, Bürschchen, dachte Ophelia und seufzte laut. Im Nachhinein war es dumm gewesen, ihn bei dieser Witterung zur Eile anzutreiben. Aber das half ihr jetzt auch nicht weiter.

»Was würden Sie normalerweise in einer solchen Situation tun?«, wollte sie wissen.

»Ein neues Rad besorgen.«

»Dann tun Sie das.«

»Aber bis in die nächste Stadt ist es noch eine Stunde. Und es könnte längst dunkel sein, ehe ich wieder zurück bin.«

Der Gedanke, allein im Dunkeln in einer Kutsche im Straßengraben zu sitzen und zu frieren, erfüllte Ophelia mit Grausen. Alternativ konnte sie sich eines der Pferde nehmen und ohne Sattel losreiten, was vermutlich dazu führen würde, dass sie ein ums andere Mal herunterfallen und sich verletzen würde. Dann befände sie sich erst recht in einer Notlage. Was sollte sie tun? Darauf hoffen, dass das Wetter besser wurde, und in der Zwischenzeit erfrieren? Oder auf Raphael warten, der sich ins Fäustchen lachen würde, weil er sie gefunden hatte – vorausgesetzt, er tauchte überhaupt auf? Vielleicht kümmerte es ihn ja gar nicht, dass sie fort war. Womöglich war er zu der Überzeugung gekommen, dass er sein Bestes gegeben hatte, und würde sich nun anderen Dingen zuwenden, da er auf Menschen pfiff, die seine Hilfe nicht annehmen wollten.

So kam es, dass sie sagte: »Was stehen Sie hier noch herum! Los, machen Sie sich auf den Weg.« Insgeheim hoffte sie, damit nicht schon wieder einen Fehler zu begehen.

Kapitel achtzehn

Raphael konnte kaum zwanzig Fuß weit sehen, so heftig schneite es. Dazu kam der orkanartige Wind, der ihm um die Ohren pfiff und ihn zu überreden versuchte, er solle umkehren.

Es hatte eine halbe Ewigkeit gedauert, bis Bartholomew ein Pferd von zu Hause geholt und es gesattelt hatte. In der Zwischenzeit hatte Raphael – in dem Wissen, dass die Kohlenpfanne in der Kutsche leer war – Briketts geholt und war schnellstmöglich losgeritten. Er wusste, dass es nicht besonders realistisch war, Ophelia vor der nächsten Stadt abzufangen.

Raphael war so tief in Gedanken versunken, dass er die im Graben liegende Kutsche fast nicht bemerkt hätte, was vor allem daran lag, dass sie bereits unter einer weißen Decke zu verschwinden drohte. Wären die Pferde nicht gewesen, wäre er vermutlich weitergeritten. Beim Anblick des verunglückten Gefährts befiel ihn tiefe Furcht – ein Gefühl von solcher Intensität hatte er sein Lebtag noch nicht gehabt. Als ihm einen Atemzug später aufging, dass eines der Pferde fehlte und die Kutsche sich nur leicht zur Seite geneigt hatte, flaute das Gefühl ab. Er war sich sicher, dass niemand verletzt war. Ophelia und der Kutscher hatten offensichtlich entschieden, sich ein Pferd zu teilen, um ihren Weg fortzusetzen.

Einzig das Wissen darum, dass er es sich nie würde verzeihen können, wenn er vorsichtshalber nicht doch im Innern nachsah, saß Raphael ab, öffnete die Tür der Kutsche und warf einen hastigen Blick ins Innere. Nichts außer einem Bündel …

Weshalb, zum Teufel, hast du eigentlich nur eine Schoßdecke in deiner Kutsche?, schossen ihm die Worte seiner Schwester durch den Kopf.

»Gütiger Gott«, platzte es aus ihm heraus. »Hat er Sie allein zurückgelassen? Wo ist der Kerl hin?«

Ophelia schob den Kopf ein Stück in die Höhe, nur weit genug, dass er ihre Augen sehen und feststellen konnte, dass sie keine Mütze trug. Hatte sie etwa die Haare gelöst? Es sah aus, als hätte sie sich so klein wie nur möglich gemacht, um unter die Schoßdecke zu passen.

»Er ist fort, um ein neues Wagenrad zu holen.«

Raphael setzte sich neben sie und deutete auf die kalte Kohlenpfanne. »Wusste er, dass er Sie in der Kälte zurücklässt?«

»Vermutlich nicht«, sagte sie, ehe sie mit schneidendem Ton hinzufügte: »Schließen Sie verflixt noch mal die Tür.«

Raphael tat, wie ihm geheißen, um nicht noch mehr Kälte hereinzulassen.

Ophelia stellte die Füße auf den Boden, setzte sich aufrecht hin und legte sich die kleine Decke über den Schoß. Es war, wie Raphael vermutet hatte – ihr Haar war offen. Es war viel länger, als er vermutet hätte. Eine Strähne fiel ihr in den Schoß, und erst jetzt bemerkte er, dass ihre Hände zitterten. Eine Woge der Empörung, weil sie sich so leichtfertig in Gefahr gebracht hatte, riss ihn mit sich.

»Wo sind denn Ihr Muff und Ihre Mütze?«, wollte er wissen.

»Sie waren nicht in meinem Mantel, und mir blieb keine Zeit, danach zu suchen.«

Ophelia sprach derart affektiert, dass Raphael vor Wut fast überkochte. »Ich hatte Ihnen etwas mehr Verstand zugetraut, als bei eisigen Temperaturen in einer unbeheizten Kutsche zu flüchten«, fuhr er sie an, ehe er sich der Handschuhe entledigte, ihre Hände an sich riss und sie zwischen den seinen rieb.

Ophelia ließ ihn gewähren und sagte einfach nur: »Aus lauter Verzweiflung mache ich hin und wieder dumme Dinge. Ich dachte, darauf hätten wir beide uns bereits geeinigt.«
»Sie waren nicht verzweifelt. Sie hatten Angst davor, der Frau ins Gesicht zu sehen, der die Menschen begegnen, wenn sie Ihnen gegenübertreten. Was ist eigentlich mit Ihrem Haar geschehen?«
Ophelia befreite eine ihrer Hände und schob sich die abtrünnige Strähne aus dem Gesicht. »Ich brauchte ein wenig zusätzliche Wärme für meinen Hals und meine Ohren.«
Ihr war also so kalt gewesen, dass sie versucht hatte, sich mit ihrem eigenen Haar zu wärmen. Wütend raunte Raphael: »Ich bringe diesen Idioten um, weil er sich auf diese Fahrt eingelassen hat.«
»Tun Sie das nicht. Ich habe ihm hundert Pfund versprochen.«
»Das ist keine Entschuldigung.« Raphael nahm wieder ihre Hände und blies warme Luft in sie.
»Es sei denn, Sie haben noch nie hundert Pfund Ihr Eigen genannt.«
Der Punkt ging an sie, dennoch sagte Raphael mit zusammengekniffenen Augen: »Sie sind also fest entschlossen, die Schuld auf sich zu nehmen?«
»Natürlich bin ich das. Nein, bin ich nicht. *Sie* tragen die Schuld an allem.«
Beinahe hätte Raphael gelächelt. »Ich habe mich schon gefragt, wann wir darauf zu sprechen kämen.«
»Hätten Sie sich nicht so halsstarrig gegeben und darauf bestanden, mich als Gefangene zu halten, wo Sie noch nicht einmal die Erlaubnis meiner Eltern haben, dann ...«
»In dem Punkt muss ich Ihnen widersprechen, denn mittlerweile liegt mir das Einverständnis Ihrer Eltern vor. Meine Schwester war so freundlich, mir meine Post mitzubringen.«

Ophelia sackte in sich zusammen. »Wie schön für Sie, von jeglicher Schuld entbunden zu sein.«

»Das ist es in der Tat, zumal wir noch lange nicht damit fertig waren, Ihr Verhalten zu analysieren.«

Ophelia wusste, dass er sie aufzog, andernfalls wäre ihr angesichts der Bemerkung der Kragen geplatzt. Als sein Blick ihre zitternden Hände streifte, fiel ihm der Sack Briketts wieder ein, den er am Sattel festgebunden hatte.

»Ich habe da noch etwas für Sie«, sagte er und fügte hinzu: »Etwas, das Ihnen warm ums Herz werden lässt.« Mit diesen Worten empfahl er sich, war aber nach wenigen Augenblicken wieder zurück. Es dauerte nicht lange, da hatte er die Kohlenpfanne in Gang gebracht. Natürlich würde es noch eine Weile dauern, bis sich die Kutsche mit Wärme füllte. Bis es so weit war, würde Raphael sich also etwas anderes einfallen lassen müssen, um Ophelia, die wie Espenlaub zitterte und deren Lippen sich bereits blau verfärbten, zu wärmen.

»Wenn man es genau nimmt«, führte er ihr Gespräch fort, als wären sie nicht unterbrochen worden, »haben wir bereits immense Fortschritte gemacht. Sie sind lange nicht mehr so furchtbar wie am Anfang, und ich kann auch nichts wirklich Boshaftes an Ihnen erkennen. Erschrecken Sie sich nicht, aber ich werde jetzt etwas tun, damit Ihre Hände wärmer werden, bis die Kohlen die Kälte vertreiben.«

Raphael öffnete seinen Mantel, zog sich das Hemd aus der Hose und schob ihre Hände unter den Stoff, sodass sie auf seiner Brust lagen. Ophelia wollte sich befreien, doch Raphael hielt sie fest, wenngleich ihn ein kalter Schauer erfasste, so eisig waren ihre Finger.

»Das wird nicht funktionieren«, sagte sie nüchtern. »Sie sind nicht gerade warm.«

»Dann versuchen wir es hiermit«, sagte er und klemmte sich ihre Finger unter die Achseln.

»Das ist nur unbedeutend besser und wird auch nicht lange gut gehen. Gleich ist Ihnen auch kalt.«

»Mir war bereits kalt, meine Teuerste. Vermutlich haben Sie recht. Die einzige Möglichkeit, damit uns ein wenig warm ist, ist körperliche Ertüchtigung. Sie wissen schon, das Blut auf Trab bringen, bis man schwitzt. Das funktioniert immer.«

Ophelia warf ihm einen entgeisterten Blick zu. »Hier drin ist eindeutig zu wenig Platz für Leibesertüchtigung, und nein danke, ich werde bestimmt nicht da draußen herumlaufen.« Gekünstelt fügte sie hinzu: »Außerdem schwitze ich nicht. So etwas ziemt sich für eine Lady nun mal nicht.«

Es kostete Raphael einige Mühe, nicht laut loszuprusten, so dümmlich fand er diese Bemerkung. Augenblicke später hatte er sich wieder unter Kontrolle.

»Ich dachte dabei an eine wesentlich angenehmere Form der Ertüchtigung.« Als er Ophelias weit aufgerissene Augen bemerkte, schob er schnell hinterher: »Seien Sie unbesorgt, ich halte nicht viel davon, sich in einer verunglückten Kutsche mitten im Winter dem Liebesspiel hinzugeben. Da ist selbst für mich ein Punkt erreicht, an dem ich mich weigere. Es sei denn, es gäbe eine Kohlenpfanne, die mehr Wärme absondert als diese hier.«

Um Ophelia zu verstehen zu geben, dass er es nicht ernst meinte, krönte er die Worte mit seinem berühmt-berüchtigten Feixen. Zugleich beteuerte er sich selbst gegenüber noch einmal, dass er Ophelia nicht nach Alder's Nest geholt hatte, um sie zu verführen. Daran hatte er keinen Augenblick gedacht. Nein, er wollte ihr aus ganzem Herzen helfen. Und was hatte ein kleiner, harmloser Kuss schon zu bedeuten? Außerdem würde er Ophelia helfen, die schneidende Kälte für einen Moment zu vergessen.

Zugleich wunderte er sich, wie es ihm gelungen war, die ganze Zeit über die Hände von ihr zu lassen. Jetzt, wo sich sein Bild von ihr wandelte und er Einblicke in ihre Welt bekam, sah er sie und ihre Schönheit mit anderen Augen. Natürlich gab es noch eine ganze Reihe von Dingen, über die sie zu gegebener Zeit würde Rechenschaft ablegen müssen. Ganz zu schweigen von ihrem Verhalten anderen gegenüber. Aber er musste sie ja nicht mögen, um sie zu begehren, oder? Und grundgütiger Gott, wie er sie begehrte, mit jeder Faser seines Körpers!

Kapitel neunzehn

Da Ophelia sich so gut es eben ging zusammengerollt und gegen ihre Knie geatmet hatte, hatte sie Raphael erst bemerkt, als er sie angesprochen hatte. Sie hatte erwartet, dass er sich an ihrem Pech weiden würde, doch dem war nicht so. Er war voller Sorge und Wut gewesen, wobei Letzteres zum Glück nicht ihr, sondern Albert galt.

Sie war bereits in größter Sorge gewesen, der Kutscher könnte womöglich erst am nächsten Tag wiederkommen. Beim Anblick Raphaels hatten sich ihre Ängste und Befürchtungen jedoch schlagartig in Luft aufgelöst. Nicht einen Augenblick hatte sie daran gezweifelt, dass er sie an einen sicheren und warmen Ort bringen würde. Es war ihr sogar einerlei, dass sie ihm nun doch nicht entkommen war.

»Phelia, ich werde Sie jetzt gleich küssen und versichere Ihnen, dass Ihnen dadurch binnen weniger Augenblicke warm werden wird.«

Allein die Vorstellung genügte, dass Ophelia die Kälte für einige Lidschläge vergaß, wenngleich ihre Zähne noch immer aufeinanderschlugen. Insgeheim wünschte sie sich, dass er sie wie nach der Schneeballschlacht küssen würde und sein Vorhaben nicht noch zusätzlich in Worte kleidete. Es wirkte beinahe, als wolle er sie um Erlaubnis fragen. Doch sie würde unter keinen Umständen zugeben, dass sie einem Kuss nicht abgeneigt war. Genau genommen war sie enttäuscht, dass er nach ihrem ersten Kuss keine weiteren Anstalten gemacht hatte, ihr einen weiteren zu rauben.

»Sie sprechen wohl aus Erfahrung, nehme ich an?«, erwiderte sie bibbernd.

»Selbstredend. Leidenschaft versprüht ihre eigene Wärme. Sollen wir es ausprobieren?«

Da, jetzt hatte er sie tatsächlich gefragt. Wie bieder. Warum genoss dieser Mann den Ruf, ein Lebemann zu sein, wenn er ihm nicht gerecht wurde?

»Ich sehe nichts, was dagegenspricht«, sagte sie seufzend. »Mir ist alles recht, damit mir wieder warm wird.«

»Alles?« Raphael feixte.

»*Fast* alles.«

Grinsend lehnte er sich zu ihr herüber, bis sich ihre Münder berührten. Seine Lippen waren angenehm warm. Da er sie nirgends sonst berührte, vermutete Ophelia, dass er sich bewusst zurücknahm. Oder … was, wenn er sie im Grunde gar nicht wirklich küssen wollte? Doch das wohlige Kribbeln, das sich schon im nächsten Augenblick einstellte, ließ Ophelia den Gedanken vergessen.

»Kein Grund, sich zu ängstigen«, wiederholte Raphael noch einmal, sein Mund dicht an dem ihren. »Als ich den Vorschlag gemacht habe, dachte ich dabei jedoch nicht an unschuldige Küsse. Anstrengung ist hier der Schlüssel.«

Ophelia wich zurück. »Was meinen Sie damit?«

»Das hier.«

Das hier entpuppte sich als ein Kuss voller Leidenschaft. Ehe sie es sich versah, hatte er sie an seine breite Brust gezogen und die Arme um sie gelegt. Seine Lippen labten sich an ihrem Mund, und seine kecke Zunge tat alles, damit sie sich ihr öffnete. Ophelia war schockiert. Zwar war es einige Male vorgekommen, dass ihre Verehrer ihr einen Kuss hatten rauben wollen, meist hatte es jedoch damit geendet, dass sie ihnen eine Backpfeife verpasste. Keiner ihrer Verehrer war je derart intim geworden, dass ihr der Atem stockte und ihr Herz wie wild pochte.

Raphael lehnte sich gegen die Kutschwand zurück und hob sie gleichzeitig auf seinen Schoß. Dabei stellte er sich so geschickt an, dass ihre Münder vereint blieben. Ophelia genoss das Gefühl, halb auf ihm zu liegen, fühlte sich geborgen und erregt zugleich. Sie spürte, wie Raphaels freie Hand in ihr offenes Haar glitt und sie von wohligen, wärmenden Schauern heimgesucht wurde. Vergessen war die eisige Luft um sie herum.

»Wird Ihnen langsam wärmer?«, wollte er wissen, während er ihre Wangen und ihr Kinn mit einer Flut von sanften Küssen bedeckte.

»Ja.«

»Würden Sie gern meine Hände auf sich spüren?«

»Nur, wenn sie nicht kalt sind.«

»Ich glaube nicht, dass es noch etwas an meinem Körper gibt, das kalt ist. Am besten, ich zeige Ihnen, was ich meine.«

Im nächsten Moment streifte sein Mund ihre Lippen, während seine Finger, die nicht nur warm waren, sondern regelrecht glühten, ihre Wange umschlossen. Seine Hand fuhr sanft über ihren Hals und machte sich an dem obersten Knopf ihres Mantels zu schaffen. Nachdem er ihn gelöst hatte, glitten seine Finger unter den Stoff und auf ihre Brust. Ohne es zu wollen, entfuhr Ophelia ein kehliges Stöhnen. Sie war sich selbst nicht sicher, ob es sich um einen Laut des Aufbegehrens oder der Erregung handelte. Fest stand nur, dass sie ihn nicht zu unterdrücken vermochte, so wundervoll fühlte es sich an, seine Hand eben dort zu wissen und sich dem kitzelnden, sinnlichen Gefühl hinzugeben, das in ihr den Wunsch schürte, sich enger an ihn zu schmiegen.

»Doch nicht überall mager«, raunte Raphael.

Ophelia wusste, dass sein leicht mokanter Unterton direkt an seine frühere Bemerkung anknüpfte, dass sie seines Erachtens nicht genug auf den Rippen hätte. Sah man einmal davon ab, klang er erfreut. Seine Bemerkung trieb Ophelia die Röte auf die Wangen, woraufhin sich ihre innere Hitze noch einmal steigerte. Leider bekam Ophelia keine Gelegenheit, ihm zu antworten, denn sobald er zu Ende gesprochen hatte, setzte er den Kuss fort – leidenschaftlicher als noch zuvor. Dann lockte er auch noch ihre Zunge in seinen Mund und sog daran. Ophelia stöhnte und schlang unbewusst einen Arm um seinen Hals. Als er davon abließ, ihre Brust zu massieren, gab sie – wenn auch nur kurz – einen Protestlaut von sich. Im selben Augenblick begann seine Hand damit, ihre Taille zu erforschen, legte sich auf ihr Gesäß und zog sie noch näher zu sich.

Ophelia liebte die neue Art zu küssen, die sie gerade entdeckt hatte. Von einer Woge des Mutes getragen, übernahm sie sogar zwischendurch die Führung, bis sich ihre Zungen regelrecht duellierten.

Im Eifer des Gefechts gelang es ihm, seine Hand unter ihren Rock zu schieben. Als seine Finger an ihrem Oberschenkel hochkrabbelten, verspürte Ophelia ein leichtes Ziehen zwischen den Beinen, das mit jedem Herzschlag stärker wurde. Wie von selbst glitt ihre Hand in sein Haar und zwirbelte es, während seine Finger in ihr Innerstes vordrangen und sie streichelten. Je größer Ophelias Ekstase wurde, desto fordernder, leidenschaftlicher und wilder wurde ihr Kuss. Ihr Körper wurde erneut von einem Zittern erfasst, doch dieses Mal nicht vor Kälte, nein. Was jetzt mit ihr geschah, überstieg ihren Verstand und konnte sich mit keiner Erfahrung messen, die sie bislang gemacht hatte. Hätte Raphael den Schrei, in dem ihre Empfindungen gipfelten, nicht mit seinen Lippen abgefangen, wäre die Kutsche wohl erneut ins Schlingern geraten.

Erschöpft und mit einem Gefühl der tiefen Befriedigung sank sie auf ihn und hätte am liebsten die ganze Nacht in seinen wärmenden Armen verbracht. Seine Hand ruhte auf ihrem Oberschenkel und streichelte sie ganz zart und sachte. Ophelia war Raphael unendlich dankbar dafür, dass er keinerlei Anstalten machte, sie von sich zu schieben. Wenn es nach ihr ginge, wäre sie am liebsten in seinen Armen eingeschlafen.

Doch es sollte anders kommen. Das Geräusch von nahenden Hufen ließ beide hochschrecken. Geistesgegenwärtig rutschte Ophelia von Raphaels Schoß. Im selben Augenblick wurde die Tür aufgerissen, und der arme Albert, der gerade voller Freude von seinem Erfolg berichten wollte, bekam statt der Gelegenheit dazu eine Faust ins Gesicht. Kraftlos sackte er in sich zusammen und sank zu Boden.

Kapitel zwanzig

Ich nehme an, ich bin gefeuert?«, fragte Albert vorsichtig, während er sich aufrappelte.

»Darauf kannst du Gift nehmen«, brummte Raphael, der gerade dabei war, das Ersatzrad loszubinden, welches Albert organisiert hatte. »Sobald du die Kutsche repariert und uns nach Alder's Nest zurückgebracht hast, entlasse ich dich.«

Raphaels Worte schürten Alberts Entrüstung. »Und warum sollte ich Ihnen dann überhaupt noch helfen?«

»Vielleicht, weil die Alternative darin bestünde, dass wir dich hier ließen?«

Albert schnaubte. »Von mir aus. Aber nur, wenn die Lady mir vorher meine versprochene Belohnung auszahlt.«

Raphael durchbohrte Albert mit einem strengen Blick, als er vor Wut überschäumend sagte: »Du glaubst also allen Ernstes, dass ich dich noch einmal in ihre Nähe lasse, nachdem du sie hier in der Kälte allein zurückgelassen hast? Den Hals sollte ich dir umdrehen.«

Entweder kannte Albert Raphael nicht gut genug, oder der Stachel der Enttäuschung saß zu tief, als dass er sich im Zaum hätte halten können. »Prima, dann laufe ich eben«, brummte er und setzte sich in Bewegung. Doch bereits nach wenigen Schritten fuhr er herum. »Was ist, wollen Sie mich denn gar nicht aufhalten?«

Um ein Haar hätte Raphael laut losgelacht. Stattdessen hob er eine Augenbraue und fragte: »Warum sollte ich?«

»Weil ich zu Fuß nicht weit kommen würde!«

»Ja und?«

Mit hochrotem Kopf gab Albert sich geschlagen, stapfte zurück zu Raphael und nahm ihm das Rad ab. »Lassen Sie mich das machen, Mylord. In wenigen Minuten können wir weiterfahren.«

»Dachte ich mir doch, dass du dich meiner Meinung anschließen würdest. An deiner Stelle würde ich mir die geschwollene Wange mit einer Handvoll Schnee kühlen«, fügte Raphael hinzu, ehe er sich wieder zur Kutsche umdrehte. Alberts gemurmeltes »elender Krösus« überhörte er dabei geflissentlich.

Raphael war sich sicher, dass Ophelia jedes Wort mit angehört hatte. Genau so war es auch. Sobald er ihr aus dem Gefährt geholfen hatte, raunte sie ihm zu: »Feuern Sie ihn nicht. Bitte.«

»Dann geben Sie mir einen guten Grund, warum ich es nicht tun sollte.« Raphael zog sie an sich, um sie zu wärmen, während Albert arbeitete.

»Weil ich ihm mein schönstes Lächeln geschenkt habe.«

Raphael konnte sich lebhaft vorstellen, wie Albert darauf reagiert hatte. Kein Wunder, dass er sich auf diesen törichten Handel eingelassen hatte.

»Sie haben wirklich kein leichtes Leben, oder?«, spöttelte er.

Ophelia kuschelte sich noch ein wenig enger an ihn. »Denken Sie jetzt bloß nicht, ich würde meine Schönheit als eine meiner Schwächen ansehen, denn das tue ich nicht. Ich verabscheue lediglich den Effekt, den sie auf Männer hat. Das heißt, auf die meisten Männer. Sie sind da eine Ausnahme.«

»Wirklich? Wieso?«

Ophelia sah flüchtig zu ihm auf. »Jetzt tun Sie nicht so, als wüssten Sie das nicht. Wenn Sie mich ansehen, sehen Sie nicht meine Schönheit, sondern nur das Ungeheuer, für das Sie mich halten.«

Raphael unterdrückte ein Lachen; nur zu gern behielt er für sich, dass dem beileibe nicht so war. »Ich kann mich nicht daran erinnern, Sie ein Ungeheuer genannt zu haben, meine Teuerste.«

»Das mag sein, aber angedeutet haben Sie es. Und das nicht nur einmal.«

Ophelia klang wegen seiner Bemerkung weder verstimmt, noch fühlte sie sich angegriffen. Es war eigenartig, aber seit dem Kuss war sie lammfromm und wirkte zugänglicher denn je.

»Ich glaube, ich weiß jetzt, warum Sie so wenig Kontrolle über Ihr Gemüt haben. Im Grunde sind Sie ein sehr leidenschaftlicher Mensch, was an und für sich eine wundervolle Sache ist. Ihnen fehlt schlichtweg ein Ventil für dieses starke Gefühl. Also entlädt es sich in Ihrem hitzigen Temperament.«

Ophelia fuhr mit der Hand unter seinen Mantel und legte die Finger auf seine Brust. »Glauben Sie wirklich?«

»Ja. Und es gäbe da auch eine Möglichkeit, um herauszufinden, ob ich mit meiner Theorie recht habe«, raunte er. »Aber das sollten wir nicht hier tun.«

Wenig später, als sie wieder in der Kutsche saßen und sich auf dem Weg nach Alder's Nest befanden, sagte Ophelia: »Jetzt, wo die Aufregung hinter uns liegt und mir wieder warm ist, habe ich das Gefühl, ich müsste verhungern.«

»Da sind Sie nicht die Einzige.« Anders als Ophelia sprach Raphael jedoch nicht vom Essen. Es war, als hätte sie einen schlafenden Drachen geweckt. Wie sollte er nach dieser Erfahrung in Zukunft die Finger von ihr lassen?

»Wir werden bald wieder im Nest sein«, fügte er hinzu. »Aber ich muss Sie warnen. Die Wahrscheinlichkeit, dass es meiner Schwester verborgen bleibt, wer bei mir zu Gast ist, strebt gegen Null.«

»Sie haben es ihr nicht gesagt?«

»Ich habe mir größte Mühe gegeben, es vor ihr zu verheimlichen.«

»Weshalb? Wollten Sie, dass es ein Geheimnis bleibt?«

»Nein. Es ist nur so, dass sie es vermutlich nicht versteht.«
»Dass Sie jemandem wie mir helfen wollen?«
»Nein, dass ich Sie noch nicht zu meiner Liebhaberin gemacht habe. Sie wird denken, ich hätte meine Wirkung auf Frauen eingebüßt.«
Ophelia lehnte sich zurück und bedachte ihn mit einem neugierigen Blick. »Dass Sie mich aber auch immer aufziehen müssen.«
»Wie kommen Sie denn darauf, dass ich Sie aufziehe?« Er warf ihr einen verschmitzten Blick zu. »Habe ich bereits erwähnt, dass ich eine hervorragende Methode kenne, damit Sie Ihren Hunger vergessen?«
Ophelia brach in schallendes Gelächter aus.

Kapitel einundzwanzig

»Da seid ihr ja«, sagte Esmeralda ermahnend, als Raphael und Ophelia gemeinsam den Salon betraten. »Wer kommt nur auf die Idee, ausgerechnet bei solch einer Witterung eine Fahrt ins Blaue zu unternehmen? Wenigstens seid ihr zeitig zurückgekommen. Wir haben eigens mit dem Abendessen auf euch gewartet.«

Raphael lächelte seine Tante an, als sie sich erhob und in Richtung Speisezimmer ging. Wie putzig von ihr, Ophelias misslungene Flucht wie einen harmlosen Ausflug aussehen zu lassen. Er fürchtete nur, dass seine Schwester eine ganz andere Meinung vertrat. Amanda, die neben Esmeralda auf dem Sofa gesessen hatte, wirkte, als wäre sie zu Stein gefroren, und starrte Ophelia mit weit aufgerissenem Mund an.

Doch Ophelia schien derartige Reaktionen gewohnt zu sein, denn statt Amandas Mienenspiel zu kommentieren, sagte sie lediglich: »Hallo, Amanda. Wie nett von Ihnen, uns einen Besuch abzustatten.«

Amanda schien gar nicht bewusst zu sein, dass sie Ophelia förmlich angaffte. Raphael seufzte innerlich.

»Wie wäre es, wenn ihr beiden schon mal vorginget?«, sagte er, an seine Tante gewandt. »Da Phelia der Magen bis zu den Kniekehlen hängt, könnt ihr ruhig schon anfangen. Mandy und ich kommen gleich nach.«

Obwohl Ophelia gar nicht mehr im Raum war, starrte Amanda noch immer auf die Tür zum Speisezimmer. Raphael rollte mit den Augen und sagte: »Welch ein Glück, dass es um diese Jahreszeit keine Fliegen im Haus gibt.«

»Was?«, erwiderte Amanda, sprang auf die Füße und rief voller Entrüstung: »Gütiger Gott, Rafe. Ich liebe dich wie keinen anderen, aber das wäre doch nun nicht nötig gewesen, nur um mir zu helfen.«

Jetzt war es an Raphael, eine ungläubige Miene zu ziehen. Mit einer solchen Reaktion hatte er nun wahrlich nicht gerechnet. »Meine Liebe, ich würde alles tun, um dir zu helfen – vorausgesetzt, du hast Hilfe nötig. Aber ich habe keinen blassen Schimmer, wovon du da faselst.«

Mit einem Stirnrunzeln antwortete Amanda: »Da steckt also doch mehr dahinter, nicht wahr?«

»Ich verstehe noch immer nicht.«

»Na ja, das liegt doch auf der Hand. Du hast dieses Scheusal nach Alder's Nest eingeladen, damit ich freie Bahn habe. Damit ich eine faire Chance habe, einen geeigneten Ehemann zu finden, ohne mit ihr konkurrieren zu müssen.«

Raphael schüttelte den Kopf. Die Art und Weise, wie das weibliche Gehirn zu funktionieren schien, erstaunte ihn immer wieder aufs Neue.

»Mandy, denk doch mal einen Augenblick darüber nach, was du gerade gesagt hast. Was wäre das denn für ein Kandidat, der sich von dir abwenden würde, sobald Ophelia in Erscheinung tritt? Möchtest du solch einen charakterschwachen Mann wirklich heiraten?«

»Nein, natürlich nicht, aber ...«

»Kein Aber.«

»Es gibt Dinge, die einen Mann wider jeglichen Verstand in Versuchung bringen. Und diese Person gehört dazu.«

Nur zu gern wäre Raphael richtig in die Diskussion eingestiegen, entschied sich jedoch bewusst dagegen, weil er nur zu gut wusste, wie verführerisch Ophelia sein konnte. »Mag sein. Ich finde jedoch, du solltest wissen, ob ein Mann derart wankelmütig ist, ehe du ihn vor den Altar schleifst.«

»Vor den Altar schleifen?«

»Du weißt genau, was ich meine. Bevor er dir einen Antrag macht. Bevor du dich in ihn verliebst.«

Amanda warf ihm einen nachdenklichen Blick zu. »Das wäre gar kein schlechter Test, nicht wahr?«

Raphael verdrehte die Augen zur Decke. »Wie ich bereits sagte, warum hörst du nicht endlich auf, dir den Kopf zu zerbrechen, und lässt den Dingen einfach ihren natürlichen Lauf?«

»Weil die Saison sich fast schon dem Ende zuneigt. Ich habe das Gefühl, mir läuft die Zeit davon.«

»Aber es wäre doch wohl kaum das Ende der Welt, wenn du nicht gleich in der ersten Saison einen Mann fändest.«

»Was redest du denn da?«, keuchte sie. »Es wäre eine Schande, eine regelrechte Schmach. Zwei meiner besten Freundinnen sind bereits verlobt!«

»Jetzt hör mir gut zu, Mandy. Wenn du mit der Masse schwimmst und dich für den erstbesten Mann entscheidest, nur weil deine Freundinnen heiraten, rennst du deinem Unglück geradewegs in die Arme ...«

»Ein bisschen mehr Grips könntest du mir ruhig zutrauen. So dumm bin ich nun auch wieder nicht. Dennoch würde ich vor Scham im Boden versinken, wenn ich am Ende der Saison nicht wenigstens verlobt wäre.«

»Nein, würdest du nicht. Du würdest neue Kleider für die nächste Saison in Auftrag geben und von vorn beginnen. So, jetzt sollten wir aber endlich etwas essen, ich ...«

»Nur noch einen Augenblick«, sagte Amanda, ohne sich von der Stelle zu bewegen. »Wenn Ophelia nicht meinetwegen hier ist ... beim Allmächtigen, Rafe. Sag jetzt bitte nicht, dass *du* hier derjenige bist, der mit der Masse schwimmt, indem du dich in sie verliebt hast.«

»Hat dir eigentlich schon mal jemand gesagt, dass es eine äußerst schlechte Angewohnheit ist, voreilige Schlüsse zu ziehen? Nein, ich bin *nicht* in sie verliebt. Ich kann sie kaum ausstehen.«

»Kaum? Letztens hieß es noch, du könntest sie gar nicht ausstehen.«

Raphael zuckte betont lässig die Achseln. »Sagen wir mal, mir ist aufgegangen, dass sie nicht die Primadonna ist, für die ich sie anfangs gehalten habe.«

»Schön und gut, aber das beantwortet noch lange nicht meine Frage, warum sie hier ist! Und sag jetzt bloß nicht, sie hätte unangemeldet auf der Türschwelle gestanden, und du wüsstest nicht, wie du sie loswerden sollst. Wenn dem so ist, wird es mir eine besondere Freude sein, sie nach London mitzunehmen.«

»Da, jetzt machst du es schon wieder. Hör auf, im Nebel herumzustochern und mich aushorchen zu wollen. Das Ganze geht dich nämlich nichts an.«

Amanda tat, als hätte sie ihren Bruder nicht gehört. »Sie versteckt sich hier, habe ich recht? Weil sie glaubt, mit der zweiten Entlobung einen Skandal heraufbeschworen zu haben. Ich wünschte, es wäre so.«

»Amanda.«

»Aber Rafe. Du kannst mich doch nicht einfach im Dunkeln lassen. Sie ist zu hübsch, zu bekannt und zu aufsehenerregend, als dass du sie grundlos beherbergen würdest«, entgegnete Amanda, der der warnende Unterton ihres Bruders nicht entgangen war.

»Natürlich ist sie nicht grundlos hier«, antwortete Raphael. »Ich helfe ihr dabei, ein anderer Mensch zu werden.«

Amanda schnaubte. »Für wie dumm hältst du mich eigentlich?«

Raphael machte keine Anstalten, Amanda davon zu überzeugen, dass er die Wahrheit sprach. Stattdessen sagte er: »Untersteh dich, jemandem zu erzählen, dass sie hier ist. Ich möchte unter keinen Umständen, dass mein Name mit dem ihren in Verbindung gebracht wird. Dann passiert nämlich genau das, was du gerade tun wolltest, und ganz London zerreißt sich das Maul über uns. Habe ich mich klar und deutlich ausgedrückt?«

»Nur, wenn du mir noch ein wenig mehr darüber erzählst.«

Raphael seufzte innerlich. Seit wann war seine kleine Schwester eigentlich so dickköpfig?

»Ich werde dir stattdessen ein Abendessen spendieren, dir ein Bett für die Nacht zur Verfügung stellen und dich morgen wieder auf Männerjagd gehen lassen. Amanda, ihre Eltern wissen, dass sie hier ist, und Tante Esme fungiert als Anstandsdame. Es ist also nichts Anrüchiges dabei. Am besten, du steckst deine hübsche Nase nicht in Angelegenheiten, die dich nichts angehen.«

»Prima, dann erzählst du mir halt nichts«, schnaubte Amanda und stapfte in Richtung Speisezimmer.

Kapitel zweiundzwanzig

Es war nicht zu übersehen, dass Amanda Locke verstimmt war, als sie mit steifen Gliedern und finsterem Blick das Speisezimmer betrat. Wenngleich Raphael Ophelia eindrücklich davor gewarnt hatte, hatte sie mit dem Gedanken gespielt, Amanda um Hilfe zu bitten, damit sie wieder nach London kam.

»Sie ist ein Wirrkopf«, hatte er beim Eintreffen auf Alder's Nest gesagt. »Am Ende wird sie aus Ihrer Anwesenheit hier einen Skandal stricken, ohne dass sie es beabsichtigt. Es wäre also das Beste, wenn sie nicht erführe, dass Sie lieber in London statt hier wären.«

Doch das war nicht der Grund dafür, warum Ophelia sich entschied, nicht an Amanda heranzutreten. Die Feindseligkeit, die während des Abendessens immer wieder an die Oberfläche gespült wurde, war schon eher ein Grund, wenn auch nicht die Hauptursache dafür, dass Ophelia sich bedeckt hielt. Augenscheinlich konnte das Mädchen sie nicht ausstehen. War sie eifersüchtig? Womöglich. Viele junge Frauen, denen Ophelia begegnete, reagierten auf ebendiese Art. Und deshalb würde Amanda sich, genau wie Mavis, zweifelsohne an ihrer misslichen Lage weiden, statt ihr zu helfen. Doch es gab noch einen anderen Grund, der schwerer wog.

Nein. Ophelia *wollte* gar nicht mehr unbedingt fort. Das, was sich in der Kutsche zugetragen hatte, hatte in ihr den Wunsch geschürt, an das unglaubliche Erlebnis noch einmal anzuknüpfen und die dazugehörigen Gefühle weitergehend zu erforschen. Was, wenn er recht behielt?

Wenn ihre ärgsten Charakterschwächen – ihr unkontrollierbares Temperament und ihre lächerliche Eifersucht – zutage traten, konnte sie nichts dagegen tun, dass sie andere und sich selbst verletzte. Selbst ihre Schuldgefühle vermochten diesen Teufelskreis nicht zu durchbrechen. Lag es daran, weil sie ihre Leidenschaft unter Verschluss hielt? Hatte Rafe womöglich mit seiner Theorie recht? Es klang so plausibel, dass sie dem nichts entgegenzusetzen hatte.

Seit ihrer intimen Begegnung, seit dem wundervollen Gefühl, das er ihr beschert hatte, ruhte sie in sich, wie sie es noch nie getan hatte. Ihr Hang zur Gehässigkeit war wie vom Erdboden verschluckt. Ihr war, als gäbe es nichts, was sie an diesem Abend aus der Ruhe bringen könnte. Selbst ihr ärgstes Grundgefühl, die Verbitterung, die sie seit Kindertagen begleitete, schien sich in Luft aufgelöst zu haben.

Angefangen hatte alles mit ihrem Vater. Ophelia hatte kaum laufen können, da hatte er damit begonnen, Pläne zu schmieden, wie sich aus einem solchen bemerkenswerten Kind am besten Kapital schlagen ließe. Bis zu jenem Tag, als sie herausgefunden hatte, dass alles, woran sie geglaubt hatte, nicht wahr war, hatte sie keinen blassen Schimmer gehabt. Die Erinnerung daran war so schmerzhaft, dass sie sie für gewöhnlich aus ihrem Leben ausklammerte. In Anbetracht ihrer derzeitigen Zufriedenheit, man konnte es fast schon Glückseligkeit nennen, brachte sie jedoch den Mut auf, dieser grässlichen Erinnerung ins Auge zu sehen.

* * *

Es trug sich an ihrem achten Geburtstag zu. Sie konnte sich noch gut daran erinnern, wie aufgeregt sie war. Schließlich bedeuteten Geburtstage immer eine Menge Geschenke von ihren Freunden, und ihre Mutter richtete stets ein wundervolles Fest zu ihren Ehren aus. Wäre Ophelia im Speisezimmer geblieben, wo ihre Gäste Platz genommen hatten und zu Mittag aßen, wäre es ein Fest wie jedes andere gewesen. Wäre Ophelia doch nur nicht nach oben gelaufen, um das hübsche Medaillon zu holen, das sie von ihrer Mutter zum Geburtstag bekommen hatte. Sie brannte förmlich darauf, es den anderen Mädchen zu zeigen. Auf dem Weg nach oben vernahm sie die streitenden Stimmen ihrer Eltern, die aus dem Arbeitszimmer ihres Vaters zu ihr drangen.

»So kann es unmöglich weitergehen«, sagte ihre Mutter soeben. »Du musst aufhören, ihr Freunde zu kaufen.«

»Wäre es dir lieber, ihr zu erklären, warum du nicht einmal eine Handvoll Gäste für ihre Geburtstagsfeier zusammenbekommst?«, erwiderte ihr Vater gereizt.

»Es war deine Liste«, erinnerte Mary ihn. »Ein Titel hochtrabender als der andere. Die eine Hälfte der Kinder ist von Neid zerfressen und wollte deshalb nichts mit Ophelia zu tun haben, und die andere Hälfte war noch nie zuvor bei uns. Wen wundert es da, dass sie die Einladung ausgeschlagen haben? Und die neue Liste, die du mir gegeben hast, ist auch nicht viel anders. Ophelia kennt diese Kinder doch gar nicht. Es wäre besser gewesen, ich hätte die Feier abgesagt. Sie muss doch ahnen, dass etwas nicht stimmt.«

»Unsinn. Das ist eine hervorragende Übung für sie. Warum bin ich nicht schon früher auf diese Idee gekommen? Rangniedrigere Titel einzuladen, wie du es vorhattest, wäre reine Zeitverschwendung gewesen. Von ihnen ist keiner für *meine* Tochter gut genug.«

»Aber das sind ihre wahren Freunde.«

»Wirklich? Oder kommen ihre Eltern womöglich einzig, weil sie sich bei mir lieb Kind machen wollen?«

»Nicht jeder denkt wie du.«

»Natürlich tun sie das«, sagte Ophelias Vater höhnisch. »Es geht doch immer nur darum, mit wem man verkehrt und auf wen man Eindruck macht. Und wir sind in der glücklichen

Lage, ein Juwel zu besitzen, mit dem wir jeden beeindrucken können. Ihre Schönheit ist unbezahlbar, und sie wird von Jahr zu Jahr hübscher. Ich kann es selbst kaum glauben. Du warst schon schön, als ich dich zur Frau nahm, aber ich hätte mir nie träumen lassen, dass wir ein solch bemerkenswertes Kind in die Welt setzen.«

»Und ich habe mir nie träumen lassen, dass deine Gedanken ständig darum kreisen, wie wir von ihr profitieren können. Wieso kannst du sie nicht so lieben, wie ich es tue, und ...«

»Sie lieben?«, schnaubte ihr Vater. »Kinder sind eine Plage, und Ophelia bildet da keine Ausnahme. Lass dir eines gesagt sein: Wäre es nicht vonnöten, sie anderen vorzuführen, hätte ich sie längst auf eine entfernt gelegene Schule verbannt, statt teure Privatlehrer anzuheuern.«

»Und sie nicht bei jeder Feier, die ich gegeben habe, wie ein dressiertes Haustier vorgeführt«, antwortete ihre Mutter verbittert.

»Hör auf, aus einer Mücke einen Elefanten zu machen. Du lebst doch nur für die Unterhaltung. Ich hingegen lebe dafür, wenn deine Gäste unsere Tochter ungläubig ansehen.« Ihr Vater lachte. »Hast du dir die neue Gästeliste, die ich dir gab, eigentlich mal genauer angesehen? Es gibt einen Jungen, der eines Tages zum Marquis avanciert. Sie könnte sein Interesse erregen.«

»Sie ist viel zu jung dafür. Um Gottes willen, warum kannst du sie nicht erst erwachsen werden lassen, bevor du einen Gemahl für sie einkaufst?«

Ophelia hatte jedes einzelne Wort gehört, doch der Schock saß viel zu tief, als dass sie hätte weinen können. Statt nach oben zu gehen, wie sie es geplant hatte, kehrte sie wie betäubt in das Speisezimmer zurück, wo all ihre Freunde an einer langen Tafel saßen. Freunde?

Sie wusste, dass die versammelten Kinder ihr fremd waren, hatte sich aber nichts dabei gedacht. Sie war schlicht und ergreifend davon ausgegangen, dass ihre wahren Freunde sich einfach nur ein wenig verspäteten. Nie wäre sie auf den Gedanken gekommen, dass etwas nicht stimmte. Sie war es gewohnt, neue Kinder kennenzulernen, wenn sie mit ihren Eltern zum Essen kamen. Ihre Mutter lud jede Woche Unmengen von Gästen ein. Selbst wenn es keine Kinder gab, deren Bekanntschaft sie machen könnte, sollte sie mit in den Salon oder das Speisezimmer kommen oder wo auch immer die Erwachsenen sich versammelt hatten, woraufhin sie ihnen dann vorgestellt wurde ...

Neben einem Jungen, der einige Jahre älter war als sie und lustlos auf seinem Stuhl saß, blieb sie stehen. »Warum bist du heute hier?«, fragte sie ihn, ohne lange um den heißen Brei herumzureden.

»Es ist ein Fest. Für gewöhnlich mag ich Feste«, antwortete er gereizt.

»Aber dieses gefällt dir nicht«, schlussfolgerte sie, weil er sich bisher mit niemandem unterhalten hatte.

Er zuckte mit den Schultern und sagte rundheraus: »Sie meinten, wenn ich herkäme und so täte, als könnte ich dich leiden, würde ich ein neues Pferd bekommen. Mein jetziges wird langsam alt. Mein Vater will mir kein neues kaufen, meinte aber, dass dein Vater es für mich kaufen würde, wenn ich heute so tue, als hätte ich Spaß.«

Ophelias Hals zog sich schmerzhaft zusammen, als sie antwortete. »Sieht aus, als möchtest du doch nicht so dringend ein neues Pferd.«

»Natürlich will ich das!«

»Dann hättest du dir mehr Mühe geben müssen.«

Er warf ihr einen funkelnden Blick zu. »Wenn das so ist, kann ich auch wieder gehen.«

»Das sehe ich auch so«, stimmte sie ihm zu und wandte sich seinem Nachbarn zu, der ungefähr in ihrem Alter war. »Warum bist *du* hier?«

Während der erste Junge sich bereits auf dem Weg zur Tür befand, antwortete dieser nicht weniger offen: »Dein Vater hat meinem zwanzig Pfund bezahlt, damit ich komme. Ehrlich gesagt wäre ich jetzt lieber im Park, um mein neues Boot auszuprobieren.«

»Da bist du nicht der Einzige«, antwortete Ophelia mit kraftloser Stimme.

Tränen brannten ihr unter den Lidern, und ein dicker Kloß formte sich in ihrem Hals. Das Sprechen fiel ihr zunehmend schwerer. Ein eigenartiger Schmerz breitete sich in ihrer Brust aus.

Dann fiel ihr Blick auf ein unscheinbares Mädchen auf der anderen Seite des Tisches, das älter als alle anderen war. Fast schon zu alt, um an der Geburtstagsfeier einer Achtjährigen teilzunehmen.

»Und du?«, fragte Ophelia sie. »Warum bist du heute hierhergekommen?«

»Ich war neugierig«, lautete die genäselte Antwort. »Wollte wissen, warum man mich bestochen hat. Jetzt weiß ich es. Du bist zu hübsch, um Freunde zu haben.«

Das genügte Ophelia, die kaum noch Herrin ihrer Tränen war. Damit die anderen nicht sahen, wie niedergeschmettert sie war, schrie sie, so laut sie nur konnte: »Raus mit euch. Raus mit euch allen.«

* * *

Ophelia hatte seit jenem Tag ein gespaltenes Verhältnis zu Menschen, die sich damit brüsteten, ihre Freunde zu sein. Sie stellte jeden und alles infrage, vermutete überall Lügen und Intrigen. Das war auch der Grund, warum sie irgendwann dazu übergegangen war, sich ebenfalls der Unwahrheit zu bedienen.

Wie das Schicksal es wollte, war sie im Lauf der Jahre dem einen oder anderen Gast des verheerenden Geburtstagsfestes noch einmal begegnet. Alle hatten sich ausnahmslos bei ihr entschuldigt und ihr versichert, dass sie, wenn sie sie nur gekannt hätten, auch ohne Bestechung zu ihrem Fest gekommen wären.

Ophelia hätte ihnen am liebsten laut ins Gesicht gelacht. Seit jenem verhängnisvollen Tag sah Ophelia ihren Vater in einem völlig neuen Licht. Einst hatte sie nichts als Bewunderung für ihn gehegt. Doch die Erkenntnis, dass er sie nicht liebte, sondern lediglich als Mittel zum Zweck sah, um die soziale Leiter emporzuklettern, hatte ihr das Herz aus der Brust gerissen und die leere Stelle mit tiefster Verbitterung gefüllt.

Doch all das spielte am heutigen Tag keine Rolle mehr – und das hatte sie einzig Rafe zu verdanken. Als ihr aufging, dass sie ihn in Gedanken bereits Rafe nannte, zuckte sie zusammen und wandte sich wieder der Tischgesellschaft zu.

Amanda zog noch immer ein Gesicht wie sieben Tage Regenwetter und setzte alles daran, sie zu ignorieren. Im Gegensatz zu Rafe. Immer wieder sah er zu ihr herüber. Er gab sich größte Mühe, dem gemeinsamen Essen eine gewisse Normalität zu verleihen, indem er sich mit seiner Tante unterhielt. Nach einigen Versuchen, seine Schwester in das Gespräch einzubinden, gab Raphael auf, weil er nichts als düstere Blicke erntete.

»Ich glaube, mir gelüstet es morgen nach einem Spaziergang durch den Schnee, jetzt, wo meine früheren Spuren wieder überdeckt sind«, sagte Ophelia in die gerade entstandene Stille hinein und fügte grinsend hinzu: »Lust auf eine weitere Schneeballschlacht, Rafe?«

Raphael lachte. »Wenn ich mich recht entsinne, habe ich die Schlacht gewonnen.«

»Das sehe ich anders«, antwortete Ophelia und musste kichern. »Wie wäre es, wenn wir uns auf ein Unentschieden einigen?«

Das war Amanda anscheinend ein wenig zu viel der Vertrautheit zwischen ihrem geliebten Bruder und der gefürchteten Konkurrentin. Wutentbrannt sprang sie auf und fuhr Ophelia an:

»Ich warne Sie, versuchen Sie ja nicht, meinen Bruder mit einem Trick in die Ehe zu locken. Eine wie Sie würde unser Vater nämlich niemals akzeptieren.«

Ophelia errötete, so sehr erschütterte dieser Angriff sie. Rafe ging es nicht anders. »Gütiger Gott, Mandy, was ist denn nur in dich gefahren? Ich schäme mich für dich.«

»Ich schließe mich Rafe an«, fügte Esmeralda hinzu.

»Wie bitte?«, protestierte Amanda mit weinerlicher Stimme. »Mag sein, dass ihre Schönheit dir nichts anhaben kann, aber das bedeutet noch lange nicht, dass sie es nicht auf dich abgesehen haben könnte. Merkst du denn gar nicht, wie sie dich mit ihren Blicken regelrecht verzehrt?«

»Ein derart unverschämtes Betragen ist unentschuldbar, und das weißt du auch«, tadelte Rafe sie. »Du entschuldigst dich auf der Stelle bei Ophelia.«

»Das werde ich nicht tun«, zischte Amanda. »Mach die Augen auf. Jemand musste es dir schließlich sagen.«

»Wenn du dich reden hören könntest!«

Mit purpurroten Wangen schleuderte Amanda die Serviette auf den Tisch. »Ich werde nicht hier herumsitzen und tatenlos zusehen, wie du zur Schlachtbank geführt wirst. Du weißt ja, wo du mich finden kannst, wenn du mit der Zeitverschwendung fertig bist, aus der du mir gegenüber ein so großes Geheimnis machst. Ferner werde ich mich bei *dir* entschuldigen, sobald *du* wieder bei Sinnen bist, aber ich werde mich nie, niemals bei *ihr* entschuldigen! Und wehe, du wagst es, eine Entschuldigung in meinem Namen auszusprechen!«, fügte sie auf dem Weg zur Tür noch hinzu.

Amanda schien ihren Bruder ziemlich gut zu kennen, denn er hob an: »Es tut mir leid, Phelia ...«

»Lassen Sie es gut sein«, fiel sie ihm mit einem schwachen Lächeln ins Wort. »Ich bin an Eifersucht gewöhnt, es macht mir nichts mehr aus.«

»Sie meinen also, es steckt Eifersucht dahinter?«

»Ja. Auch wenn sie in diesem Fall vollkommen unberechtigt ist. Aber es ist ja gemeinhin bekannt, dass Eifersucht nicht unbedingt etwas mit der Wahrheit zu tun hat oder auf Fakten beruht. Und glauben Sie mir, ich weiß das besser als so manch anderer.«

»Eine gar lobenswerte Einstellung, meine Liebe«, merkte Esmeralda an. »Aber meine Nichte geht für gewöhnlich nicht grundlos an die Decke.«

Ophelia lächelte. »Ich kann es ihr kaum übel nehmen, da ich für gewöhnlich diejenige bin, der die Hutschnur platzt. Rafe, wären Sie so freundlich, mich jetzt auf mein Zimmer zu begleiten? Mir steht nämlich nicht der Sinn nach einer weiteren Attacke Ihrer werten Schwester.«

Kapitel dreiundzwanzig

Es war reichlich verwegen von Ophelia, Rafe darum zu bitten, sie nach oben zu begleiten. Immerhin handelte es sich um ein Schlafzimmer. Die Etikette verlangte eigentlich, dass sie Esmeralda um diesen Gefallen bat. Doch das scherte Ophelia nicht. Da sie sich nicht aus freien Stücken auf Alder's Nest aufhielt, waren ihrer Meinung nach die sonst geltenden Gesetze des Anstands außer Kraft gesetzt.

Wenn es nach ihr ginge, brauchten Rafe und sie keine Anstandsdame. Sie wünschte sich, sie beide hätten das Haus für sich allein, denn dann könnten sie seine verwegene und fesselnde Theorie überprüfen. Sie spürte, dass sie keine Sekunde zögern würde, wenn er sie verführte. Natürlich lief sie dann Gefahr, ihrem zukünftigen Ehemann beichten zu müssen, dass sie keine Jungfrau mehr war, aber schließlich konnte sie niemand zwingen, einen Namen zu nennen. Wenn sie Glück hatte und einen Mann fand, der sie von Herzen liebte und nicht nur von ihrem betörenden Antlitz geblendet war, dürfte dieser winzige Makel kein wirkliches Problem darstellen. Und falls doch, hätte sie einen Beweis dafür, dass ihr Zukünftiger sie nicht mit Leib und Seele liebte.

Am oberen Treppenabsatz angekommen, verlangsamte Ophelia bewusst ihre Schritte. Ja, jetzt war sie sich sicher. Sie wollte noch einmal vom Kelch der Leidenschaft kosten, wollte wissen, was es mit seiner Theorie auf sich hatte. Selbstredend konnte sie sich nicht hier im Flur auf ihn stürzen. Nein, dazu bedurfte es ein wenig mehr Finesse.

»Bitte seien Sie versichert, dass ich nichts von dem, was

Ihre Schwester angedeutet hat, im Schilde führe«, schnurrte sie.

»Nett von Ihnen, es noch einmal zu betonen, aber das haben Sie mir ja bereits zu Beginn Ihres Aufenthalts unmissverständlich klargemacht, Phelia. Allerdings ...« Raphael wollte noch etwas Versöhnliches hinterherschieben, doch Ophelia ahnte bereits, worauf er hinauswollte. Darauf, wie sie ihm auf Summers Glade entgegengetreten war.

»Das war, bevor ich wusste, dass Sie nicht nach den Regeln spielen. Und um ehrlich zu sein, jeder Mann wäre mir zu jener Zeit recht gewesen, selbst Sie. Ich bin von ungeduldiger Natur und wollte es einfach hinter mich bringen. Sie waren einer der wenigen Männer, die ich kannte und die mein Vater akzeptieren würde.«

»Jetzt müsste ich eigentlich beleidigt sein«, erwiderte er mit breitem Grinsen.

»Sie sehen auch ziemlich gekränkt aus, wenn ich mir diese Bemerkung erlauben darf«, antwortete sie kokett. »Wie dem auch sei, ich kannte Sie damals noch nicht richtig, und meine Folgerungen hatten nichts mit Ihrer Person zu tun. Es ging einzig um Ihren Titel und um meinen Vater. Ihr Vermögen, auf der anderen Seite ...« Sie hielt kurz inne und gluckste. »Ich gebe zu, das war mein persönliches Kriterium. Ich wünsche mir nichts sehnlicher, als mir einen Ruf als *die* Gastgeberin Londons zu erarbeiten und die prächtigsten Bälle auszurichten, welche die Stadt je gesehen hat. Dafür ist natürlich auch ein wenig Geld nötig. Solange ich die freie Wahl habe, werde ich also keinen mittellosen Mann heiraten, so lieb er auch sein mag. Und zum Glück sind Sie nicht der einzige Junggeselle, der meine Kriterien erfüllt.«

Raphael täuschte ein gelangweiltes Seufzen vor. »Da lehnt sich aber jemand mächtig weit aus dem Fenster.«

Eine zarte Röte kroch Ophelia in die Wangen. »Vielleicht habe ich mich nicht richtig ausgedrückt. Was ich eigentlich sagen wollte, ist, dass es mehr Männer gibt, die ich in die engere Wahl ziehen würde, im Gegensatz zu meinem Vater. Aber ich bin ohnehin nicht sonderlich erpicht darauf, seine Wünsche zu berücksichtigen; das bedeutet, dass ich Ihren Namen ganz unten auf die Liste möglicher Heiratskandidaten setzen würde, weil Sie bei ihm ganz oben stünden. Verstehen Sie jetzt besser, was ich sagen möchte?«

»Ihre Logik ist ein wenig verdreht, aber ja, ich glaube verstanden zu haben. Ich komme schon aus Prinzip nicht infrage, weil Sie Ihrem Vater eins auswischen wollen. Allein Ihre Gehässigkeit diktiert Ihnen, was Sie tun müssen, habe ich recht?«

Ophelia rollte mit den Augen. »Hätte ich mir denken können, dass Sie meine Gehässigkeit wieder ins Spiel bringen würden.«

»Halten Sie es denn nicht für Gehässigkeit?«

»Ich kann Ihre Sichtweise nachvollziehen, aber Sie haben nicht die geringste Ahnung, wie die Dinge zwischen mir und meinem Vater liegen.«

»Ich vermute, Sie sind einander nicht sonderlich zugetan.«

»So kann man es nicht sagen. Ich hege keinen Groll für ihn, sondern habe lediglich aufgehört, ihn zu lieben. Man könnte sagen, dass wir uns tolerieren. Aber ich bin es satt, dass er mich für seine Zwecke benutzt. Wenn Sie mir nicht glauben, dann denken Sie einmal in Ruhe darüber nach, was er mir allein in diesem Jahr schon angetan hat. Hat mich mit einem Barbaren verlobt und mich den Wölfen zum Fraß vorgeworfen.«

»Sie nennen mich einen Wolf?«

»Gratuliere, Sie Schlaumeier.«

Raphael lachte. »Verstehe.«

»Wie schön. Sollte ich also den Richtigen finden, werde ich ihn vom Fleck weg heiraten, ohne meinen Vater um Erlaubnis zu bitten.« Mit diesen Worten drehte sie sich um und lief den Flur hinunter. Es dauerte einen Augenblick, bis sie den Mut fand, über die Schulter hinweg hinzuzufügen: »Nachdem ich Ihnen reinen Wein eingeschenkt habe, sollten Sie nicht bestürzt sein, wenn ich Ihnen sage, dass Ihre Theorie meine Fantasie beflügelt hat.«

Sie bemerkte, dass Raphael dastand, als wäre er zu Stein erstarrt. Er wusste genau, was sie meinte. »Ich finde ... Sie sollten in einer stillen Minute darüber nachdenken.« Im nächsten Moment entglitt ihm ein Seufzer. »Ich fasse es nicht, dass ich das gerade gesagt habe.«

»Sie sollten wissen, dass ich noch nie in meinem Leben ...«

»Sich einem Mann hingegeben haben?«

»Das wissen Sie doch«, sagte sie und errötete. »Ich meine unseren ... Kuss. Seitdem habe ich das Gefühl, viel mehr in mir zu ruhen.«

»Ihnen ist aber schon klar, dass ich es nicht ganz ernst gemeint habe, als ich davon sprach, dass Ihre Leidenschaft lediglich ein Ventil braucht?«

»Wie bitte? Sie haben das nur so dahergesagt? Und das, obwohl es in jeder Hinsicht Sinn ergibt? Zumal der Kuss eine beruhigende Wirkung auf mich hatte. Nehmen wir nur einmal Ihre Schwester als Beispiel. Ihre Eifersucht und ihre verletzenden Bemerkungen sind förmlich an mir abgeprallt. Wissen Sie was? Wenn Sie mir nicht helfen wollen, Ihre Theorie zu überprüfen, suche ich mir eben einen anderen. Wenn Sie recht behalten, werde ich auf diese Weise die Hälfte meiner Makel mit einem Schlag los. Ich wäre dumm, wenn ich mir die Gelegenheit entgehen ließe.«

»Auch auf die Gefahr hin, diese einmalige Chance zu verpassen, halte ich es für angebracht, Sie darauf hinzuweisen, dass es nichts brächte, wenn Sie jetzt mit einem Mann schliefen, wo Sie mit sich selbst im Reinen sind.«

Ophelia legte die Stirn in Falten und schnappte laut nach Luft. »Daran hatte ich ja noch gar nicht gedacht. Aber Sie haben vollkommen recht. Womöglich hat der Kuss einen langanhal-

tenden Effekt und ...« Doch Raphael schüttelte nur den Kopf.
»Nein? Nun ja, dann werde ich erst mal sehen, wie lange die Wirkung anhält. Gute Nacht.«
»Phelia.«
Ophelia tat, als hätte sie ihn nicht gehört, und lief eiligen Schrittes in ihr Zimmer. Wie peinlich! Vermutlich dachte er jetzt, sie hätte ihm nur deshalb Avancen gemacht, weil er sowieso keine ernsten Chancen bei ihr hatte. Aber musste er sie wirklich so grob mit der Nase darauf stoßen, dass er es nicht einmal ernst gemeint hatte?

Kapitel vierundzwanzig

Raphael stand am Salonfenster und beobachtete Ophelia, die gerade einen Spaziergang unternahm. Er hatte entschieden, ihr dieses Mal keine Gesellschaft zu leisten. Seine Laune war seit dem Vorabend auf dem Tiefpunkt. Dennoch hatte er das Bedürfnis, sie zu beobachten.

Der Tag hatte sonnig begonnen, sodass der Schnee, der Ophelia so große Freude bereitete, nicht mehr lange liegen bleiben würde. Von Bartholomew wusste er, dass die Wintermonate hier verhältnismäßig kalt waren, Alder's Nest aber nur selten so viel Schnee gesehen hatte, worüber Raphael sich insgeheim freute. Ohne Schnee wäre Ophelia nicht im Graben gelandet und ihm womöglich entkommen.

Amanda war bereits in aller Herrgottsfrühe abgereist. Und zwar, ohne sich von ihm verabschiedet zu haben, weil sie noch immer vor Wut schäumte. Raphael hatte Albert einen Brief für seinen Sachwalter mitgegeben, in dem er anordnete, dass der Kutscher das gesamte Jahresgehalt ausbezahlt bekäme, ehe er den Dienst »quittierte« – vorausgesetzt, er brachte Amanda sicher nach London. Die Summe lag weit unter hundert Pfund, aber weit über dem, was der Bursche nach Raphaels Meinung verdient hatte.

Während seine Augen jeder noch so kleinen Bewegung von Ophelia folgten, legte er unbewusst die aufgeschürften Fingerknöchel an den Mund. Um sich selbst einen Denkzettel zu verpassen, hatte er am Vorabend mit der Faust auf die Wand seines Schlafzimmers eingedroschen. Wie konnte er nur so dumm sein, ihr anzügliches Angebot auszuschlagen!

Ophelias Vorgehensweise hatte ihn in Erstaunen versetzt, ihn aber nicht sonderlich überrascht. Im Vergleich zu anderen Debütantinnen schlug Ophelia vollkommen aus der Art, und das nicht nur wegen ihrer ausnehmenden Schönheit. Sie hatte sich schon in Erwachsenenkreisen bewegt, als andere noch mit Puppen spielten, und bereits als Elevin Heiratsanträge erhalten, was zweifelsohne auf die Ambitionen ihres Vaters zurückzuführen war. Sie hatte Welten betreten, die anderen Mädchen in ihrem Alter verwehrt waren. Er war sich sicher, dass sie es am Vorabend ernst gemeint hatte. Leider war er sich – sehr zu seinem eigenen Leidwesen – genauso sicher, dass es ihr einerlei war, mit wem sie seine Theorie überprüfen würde.

Selbst wenn er nicht auf der Suche nach einer Verlobten war, geschweige denn einer Affäre, so stieß es ihm doch ein wenig sauer auf, dass Ophelia ihm nicht zu Füßen lag.

»Ich möchte mich wegen letzter Nacht bei Ihnen entschuldigen«, riss sie ihn aus den Gedanken. »Ich habe einfach nicht nachgedacht.«

Raphael, der vor lauter Grübelei gar nicht bemerkt hatte, dass sie ins Haus zurückgekehrt war, schoss herum und sah, wie sie sich des Mantels entledigte, ihn über eine Sessellehne legte und sich vor den Kamin stellte.

»Schon vergessen«, sagte er und musterte Ophelia. Sie trug ein Kleid, das er bislang noch nicht an ihr gesehen hatte. Wie die meisten ihrer anderen Kleider, hatte es einen betont tiefen Ausschnitt und kurze Ärmel, war also ganz und gar nicht für den Winter geeignet. Aber das war im Grunde nichts Ungewöhnliches, zogen sich doch die meisten jungen Frauen, die er kannte, ähnlich luftig an, weil die Häuser im Winter oft hoffnungslos überheizt waren und sie nur selten an die frische Luft gingen. Ophelias Kleid war lavendelfarben, was ihre leicht geröteten Wangen, die zweifelsohne vom Spaziergang herrührten, unterstrich. Das Kleid stand ihr gut, wenngleich es um die Brust herum ein wenig spannte.

Um nicht zu auffällig auf ihre Oberweite zu starren, schloss er die Tür, die Ophelia offen gelassen hatte.

»Brauchen wir denn Privatsphäre?«

»Nein, mir ist lediglich daran gelegen, die Wärme nicht entweichen zu lassen«, schwindelte er und genoss insgeheim die Tatsache, dass seine Tante sich erst in einigen Stunden zu ihnen gesellen würde. »Sie machen den Eindruck, als sei Ihnen kalt.«

»Danke, aber es geht schon wieder.« Nachdem ihre Hände durch das Feuer wieder einigermaßen warm waren, steuerte sie das nächste Sofa an und setzte sich hin. »Jetzt habe ich mich gar nicht von Ihrer Schwester verabschiedet.«

Raphael durchmaß den Raum, um ihr Gesellschaft zu leisten. »Machen Sie sich nichts daraus, die beleidigte Leberwurst hat niemandem auf Wiedersehen gesagt. Aber lassen Sie uns nicht weiter von Amanda sprechen. Mich würde interessieren, wie es heute um Ihre innere Ruhe bestellt ist.«

Mit neugierigen Blicken antwortete Ophelia: »Alles in bester Ordnung. So langsam schwant mir, als hätten Sie sich doch getäuscht.«

Raphael zuckte lässig die Achseln. »Ich habe nie gesagt, dass ich mich nicht auch mal täuschen kann.«

»Was steht heute eigentlich auf dem Programm?«

»Wie wäre es, wenn wir damit anfingen, uns zu schwören, dass wir nichts als die Wahrheit sagen?«

Blitzschnell legte sich Ophelias Stirn in Falten. »Ihr Vorschlag lässt vermuten, dass Sie mir gegenüber nicht ganz ehrlich waren.«

»Mitnichten, meine Liebe. Nachdem Sie eingeräumt haben, dass Sie sich hin und wieder der Unwahrheit bedienen, bin ich schlicht davon ausgegangen, dass Sie mir gegenüber womöglich auch nicht immer ganz ehrlich waren.«

»Sie irren. Ich habe mich recht schnell dazu durchgerungen, Ihnen stets die Wahrheit zu sagen, weil es die einzige Möglichkeit ist, von hier fortzukommen.«

»Sehen Sie, selbst das könnte gelogen sein«, merkte Raphael an. »Woher soll ich wissen, dass Sie nicht doch lügen? Sie kennen bestimmt das Sprichwort: ›Wer einmal lügt, dem glaubt man nicht, und wenn er doch die Wahrheit spricht‹?«

Mit einem frechen Grinsen lehnte Ophelia sich zurück. »Kann es sein, dass Sie mich provozieren wollen? Ein netter Versuch, aber es wird nicht funktionieren.«

Raphael geriet ins Grübeln. Tat er das? Die Idee war gar nicht schlecht. »Ich habe lediglich eine Tatsache herausgearbeitet.«

»Verstehe. Aber Sie müssen auch die Hintergründe beleuchten, warum ich ab und an schwindle. Seit einer halben Ewigkeit besteht mein Leben aus Misstrauen. Wenn Sie erst einmal die Erfahrung gemacht haben, dass niemand, nicht einmal Ihre eigenen Eltern ehrlich zu Ihnen sind, ist es Ihnen irgendwann einerlei, ob man Ihnen glaubt oder nicht. Es spielt einfach keine Rolle mehr. Ich hätte da übrigens auch ein Sprichwort für Sie: ›Wie du mir, so ich dir.‹«

»Sie glauben also allen Ernstes, es wäre einerlei, ob Sie lügen oder nicht?«

Ophelia errötete. »Schon gut, schon gut. Manchmal ist es nicht egal. Aber eben nur manchmal. So wie jetzt. Ich habe entschieden, es mit Ehrlichkeit zu versuchen. Aus dem einfachen Grunde, weil mir keine passenden Lügen eingefallen sind, die mir hier herausgeholfen hätten.«

Raphael konnte sich das Lachen nicht verkneifen. Manchmal war sie fast schon beängstigend ehrlich.

»Das ist nicht lustig. Die ganze Situation entbehrt einer gewissen Komik. Außerdem sollten Sie wissen, dass es alles andere als leicht ist, bei der Wahrheit zu bleiben, wenn man es gewohnt ist ...«

»Menschen durch Lügen zu verletzen?«

Laut nach Luft schnappend, funkelte Ophelia ihn an. »Was für ein doppelzüngiger Mensch Sie doch sind. Sie täuschen und wiegen andere mit Ihrer Heiterkeit in Sicherheit, nur um sich von hinten an sie anzuschleichen und sie zu erdrosseln. Ich bin entsetzt, dass ich mich von Ihnen habe aufs Glatteis führen lassen.«

»Und, noch immer die Ruhe in Person?«

»Nein, verflixt noch mal!«

»Gut«, entgegnete Raphael und zog sie auf seinen Schoß.

Kapitel fünfundzwanzig

In atemberaubender Geschwindigkeit wurde Ophelia wieder von ihrer alten Freundin, der Wut, eingeholt. Es war, als sei der dicke Vorhang, den ihre Selbsttäuschung gewoben hatte, einfach weggerissen worden. Vor ihr im Publikum saß ihre Verbitterung und applaudierte, weil sie sich nun nicht mehr verstecken konnte. Ophelia tat das Einzige, was sie für angemessen hielt, und richtete ihre Wut auf den Schurken, der den Vorhang weggerissen hatte.

Ehe Ophelia jedoch in Aktion treten konnte, spürte sie Rafes Lippen auf ihrem Mund. Wie von selbst boxte sie ihm auf die Schulter, ehe sie seinen Kopf mit beiden Händen packte und ... den Kuss mit flammender Leidenschaft erwiderte. Dieser verfluchte Mistkerl! Jetzt war sie sich sicher, dass er sie mit voller Absicht hatte provozieren wollen.

Ohne die Lippen von den ihren zu lösen, sank Raphael nach hinten, bis sie der Länge nach auf ihm lag. Es dauerte nicht lange, da wanderten seine Hände begierig über ihren Rücken und ihr Gesäß. Als er sie an sich drückte, spürte Ophelia die pulsierende Härte zwischen seinen Beinen.

Plötzlich rang sie nach Luft. Denn jedes Mal, wenn Rafe sie gegen seine erigierte Männlichkeit presste, lief ein wohliger Schauer durch ihren Körper und ließ die züngelnden Flammen, die der Kuss angefacht hatte, höher und höher schlagen.

Plötzlich durchzuckte Ophelia ein beklemmender Gedanke, der sie dazu bewog, den Kuss zu beenden. »Was, wenn jemand hereinkommt ...«

»Keine Sorge, ich war umsichtig genug, die Tür zu verschließen.«

Im Nu entspannte Ophelia sich, und wenige Augenblicke später schwelgte sie wieder in den ekstatischen Gefühlen, die er in ihr heraufbeschwor, und genoss den Kuss und all seine Berührungen in vollen Zügen.

Peu à peu schob Raphael Ophelias Rock in die Höhe. Nachdem er sie ohne Vorwarnung auf den Rücken gerollt hatte, postierte er sich zwischen ihren Beinen. Ophelia liebte das berauschende Gefühl, ihn dort zu wissen. Plötzlich war ihr, als schärften sich ihre Sinne. Mit einem Mal schmeckte sie, dass er zuvor Pfefferminztee getrunken haben musste, und sog seinen würzig-männlichen Duft tief ein. Erstaunt stellte sie fest, dass sein Haar sich nicht stumpf und kratzig anfühlte, sondern so weich wie feine Seide war.

Jedes Mal, wenn sie ihn stöhnen hörte, überkam sie das Bedürfnis, es ihm gleichzutun. Ophelia konnte kaum glauben, was sie gerade erlebte. Aber was, wenn sie die Augen öffnete und erkannte, dass sie sich täuschte?

Das Atmen fiel ihr zunehmend schwerer, aber nicht, weil er auf ihr lag. Im Gegenteil, sie genoss es, ihn auf sich und zwischen ihren Beinen zu wissen. Immer, wenn Rafe eine neue sensible Stelle an ihrem Körper entdeckte – und davon schien es plötzlich Dutzende zu geben –, war sie machtlos gegen das Stöhnen, das ihr von den Lippen perlte.

Als Rafes Finger an ihrem Ohr spielten und anschließend über ihren Hals wanderten, bekam sie eine Gänsehaut. Und ehe sie es sich versah, hatte er ihr das Kleid über die Schultern gestreift und ihren Oberkörper freigelegt. Als sich seine Hand um ihre Brust legte, war es Ophelia, als stünden seine Finger in Flammen. Doch das war nichts im Vergleich zu der Hitze seines Mundes, als dieser sich über ihre Brustwarzen stülpte und ihr im wahrsten Sinn des Wortes den Atem raubte.

Berauscht schlang Ophelia die Arme um Rafes Kopf, ihr Körper drängte sich ihm verlangend entgegen. Ihr war, als werde sie jeden Moment in einem Rausch der Gefühle versinken.

Als Raphael sich daran machte, ihr die restlichen Kleider auszuziehen, die ihre Leiber noch voneinander trennten, drang das Geräusch reißenden Stoffs an ihr Ohr. Ihre Unterhosen? Wie ungeduldig er war! Just in dem Moment, in dem Ophelia loslachen wollte, versiegelte Rafe ihre Lippen abermals mit einem Kuss. Zugleich spürte sie einen ungewohnten Druck zwischen ihren Schenkeln, der ihrer Kehle ein gurrendes Geräusch entlockte. Doch dann wandelte sich das wundervolle Gefühl in jähen Schmerz. Ophelia setzte alles daran, sich diesem spitzen Schmerz zu entziehen, doch Rafes Körper folgte ihr, bis sie am liebsten losgeweint hätte. Rafe führte eine ruckartige Bewegung aus, und ehe sie wusste, wie ihr geschah, hatte sich der Schmerz in Luft aufgelöst. Geblieben war ein Gefühl der Erfüllung, das ihr neu war.

Besorgt lehnte Rafe sich ein wenig zurück, um sich zu vergewissern, dass es Ophelia gut ging. »Das war …«, hob er an, hielt inne und flüsterte schließlich mit einem Seufzen: »Das wird nie wieder vorkommen, darauf gebe ich dir mein Ehrenwort.«

»Was meinst du damit? Den brennenden Schmerz?«

»Genau den. Dein Körper hat um seine Reinheit gekämpft und verloren.«

Ophelia dämmerte, was er meinte, und sagte mit einer gehörigen Portion Wut in der Stimme: »Meine Mutter hätte mich ruhig vorwarnen können. Warum hat mir niemand erzählt, dass es so schmerzhaft werden würde? Stattdessen hat sie ständig davon geschwatzt, dass ich mich schon jetzt auf das erste Liebesspiel in der Hochzeitsnacht freuen könnte. Scheint, als wäre mir das Glück nicht hold.«

Ophelia sah Raphael an der Nasenspitze an, dass es ihn größte Mühe kostete, nicht loszuprusten. Am liebsten hätte sie ihm eine gelangt. Das war *nicht* lustig. Warum wurde sie mit unsäglichen Schmerzen gequält? Was war so wunderbar am Liebesspiel, dass ausgerechnet ihre Mutter ihr von den Wonnen vorschwärmte?

»Sind wir jetzt endlich fertig?«, fragte Ophelia steif.

»Gütiger Gott, ich hoffe nicht. Aber ich habe das ungute Gefühl, dass deine Mutter sich nicht viel Zeit genommen hat, um dir alles zu erklären. Sie hätte dir sagen sollen, dass das Ganze nichts mit Glück zu tun hat.«

»Womit denn dann?«

»Mit dem Talent deines Partners«, erklärte er mit einem Grinsen, das beinahe zu groß war für sein markantes Gesicht. »Soll ich es dir beweisen?«

Kaum hatte er die Frage ausgesprochen, setzte er sein Becken in Bewegung. Erstaunt riss Ophelia die Augen auf. Was sie jetzt spürte, war in Worten nicht mehr zu beschreiben. Binnen Sekunden fiel sie ihrer Leidenschaft zum Opfer. Nie im Leben hätte sie gedacht, dass ein Mensch etwas dergestalt Intensives empfinden konnte. Wie hatte sie nur denken können, die Erfahrungen in der Kutsche wären der Gipfel der Leidenschaft gewesen? Seine quälend langsamen Stöße berührten sie an Stellen, die sie noch nie zuvor gespürt hatte. Die Wonnen, die ihr zuteil wurden, drohten sie zu zerreißen, ein Gefühl, das mit jedem Stoß stärker wurde. Und dann war es so weit. Ophelia zuckte am ganzen Körper und verlor sich im Rausch der Gefühle.

Als das Gefühl langsam abebbte, wurde sie von einer angenehmen Schläfrigkeit erfüllt. Für den Bruchteil einer Sekunde füllte sich ihr Herz mit tiefer Zuneigung für den Mann, der sie im Arm hielt. Es fehlte nicht viel, und ihr wären die Tränen in die Augen gestiegen. Nicht aus Traurigkeit, nein, sondern aus Freude und Verbundenheit ... Gefühle, die sie noch nie einem anderen Menschen entgegengebracht hatte.

»Das war gemein von dir«, sagte sie matt, während ihre Finger zärtlich durch sein Haar glitten.

»Ja, das war es«, antwortete Rafe dicht an ihrer Wange.
»Meinst du, es hat funktioniert? Fühlst du dich ausgeglichen?«
»Das kann ich nur schwer sagen. In erster Linie spüre ich unendliche Freude.« Rafe legte den Kopf nach hinten, um sie anzusehen. Und feixte. »Gib es zu, du hast es genossen.«
»Und wie! Du kannst dir gar nicht vorstellen, wie wundervoll es war.«
»O doch, das kann ich. Oder glaubst du etwa, wir Männer würden mit euch Frauen nur aus Langeweile schlafen?«
Ophelia musste kichern. Wäre sie nicht so müde gewesen, hätte sie losgeprustet. Doch im nächsten Moment wurde sie von einem enttäuschenden Gedanken heimgesucht.
»Vermutlich wird mein Temperament früher oder später wieder mit mir durchgehen, habe ich recht?«
»Ja, aber ich bin mir sicher, dass du es besser unter Kontrolle haben wirst. Darum ging es mir die ganze Zeit über, weißt du. Nicht darum, dass du nie wieder die Contenance verlieren würdest.«
»Also war dieser Test vollkommen überflüssig?«, fragte sie.
Raphael grinste abermals. »Auch auf die Gefahr hin, diesen wunderbaren Moment zu zerstören« – er hauchte ihr einen sanften Kuss auf die Lippen, damit sie verstand, was er meinte –, »vermutlich nicht. Wie dem auch sei, von nun an musst du nichts weiter tun, als dir die Gelassenheit in Erinnerungen zu rufen, die du nach unseren Begegnungen empfunden hast. Wie fühlst du dich jetzt?«
»Ich spüre vor allem Ruhe.«
Rafe nickte. »Das freut mich. Und sollten dir deine Gefühle mal wieder einen Streich spielen, stehe ich dir selbstredend jederzeit zur Verfügung.«
»Wie großzügig von dir.«
»So bin ich nun mal.«
Rafes neckischer Unterton schürte in Ophelia den Wunsch,

ihn in die Arme zu schließen und kräftig zu herzen. Was genau war es eigentlich, was sie für diesen Mann empfand? Freundschaft oder ...? Nein, das ergab keinen Sinn. Außerdem war es vertane Zeit, ihre Gefühle für ihn zu analysieren. Schließlich würde nie etwas aus ihnen werden. Am besten, sie sagte ihm noch einmal klipp und klar, dass er nicht fürchten müsse, sie wolle aus dem, was sich gerade zugetragen hatte, in irgendeiner Weise Kapital schlagen. Doch allein der Gedanke, ein solch intimes Gespräch mit ihm zu suchen, trieb ihr die Röte in die Wangen. Schnell wandte sie den Blick ab. »Wegen eben ... Du musst dir keine Sorgen machen, dass ich jetzt versuchen werde, dich an mich zu ketten. Damit würde ich lediglich meinem Vater in die Karten spielen. Was geschehen ist, bleibt unser kleines Geheimnis, einverstanden?«

Raphael warf ihr einen Blick zu, aus dem sie nicht ganz schlau wurde. »Das ist sehr ... nobel von dir.«

»Nein, ist es nicht. Es ist ein Akt der Rache, allerdings nicht gegen dich.«

»Verstehe.« Raphael legte die Stirn in Falten.

Ophelia ahnte, in welche Richtung seine Gedanken gingen. »Denk nicht mal im Traum daran, mich über die Beziehung zu meinem Vater auszufragen, geschweige denn darüber, warum ich auf Rache sinne. Das geht dich nichts an.«

»Ach, Phelia. Eine liebenswürdige, nette Frau würde nicht einmal im Traum auf eine solche Idee kommen«, sagte er mit einem Seufzen.

»Eine liebenswürdige, nette Frau hätte keinen Vater wie den meinen.«

Raphael zuckte zusammen. »Touché.«

Kapitel sechsundzwanzig

Es dauerte nicht lange, da hatten sie sich wieder angezogen – so, als wäre nie etwas im Salon vorgefallen. Rafe half Ophelia sogar dabei, das schwarze Mieder anzuziehen. Allerdings konnte er es sich nicht verkneifen, ihren Brustansatz mit Küssen zu bedecken.

Ophelia zog die Strümpfe hoch und hätte fast lauthals gelacht, als sie bemerkte, dass sie noch immer ihre Stiefel trug.

Ehe Raphael die Tür aufschloss, zog er Ophelia in eine Umarmung und gab ihr einen letzten Kuss. »Bei Gelegenheit sollten wir das in einem richtigen Bett wiederholen«, raunte er mit einem verlegenen Lächeln. »Und dann, mein Liebes, lasse ich mir alle Zeit der Welt, um dich zu verwöhnen, wie es dir gebührt. Es tut mir leid, wenn ich gerade wie ein Grünschnabel über dich hergefallen bin.«

Ophelia legte ihm behutsam den Finger auf die Lippen. »Mach dir keine Gedanken, ich habe es genossen, ehrlich.«

»Nett, dass du das sagst, aber so langsam habe ich den Verdacht, dass ich in deiner Gegenwart meine gute Kinderstube vergesse.«

»Sollte das ein Kompliment sein?«

»Aber natürlich doch.« Rafe grinste. Mal wieder.

»An deiner Stelle wäre ich vorsichtig, mich *nett* zu nennen«, neckte sie ihn. »Oder du musst mich auf der Stelle nach London zurückbringen, weil deine Mission hiermit erfüllt ist.«

Mit einem Hüsteln öffnete Raphael die Tür und schob sie sanft auf den Flur hinaus. »Geh und mach dich ein wenig frisch, meine Tante dürfte jeden Augenblick herunterkommen.«

Mit einem verlegenen Blick hielt Ophelia ihm ihre zerrissene Unterhose hin und fragte: »Wärst du so freundlich, das hier für mich ins Feuer zu werfen? Sadie darf sie auf keinen Fall finden.«

»Natürlich doch.« Nachdem Ophelia ihm das Kleidungsstück gegeben hatte, drehte sie sich um und eilte die Treppe nach oben.

Es kostete sie einige Zeit und Anstrengung, die blutigen Flecken, die von ihrer Deflorierung herrührten, zu beseitigen. Aber sie musste es tun, damit Sadie keinen Wind davon bekam, dass sie sich mit Rafe vereint hatte. Schließlich wusste Sadie, wann Ophelia ihre Periode hatte. Doch so sehr sie sich auch Mühe gab, die Flecken waren hartnäckiger als erwartet. Entnervt versteckte sie den Unterrock unter ihrer Matratze. Sobald sie ein wenig Zeit erübrigen konnte, würde sie ihn in kleine Stücke schneiden und den Flammen übergeben. Keine Beweise, keine neugierigen Fragen.

Da das lavendelfarbene Kleid völlig zerknittert war, entschied Ophelia, ein neues anzuziehen. Vor lauter Sehnsucht nach Rafe beeilte sie sich damit, frisierte ihr Haar und lief nach unten.

Enttäuscht musste sie jedoch feststellen, dass Rafe nicht mehr im Salon weilte. In der Hoffnung, er möge bald zurückkehren, stellte sie sich mit dem Rücken zum Fenster. Wie von selbst glitt ihr Blick zu dem Sofa. Würde sie je wieder auf dem Möbel sitzen können, ohne zu erröten?

Es dauerte eine Weile, bis die Tatsache, dass sie jetzt eine vollwertige Frau war, bis zu ihr durchdrang. Eigenartig, aber irgendwie fühlte sie sich kein bisschen anders. Nein, das stimmte nicht ganz. Es fühlte sich wunderbar an. Und sie war Rafe unendlich dankbar dafür, dass er ihr ein unvergessliches Erlebnis bereitet hatte. Seinetwegen würde sie bis an ihr Lebensende mit einem versonnenen Lächeln auf den Lippen an diesen besonderen Tag zurückdenken.

Mit seiner Tante am Arm betrat Rafe wenig später den Salon.

Auch er hatte sich umgezogen und sich das Haar gekämmt, um die Spuren ihres Liebesspiels zu beseitigen. Ophelia hoffte inständig, dass ihn niemand beim Verlassen des Salons gesehen hatte. Schließlich gehörte Rafe zu jenen Männern, die stets akkurat gekleidet und frisiert waren.

Durch Esmeraldas Anwesenheit gab es für Ophelia leider keine Gelegenheit mehr, einige persönliche Worte mit Rafe zu tauschen. Als er ihr jedoch ein verstohlenes Lächeln zuwarf, machte ihr Herz einen Satz.

Nach dem gemeinsamen Mittagessen schlug Rafe vor, dass sie sich in sein Arbeitszimmer zurückziehen sollten.

»Dort kann ich mich im Moment besser konzentrieren als im Salon«, flüsterte er, während er Ophelia den Flur hinunterbegleitete.

Ophelia wusste nur zu gut, was er meinte. Also würde es vorerst nicht noch einmal zum Liebesspiel kommen, denn jedes Mal, wenn er vorschlug, in einen anderen Raum zu gehen, wollte er ihre kleinen Sünden diskutieren. Aber heute machte ihr selbst das nichts aus. Sie fühlte sich stark genug, um mit jedem Thema fertig zu werden, das er anschnitt.

»Heute möchte ich mit dir über Sabrina sprechen«, sagte er und nahm hinter seinem Schreibtisch Platz.

»Lieber nicht«, murmelte Ophelia. Dennoch lächelte sie Raphael an. Sie wollte unter keinen Umständen, dass er sie für schwierig hielt. Wegen ihrer diffusen Gefühle Sabrina Lambert gegenüber wäre es ihr am liebsten, er würde dieses Thema ausklammern.

Schweigend besah sich Rafe den Brieföffner, den er zur Hand genommen hatte. Doch Ophelia hatte ihn durchschaut. Er versuchte, die entstandene Stille gegen sie zu benutzen. Aber dieses Mal würde es nicht funktionieren …

»Ich törichte Gans habe ihr eine Chance gegeben«, platzte es wenig später aus ihr heraus. »Als sie mit ihren Tanten in London eintraf, um während der Saison bei uns zu wohnen, machte sie einen liebenswürdigen Eindruck. Das war auch der Grund, warum ich ihr eine Chance gab. Ich dachte, sie könnte meine Freundin werden.«

Raphael stieß einen Seufzer aus. »Eine Freundin, der du bei der erstbesten Gelegenheit ein Messer in den Rücken gerammt hast. Ehrlich gesagt hätte ich erwartet, dass du mit einer fadenscheinigen Entschuldigung aufwartest.« Raphael blickte geradezu enttäuscht drein. Ophelias Brust zog sich schmerzhaft zusammen. Worauf wollte er nur hinaus? Sie hatte nicht den blassesten Schimmer, wovon er sprach.

»Hättest du wohl die Güte, mir deine Bemerkung ein wenig zu erläutern? Wie habe ich ihr denn ein Messer in den Rücken gerammt?«

»Indem du den Familienskandal wieder aufgewärmt hast, nachdem endlich ein wenig Gras über die Sache gewachsen war.«

»Jetzt mach dich bitte nicht lächerlich«, zischte Ophelia. »Wenn man es genau betrachtet, habe ich ihr sogar einen Gefallen erwiesen.«

Raphael zog die Augenbrauen in die Höhe. »Indem du ihre Chancen auf einen achtbaren Gemahl zunichte machst?«

Mit einem Seufzen ließ Ophelia sich zurücksinken. »Ich sehe schon, ich komme um eine Erklärung nicht herum. Ob du es glaubst oder nicht, ich habe lediglich versucht, das Mädchen vor einem Leben voller Kummer zu bewahren.«

»Kummer?«

»Ja. Ich wollte verhindern, dass sie sich in einen Mann verliebt, der ihr aus der Geschichte einen Strick dreht. Denn irgendwann wäre es ohnehin herausgekommen. Außerdem würde ich das Ganze nicht als Skandal bezeichnen. Wenn überhaupt, ist es ein Skandälchen. Welcher Mensch, der mit einem gesunden Verstand gesegnet ist, würde glauben, dass Sabrina in Gefahr schwebt, nur weil einige Familienmitglieder vor Urzeiten den Freitod gewählt haben? Das ist doch an den Haaren herbeigezogen. Ich wollte lediglich publik machen, wie lächerlich der Gedanke ist. Nur deshalb habe ich das Thema zur Sprache gebracht. Um allen, die anderer Meinung sind, laut ins Gesicht zu lachen. Glaub mir, im Nu wäre das Thema ein für alle Mal vom Tisch gewesen.«

»Ich fasse es nicht. Du willst mir allen Ernstes einreden, dass du dich für sie stark machen wolltest?«

Ophelia mahlte mit dem Kiefer. »Es gibt gar keinen Grund, so schnippisch zu sein. So sah meine ursprüngliche Idee aus.«

»Aha.« Rafe nickte.

»Ich verstehe, worauf du hinauswillst. Auf den schlimmsten meiner Makel.«

»Der da wäre?«

»Meine Eifersucht.«

»Ist dir eigentlich klar, wie absurd deine Erklärung für dein Verhalten ist?«, erwiderte Raphael mit einem Kopfschütteln. »Du bist vermutlich die hübscheste Frau in ganz England. Wenn hier jemand Grund zur Eifersucht hat, dann die Frauen, deren Weg du kreuzt. Nehmen wir nur mal meine Schwester.«

»Natürlich hast du recht. Und auch wieder nicht. Ich weiß, wie lächerlich es erscheinen mag, dass ausgerechnet ich von Eifersucht zerfressen bin. Manchmal reichen schon Kleinigkeiten aus, um mich missgünstig zu stimmen. Und bin ich erst einmal neidisch, lasse ich mich auch so schnell nicht mehr davon abbringen.«

»Du willst mir also allen Ernstes sagen, du seiest eifersüchtig auf Sabrina?«

»Ja. Und es war Mavis, die das Gefühl in mir ausgelöst hat. Sie wurde Zeugin, wie drei meiner Verehrer um Sabrina herumschwirrten. Hatte ich anfänglich vor, den Lambertschen Familienskandal aus der Versenkung zu holen, um ihr einen Gefallen zu tun, tat ich es dann aus purer Eifersucht. Als ich alles wiedergutmachen wollte, waren Sabrina und ihre Tanten bereits abgereist.«

»Ehrlich gesagt kaufe ich dir die Geschichte mit der Eifersucht nicht ganz ab.« Mit einem nachdenklichen Gesicht fügte er hinzu: »Kann es sein, dass noch mehr hinter der Geschichte mit Sabrina steckt?«

Ophelia errötete. »Nun ja ... Als ich sie mit Duncan zusammen sah, war ich außer mir. Ich nahm an, er wolle mich eifersüchtig machen.«

»Ist das alles?«

»Nein. Als ich dich mir ihr gesehen habe, ist es wieder passiert. Deshalb habe ich auch gedacht, dass du und sie ...«

»Danke, keine Details.«

»Wie du meinst. Eigentlich wollte ich nie mit dir über dieses Thema sprechen. Aus dem einfachen Grunde, weil meine Gefühle ihr gegenüber sehr gemischt sind. Wenn ich meine Eifersucht hintanstelle, mag ich sie sogar.«

»Das ist nur zu verständlich. Alle Welt mag Sabrina.«

Als Raphael dem nichts mehr hinzufügte, hob Ophelia das Kinn. »Warum sagst du nicht gleich, dass mich alle hassen?«

Raphael lächelte sie an. »Weil es gelogen wäre, meine Liebe.«

Ophelia spürte, dass er damit auf sich selbst ansprach. Sie errötete. Doch dann ruinierte er alles, indem er hinzufügte: »Meine Tante mag dich nämlich.«

Ophelia verstand nicht, warum sie sich plötzlich zutiefst verletzt fühlte, aber es gelang ihr, das Gefühl schnell wieder abzuschütteln. »Du hast anscheinend gar nicht begriffen, worauf ich hinauswollte. Auf all jene, auf die ich irgendwann mal eifersüchtig war, bin ich bis heute nicht gut zu sprechen. Sabrina bildet da eine Ausnahme. Mir war, als hätte ich ihr unrecht getan, und sobald die Eifersucht verflogen war, habe ich mich eine dumme Gans gescholten und sie wieder ins Herz geschlossen. So etwas tue ich für gewöhnlich nicht.«

»Ich finde, dass das nichts Ungewöhnliches ist. Vielleicht hattest du noch immer die Hoffnung, ihr könntet Freundinnen werden.«

»Ich habe ihr gesagt, Duncan hätte mich geküsst, als ich mich mit ihm im Wirtshaus traf, um mich bei ihm wegen des Barbaren zu entschuldigen. Heute schäme ich mich dafür.«

»Du hast ihr also eine faustdicke Lüge aufgetischt. Schön, dass du das Thema zur Sprache bringst. Ich wollte ohnehin mit dir über die eine oder andere Lüge sprechen.«

Ophelia verdrehte die Augen. »Warum überrascht mich das nicht? Was ist mit den anderen?«

»Es gibt nur noch eine einzige weitere Lüge, von der ich weiß.«

»Was ist nur los? Keine ellenlange Liste? Ich dachte, du wärst besser vorbereitet.«

»Na, na, wer wird denn gleich so schnell sauer werden?«

Ophelia blinzelte, ehe sie ihm ein aufrichtiges Lächeln schenkte, um ihm zu zeigen, dass alles wieder in Ordnung war.

Mit einem überraschten Gesichtsausdruck lehnte Raphael sich zurück. »Jetzt bin ich baff. Welch ein Durchbruch, Phelia. Wie geht es dir dabei?«

Ophelia grinste. »Ich fühle mich wundervoll. Es ist schön, mein Temperament unter Kontrolle zu haben. Von welcher anderen Lüge hast du eigentlich gesprochen?«

»Gab es denn so viele, dass du keine Ahnung hast, was ich meine?«

Ophelia dachte einen Augenblick lang nach, ehe sie antwortete: »Nein, habe ich nicht. Ich kann mich nur an ein anderes Mal erinnern, als ich Sabrina absichtlich angelogen habe. Du hast mich boshaft genannt, und ich habe es geleugnet, aber ich war wirklich gehässig, angestachelt durch meine Eifersucht. Sie hat keine Ruhe gelassen, wollte wissen, wann Duncan und ich unsere Verlobung wieder aufnehmen würden. Das hat mich geärgert, also habe ich ihr gesagt, dass wir es tun würden, sobald sie dem Haus den Rücken gekehrt hätte. Genau genommen wollte Duncans Großvater, dass wir diese Geschichte verbreiten. Aus irgendeinem Grund hat die Nachricht Sabrina aus dem

Gleichgewicht geworfen, warum auch immer. Weißt du etwas darüber?«

»Was auch immer zwischen Duncan und Sabrina geschieht, es geht uns nichts an. Du gibst also zu, dich ihr gegenüber gehässig verhalten zu haben?« Es überraschte Ophelia nicht, dass er dieses Thema breittrat. »Ja. Bist du jetzt glücklich?«

»Nicht wirklich. Die Frage ist – und sie ist von größter Bedeutung, meine Liebe –, hast du etwas aus unserem Gespräch gelernt? Jetzt, nachdem du deine ablehnende Haltung abgelegt hast? Oder wirst du nach London zurückkehren und wieder ...«

»Sprich bitte nicht weiter«, fuhr Ophelia ihm ins Wort. »Ich würde heute vieles anders machen, das ist mir jetzt klar geworden.«

»Ophelia, du hast es geschafft. Ich sehe keinen Grund, warum wir noch länger hier bleiben sollten. Nach dem Frühstück morgen früh brechen wir auf, wir fahren zurück nach London.«

Kapitel siebenundzwanzig

Eigentlich hätte Ophelia in Hochstimmung sein und vor Freude Luftsprünge machen müssen, weil sie endlich wieder nach Hause durfte. Doch stattdessen kämpfte sie während der Fahrt immer wieder gegen ihre Tränen an. Wenn sie wenigstens gewusst hätte, warum sie mit einem Mal so niedergeschlagen war.

Da es für Rafe keine Veranlassung gab, auf dem Kutschbock Platz zu nehmen, saß er bei den Frauen im Wagen. Ophelia, die große Schwierigkeiten hatte, sich auf Esmeraldas Geplapper zu konzentrieren, war froh, dass sie nur einen Teil der Strecke gemeinsam verbrachten. Sie bedauerte es, dass Sadie anschließend als Anstandsdame fungieren würde und sie sich nicht ungestört mit Rafe unterhalten könnte.

Die kleine Reisegesellschaft beschloss einstimmig, dass es das Beste wäre, wenn sie die Nacht über in Esmeraldas Haus blieben. Die Stimmung während des Abendessens war gut, doch je weiter der Abend fortschritt, desto melancholischer wurde Esmeralda.

»Wir werden uns morgen früh wohl nicht mehr begegnen«, sagte sie mit belegter Stimme zu Ophelia. »Ich mag Abschiede nicht, hoffe aber, dass wir uns in Bälde wiedersehen, mein Mädchen. Ich habe Ihre Gesellschaft wirklich sehr genossen.«

»Ich werde Sie auch vermissen«, antwortete Ophelia. »Sind Sie sicher, dass Sie nicht mit uns nach London kommen wollen, um das Ende der Saison zu feiern?«

»Um Gottes willen, nein. Das ist nur etwas für junge Leute.

Aber ich verspreche Ihnen, Sie zu Ihrer Hochzeit zu besuchen, sobald Sie einen passenden Gemahl gefunden haben.«

Vorausgesetzt, der Tag würde jemals kommen. Ophelia hatte sich fest vorgenommen, sich auf die Suche nach einem passenden Kandidaten zu machen. Da sie sich nach ihrer Rückkehr nicht mehr mit ihrer ungewollten Verlobung beschäftigen oder nach Wegen aus derselben suchen musste, konnte sie sich in der Tat endlich der Wahl eines geeigneten Partners widmen. Allzu schwer dürfte das trotz des nahenden Saisonendes nicht werden, oder? Schließlich konnte sie jeden Mann haben, den sie nur wollte ...

Erschrocken über sich selbst, unterbrach sich Ophelia im Stillen. Hatte sie früher ständig solche entsetzlichen Gedanken gehabt? Ihr einstiges Verhalten aus einem völlig anderen Blickwinkel zu betrachten, war hochgradig erhellend. Unsensibel, gefühlskalt, egozentrisch war sie gewesen. Spielte es da eine Rolle, dass sie sich im Recht gefühlt hatte? Dass sie andere so behandelt hatte, wie diese sie behandelt hatten? Zumindest hatte sie sich das weismachen wollen.

Sie würde sämtliche ihrer Beziehungen überprüfen müssen, auch die zu ihren Eltern. Es wäre eine Wohltat, ihrem Vater ausnahmsweise einmal nicht mit Groll und Hass entgegenzutreten. Wenn es ihr gelänge, sich mit ihm zu unterhalten, ohne dass ihre Verbitterung die Zügel in die Hand nähme, dann hätte sie gewonnen. Mit diesem Gedanken schlief Ophelia ein.

Am nächsten Morgen fuhren sie in aller Herrgottsfrühe weiter. Genau wie Ophelia vermutet hatte, wurde es eine eher ungemütliche Fahrt. Rafe hüllte sich die meiste Zeit über in tiefes Schweigen. Ein ums andere Mal versuchte Ophelia, ihn in ein Gespräch zu verwickeln, jedoch ohne Erfolg. Schließlich gab sie auf.

Erst als sie vor Summers Glade vorfuhren, merkte Ophelia, dass sie nicht den direkten Weg nach London genommen hatten. Sadie sprach es aus, wozu Ophelia der Mut gefehlt hatte.

»Was, zum Teufel, machen wir denn hier schon wieder?« Rafe musste lachen, als er den pikierten Gesichtsausdruck der beiden bemerkte. »Ich steige hier aus, um Duncan und Sabrina einen Besuch abzustatten.«

»Es wäre nett gewesen, wenn du mich ein wenig früher darüber aufgeklärt hättest«, sagte Ophelia leicht verstimmt.

»Ich bitte vielmals um Entschuldigung, aber ich dachte, das hätte ich längst getan«, antwortete Raphael achselzuckend.

»Wäre das jedoch nicht der perfekte Zeitpunkt für dich, das Gelernte in die Tat umzusetzen? Wie wäre es, wenn du bis zur Hochzeit bliebest?«

Ophelia musste nicht lange über ihre Antwort nachdenken.

»Nein, die beiden würden ohnehin nicht glauben, dass ich ihnen wohlgesinnt bin, und ich möchte ihnen nicht den schönsten Tag ihres Lebens vermasseln. Ich komme auch allein nach Hause.«

»Wie du meinst. Dann sehen wir uns also in wenigen Tagen in London.«

»Versprichst du mir das?«

»Aber natürlich doch. Die Wahrscheinlichkeit, dass wir uns auf einem Fest oder einem Ball treffen, ist recht hoch.«

Ophelia, die etwas gänzlich anderes im Sinn gehabt hatte, gab sich größte Mühe, ihre Enttäuschung hinter einem kühlen Lächeln zu verbergen. Ihre gemeinsame Zeit war unweigerlich vorbei.

Ohne ein weiteres Wort zu verlieren, stieg Raphael aus und schloss die Tür hinter sich. Einfach so. Ohne ein Wort des Abschieds, ohne eine Ermahnung, sie möge sich gut benehmen, ohne …

Doch dann wurde die Tür aufgerissen, und Rafe zog Ophelia an sich und gab ihr einen festen Kuss auf den Mund. Ein Blick in seine glühenden Augen, und Ophelia wurde von einem starken Kribbeln erfasst. Doch so schnell das Gefühl sich eingestellt hatte, so schnell war es auch wieder verschwunden.

Sadie starrte Ophelia ungläubig an, ohne jedoch zu erröten.
»Frag nicht«, zischte Ophelia. Als ob sie damit durchkäme.
»Seit wann nimmt er sich diese Freiheiten heraus?«, kam postwendend die Frage aus Sadies Mund.

Ophelia versuchte, sich mit einem legeren Achselzucken herauszuwinden. »Nicht der Rede wert. Wir hatten eine Reihe von hitzigen Diskussionen, im Zuge derer ich ihn mehrfach heftig beleidigt habe. Schätzungsweise war das seine Art, mich wissen zu lassen, dass er mir nicht mehr gram ist.«

Sadie schnaubte ungläubig. »Warum sagt er es nicht einfach?«

Weil das nur halb so aufregend wäre, dachte Ophelia bei sich und feixte innerlich.

Kapitel achtundzwanzig

Enttäuscht stellte Ophelia fest, dass es in London nicht geschneit, sondern lediglich geregnet hatte. Sie war mit sich selbst übereingekommen, die Nacht in einem Wirtshaus am Stadtrand zu verbringen, um am folgenden Tag zur Mittagszeit bei ihren Eltern einzutreffen. Um die Uhrzeit weilte ihr Vater für gewöhnlich außerhalb des Hauses, traf sich mit Freunden im Club. Ophelia wollte die Chance nutzen, sich in Ruhe in ihrem Zimmer einzurichten, ehe sie gezwungen war, sich mit ihm und seinen Fragen auseinanderzusetzen.

Vermutlich war er noch immer wütend auf sie, weil sie Duncan nun doch nicht heiraten würde. Sie hoffte jedoch, dass ihr Abstecher zu den Lockes ihn wieder ein wenig milder gestimmt hatte.

Ophelia mochte ihr Elternhaus in der Berkley Street nördlich des Hyde Park. Die Straße war verhältnismäßig kurz. Am westlichen Ende schloss sich der Portman Square an, am anderen Ende gelangte man auf den etwas kleineren Manchester Square. Weder in der einen noch in der anderen Grünanlage hatte Ophelia als Mädchen je gespielt. Zum einen galt Spielen als etwas Kindisches, zum anderen war ihr nie erlaubt worden, sich wie ein Kind zu benehmen. So weit ihre Erinnerungen zurückreichten, war sie – zumindest von ihrem Vater, der das Sagen hatte – wie eine Erwachsene behandelt worden. Ihre Mutter hatte zwar stets versucht, ihr ein normales Leben zu ermöglichen, aber Sherman hatte sie immer wieder überstimmt.

Ophelia freute sich darauf, ihre Mutter wiederzusehen, und hatte keine Zweifel, dass sie bei ihrem Eintreffen daheim sein würde. Mary Reid verließ nur selten das Haus, so sehr war sie damit beschäftigt, ihre Feste vorzubereiten. Ihre Freundinnen kamen zu ihr und nicht umgekehrt. Ophelia war ein wenig traurig, dass ihre Mutter sie selbst nicht zu ihren ersten Bällen am Anfang der Saison begleitet hatte. Sherman hatte darauf bestanden, diese Aufgabe persönlich zu übernehmen. Mit stolzgeschwellter Brust hatte er sie vorgeführ. Allerdings galt sein Stolz nicht ihr, sondern sich selbst. Das Einzige, was sie ihm zugute halten musste, war die Tatsache, dass er weder Kosten noch Mühen gescheut hatte. Aber auch das hatte er weniger für sie getan als für sich, damit er sie wie ein Juwel herumzeigen konnte und von allen Seiten zu solch einer außergewöhnlichen Tochter beglückwünscht wurde.

Um ein Haar wäre Ophelia wieder ihrer altbekannten Verbitterung zum Opfer gefallen, hatte die Zeichen aber rechtzeitig erkannt und sich dem Sog entzogen. Sie hatte jetzt ein Ziel, und je früher sie es erreichte, desto besser. Sie würde einen reichen Mann heiraten, damit sie den Fängen ihres Vaters endlich entkam.

»Soll ich gleich auspacken, oder möchten Sie sich erst ein wenig ausruhen?«, erkundigte sich Sadie, als sie das prächtige Stadthaus betraten, in dem Ophelia aufgewachsen war.

»Fang ruhig schon mal an, ich bin nicht müde«, antwortete Ophelia.

Ihre Stimmen lockten Mary Reid aus dem Salon. »Da bist du ja, meine Kleine. Mein Gott, wie ich dich vermisst habe.«

Mary Reid war die Gutmütigkeit in Person, und Ophelia liebte sie, obwohl sie drall wie ein Fass war. Das einzige Mal, dass Ophelia ihre Mutter hatte schreien hören, war an jenem verhängnisvollen Tag gewesen, als Ophelia herausgefunden hatte, dass sie keine wahren Freunde besaß und dass das Interesse ihres Vaters an ihr sich darauf beschränkte, mit ihrer Hilfe die soziale Leiter weiter zu erklimmen.

Das blonde Haar und die blauen Augen hatte Ophelia von ihrer Mutter, die in ihrer Jugend bildhübsch gewesen war. Ophelia war froh, dass sie nicht die braunen Augen und das braune Haar von ihrem Vater geerbt hatte.

Sie nahm ihre Mutter in den Arm und gab ihr einen Kuss auf die Wange. »Ich habe dich auch vermisst, Mama.«

»Wir waren alle ziemlich überrascht, als wir hörten, dass du dich wieder mit Duncan verlobt hättest.«

»Und eine noch größere Überraschung war es sicherlich, dass wir die Verlobung wieder aufgelöst haben«, wagte Ophelia sich vor.

»Nun, ja. Aber vergiss nicht, wer stattdessen ein Auge auf dich geworfen hat. Der Locke'sche Erbe. Dein Vater ist außer sich vor Freude.«

Ophelia zuckte innerlich zusammen. »Rafe und ich sind lediglich befreundet, Mama. Aus uns wird niemals ein Paar.«

»Wirklich?« Mary runzelte vor Enttäuschung die Stirn. »Hast du denn nicht auch nur einen Augenblick darüber nachgedacht, ihn zum Mann zu nehmen?«

»Doch, schon, aber er hat keinen Zweifel daran gelassen, dass er zu einem solch großen Schritt noch nicht bereit ist. Außerdem ist es zur Abwechslung ganz nett, mit einem Mann befreundet zu sein, der mir nicht zu Füßen liegt.«

Mary verdrehte die Augen. »Tu mir den Gefallen und schreib ihn noch nicht ab. Manche Männer brauchen etwas länger, um einen Schatz zu erkennen, wenn sie darüber stolpern. In der Zwischenzeit tun wir so, als hättest du nicht das Interesse des begehrtesten Junggesellen des Königreichs geweckt.« Mary grinste. »Du hättest uns wenigstens eine Nachricht schicken können, dass du zurückkommst. Dann hätte ich ein Fest für dich veranstaltet.«

Dieser Vorschlag überraschte Ophelia nicht im Geringsten.

Er erklärte auch, weshalb Ophelia dem Glauben erlegen war, sie könnte nur glücklich sein, wenn sie den prunkvollsten Ball ausrichtete, den London je gesehen hatte. Doch Ophelias Prioritäten hatten sich vorerst verschoben, und sie wünschte sich fürs Erste nichts sehnlicher, als der eisernen Hand ihres Vaters zu entkommen.

Um ihrer Mutter zu gefallen, sagte sie: »Das kannst du doch noch immer tun. Dann wissen wenigstens alle, dass ich wieder in der Stadt weile.«

»Die Idee ist mir gerade auch gekommen. Aber wir dürfen den Stapel Einladungen nicht vergessen, der sich in der Zwischenzeit angesammelt hat. Am besten, du siehst ihn gleich einmal durch und sagst mir, ob es diese Woche noch eine Festivität gibt, die dich interessiert.«

»Ich werde sie mit in mein Zimmer nehmen.«

»Prima, geh und ruh dich ein wenig aus, während ich mit der Gästeliste anfange. Ich bin überzeugt davon, dass ich den einen oder anderen davon überzeugen kann, seine Verabredungen für den heutigen Abend abzusagen, um hierherzukommen.«

Als Ophelia am Abend die Treppe herunterkam, musste sie feststellen, dass ihre Mutter sich selbst übertroffen hatte. Im Haus wimmelte es vor Gästen, darunter auffällig viele junge Männer, die ihr teils unbekannt waren. Erleichtert, dass sie sich für ein eher prunkvolles Kleid entschieden hatte, lief sie die Treppe hinunter.

Ophelia genoss es, wieder über ihre gesamte Garderobe zu verfügen, statt in ihrer Auswahl auf die wenigen Kleider in ihren Reisetruhen beschränkt zu sein. Sadie hatte ihr für den Abend ein cremefarbenes Seidenkleid mit weißem Spitzenbesatz herausgesucht. An ihren Ohren baumelten wertvolle Perlen, und ein ovaler Kettenanhänger zierte ihren Hals. Wie meistens trug sie das Haar zu einer eng anliegenden Frisur hochgesteckt.

Lediglich einige Ringellöckchen bedeckten ihre Schläfen. Gekrönt wurde die Frisur von den mit Perlen besetzten Haarklammern.

Gerade als sie in den Salon blickte, fing ihre Mutter sie ab. Ophelia sah sie mit hochgezogenen Augenbrauen an. Mary wusste, worauf ihre Tochter hinauswollte, und sagte nur: »Ich hätte nie gedacht, dass alle zusagen, aber irgendwie überrascht es mich doch nicht. Schließlich genießt du einen hohen Bekanntheitsgrad.«

»Wird Vater kommen?«

Mary errötete. »Ich habe ihm keine Nachricht geschickt, dass du wieder da bist, falls du das meinst. Ich hatte vor, es ihm heute Nachmittag zu erzählen, aber dann hat er ausrichten lassen, er würde später kommen.« Mary zuckte die Achseln. »Ist aber auch einerlei. Vielleicht ist es gar nicht so schlecht, dass er nicht da ist. Wir wissen auch allein, wie wir uns amüsieren, habe ich recht?«

Ophelia hätte um ein Haar losgelacht, weil ihre Mutter manchmal so leicht zu durchschauen war. Mary wusste, dass Ophelia und ihr Vater sich nicht sonderlich grün waren und sich in Windeseile gegenseitig bis aufs Blut reizten. Da sie keinerlei Anstrengungen unternommen hatte, ihren Gemahl über das Fest geschweige denn den Anlass desselben in Kenntnis zu setzen, gab sie Ophelia die Möglichkeit, den ersten Abend in Ruhe unter ihren Gästen zu verbringen.

Gemeinsam betraten die beiden Frauen den Salon. Kaum waren sie durch die Tür geschritten, war Ophelia von Verehrern umringt, die um ihre Aufmerksamkeit buhlten.

»Wie schön, dass Sie wieder in der Stadt weilen, Lady Ophelia!«

»Und zwar unverlobt.«

»Ihre Schönheit raubt mir den Atem, Ophelia.«

»Lord Hatch«, brachte ein anderer sich in Erinnerung. »Ich hoffe, Sie erinnern sich noch an mich.«

»Enchanté, Mylady«, säuselte Lord Cantle, als er ihr die Hand küsste.

»Stell mich vor, Peter«, drängte ein anderer seinen Freund. Als dieser nicht reagierte, tat er es kurzerhand selbst. »Ich kann Ihnen gar nicht sagen, wie sehr ich mich darauf gefreut habe, Ihre Bekanntschaft zu machen, Lady Ophelia. Artemus Billings, stets zu Ihren Diensten.«

»Es ist mir eine Freunde«, sagte sie schnell, ehe sich ein anderer junger Mann vordrängelte.

Artemus war von hübschem Äußeren und hatte wenigstens keinen Titel erwähnt, was für gewöhnlich bedeutete, dass er annahm, jeder wusste, wer er war. Zu gegebener Zeit, so beschloss Ophelia, würde sie Erkundigungen über ihn einziehen. Aber das musste warten, bis sie ihre Hand zurück hatte, die alle küssen wollten.

Als Hamilton Smithfield, der durch seine Großjährigkeit vor Kurzem zum Viscount avanciert war, Ophelia mit sich zog, war sie überrascht. Für gewöhnlich hielt er sich eher im Hintergrund und blickte verschüchtert drein.

Nachdem er sie auf die andere Seite des Raums geführt hatte, blieb er stehen, sah sie an und sagte: »Bisher fehlte mir der Mut, Sie zu fragen. Als ich hörte, dass Sie sich mit MacTavish verlobt haben, hätte ich weinen können. Da dies nun hinfällig ist, will ich die Gelegenheit nicht ungenutzt verstreichen lassen und flehe Sie an, Ophelia, mich zu heiraten.« In seinem Blick lag unverhohlene Bewunderung.

Wenn es darum ging, Bewerbern einen Korb zu geben, ging Ophelia schon lange nicht mehr zimperlich ans Werk. Erschwerend kam hinzu, dass dies die Art von Antrag war, die sie abgrundtief verabscheute. Dieser Mann kannte sie doch gar nicht, hatte sich nicht einmal die Zeit genommen, sie näher kennenzulernen, ehe er ihr einen Antrag machte.

Um kein Aufsehen zu erregen, wie sie es früher gern getan

hatte, sagte sie lediglich: »Am besten, Sie sprechen mit meinem Vater, Viscount Moorly.«

»Meinen Sie wirklich?«

Aus seinem freudigen Blick schloss Ophelia, dass er noch immer glaubte, er hätte Chancen. Zum Glück war sie sich sicher, dass ihr Vater ihm die letzten Hoffnungen rauben würde, und sie davor verschont blieb, ihm das Herz zu brechen. Früher hatte sie sich nie Gedanken darum gemacht, ob sie ihren Verehrern wehtun könnte. Plötzlich spürte sie, wie schmerzhaft es sein mochte, abgewiesen zu werden.

Genau im richtigen Moment stürzten Jane und Edith sich auf sie und retteten sie vor der Beklommenheit, die sich um ihr Herz gelegt hatte. Die beiden zogen Ophelia weg und wollten haarklein erfahren, warum sie Duncan MacTavish jetzt doch nicht heiraten würde. Früher hätte Ophelia keine Chance ausgelassen, Duncan und seine Familie in ein schlechtes Licht zu rücken, jetzt aber gab sie lediglich wieder, was Duncans Großvater offiziell bekannt gegeben hatte. Dass die Trennung im Einvernehmen beider Parteien zustande gekommen war.

Anschließend wollte sie wissen: »Hattet ihr heute Abend eigentlich keine anderweitigen Pläne?«

»Nichts, das so wichtig wäre, als dass wir uns deine Rückkehr entgehen ließen«, antwortete Jane.

Das klang beinahe aufrichtig, doch Ophelia wusste, dass sowohl Jane als auch Edith nicht um Worte verlegen waren, wenn es darum ging, anderen nach dem Mund zu reden. Unglücklicherweise bedeutete das in den meisten Fällen, dass sie logen. Und das, so erkannte Ophelia, war ihr eigener Fehler. Wenn sie die ganzen Jahre über nicht so aufbrausend gewesen wäre, würden sich ihre Freundinnen in ihrer Gegenwart heute anders verhalten.

»Natürlich interessiert uns auch, warum du erst jetzt wieder in London bist«, ergriff Edith das Wort. »Deine Mutter meinte, du hättest den Lockes einen Besuch abgestattet. Stimmt das?«

»Zweifelt ihr etwa an ihren Worten?«

Edith kroch die Röte in die Wangen. Beide Mädchen waren recht hübsch, konnten Ophelia aber noch lange nicht das Wasser reichen. Da sie von niedrigerem Rang waren als Ophelia, hatten sie nicht die Hoffnung, sich einen der begehrteren Junggesellen zu angeln. Genauer gesagt machten sie sich Hoffnungen auf Ophelias abgelegte Verehrer und wünschten sich, Ophelia fände lieber heute als morgen zu einer Entscheidung, mit wem sie den Bund der Ehe einging.

»Es ist vielmehr so, dass wir das Gefühl hatten, sie könnte nicht richtig informiert sein«, antwortete Edith.

Das war ein diplomatischer Versuch, ihr beizubringen, dass Mary sie womöglich angelogen hatte. »Mit anderen Worten, ich hätte sie mit falschen Informationen versorgt?«, entgegnete Ophelia.

»Ja«, räumte Edith ein, schob aber schnell hinterher: »Wir wissen ja, dass du und Locke euch nicht sonderlich mögt. Was wir gar nicht verstehen können, weil er wirklich attraktiv ist. Da wir gesehen haben, wie zwischen euch die Funken fliegen, konnten wir uns nicht vorstellen, dass du eine Einladung seiner Familie annehmen würdest. Also dachten wir, du hättest deinen Eltern einfach nur gesagt, sie hätten dich eingeladen.«

Aha, sie waren sich also sicher, dass *sie* ihre Mutter angelogen hatte. Rafe hatte also doch recht behalten. Sobald man auf dem Pfad der Unwahrheit wandelte, glaubte einem niemand mehr so leicht, und beide Mädchen wussten nur zu gut, dass sie einen Hang zum Lügen hatte.

Es war eigenartig, aber noch vor gar nicht allzu langer Zeit hätte sie keine Gelegenheit ausgelassen, den beiden brühwarm und voller Stolz zu erzählen, dass sie einige Zeit mit Rafe verbracht hatte. Jetzt hingegen zog sie es vor, ihnen nichts davon zu erzählen.

Zum Glück waren Edith und Jane nicht aufdringlich, weshalb Ophelia hoffte, sie käme damit durch, dass sie einfach nur sagte: »Als mir dämmerte, dass ich Duncan MacTavish nicht würde heiraten können, begann eine schwere Zeit für mich auf Summers Glade. Ich hatte Angst, dass er mich nicht ohne Weiteres meiner Wege ziehen lassen würde. Doch dann hatte ich ein klärendes Gespräch mit ihm, und wir kamen überein, dass es das Beste wäre, wenn wir nicht heiraten. Anschließend brauchte ich ein wenig Zeit, um mich zu erholen und meine Möglichkeiten zu überdenken. Davon abgesehen hatte ich es alles andere als eilig, nach Hause zurückzukommen, um meinem wutschäumenden Vater unter die Augen zu treten. Ihr wisst ja, wie gern er mich an Duncans Seite gesehen hätte.«

Natürlich lief sie Gefahr, dass die beiden sich in der Zwischenzeit mit Mavis ausgetauscht hatten und längst über alles im Bilde waren, aber die Ausrede, sie hätte ein wenig Zeit gebraucht, funktionierte dennoch. Wo sie sich aufgehalten hatte, war vollkommen irrelevant.

Entsprechend überrascht war sie, als Edith mit scharfer Stimme nachhakte: »Also warst du gar nicht bei den Lockes?«

Ehe sie über weitere Ausflüchte nachdenken konnte, meldete Jane sich zu Wort: »Da hätten wir die Antwort auf unsere Fragen.«

Ophelia folgte ihrem Blick und sah, wie Raphael Locke den Salon betrat. Sofort schnellte ihr Puls in die Höhe. Sie hatte keinen blassen Schimmer, warum er hier war, wusste nur, dass sie beglückt war, ihn zu sehen. Nie im Leben hätte sie damit gerechnet, ihn so zeitig wiederzusehen.

»Warum wolltest du uns denn nicht erzählen, dass du sein Herz erobert hast?«, fragte Edith aufgeregt.

»Vielleicht, weil ich mir selbst nicht im Klaren über meine Gefühle bin«, hörte Ophelia sich sagen, ehe sie innerlich aufstöhnte. Genau das hatte sie *nicht* an die große Glocke hängen wollen.

»Gütiger Gott, du hast dich verliebt, habe ich recht?«, keuchte Jane.

»Nein, habe ich nicht«, antwortete Ophelia wie aus der Pistole geschossen. Sogleich stellte sich das ungute Gefühl ein, dass ihr gerade die größte aller Lügen über die Lippen gekommen war.

Kapitel neunundzwanzig

Seit seiner Ankunft scharwenzelte Mary um Rafe herum. Die Tatsache, dass sie ihn eingeladen hatte, überraschte Ophelia nicht, wohl aber, dass er in London war. Schließlich hatte er bis zu Duncans und Sabrinas Hochzeit auf Summers Glade bleiben wollen. Die beiden hatten sich unmöglich so schnell das Ja-Wort geben können. Oder hatten sie bereits geheiratet, und Rafe hatte das festliche Ereignis verpasst?

Doch es sollte eine Weile dauern, bis Ophelias Neugierde gestillt wurde. Sie hatte nur wenige Minuten Zeit, mit ihren Freundinnen zu plaudern, ehe sie wieder von ihren Verehrern umringt war.

Für ein Abendessen, bei dem sich alle an eine Tafel setzten, waren es zu viele Gäste, wie so oft, wenn die Reids einluden. Mary war erfahren, wenn es darum ging, ein Buffet zusammenzustellen, das sowohl dem Gourmet als auch dem Gourmand gerecht wurde.

Mit einem Mal wurde Ophelia von dem Bedürfnis übermannt, dem ganzen Trubel zu entfliehen. Als sie nach einer kleinen Atempause wiederkam, machte sie sich auf die Suche nach Rafe. Er hatte sich gerade einen Teller reichhaltig befüllt und hielt nach einem freien Platz Ausschau. Doch das Glück war ihm nicht hold, alle Stühle waren besetzt, da die meisten Gäste sich bereits am Buffet bedient hatten.

»Das Esszimmer ist vermutlich leer«, raunte sie ihm mit verschwörerischem Unterton zu, als sie hinter ihm auftauchte.

Rafes hellblaue Augen blieben an ihr haften. Ophelia stockte der Atem. Wie gut er aussah. Jedes Mal, wenn sie ihn sah, hatte er diesen Effekt auf sie, und in seinem dunklen Gehrock machte er eine besonders gute Figur. Der Stoff schmeichelte seinen Schultern, und die schneeweiße Krawatte trug er locker um den Hals. Sein goldenes Haar schimmerte sanft im Schein der Kerzen. Seine unmittelbare Nähe ließ ihr Herz rasen. Gott, sie hoffte, dass er ihr nicht an der Nasenspitze ansah, welchen Effekt er auf sie hatte.

Sie schien Glück zu haben, denn er erkundigte sich: »Gibt es dort denn Stühle, oder sind die alle hierhergebracht worden?«

Endlich hatte Ophelia ihren Atem wieder unter Kontrolle. »Du wärst überrascht, wenn du wüsstest, wie viele Stühle meine Mutter zur Verfügung hat. Kleine Feste sind ihrer nicht würdig, sagt sie immer.«

Als ihr Blick auf seinen Teller fiel, auf dem sich die Speisen türmten, grinste Raphael und sagte: »Ich hatte kein Mittagessen.«

»Sollen wir los?«

»Wie wäre es, wenn du dir auch einen Teller nimmst.«

»Ich habe keinen Hunger.«

Raphael hob eine Augenbraue. »Mir schwant, wir haben versäumt, uns eingehender über deine Magerkeit zu unterhalten.«

Er hänselte sie wieder, oder vielleicht auch nicht. »Findest du ernsthaft, ich bin zu dünn?«, fragte sie und blickte mit gerunzelter Stirn an sich herunter.

»Du willst nicht wirklich wissen, was ich über deinen Körper denke.«

Sofort fingen ihre Wangen Feuer, vermutlich, weil sie wieder nach oben sah und das Flackern in seinen Augen bemerkte, als sein Blick über ihre Brüste glitt. Schnell griff sie sich ein Würstchen im Schlafrock und zeigte in die Richtung, in der sich das Esszimmer befand.

Wider Erwarten war der Raum nicht leer. An einem Ende der Tafel saßen zwei Gentlemen, die gerade in ein hitziges Wortgefecht verstrickt waren. Einer von ihnen, Jonathan Canters, hatte sie vor gerade mal einer Viertelstunde gefragt, ob sie seine Frau werden wolle. Es war ihr zweiter Antrag an diesem Abend gewesen. Und es war ihm nicht minder ernst als Hamilton. Jonathan hatte sie bereits zu Beginn der Saison schon einmal gefragt, ehe sie ihre Verlobung mit Duncan bekannt gegeben hatte.

Ophelia lächelte den beiden Herren freundlich zu und wandte dann flugs den Blick ab, um sie wissen zu lassen, dass sie keinerlei Interesse daran hatte, sich zu ihnen zu gesellen. Stattdessen entschied sie sich für das andere Ende der Tafel und wartete darauf, dass Rafe neben ihr Platz nahm. Sie konnte es selbst kaum glauben, dass sie ihre Neugierde so lange hatte bezähmen können.

»*Was* machst du hier?«, platzte es im Flüsterton aus ihr heraus. »Solltest du nicht auf Summers Glade sein?«

»Wie sich herausgestellt hat, heiraten Duncan und Sabrina erst in einigen Wochen. Sabrinas Tanten bestehen auf einer ordentlichen Hochzeit, für die natürlich eine gewisse Vorlaufzeit nötig ist. Und da ich weiß, wie ungeduldig Duncan sein kann, habe ich beschlossen, ihm aus dem Weg zu gehen, und bin schnurstracks nach London zurückgekehrt.«

»Schade, dass du das nicht schon vor meiner Abreise herausgefunden hast.«

»Stimmt. Das ist auch der Grund, warum ich heute kein Mittagessen hatte. Ich dachte, ich hätte noch eine Chance, dich abzufangen, aber ich wusste ja nicht, in welchem Gasthaus du übernachten würdest.«

»Es überrascht mich dennoch, dich hier zu sehen ... dass du die Einladung meiner Mutter angenommen hast. Ich hätte schwören können, dass du in keiner Weise mit mir in Verbindung gebracht werden möchtest.«

»Meine heutige Anwesenheit bringt mich nicht zwangsläufig mit dir in Verbindung, meine Liebe. Außerdem habe ich gar keine Einladung erhalten, sondern bin vorbeigekommen, um mich nach deinem Wohlbefinden zu erkundigen.«

»Wie aufmerksam von dir.«

»Manchmal kann ich den Samariter in mir eben nicht unterdrücken«, sagte er lächelnd und aß ein wenig. »Davon abgesehen«, fuhr er fort, »habe ich ja nun auch ein gesteigertes Interesse daran, dass du endlich den richtigen Mann findest. Das war Teil der Abmachung, wie du dich vielleicht erinnern kannst.«

Ophelia hüllte sich demonstrativ in Schweigen. War das sein Ernst? Wollte er sie verkuppeln?

»Wirklich?«, entgegnete sie schroff. »Ich kann mich beim besten Willen nicht daran erinnern, dass du so etwas erwähnt hast.«

»Aber das versteht sich doch von selbst«, antwortete er in seiner für ihn so typisch jovialen Art. »Du hast doch vor, in absehbarer Zeit zu heiraten, oder irre ich?«

»Selbstredend.«

»Und da du den Rest deines Lebens mit dem Glückspilz verbringen wirst, müssen wir sicherstellen, dass er zu dir passt.«

»Wir? Außerdem kann ich mir nicht vorstellen, wie man jetzt schon vorhersagen will, dass *er* mich auf immer und ewig glücklich machen wird.«

Rafe warf ihr einen überraschten Blick zu. »Jetzt sag nicht, dass du noch immer auf der Suche nach einer prallen Geldbörse bist. Geld macht nicht glücklich, Phelia, es hilft lediglich dabei, das Unglück leichter zu ertragen. Auf lange Sicht hilft aber auch das nicht.«

Ophelia nahm einen Bissen von ihrem Würstchen und kaute länger als nötig. »Was hilft denn dann?«

»Liebe, natürlich.«

»Wusste gar nicht, dass du so romantisch bist.«

»Wusste ich auch nicht.« Er zog eine Grimasse. »Ich versuche lediglich, die Sache vom weiblichen Standpunkt aus zu betrachten. Ausgehend von den Gedanken meiner Schwester, denen ich gezwungenermaßen bereits einige Male habe zuhören müssen, weiß ich, dass sie überzeugt davon ist, nur die wahre Liebe könne sie über alle Maßen glücklich machen. Als gingen Liebe und Glück Hand in Hand.«

»Vermutlich ist dem so, auch wenn ich das nicht aus persönlicher Erfahrung bestätigen kann. Aber es gibt auch andere Dinge, die Glück verheißen.«

Er seufzte. Bestimmt war ihm in der Zwischenzeit aufgegangen, dass sie leicht gereizt klang. »Jetzt sag nicht, dass du schon wieder Rückschritte gemacht hast und all unsere gemeinsamen Anstrengungen ...«

»Sei still.« Sie stieß ebenfalls einen Seufzer aus. »Ich habe lediglich ein neues Ziel und möchte, so schnell es geht, an den Punkt kommen, an dem ich nichts mehr mit meinem Vater zu tun haben muss. Ich habe die Nase gestrichen voll davon, dass er Entscheidungen fällt, die seinem und nicht meinem Glück dienen.«

»Das legt nahe, dass du das erstbeste Angebot annimmst.«

Raphael wirkte derart besorgt, dass Ophelia sich dabei erwischte, wie sie ihn in Sicherheit wiegen wollte. Also sagte sie kichernd: »Rund die Hälfte der heute anwesenden Männer haben bereits um meine Hand angehalten, einige davon erst vor wenigen Minuten. Noch habe ich keines der Angebote davon angenommen.«

»Gibt es denn jemanden, der dich ... interessiert?«, hakte er leicht zögerlich nach. »Vielleicht weiß ich Dinge über sie, die dir verborgen geblieben sind.«

Ophelia zuckte mit den Schultern. »Das wage ich zu bezweifeln.« Sie nahm sich die Zeit, Jonathan ein Lächeln zuzuwerfen. Nachdem sie den Raum betreten hatte, hatten die beiden ihr Streitgespräch eingestellt und warfen ihr abwechselnd verstohlene Blicke zu.« »Noch bin ich nicht bereit, von den Kriterien abzuweichen, die ich für den perfekten Mann aufgestellt habe.«

»Du hast dich nie darüber ausgelassen, was ein Mann haben muss, damit er für dich in die engere Auswahl kommt. Abgesehen von Reichtum.«

»Nein, das habe ich nicht.«

»Und willst es auch dabei belassen, wie mir scheint.«

Sie seufzte. »Nein, ich wollte es seinerzeit, als du mich danach gefragt hast, einfach nicht beantworten, das ist alles. Es ist so … Ich vertraue keinem Mann, der meint, mich zu lieben, ohne mich wirklich zu kennen. Und genau das ist bei den meisten der Fall.« Sie machte eine ausholende Bewegung, die ganz London einschloss. »Ich warte noch immer auf den einen, der sich erst die Mühe gibt, sich eingehender mit mir zu beschäftigen. So wie du.« Ophelia errötete nicht, auch wenn sie das im Grunde nicht hätte sagen sollen. Schließlich hatte sie Rafe ja bereits dargelegt, dass er sich keine Sorgen machen musste, sie könne es auf ihn abgesehen haben.

»An und für sich ein löbliches Motiv, Phelia, aber ich habe so meine Zweifel, ob das tatsächlich eine gute Idee …«

»Papperlapapp«, fuhr sie ihm ins Wort, in dem Wissen, dass er ihr früheres Verhalten ins Feld führen wollte. »Ich weiß, dass du dich gern damit rühmen würdest, einen neuen Menschen aus mir gemacht zu haben, während du im Grunde nichts anderes getan hast, als mir die Augen zu öffnen, damit ich meine Makel in den Griff bekomme. Vergiss nicht, dass ich auch schon vorher gute Züge an mir hatte, die ich einfach nur unter Verschluss gehalten habe.«

»Das ist mir nicht entgangen.«

»Was?«

»Dass du auch liebenswerte Züge hast. Zum Beispiel hattest du im Handumdrehen meine Tante für dich eingenommen.«

»›Für mich eingenommen‹?« Sie grinste. »Sie hat mir von Anfang an aus der Hand gefressen, und das weißt du auch.«

»Recht hast du. So, jetzt ist es aber an der Zeit, dass du dich wieder deinen Gästen widmest. Es ist in Ordnung, wenn du einige Minuten in meiner Gesellschaft verbringst, aber übertreib es nicht, sonst kursieren ab morgen entsetzliche Gerüchte über uns.«

»Ich weiß.« Ophelia erhob sich. »Vielen Dank, dass du vorbeigekommen bist, um nach mir zu sehen. Das war sehr liebenswürdig.«

Seine blauen Augen leuchteten. »Gütiger Gott, tu mir einen Gefallen und sag niemals über mich, ich wäre liebenswürdig. Damit zerstörst du meinen Ruf, den ich mir so hart erarbeitet habe.«

»Dir liegt also wirklich etwas daran, als unverbesserlicher Lebemann gehandelt zu werden?«

»Und wie!«

Ophelia war sich im Klaren darüber, dass er sich einen Scherz mit ihr erlaubte, weshalb sie mit belustigtem Unterton erwiderte: »Sei unbesorgt, dein Geheimnis ist bei mir in den besten Händen.«

Sie drehte sich um, um zu gehen. Doch Rafe packte sie am Ellbogen. Sie sog den Atem ein und schloss für die Dauer eines Herzschlags die Augen. Seine Berührung schickte eine Lawine aus Feuer durch ihren Körper, erinnerte sie auf schmerzhafte Weise daran, wie wunderbar es mit ihm gewesen war ...

»Wie ist eigentlich die erste Begegnung mit deinem Vater verlaufen?«, riss Raphael sie aus ihren Gedanken. Ihre Stimmung wurde düster, als sie gewahr wurde, warum er sie zurückgehalten hatte.

Ophelia drehte sich nicht um, hatte Angst, ihn anzusehen.

»Er weiß noch gar nicht, dass ich wieder da bin.«

»Warum wartest du nicht, wie euer erstes Aufeinandertreffen abläuft, ehe du dich zu einer voreiligen Entscheidung hinreißen lässt?«

»Ich? Voreilig?« Mit einem lauten Schnauben ließ sie ihn stehen. Sein Lachen hallte ihr jedoch in den Ohren, als sie den Raum verließ.

Kapitel dreißig

Ophelia, die ziemlich aufgewühlt war, hätte keinen schlechteren Zeitpunkt wählen können, um vom Esszimmer wieder in den Salon zu gehen. Sie merkte gar nicht, dass ihr Vater gerade zur Eingangstür hereingekommen war, sich des Mantels entledigt hatte und diesen einem Bediensteten übergab.

Er hingegen hatte sie sofort entdeckt.

»Pheli? Seit wann bist du wieder hier?«

Nicht einmal der Anflug eines Lächelns. Keine ausgebreiteten Arme, um sie zu herzen. Nichts außer einem befremdlichen Ausdruck auf dem Gesicht.

Sherman Reid, der Earl of Durwich, war Mitte vierzig. Er hatte dichtes dunkles Haar und scharf geschnittene Gesichtszüge. Er war groß und schlank; wenn er neben seiner Gemahlin stand, konnte man ihn beinahe dürr nennen. Er war weder hässlich noch anziehend. Darin lag auch begründet, dass er selbst kaum glauben konnte, einer so bildhübschen Tochter das Leben geschenkt zu haben – und warum er so versessen darauf war, aus diesem unverhofften Umstand Kapital zu schlagen.

»Ich bin heute Nachmittag wiedergekommen. Wie du unschwer erkennen kannst, ist es Mutter gelungen, einige meiner Verehrer einzuladen.«

Er warf einen Blick in Richtung Salon, aus dem festlicher Lärm drang. »War das notwendig?«

Ophelia legte eine Pause ein. »Notwendig, nein. Aber wenn es Mama glücklich macht, hat es doch etwas Gutes.«

»Sprich nicht in diesem aufmüpfigen Ton mit mir, Mädchen.«

Um ein Haar hätte Ophelia laut losgelacht. Ihr Ton war genau

genommen sogar milder als je zuvor. Allem Anschein nach erwartete er von ihr, dass sie sich schnippisch gab. Schließlich hatten sie, seit er sie mit Duncan verlobt hatte, nur noch gestritten.
»Ab mit dir in mein Arbeitszimmer. Ich möchte mit dir reden«, brummte er.
»Kann das nicht warten? Wir haben Gäste.«
»Nein, kann es nicht.«
Wortlos lief Sherman Reid an seiner Tochter vorbei und steuerte auf sein Arbeitszimmer zu.
Ophelia atmete tief durch und folgte ihm. Sie würde nicht zulassen, dass er ihren neu gewonnenen Seelenfrieden zerstörte. Irgendwie war es ihr gerade gelungen, ihr Temperament unter Kontrolle zu halten. Da ihr dieses Kunststück bislang noch nie geglückt war, deutete sie dies als gutes Zeichen.
Als sie den Raum betrat, saß er bereits hinter seinem ausladenden Schreibtisch. Ophelia hasste dieses Zimmer, wo sich die meisten ihrer Streitgespräche zugetragen hatten. Vornehmlich in Grün- und Brauntönen ausgestattet, konnte der Raum als geschmackvoll bezeichnet werden; Ophelia aber fand ihn ziemlich deprimierend. Einmal, vor langer Zeit, hatte sie diesen Raum geliebt, vor allem, wenn sie ihren Vater hier vorgefunden hatte ...
Für gewöhnlich saß sie ihm gegenüber, doch heute entschied sie sich dafür, sich ans Fenster zu stellen, von dem aus sie auf die Straßenecke blicken konnte. Die Vorhänge waren noch nicht vorgezogen worden, wenngleich ein Feuer im Kamin hinter dem Schreibtisch loderte, um die Kälte zu vertreiben. Die Laternen draußen brannten bereits, der Straßenrand war von unzähligen Kutschen gesäumt. Überraschenderweise schneite es leicht. Nicht genug, als dass der Schnee liegen geblieben wäre, aber es war hübsch anzusehen, wie die Flocken im Schein der Laternen herumwirbelten. Der Anblick beruhigte sie ein wenig.
»Hast du einen Heiratsantrag von Locke mit nach Hause

gebracht?«, erkundigte sich Sherman, als er eine der Lampen auf seinem Tisch entzündete.

Ophelia schloss die Augen, ehe sie antwortete. »Ist es das, worauf du gehofft hattest?«

»Gehofft? Nein! Erwartet? Ja! Das wäre die einzig passable Möglichkeit, um die *zweite* aufgelöste Verlobung mit Duncan MacTavish wiedergutzumachen.«

Er hatte mit lauter Stimme gesprochen, um seinen Standpunkt zu untermalen. Ophelia blieb unverändert am Fenster stehen, drehte sich nicht zu ihm um. Wie oft war sie hierhergekommen, in der Hoffnung, er würde ihr einen Funken Aufmerksamkeit schenken. Oft war ihr gar nicht aufgefallen, dass er gar keine Zeit für sie erübrigt hatte. Es war schon eigenartig, dass Kinder bestimmte Dinge als selbstverständlich erachteten, wie zum Beispiel die Liebe der eigenen Eltern.

»Raphael Locke ist ein Draufgänger«, hob sie mit gelangweilter Stimme an. Damit hätte das Thema beendet sein können, doch so leicht würde Ophelias Vater nicht aufgeben.

»Ist er das?«

Genau, wie sie es sich gedacht hatte. Diese Information ließ ihn kalt. Selbst wenn Raphael den schlechtesten Ruf im ganzen Land genoss, hätte ihr Vater nichts gegen ihren Besuch bei ihm einzuwenden gehabt. Der Titel war alles, was ihn interessierte.

»Dementsprechend verspürt er kein gesteigertes Interesse daran, mit mir oder einer anderen vor den Altar zu treten.« Sie drehte sich um, damit sie die Reaktion ihres Vaters studieren konnte. »Wenn mich nicht alles täuscht, meinte er, er werde keinesfalls noch in diesem Jahrhundert heiraten.«

»Blödsinn. Wenn es jemand schafft, die Haltung eines Mannes zu ändern, dann du.«

Das war ein Kompliment – wenn auch ein recht verschrobenes. Ophelia wünschte sich, sie könnte es als solches betrachten, fühlte sich aber stattdessen beleidigt.

Sie hatte nicht vor, ihn wissen zu lassen, wie sehr sie sich mit Zähnen und Klauen gegen die Einladung gestemmt hatte und dass sie mehr oder weniger von Raphael in die raue Landschaft Northumberlands verschleppt worden war. Zum einen würde es ihn nicht kümmern, zum anderen war dieser Umstand längst kein Thema mehr für sie. Sie hatte dem unfreiwilligen Ausflug mehr abgewonnen, als sie sich je hatte erträumen lassen. Und dass sie in Gegenwart ihres Vaters noch nicht explodiert war, war ein erstklassiges Beispiel für den Erfolg von Rafes Intervention.

»Ist er wenigstens in dich verliebt, wie all die anderen?«, wollte Sherman wissen.

»Nein, aber wir sind in gewisser Weise Freunde geworden.«

»Soll das heißen, er hat nicht versucht, sich an dich heranzumachen? Ein stadtbekannter Draufgänger, der nicht einmal versucht hat, dich zu verführen?«

Ophelia errötete und spürte, wie Wut in ihr aufstieg. »Du wusstest also davon, dass er ein Draufgänger ist, und hast trotzdem erlaubt, dass ich ihm und seiner Familie einen Besuch abstatte?«

»Natürlich habe ich das gewusst. Er ist das Beste, was England derzeit an Junggesellen zu bieten hat. Und jetzt raus mit der Sprache. Warum ist er dir durchs Netz gegangen?«

Der Versuch, ihn in die Defensive zu drängen, hatte nicht gefruchtet. Um jemanden in die Ecke zu drängen, musste er oder sie einen Funken Schuldbewusstsein in sich tragen. Nicht so ihr Vater. Ihre Ungehaltenheit drohte allmählich außer Kontrolle zu geraten.

»Vielleicht, weil ich ihn mir gar nicht angeln wollte.«

»Hast du jetzt vollkommen den Verstand verloren?«

Ophelia durchmaß den Raum, stellte sich vor den Schreibtisch, stützte sich mit den Händen ab und funkelte ihn an.

»Nein, ich habe vielmehr das Gefühl, ihn endlich einzusetzen. Möchtest du wahrhaftig wissen, warum ich ihn nicht in die engere Wahl ziehe? Ja, er ist attraktiv, betucht und trägt einen Titel. Er bringt alles mit, was sich eine Frau wünschen kann. Aber es gibt da eine Winzigkeit, weshalb er für mich nicht infrage kommt.«

»Und die wäre?«

»Dass du dir nichts sehnlicher wünschst, als dass er dein Schwiegersohn wird. Nachdem du mich mehr oder weniger den Wölfen in Yorkshire zum Fraß vorgeworfen hast, bin ich nicht länger geneigt, *dich* mit meiner Hochzeit glücklich zu machen. Überrascht dich das?«

Er erhob sich und funkelte sie nicht minder düster an. »Dass du eine halsstarrige und rachsüchtige Tochter bist? Nein, das überrascht mich nicht im Geringsten. Eines lass dir gesagt sein, du *wirst* ihn heiraten. Es ist mir einerlei, wie du ihn dazu bringst, mit dir vor den Altar zu treten, Hauptsache, er tut es. Oder ich werde Letzteres selbst in die Hand nehmen.«

Es hatte keinen Sinn, ihm vor Augen zu führen, dass es hier um *ihr* Leben und nicht um das seine ging. Das wusste sie aus Erfahrung. Wutschnaubend stapfte sie aus dem Arbeitszimmer. Da sie viel zu aufgewühlt war, um sich wieder unter die Gäste zu mischen, fand sie sich stattdessen im Esszimmer wieder.

Rafe war noch immer hier, er hatte sich gerade erhoben, um seinen leeren Teller wegzubringen. Die anderen beiden hatten den Raum bereits verlassen. Ophelia war sich nicht sicher, ob ihre Anwesenheit sie daran gehindert hätte zu tun, was sie nun tat, zumal sie handelte, ohne nachzudenken. Sie lief schnurstracks auf Rafe zu und gab ihm einen Kuss, der es in sich hatte.

Er hatte seine Überraschung gut im Griff. Genauer gesagt erwiderte er fast sofort ihren Kuss und ließ den Teller auf den Tisch fallen, damit er die Hände frei hatte und sie an sich ziehen konnte. Mehr bedurfte es nicht, und ihre Wut schmolz förmlich dahin. An ihre Stelle rückte augenblicklich Leidenschaft. Flammende Leidenschaft, die intensiver wurde, als er an ihrer Zunge sog, die sie ihm mutig in den Mund geschoben hatte. Als seine Hand ihre Pobacke umfing und sie gegen sein geschwollenes Gemächt drückte, brannte sie lichterloh.

Es war unglaublich, welche Gefühle dieses Mannsbild in ihr wachrief. Wut, Leidenschaft, Zärtlichkeit, Freude. Und natürlich Aufregung. Er war Segen und Fluch zugleich. Wie hatte sie nur zulassen können, dass er einen so wichtigen Teil in ihrem Leben spielte? Hatte sie sich womöglich in ihn verliebt, ohne dass es ihr bewusst war?

Er küsste sie begierig, streichelte ihr den Rücken, sodass sie sich einige Augenblicke lang in den wohligen Schauern verlor, die sie ergriffen – bis ihr bewusst wurde, dass sie keinen schlechteren Ort zum Austausch von Zärtlichkeiten hatte wählen können. Die Flügeltüren standen sperrangelweit offen. Dutzende von Menschen liefen den Flur entlang. Gott weiß wer könnte sie sehen.

Von jetzt auf gleich riss Ophelia sich los. Das Herz schlug ihr bis zum Hals, ihre Wangen standen in Flammen, und ihre Lippen fühlten sich geschwollen an, vermutlich waren sie es auch. Sie hatte Angst, man könnte ihr ansehen, dass sie gerade voller Leidenschaft geküsst worden war. Bei Raphael war es nicht anders. Sie hatte ihm das Haar zerzaust. Flink versuchte sie, es wieder zu richten. Was den leidenschaftlichen Ausdruck in seinen Augen betraf, dagegen konnte sie nichts unternehmen.

Er tat einen tiefen, unsteten Atemzug, ehe er das Wort ergriff: »Das kam ziemlich überraschend.«

Es dauerte einen Augenblick, bis Ophelia die Stimme wiederfand. »Das habe ich von dir gelernt«, sagte sie und meinte damit den Kuss, den er ihr seinerzeit in der Kutsche geraubt hatte. Um ihn wissen zu lassen, dass sie ihn aufzog, schob sie ein verschmitztes Grinsen hinterher.

»Kann es sein, dass du dich mit deinem Vater gestritten hast?«

»Woher weißt du das?«, antwortete sie trocken.

Zärtlich fuhr er mit dem Finger über ihre Wange. »Wie wäre es, wenn du dafür sorgst, dass heute Nacht der Seiteneingang unverschlossen bleibt?«

Die Vorfreude auf das, was er andeutete, lähmte sie fast. »Mal sehen, vielleicht«, hauchte sie.

Während sie nach oben hastete, um sich frisch zu machen, wusste sie bereits, dass sie seinem Wunsch nachkommen würde.

Kapitel einunddreißig

Als Ophelia am nächsten Tag aufstand, war es bereits Mittag. Sie hatte nicht vorgehabt, so lange zu schlafen, wenngleich sie Sadie aufgetragen hatte, sie unter keinen Umständen zu wecken. Schließlich hatte sie gedacht – gehofft –, sie würde einen nächtlichen Besucher haben, der bis in die Morgenstunden bei ihr blieb. Vor dem Zubettgehen hatte sie noch einem Bediensteten aufgetragen, man möge ihr Pferd satteln, damit sie am Morgen einen Ausritt in den Hyde Park unternehmen konnte. Als passionierte Reiterin hatte sie es während ihres Aufenthalts auf Alder's Nest vermisst, die Welt aus dem Sattel an sich vorbeiziehen zu sehen. Für gewöhnlich ritt sie mehrere Male in der Woche aus.

Doch sie hatte verschlafen, und jetzt war es zu spät, um auszureiten. Um fünf Uhr in der Früh hatte sie das letzte Mal auf ihre Uhr gesehen. Die ganze Nacht lang hatte sie darauf gewartet, dass Rafe sich ins Haus schlich und sich zu ihr gesellte. Eine geschlagene Stunde hatte sie an der Tür nach seinen Schritten gelauscht. Welch ein dummes Ding sie doch war. Er war nicht gekommen.

Vermutlich war ihm aufgegangen, dass es zu gefährlich war. Oder er war nicht gekommen, weil er sich nach ihrer Bemerkung, dass sie die Tür nur vielleicht unverschlossen ließe, nicht sicher war, ob sie seiner Bitte nachkäme. Sie hätte sich nicht so vorlaut geben dürfen. Auf der anderen Seite konnte es genauso gut sein, dass er es gar nicht ernst gemeint hatte. Schließlich hatte er den Vorschlag in den Raum geworfen, nachdem sie über ihre Wut gesprochen hatte, die sich bereits durch den Kuss in Luft aufgelöst hatte. Ja, vermutlich hatte er sich nur einen Scherz erlaubt, und sie hatte es zugelassen, dass er Hoffnung in ihr schürte.

Ophelia tapste zum Fenster und zog die teuren lavendelfarbenen Vorhänge zurück. Der Duft der beiden Rosen, die man ihr auf den Schreibtisch unterhalb des Fensters gestellt hatte, stieg ihr in die Nase. Ihre Mutter nannte weder ein Gewächshaus noch einen Garten ihr Eigen, und dennoch gelang es ihr während der Wintermonate immer wieder, das Haus mit frischen Blumen auszustaffieren.

Ophelia hatte ein hübsches Zimmer, dafür hatte ihre Mutter gesorgt. Ob Teppich, Vorhänge, Tapeten oder Tagesdecke, alles erstrahlte in Rosé und Lavendel, die gut zum dunklen Kirschbaumholz passten. Selbst die Beine des Waschtischs verbargen sich hinter einem pinkfarbenen Samtvorhang. Sie hatte sogar ein eigenes Ankleidezimmer, in dem sich ihre umfangreiche Garderobe befand.

Ein Blick aus dem Fenster genügte, um zu wissen, dass es in der vergangenen Nacht kaum geschneit hatte. Ihr Zimmer ging zur Straße hinaus. Wenn die Fenster geschlossen waren, weckte der Verkehr sie so gut wie nie auf. Der Mann, der gerade am Haus vorbeiritt, erinnerte sie daran, dass sie sicherstellen musste, dass ihre Stute in den Stall zurückgebracht wurde. Augenblick mal, sie kannte den Reiter. Ihr Herz machte einen Satz. Rafe! Da, jetzt verlangsamte er sogar den Schritt des Pferdes, um sich ihr Elternhaus zu besehen.

Ophelia winkte ihm zu, doch er sah sie nicht, hatte den Blick auf die unteren Fenster gerichtet. Im nächsten Augenblick ritt er weiter. So hastig wie noch nie in ihrem Leben zog Ophelia sich an und eilte nach unten, in der Hoffnung, dass ihr Pferd noch draußen stand. Sie hatte Glück, und auch ihre Eskorte war noch zugegen. Für gewöhnlich wurde sie von einem Bediensteten namens Mark begleitet. War sie nicht gerade am Fuß der Treppe an ihm vorbeigelaufen?

Sogleich kam er zur Tür und sagte: »Ich bin sofort bei Ihnen, Lady Ophelia, ich muss nur schnell meinen Mantel holen.«

»Sei so nett und hilf mir erst«, erwiderte Ophelia und fügte hinzu, sobald sie im Sattel saß: »Ich werde am Eingang des Parks auf dich warten. Beeil dich.«

Als er sich daraufhin in Ermahnungen erging, sie möge doch lieber auf ihn warten, tat Ophelia, als hätte sie ihn nicht gehört.

Das prickelnde Gefühl, das sie den Großteil der Nacht um den Schlaf gebracht hatte, war der Grund dafür, dass sie sofort losgaloppierte. Mit ein wenig Glück würde sie Rafe einholen. Mit viel Glück würde er ein neues Stelldichein ohne Missverständnisse vorschlagen.

Doch Ophelia sollte enttäuscht werden. Sie ließ selbst die Seitenstraßen nicht aus, konnte Rafe aber nirgends entdecken. Offenbar hatte sie zu viel Zeit mit dem Ankleiden verloren. Missmutig blieb sie am Eingangstor des Parks stehen, um wie versprochen auf Mark zu warten.

Sie hatte sich nicht die Zeit genommen, in eines ihrer Reitgewänder zu schlüpfen, sondern hatte sich das erstbeste Kleid geschnappt, in dem sie für gewöhnlich nie das Haus verließ, weil es zu dünn war. Der Schal, den sie geistesgegenwärtig mitgenommen hatte, entpuppte sich als Enttäuschung, bedeckte er doch nicht einmal ihren Ausschnitt in seiner Gänze. Da ihr Mantel nicht an seinem angestammten Platz gehangen hatte, hatte sie sich blitzschnell für einen Umhang entschieden. Das lose Haar hatte sie aus Ermangelung an Zeit einfach unter eine Fellmütze gestopft.

Immerhin hielt das Cape ein wenig Kälte ab, während sie über ihr unbedachtes Verhalten nachdachte. Sie täte besser daran, auf der Stelle umzukehren. Wenn jemand sah, wie sie angezogen war, würde er oder sie schnell zu der Überzeugung kommen, sie hätte nicht mehr alle Tassen im Schrank. Auf der anderen Seite war es heute recht mild und windstill. Daran gemessen, dass es Winter war, war das Wetter fast schön zu nennen. Ein perfekter Tag für einen Ausflug im Sattel. Schade, dass sie nicht entsprechend gekleidet war.

Ophelia meinte, Mark in der Ferne auszumachen. Sie entschied, ihm den Rest des Weges zu ersparen, da sie ohnehin wieder nach Hause reiten würden. Gerade als sie das Pferd wendete, näherte sich ihr jemand von hinten.

»Lust auf einen kleinen Ausritt in den Park?«

Wo, zum Teufel, kommt er denn jetzt auf einmal her?, schoss es ihr durch den Kopf, ehe sie mit »Ja« antwortete und die Stute abermals wendete.

Rafe sah sie voller Neugierde an, vermutlich, weil eine ihrer unbedeckten Hände den Umhang zuhielt. Doch das genügte nicht, um die Seide und die Rüschen daran zu hindern, unter dem Wollstoff hervorzulugen.

Raphael kommentierte ihre Aufmachung nicht, sondern sagte lediglich: »Irgendwie habe ich mir dich nie auf einem Pferd vorstellen können, Phelia. Du überraschst mich immer wieder.«

»Warum? Ich reite sogar sehr gern, falls es dich interessiert.«

»Ja, aber ...« Raphael hielt inne und lachte leise. »Das liegt vermutlich an dem makellosen Bild von dir, das ich noch immer in mir trage. Du weißt schon, mit einer Frisur, bei der jedes Haar dort ist, wo es hingehört. Keine Falte im Kleid und vor allem kein Pferdegeruch, der an dir haftet.«

Sie teilte seine Belustigung, indem sie ebenfalls schmunzelte. »Das solltest du so schnell wie möglich wieder ablegen. Vergiss nicht, wir haben uns schon im Schnee gewälzt, ganz zu schweigen von dem anderen. Meine Frisur war völlig ruiniert, nachdem wir ...«

Ophelia beendete ihre Ausführungen mit einem leisen Seufzen, woraufhin ein hungriges Leuchten in Raphaels Augen trat. Es war unschicklich und gedankenlos von ihr, ihn an die Geschehnisse im Salon zu erinnern, zumal sie es jetzt geschafft hatte, das Bild von seinem zerzausten Haar und dem leidenschaftlichen Ausdruck in seinen Augen nach dem sinnlichen Liebesspiel heraufzubeschwören. Bei Gott, dies war der letzte Ort, an dem sie Gefühle der Leidenschaft schüren sollte. Vielleicht war es doch keine so schlechte Idee, ein wenig auszureiten.

»Lust auf ein Rennen?«, platzte es aus ihr heraus, gerade als Mark zu ihnen stieß. Der Bedienstete hatte ihre Worte vernommen und wollte gerade Einspruch erheben, als sie im Galopp in den Park ritt. Sie hatte nicht nur Mark, sondern auch Rafe auf dem falschen Fuß erwischt, der in Gedanken noch immer im Salon von Alder's Nest weilte. Mit einem schnellen Blick über die Schulter erkannte sie, dass es einen Augenblick gedauert hatte, bis er sich in Bewegung gesetzt hatte, und sie freute sich diebisch über den beträchtlichen Vorsprung. Durch ihren Blitzstart hatte sie zwar ihre Fellmütze eingebüßt, dachte aber nicht im Traum daran umzukehren. So etwas gehörte sich nicht bei einem Rennen, und außerdem wollte sie ja gewinnen.

Wie ein aufgeregter Vogel flatterte der Umhang um sie herum. Vor lauter Aufregung, dass sie ein Rennen ins Leben gerufen hatte, nahm sie die kalte Luft, die sie umwirbelte, kaum wahr. Ein Ende des Schals hatte sich gelöst und dem Diktat des Windes unterworfen. Um ihn nicht auch noch zu verlieren, hielt sie ihn fest. Ihr Umhang, der Schal und ihr Haar, alles wirbelte wild um sie herum. Doch es war ihr einerlei. Sie gab ihrer Stute die Sporen, um sie zu einem noch schnelleren Galopp anzutreiben.

Ophelia hatte sich für den nördlichen Pfad entschieden, da der Park aber fast menschenleer war, galoppierte sie über die Wegkreuzung mit der sogenannten Serpentine hinweg. Der nördliche Weg verlief am Rande des Parks und führte an einem großen See vorbei, ehe er sich selbst wieder kreuzte. Er war wesentlich länger als das südliche Gegenstück, das sie so gut wie nie nahm. Rafe kam stetig näher, wurde ihr aber noch nicht gefährlich. In der Ferne konnte sie bereits das Bootshaus erkennen. Vielleicht würde sie sogar Schlittschuhläufer sehen ...

Plötzlich riss es Ophelia aus dem Sattel. Zum Glück schlug sie nicht allzu hart auf dem Boden auf. Es dauerte einen Augenblick, bis Ophelia erkannte, warum das Pferd gescheut hatte. Eine Schlange kreuzte ihren Weg, und sie konnte von Glück reden, dass sich das Pferd auf die Hinterbeine gestellt hatte und sie nicht kopfüber aus dem Sattel geschleudert worden war. Es war ihr unverständlich, wie ein so großes Tier vor einer winzigen und harmlosen Schlange Angst haben konnte.

Gerade als Ophelia einige Mal tief durchgeatmet und sich auf die Ellbogen gestützt hatte, sprang Rafe regelrecht aus dem Sattel und fiel so schnell auf die Knie, dass er ein Stück schlitterte.

»Gütiger Gott, du hast mich zu Tode erschreckt!«, rief er aufgeregt.

»Mir geht es gut«, versicherte sie ihm hastig.

»Dann kannst du von Glück reden. Man sollte deinen Vater erschießen, weil er dir ein so nervöses Pferd gekauft hat.«

»Er hat sie nicht ausgesucht, das war ich. Monatelang habe ich ihm in den Ohren gelegen, bis er mir die Stute gekauft hat. So funktioniert das nun mal zwischen ihm und mir. Ich nörgle, bis er nachgibt, weil er seine Ruhe haben will. Wenn mich nicht alles täuscht, hat er sich das Pferd noch nicht einmal angesehen.«

»Wie dem auch sei ...«

»Wirklich, mir geht es gut. Sei so nett, und hilf mir auf, dann ...«

Raphael zog sie in den Stand, und ehe sie es sich versah, raubte er ihr einen leidenschaftlichen Kuss und tastete nach ihrem Gesäß, um sanft die Stelle zu massieren, auf die sie gefallen war. Ophelia entfuhr ein wohliges Stöhnen. Ihr war, als stellten sein langsames, sinnliches Streicheln und der leidenschaftliche Kuss ihren Magen auf den Kopf, und sie meinte, keine Luft mehr zu bekommen.

Doch dann ließ er unverhofft von ihr ab. Um ein Haar hätte sie das Gleichgewicht verloren. Dann drehte er sich um, damit er sie nicht mehr ansehen musste, und Ophelia klopfte sich den Dreck von den Kleidern.

»Ich hoffe, dass du nicht immer in diesem Aufzug reiten gehst«, schalt er sie, als er sich daranmachte, die Zügel der Pferde einzufangen.

»Nein, natürlich nicht.«

Sobald er sich wieder einigermaßen gefangen hatte, warf er ihr einen hastigen Blick zu. »Und wieso hast du dich ausgerechnet heute für Seide und Spitze entschieden?«

»Nun, ich war in …« Sie hielt inne, um nach einer Entschuldigung zu suchen, damit sie nicht zugeben musste, dass sie ihm nachgeeilt war. »Weißt du was, im Grunde geht dich das gar nichts an«, sagte sie streng.

»Wie du meinst«, antwortete er achselzuckend. »Aber ich schlage vor, du reitest auf direktem Weg nach Hause.«

»Genau das habe ich auch vor.«

Raphael half ihr zurück in den Sattel. Dazu hätte er seine Hände an diversen Stellen ihres Körpers platzieren können, doch es gelang ihm, sie nicht noch einmal zu berühren. Er verhielt sich ziemlich unpersönlich, zu unpersönlich. Allerdings befanden sie sich in einem öffentlichen Park, wenngleich sich nur wenige Zeitgenossen hierher verirrt hatten, die sich noch nicht einmal in unmittelbarer Nähe befanden. Nur zu gern hätte Ophelia gewusst, warum er in der Nacht nicht gekommen war, fand es aber unangemessen, ihn darauf anzusprechen. Zumal er den Anschein machte, dass ihm nicht der Sinn danach stand, darüber zu reden. Und außerdem hatte Mark mittlerweile zu ihnen aufgeschlossen. Da er sich – wie immer – so weit im Hintergrund aufgehalten hatte, war ihm ihr Sturz entgangen. Hin und wieder ritt sie in gemäßigtem Tempo, weil er kein sonderlich guter Reiter war. Darüber hinaus hatte sein Ross nicht den Hauch einer Chance, mit ihrem Vollblüter mitzuhalten. Aber für gewöhnlich entschied sie sich für einen gestreckten Galopp und wartete anschließend darauf, dass er sie einholte.

»Vielen Dank für das Rennen«, sagte sie, an Rafe gewandt, ehe sie grinsend hinzufügte: »Ich liebe es, wenn ich gewinne.«

»Genau wie ich«, antwortete er nicht minder verschlagen. »Eines Tages tragen wir ein ordentliches Rennen aus, und dann wirst du merken, dass du keine Chance gegen mich hast.«

Ophelia lachte. »Darauf würde ich an deiner Stelle nicht wetten. Was glaubst du, warum es mich zwei Monate gekostet hat, in den Besitz dieser Stute zu kommen? Ihr Vater war ein preisgekröntes Rennpferd. Deshalb hat sie auch eine Stange Geld gekostet.«

»Du wolltest sicherstellen, dass du jedes Rennen gewinnst, habe ich recht?«

»Natürlich!«

»In dem Fall werde ich wohl ihren Vater kaufen müssen.«

Aus irgendwelchen Gründen musste Ophelia für den Rest des Heimwegs bis über beide Ohren grinsen.

Kapitel zweiunddreißig

Raphael kehrte zu seinem Haus in der Grosvenor Street zurück, die sich östlich des Platzes mit ebendiesem Namen befand. Er wohnte in einem völlig anderen Stadtteil und hatte an und für sich keinerlei Veranlassung gehabt, bei Ophelia vorbeizureiten.

Er war so in seine Gedanken vertieft, als er das Haus betrat, dass er den Besucher, der leger im Türrahmen des Salons gelehnt stand, gar nicht bemerkte. Ophelias Anblick schwirrte ihm noch immer im Kopf herum und ließ ihn nicht mehr los. Wie sie ihn angelacht hatte, als es ihr die Mütze vom Kopf gerissen hatte. Wie ihr Haar fächerartig um ihren Kopf gelegen hatte und wie sie sich mit einem leicht verdrießlichen Gesichtsausdruck auf die Ellbogen gestützt hatte, nachdem sie vom Pferd gefallen war. Voller Entzückung hatte sie darauf reagiert, dass er sich um ihre wunden Stellen gekümmert hatte.

Hinzu kamen die Erinnerungen an den vorigen Abend. Der sinnliche Ausdruck auf ihrem Antlitz, nachdem sie ihn im Speisezimmer geküsst hatte. Nein, daran durfte er nicht denken, genauso wie an seine Versuchung, sich in ihr Elternhaus zu schleichen, nachdem sämtliche Lichter verloschen waren. Er hatte doch tatsächlich in der Kälte hinter dem Haus gestanden und das Für und Wider abgewogen, bis er zu dem Entschluss gekommen war, es lieber nicht auszuprobieren, ob die Hintertür tatsächlich entriegelt war. Später in seinem Bett hätte er sich dann ohrfeigen können, weil er es nicht einmal versucht hatte.

Er hätte nichts lieber getan, als sich ein weiteres Mal mit ihr zu vereinen, aber es war einfach keine sonderlich gute Idee, jetzt, wo sie wieder zu Hause war. Sie musste einen Ehemann finden. Das war das erklärte Ziel seines Experiments gewesen. Ihm lag viel daran, dass sie ein glückliches Leben führte – mit jemandem anderem. Und genau diese Vorstellung irritierte ihn zunehmend.

Das Räuspern riss ihn aus den Gedanken und lenkte seinen Blick in Richtung Salon, wo ein hochgewachsener Mann in einem Kilt stand. »Duncan! Warum, zum Teufel, hast du denn nicht gesagt, dass du nach London kommst? Wir hätten doch zusammen reiten können.«

»Weil mir das erst später klar geworden ist«, antwortete sein Freund. »Sabrinas Tanten haben darauf bestanden, dass wir nach London reisen. Sie wollen eine besondere Spitze für den Brautschleier kaufen, die sie nur hier bekommen.«

»Und du begleitest die Damenriege?«

Duncan schnaubte. »Das wäre die perfekte Gelegenheit gewesen, ein paar Tage mit Sabrina allein zu verbringen, aber nein, sie haben sie einfach mitgeschleppt, und ich wollte sie auf gar keinen Fall in dieser verruchten Stadt allein wissen.«

»Was London angeht, muss ich dir leider widersprechen, nicht alles an dieser Stadt ist verrucht«, sagte Raphael mit einem Feixen. »Bei Sabrina stimme ich dir allerdings voll und ganz zu. Wenn ich eine Verlobte hätte, würde ich sie auch nicht aus den Augen lassen.«

Duncan hob eine Augenbraue. »Spielst du etwa mit dem Gedanken, dich zu binden?«

»Wie kommst du denn darauf?«

Duncan lachte. »Weil du gerade sagtest, du würdest ...«

»Ich habe nichts weiter getan, als dir zuzustimmen. Wenn mich nicht alles täuscht, ist dies dein erster Besuch in der Stadt, nicht wahr?«

»Mein erster und mein letzter, wenn es nach mir geht.«

»Wie lange wirst du bleiben?«

»Die Damen haben bereits gefunden, wonach sie gesucht haben. Sie sind schon wieder im Hotel. Wir werden morgen in aller Früh abreisen.«

»So schnell? Wenn du schon mal hier bist, solltest du dir die Zeit nehmen, die Stadt ein wenig näher kennenzulernen. Was hältst du davon, wenn ich dir heute das Nachtleben zeige? Betrachte es als eine Art Junggesellenabschied.«

»Das ist ein Grund zum Feiern, nicht zum Trauern«, entgegnete Duncan gut gelaunt. »Hätte nie gedacht, dass ich es mal kaum erwarten kann, vor den Altar zu treten. Drei verflucht lange Wochen muss ich noch warten. Aber nein, ohne mein Mädchen gehe ich nicht aus.«

Raphael seufzte. »Wenn das so ist, finde ich bestimmt eine Festivität, bei der es nicht so wild zugeht, dann können die Damen mitkommen. Warte einmal ...« Er hielt inne, um den Diener zu rufen, den er am Morgen losgeschickt hatte, um das Haus der Reids zu observieren. »Simon, bist du schon wieder zurück?«

Der Diener steckte den Kopf durch eine Tür am Ende des Flurs. »Ja, Mylord.«

»Was hast du herausgefunden?«

»Dass sie bezüglich des Abendprogramms noch keinerlei Entscheidung getroffen haben.«

»Dann ab mit dir auf deinen Posten, bis du mehr weißt. Ich kann mir nicht vorstellen, dass sie den Abend allein im stillen Kämmerlein verbringt. Früher oder später wird sie sich für eine der vielen Festivitäten entscheiden.«

»Wer denn?«, wollte Duncan wissen.

»Ophelia. Apropos, du schuldest mir noch hundert Pfund«, sagte Raphael grinsend.

»Den Teufel tue ich«, erwiderte Duncan. »Wir haben darum gewettet, dass sie sich ändert, und soweit ich weiß, ist sie ...«

»Das hat sie«, riss Raphael das Wort an sich. »Am besten, du machst dir selbst ein Bild davon. Mein Diener wird herausfinden, welchen Gastgeber sie heute Abend mit ihrer Anwesenheit beehrt, und ich werde dafür sorgen, dass wir ebenfalls dort eingeladen sind, Sabrinas Tanten eingeschlossen.«

»Ist das dein Ernst? Was lässt dich glauben, dieses Biest hätte sich gebessert?«

»Weil ich die letzte Woche gemeinsam mit ihr verbracht habe.«

»Hast du das?«, erwiderte Duncan skeptisch.

»So glaube mir doch, wenn du erst einmal ein wenig Zeit mir ihr verbringst, wirst du sehen, dass ich recht habe. Sie ist durch und durch ein wunderbarer Mensch.«

Duncan lachte herzhaft los. »Du willst mich wohl auf den Arm nehmen. Wie hast du dieses Wunder denn vollbracht? Hast du sie entführt und sie kräftig durchgeschüttelt?«

»So ähnlich«, antwortete Raphael ausweichend und mit einem verschlagenen Grinsen. »Am besten, du überzeugst dich selbst von ihrem Sinneswandel. Unterhalte dich heute Abend mit ihr, und du wirst schon sehen. Mit ein wenig Glück entschuldigt sie sich sogar bei dir, auch wenn sie nicht das Gefühl hat, dir Unrecht getan zu haben. Aber ich verwette meinen Hut darauf, dass sie sich bei Sabrina entschuldigen wird, wenn sie mitkommt. Phelia macht sich wegen ihres Verhaltens deiner Verlobten gegenüber große Vorwürfe.«

»Na gut, dann will ich mich mal überraschen lassen. Würde mich aber schon interessieren, wie du das ohne Rohrstock angestellt hast.«

»Ich habe nichts weiter getan, als ihr die Augen zu öffnen und ihr klarzumachen, wie andere ihr Handeln empfinden. Am besten, du fährst zurück in dein Hotel und sagst deinen Damen, sie sollen sich schon mal fertig machen. Sobald ich Näheres weiß, lasse ich euch eine Nachricht zukommen, in der alles Weitere steht.«

Kapitel dreiunddreißig

Mary klopfte an Ophelias Tür, öffnete sie einen Spaltbreit und steckte den Kopf ins Zimmer. »Und, hast du dich schon entschieden, Liebling?«

Ophelia saß an ihrem kleinen Schreibpult und starrte gedankenverloren vor sich hin, statt sich durch den Berg von Einladungen durchzuarbeiten, den ihre Mutter ihr unmittelbar nach dem Ausritt in die Hand gedrückt hatte. Fünf davon waren erst am selbigen Morgen eingetroffen. Nach dem Willkommensfest am Vorabend hatte sich schnell herumgesprochen, dass sie wieder in der Stadt weilte, und es gab zahlreiche Gastgeberinnen, die ihre Popularität ausnutzen wollten. Schließlich war ihre Anwesenheit ein Garant dafür, dass die Festlichkeit ein Erfolg wurde.

Ophelia war gerade dabei gewesen, die Einladungen durchzusehen, als ihre Gedanken bei Rafe hängen geblieben waren. Nach kurzer Überlegung hatte sie eine Entscheidung getroffen. »Lady Wilcotts Ball wird bestimmt schön.«

»Eine gute Wahl, mein Kind. Ich werde deinen Vater davon in Kenntnis setzen.«

»Nein, bitte nicht. Mir wäre es lieber, wir beide gingen dorthin. Würdest du mir den Gefallen tun? Bitte?«

»Du weißt, wie gern ich das täte, aber dein Vater wird das nicht zulassen. Er meint, ich würde ihn zu sehr ablenken, wenn ich mitkäme.«

Ophelia ballte im Geiste die Faust. Wie »nett« von ihm, seine Abneigung dagegen, dass ihre Mutter sie begleitete, in ein Kompliment zu verpacken.

»Und ich dachte, du hättest einfach nur keine Lust«, sagte Ophelia stattdessen. »Ich weiß ja, dass du lieber selbst in die Rolle der Gastgeberin schlüpfst. Was ist, wenn wir es ihm gegenüber einfach nicht erwähnen? Du könntest ihm doch eine Nachricht hinterlassen.«

Mary lächelte. »Die Idee gefällt mir. Sein anschließendes Donnerwetter dürfte uns sicher sein, aber das ist es allemal wert. Endlich ein Abend, an dem nur wir beide etwas unternehmen. Mein Gott, wie ich mich darauf freue!«

Ophelia lächelte, nachdem ihre Mutter sie wieder allein gelassen hatte. Auf einmal machte sich Freude in ihrer Brust breit. Seit ihrem letzten Einkaufsbummel vor der Saison war eine halbe Ewigkeit ins Land gegangen, und auch ihr letzter gemeinsamer Theaterbesuch lag Monate zurück.

Doch es gab noch einen weiteren Grund, warum Ophelia vor lauter Aufregung Bauchschmerzen bekam, während Sadie ihr beim Anziehen behilflich war. Es hatte jedoch nichts damit zu tun, wie hübsch sie in ihrem puderblauen Ballkleid aussah, das ihrem blonden Haar, dem hellen Teint und den blauen Augen schmeichelte. Das Kleid, für das sie sich entschieden hatte, war mit silberfarbener Biese verziert. Die dünne Silberkette, die ihren schlanken Hals schmückte, ließ ihre strahlend blauen Augen eine Nuance dunkler wirken.

Das Leuchten, das sie heute spazieren führte, rührte jedoch von der Vorfreude auf Rafe her. Sie hatte das unbestimmte Gefühl, dass er ebenfalls dort sein würde.

Das war auch der Grund, warum sie nach ihrer Ankunft bei den Wilcotts fieberhaft nach ihm Ausschau hielt. Als sie den geräumigen Ballsaal betrat, wurde es schlagartig still. Früher hatte sie große Auftritte geliebt, heute war es ihr eher unangenehm. Zumal sie sich nichts sehnlicher wünschte, als Rafe inmitten der Gäste zu entdecken. Schnell wurde ihr jedoch bewusst, dass er nicht da war. Doch noch gab sie die Hoffnung nicht auf.

»Es wäre gelogen, wenn ich sagte, ich hätte mich nicht gefreut, wenn Sie mit Ihrer Rückkehr bis nach meiner Hochzeit gewartet hätten.«

Ophelia schoss herum und sah, dass Amanda Locke ihr gefolgt war. Obwohl sie ein wenig sauertöpfisch dreinblickte, sah sie wunderhübsch aus. Bei der Rubinkette, die gut mit ihrem dunkelrosafarbenen Ballkleid harmonierte, handelte es sich vermutlich um ein Erbstück, das ihr für die Dauer der Saison zur Verfügung gestellt worden war. Mit einem Mal wünschte Ophelia sich, sie hätte auch den Rest von Raphaels Familie kennengelernt.

»Hallo, Amanda«, begrüßte Ophelia sie lächelnd. »Hat Ihr Bruder Sie begleitet?«

»Nein«, murmelte Amanda. »Ich weiß, dass er gestern Abend zurückgekommen ist, aber ich habe ihm absichtlich keinen Besuch abgestattet. Wie der Zufall es will, spreche ich nach wie vor nicht mit ihm.«

»Grollen Sie ihm nicht zu sehr. Männer reden nun mal nicht gern über alles. Ich bin überzeugt davon, dass Sie auch das eine oder andere Geheimnis haben, das Sie vor ihm verstecken.«

»Nein ... nun ja, vielleicht doch«, antwortete Amanda verlegen und errötete. »Schon gut, schon gut, ich habe verstanden, worauf Sie hinauswollen.«

»Gut. Und seien Sie bitte nicht eifersüchtig auf mich, Amanda. Wenn Sie mir verraten, auf wen Sie ein Auge geworfen haben, verspreche ich Ihnen, ihn unsanft abblitzen zu lassen.«

»Warum würden Sie das für mich tun?«

»Warum nicht? Auch wenn Sie es mir vielleicht nicht glauben, aber im Grunde ist es mir unangenehm, dass mir so viele Männer zu Füßen liegen. Das bringt nichts als Ärger mit sich. Davon abgesehen kann ich ja nicht alle von ihnen heiraten.«

Amanda bedachte sie mit einem schiefen Blick, ehe sie sagte: »Das meinen Sie wirklich ernst, kann das sein?«

»Ja.«

»Zu Beginn der Saison, als Ihnen alle zu Füßen lagen, schien Ihnen das nichts auszumachen. Im Gegenteil.«
»Ich habe meinen Verehrern sogar Mut gemacht. Hauptsächlich wegen meines Vaters. Ständig habe ich ihm in den Ohren gelegen, dass ich jeden Mann haben könnte und er mich nicht mit einem Mann verloben müsse, den ich noch nicht einmal kenne.«
Amanda zuckte zusammen. »Ich weiß nicht, wie Sie das heil überstanden haben. Ich meine, bevor Sie Duncan kennengelernt und herausgefunden haben, dass er gar kein Barbar ist. Ich wäre unendlich wütend auf meine Eltern – und bis in die Haarspitzen verunsichert.«
»Vielen Dank. Es tut gut zu wissen, dass Sie ähnliche Gefühle gehabt hätten.«
»Aber selbst, nachdem Sie Duncan MacTavish getroffen haben, waren Sie nicht glücklich, stimmt's?«
Ophelia schüttelte den Kopf. »Ich vermute, manche Menschen sind einfach nicht füreinander geschaffen. Zum Glück ist uns das bewusst geworden, bevor es zu spät war.«
Da es sich nur um eine winzige Lüge handelte, die ursprünglich nicht einmal aus ihrem Munde stammte, kam sie Ophelia leicht über die Lippen. Es war kaum zu glauben, aber Amanda und sie unterhielten sich richtig gut. Nur gelegentlich wurden sie von Männern unterbrochen, die sich auf ihren Tanzkarten eintragen wollten. Zum Ende des Gesprächs hin gab Amanda zu, dass es derzeit keinen Mann gab, für den sie sich besonders interessierte.
»Ich bin mir nicht sicher, ob ich Ihnen da einen guten Rat geben kann, außer dass Sie darauf warten sollten, bis die Liebe alles Nötige von allein regelt. Rafe erwähnte, dass für Sie einzig eine Liebesheirat infrage käme.«
»Das stimmt. Kann es sein, dass es bei Ihnen nicht anders ist? Warten Sie ebenfalls auf die große Liebe?«
»Ich fürchte, meine Situation stellt sich ein wenig anders

dar. Wenn es mir nicht gelingt, in Bälde einen Gemahl zu finden, wird mein Vater sich wieder einmischen.«

»Das ist so ... antiquiert.«

Ophelia wurde warm ums Herz, als sie merkte, dass Amanda sich über ihren Vater aufregte, obwohl sie ihn gar nicht kannte. Sie war bass erstaunt. Was für einen Unterschied es doch machte, anderen freundlich entgegenzutreten. Gütiger Gott, wie viele Chancen sie wohl verspielt hatte, Menschen für sich zu gewinnen?

»Oh, wie wundervoll!«, rief Amanda und sah an Ophelia vorbei. »Sabrina ist hier. Sollen wir zu ihr gehen und sie begrüßen?«

Ophelia drehte sich um und erblickte die Lamberts, wie sie den Ballsaal betraten. Sie musste zweimal hinsehen, um Sabrina zu erkennen, so bezaubernd sah sie aus. Und das, obwohl sie nicht einmal ein Ballkleid trug, sondern lediglich ein lindgrünes Abendkleid. Nichtsdestotrotz strahlte sie bis über beide Ohren. Die graue Maus hatte sich in einen wunderhübschen Schmetterling verwandelt. Waren das die Auswirkungen der Liebe?

Mit jedem Schritt, den sie und Amanda sich den Lamberts näherten, schnürte es Ophelia den Hals mehr zu. Rafe hatte ihr schließlich vor Augen geführt, wie niederträchtig sie das Mädchen behandelt hatte. Eifersucht war eine Erklärung, aber keine Entschuldigung. Als sie bei Sabrina ankamen, standen Ophelia die Tränen in den Augen. Gütiger Gott, sie würde doch wohl nicht mitten in einem Ballsaal in Tränen ausbrechen, oder?

Es kostete Ophelia viel Kraft, sich im Zaum zu halten, während Amanda die Lamberts begrüßte. Sabrina wechselte einige Worte mit Rafes Schwester, doch ihr Lächeln fiel in sich zusammen, als sie Ophelia erblickte, die hinter Amanda stand. Jetzt gesellte sich noch Mary zu ihnen, die mit Sabrinas Tanten seit Urzeiten befreundet war. Als sie Amanda begrüßte, nutzte Ophelia die Gelegenheit, Sabrina in die Arme zu schließen und ihr zuzuraunen: »Ich habe dir Unrecht getan und wollte ...« Die Tränen brannten ihr immer stärker unter den Lidern. »Ich möchte mich in aller Form bei dir entschuldigen, weil ich dich wegen Duncan angelogen habe. Ich habe mich zu Mutmaßungen hinreißen lassen. Ferner war ich eifersüchtig auf dich. Und das nicht nur einmal. Ich wollte dich nur wissen lassen, dass mir das alles wirklich sehr leid tut.«

Aus Angst, jeden Moment losweinen zu müssen, flüchtete Ophelia aus dem Ballsaal, in der Hoffnung, dass niemand etwas gemerkt hatte.

Kapitel vierunddreißig

»Warum machst du ein Gesicht wie sieben Tage Regenwetter?«, fragte Duncan seine Verlobte, als er zu ihr und ihren Tanten stieß. »Sag jetzt bitte nicht, dass du mir grollst, weil ich dich mit auf einen Ball genommen habe, obwohl du kein passendes Kleid trägst.«

Sabrina streckte sich ein wenig und tätschelte ihm die Wange. »Nein, dir könnte ich niemals grollen. Es ist nur wegen Ophelia. Sie hat sich gerade bei mir dafür entschuldigt, weil sie mir nicht die Wahrheit über dich gesagt hat. Ich frage mich nur, warum sie das getan hat. Was für ein Spiel mag sie spielen?«

Duncan zuckte die breiten Schultern. »Vielleicht wollte sie Rafe nur behilflich sein, die Wette zu gewinnen.«

»Ach ja, jetzt erinnere ich mich. Die Wette, von der du erzählt hast«, sagte Sabrina und runzelte die Stirn. »Aber ich kann mir beim besten Willen nicht vorstellen, dass sie etwas vorgibt, nur um jemandem zu helfen. Das ist vollkommen untypisch für sie.«

»Wieso zweifelst du dann ihre Ehrlichkeit an?«

»Weil sie gesagt hat, sie sei eifersüchtig auf mich gewesen.«

»Und?«

»Reicht das nicht? Es kann unmöglich stimmen, dass ausgerechnet *sie* auf *mich* eifersüchtig ist.«

Duncan lachte. »Ganz einfach, Brina. Weil du wunderbar bist. Manchmal lässt sich der Ursprung von Eifersucht nicht erklären. Nur, weil sie so teuflisch hübsch ist, heißt das noch lange nicht, dass sie keine Zweifel oder Unsicherheiten plagen.«

»Jetzt verteidigst du sie auch noch?«, entgegnete Sabrina ungläubig.
»Nein. Ich frage mich nur, ob Rafe vielleicht doch ein kleines Wunder vollbracht hat.«
»Du glaubst, er hat die Wette tatsächlich gewonnen?«
»Um das herauszufinden, bin ich heute hier. Also, wo ist sie?«
Sabrina blickte nachdenklich drein. »Sie klang ziemlich aufgewühlt, als sie wie von der Tarantel gestochen aus dem Saal stürzte. Ich hielt es im ersten Moment nur für einen ihrer Auftritte. Aber vielleicht steckt in der Tat mehr dahinter.«

* * *

Raphael und Duncan waren im Korridor von einem alten Freund von Raphaels Vater aufgehalten worden. Duncan war es gelungen, sich davonzuschleichen und in den Ballsaal zu schlüpfen, während Raphael weitere zehn Minuten brauchte, um sich loszueisen, ohne dass es unhöflich wirkte. Als auch er endlich den Ballsaal betrat, hielt er erst einmal Ausschau nach seinen Freunden. Ohne dass es ihm bewusst war, suchten seine Augen ebenfalls nach einer gewissen Blondine, mit der er bis vor Kurzem viel Zeit verbracht hatte.

Erst als er die eintretende Stille bemerkte, wurde er sich bewusst, wie seltsam es anmuten musste, dass ausgerechnet er auf einem Ball auftauchte. Schließlich war er bekannt dafür, dass er um Festivitäten dieser Art einen großen Bogen machte. Es dauerte nicht lange, da war er umringt von Verehrerinnen – Mütter und Töchter –, die seiner Rückkehr nach England entgegengefiebert hatten.

Als Raphaels Blick auf zwei Matronen fiel, die – ihre Töchter im Schlepptau – mit entschlossener Miene auf ihn zugestapft kamen, dachte er kurz über einen Fluchtversuch nach. Doch er riss sich am Riemen, setzte ein reserviertes Gesicht auf und schmetterte höflich, aber sehr bestimmt unzählige Tanzangebote ab. Zum ersten Mal in seinem Leben war er erleichtert, dass seine Schwester ihn wortlos mit sich zog und ihn erst am Erfrischungstisch losließ, auf dem es alles gab, was die durstige Kehle sich wünschte – von schwachem Tee bis hin zu Champagner. Raphael entschied sich für Letzteres, während Amanda ein nichtalkoholisches Getränk vorzog.

»Du hättest mir ruhig sagen können, dass du kommst«, beschwerte sie sich und nippte an ihrem Glas. »Dann hätte ich nicht extra die arme Tante Julie mitschleifen müssen. Ach ja, bevor ich es vergesse, ich habe mich vorhin ein wenig mit Ophelia unterhalten. Du wirst es kaum glauben, aber sie war richtig nett. Herrje, jetzt hätte ich fast vergessen, dass ich ja gar nicht mit dir rede.«

Mit diesen Worten stolzierte sie davon und ließ einen lachenden Raphael zurück. Insgeheim tat ihm der Mann, den sie eines Tages vor den Altar zerren würde, jetzt schon leid. Der arme Tor würde kaum noch einen friedlichen Augenblick in seinem Leben haben.

Da, endlich hatte er einen Blick auf Duncan und Sabrina erhascht, die auf der Tanzfläche an ihm vorbeirauschten. Wenig später erspähte er auch Ophelia, die sich gerade unbemerkt in den Raum zu schleichen versuchte. Obwohl er sie inzwischen recht gut kannte, ließ ihn ihre Schönheit ihn immer wieder stocken.

Das puderblaue Kleid mit der silberfarbenen Borte stünde der Eiskönigin gut zu Gesicht – nur, dass sie diesen Titel jetzt nicht mehr verdiente. Doch irgendetwas war anders an ihr. Sie wirkte fast, als wäre sie ihres Selbstvertrauens beraubt. Der Gedanke jagte ihm einen Schauer über den Rücken. Was hatte er getan? War sie jetzt zu einem scheuen Reh geworden? Er schickte ein Stoßgebet zum Himmel, dass dem nicht so wäre, und setzte sich augenblicklich in Bewegung. Jetzt war Eile geboten. Aus den Augenwinkeln heraus sah er, dass rund ein Dutzend Männer auf sie zuströmte. Plötzlich war ihm, als nähme er an einem Wettrennen teil. Fortuna wollte es, dass er als Erster bei ihr war. Wortlos packte er sie am Arm und zog sie auf die Tanzfläche.

Auf halben Wege dorthin fragte er: »Lust auf ein Tänzchen, meine Lieben?«

»Aber gern doch«, lautete Ophelias Antwort. »Sollten wir allerdings unterbrochen werden, dann, weil ich diesen Tanz eigentlich einem anderen versprochen habe.«

»Das Risiko muss ich eingehen«, raunte Raphael und betrat das Parkett.

In dem Moment, als er beide Hände auf sie legte, befiel ihn eine eigenartige Besitzgier. Wie lächerlich, dachte er bei sich. Zugegeben, es war auch sein Verdienst, dass Ophelia nicht mehr so zickig war wie früher, aber das hieß noch lange nicht, dass er Besitzansprüche stellen durfte. Er hatte nichts weiter getan, als ihre guten Eigenschaften an die Oberfläche zu bringen.

Und trotzdem spürte er das Verlangen, sie für sich zu haben. Was gäbe er darum, in diesem Moment mit ihr allein auf Alder's Nest zu sein. Vor dem Kamin zu sitzen, sich an sie zu kuscheln und … Nein, daran durfte er nicht denken. Ihm wurde erst jetzt bewusst, dass ihre gemeinsame Zeit ein für alle Mal vorbei war. Selbst wenn sie sich im Rahmen einer musikalischen Soiree oder eines Galadinners sahen, konnten sie lediglich ein paar Worte wechseln. Hatte er sie womöglich zu früh ziehen lassen? Aber was hätte er tun sollen? Sie hatte ihm bewiesen, dass sie einsichtig sein konnte, und er war ein Mann, der zu seinem Wort stand. Das Einzige, was er jetzt noch tun konnte, war, ein Auge auf sie zu haben und dafür zu sorgen, dass sie auch weiterhin Fortschritte machte. Im Moment erweckte sie aber eher den Eindruck, als drohe sie sich selbst zu verlieren. Dabei war es ihr doch am Mittag noch gut gegangen, als sie sich in seiner Obhut befunden hatte.

»Gar nicht so einfach, dir so nahe zu sein, ohne dich zu vernaschen.« Gütiger Gott, warum hatte er sich ausgerechnet für eine anzügliche Bemerkung entschieden? Kein Wunder, dass Ophelia errötete.

Hastig fügte Raphael hinzu: »Bitte nicht erröten. Wenn deine Wangen gerötet sind, fällt es mir noch schwerer, die Finger von dir zu lassen.« Wie auf Kommando begannen ihre Wangen in einem satten Rot zu leuchten. »Da haben wir den Salat«, seufzte Raphael und verzog das Gesicht.

Ophelia lachte. »Warum musst du mich eigentlich immer aufziehen?«

»Das muss mir in die Wiege gelegt worden sein. Wenn es irgendwo einen Bären gibt, der aufgebunden werden muss, ich bin der Beste in der ganzen Stadt.«

»Rafe, bitte. Aufhören!«

»Und, fühlst du dich besser?«

Ophelia warf ihm einen verwunderlichen Blick zu. »Mir war gar nicht bewusst, dass es mir schlecht ging.«

Raphael zuckte die Achseln. »Als du eben in den Saal gekommen bist, hast du nicht wie du selbst gewirkt.«

»Ach das. Ich hatte eine Unterhaltung mit Sabrina, die mich ziemlich aufgewühlt hat.«

»Wieso das denn?«

»Nun ja, ich habe mich bei ihr entschuldigt.«

»Nicht meinetwegen, hoffe ich.«

»Nein, und wenn ich ehrlich bin, habe ich das Gefühl, als wäre mir eine schwere Last von den Schultern genommen worden. Wenn sie mir wirklich verziehen hat, geht es mir gleich doppelt so gut.«

Raphael legte die Stirn in Falten. »Hat sie denn nicht? Das klingt so gar nicht nach ihr.«

»Nein, du hast mich nicht richtig verstanden. Kann sein, dass sie mir verziehen hat, aber ich bin nicht lange genug geblieben, um es herauszufinden. Ich hatte Angst, ich könnte ... vor lauter Verlegenheit im Boden versinken.«

»Verlegenheit?«, wiederholte er mit einem wissenden Blick.

»Du kannst ruhig zugeben, dass du geweint hast, das ist nun wahrlich nichts Schlimmes.«

»Denk bloß nicht ...«

»Wehe, du flunkerst schon wieder«, fiel er ihr mit leicht tadelndem Unterton ins Wort.

»Ach, sei still. Wenn ich die Tatsache, dass ich ein paar Tränen verdrückt habe, durch meine Wortwahl ein wenig verschleiern möchte, dann tue ich das auch. Oder möchtest du, dass ich wieder erröte?«

Es fehlte nicht viel, und Raphael wäre an seinem Lachen erstickt. »Um Gottes willen, nein. Nenn es meinetwegen, wie du willst.«

Kapitel fünfunddreißig

Ja, sie lag wieder in seinen Armen, doch es fühlte sich anders an, wenn Dutzende von Augen sie beobachteten. Es war alles andere als leicht für Ophelia, ihre Gefühle und ihr Verhalten in Einklang zu bringen, wenn sie Rafes uneingeschränkte Aufmerksamkeit genoss. Sie musste ein wenig achtgeben, dass sie nicht zu versonnen lächelte, was aber alles andere als einfach war. Am liebsten wäre sie in seinen blauen Augen ertrunken. In seiner festlichen Robe wirkte er gleich noch einmal so attraktiv. Vermutlich wünschte sich jede Frau im Saal, in Ophelias Schuhen zu stecken – und dieses Mal hatte es ausnahmsweise nichts mit ihrer Schönheit zu tun. Rafe sah in seinem schwarzen Frack und dem schneeweißen Hemd atemberaubend aus.

Und wie draufgängerisch er war! Bei Gott, ihr wären fast die Knie weggesackt, als er gesagt hatte, er würde sie am liebsten vernaschen. Es war unglaublich, dass er nach all der Zeit, die sie gemeinsam verbracht hatten, die Traute besaß, sie mit seinem unwiderstehlichen Charme zu bezirzen – und das ausgerechnet in aller Öffentlichkeit. Nur zu gern würde sie ihm zugute halten, dass er nicht anders konnte, aber es fühlte sich vielmehr so an, als wähne er sich genau deshalb in Sicherheit: weil er wusste, dass sie nicht reagieren konnte, wie sie wollte.

Der Tanz endete schneller, als Ophelia lieb war. Aber vielleicht war es das Beste. Auch sie litt darunter, Rafe so nahe zu sein, ohne ihrem Verlangen nachgeben und ihn küssen zu können.

»Ich wusste, dass du kommen würdest«, sagte sie mit rauer Stimme, als er sie von der Tanzfläche geleitete.

»Hast wohl meinen Spion enttarnt.«

»Deinen Spion?«

Raphael verdrehte die Augen. »Vergiss es. Woher hast du gewusst, dass ich hier sein würde?«

»Das war nur ein Gefühl, ein ziemlich starkes sogar. Vielleicht, weil du mir zu verstehen gegeben hast, dass du mir dabei behilflich sein würdest, einen Gemahl zu finden.«

Insgeheim hoffte sie, er würde diese Annahme korrigieren, doch stattdessen sagte er: »Und, wie gedenkst du vorzugehen? Tu mir einen Gefallen und brich nichts übers Knie, nur um der eisernen Hand deines Vaters zu entkommen. Da wir gerade beim Thema sind: Wie ist eigentlich euer erstes Aufeinandertreffen verlaufen?«

»Genau so, wie ich es mir gedacht habe. Wenn man in Betracht zieht, dass die meisten unserer Gespräche geradezu eskaliert sind, haben wir uns fast vertragen, und ich war für meine Verhältnisse die Ruhe in Person. So gesehen lief es recht gut.«

Die Tatsache, dass Rafe ihr im Esszimmer tatkräftig dabei geholfen hatte, diese schwierige Situation zu meistern, verschwieg sie geflissentlich. Dann nahm ihr Gesicht ernste Züge an. »Ich fürchte jedoch, dass ich mir nicht allzu viel Zeit bei der Suche nach einem geeigneten Gemahl lassen darf. Vater ist fest entschlossen, mich unter die Haube zu bringen und wird nicht eher Ruhe geben, bis es so weit ist.«

»Vielleicht wäre es sinnvoll, wenn ich das Gespräch mit deinem Vater suche.«

»Nein, tu das bitte nicht. Das wird ihn nur noch mehr zur Eile antreiben.«

»Verflixt, warum hat er es denn so eilig?«

»Kannst du dir das denn nicht denken? Mein ganzes Leben lang hat er schon darauf gewartet, mich gewinnbringend zu verheiraten. Bei Duncan wähnte er sich am Ziel angekommen und war außer sich vor Freude. Nachdem ich ihm einen Strich durch die Rechnung gemacht habe, ist er naturgemäß enttäuscht. Genauer gesagt ist er außer sich vor Zorn, weil das

Ganze jetzt wieder von vorne losgeht. Sei also bitte nicht überrascht, wenn er es jetzt auf dich abgesehen hat.«

»Tut mir leid, aber dein Vater ist nicht ganz meine Kragenweite.« Raphael hatte mit so ernster Miene gesprochen, dass Ophelia nicht anders konnte, als lauthals loszulachen. Nichtsdestotrotz fühlte sie sich verpflichtet, ihm eine Warnung mit auf den Weg zu geben. »Du verleihst dem Ganzen einen lockeren Unterton, doch meinem Vater ist diese Sache sehr ernst. Er hat sich in den Kopf gesetzt, dass du sein Schwiegersohn wirst.«

Rafe zuckte zusammen. »Ich fürchte, ich bin durch meinen Brief und meine Entscheidung, etwas Zeit mit dir zu verbringen, nicht ganz unschuldig an dieser fixen Idee. Versteckte Andeutungen bieten stets Raum für kreative Interpretationen.«

In der Zwischenzeit hatte Raphael sie durch die Menge am Rande der Tanzfläche geführt, um sie bei Ophelias Mutter abzuliefern. Unglücklicherweise unterhielt Mary sich noch immer angeregt mit Sabrina und ihrer Tante Hilary. Duncan stand hinter seiner Verlobten und hatte ihr die Hände auf die Schultern gelegt.

Wer hätte je gedacht, dass aus diesen beiden ein Paar werden würde? Sie passten so gar nicht zueinander. Der attraktive, kräftig gebaute Schotte und die kleine zierliche und schlichte Frau vom Lande. Vermutlich hatte Sabrina Duncans Herz damit erobert, dass sie jeder Situation mit Humor begegnete und anderen stets ein Lächeln entlockte. Anfangs hatte sie eine Freundschaft verbunden, aus der tiefe Liebe entstanden war. Ophelia wünschte sich, sie hätte das eher erkannt, statt sich einzureden, Duncan versuche lediglich, sie eifersüchtig zu machen.

Ophelia dachte daran, sich auch bei Duncan zu entschuldigen. Er hatte so lange gedacht, er müsse den Rest seines Lebens an ihrer Seite verbringen. Es war gewiss die reinste Hölle für ihn gewesen. Vielleicht wäre zwischen ihnen alles anders gekommen, wenn Ophelia sich früher besonnen hätte … wenn sie nicht Rafe getroffen hätte. Womöglich hätten sie sich ineinander verliebt.

Welch ein faszinierender Gedanke! Es hätte geschehen können, wäre sie nicht so ichbezogen und versessen darauf gewesen, die Verlobung mit ihm zu lösen, ihn nicht mit Beleidigungen zu überhäufen und sich wie eine arrogante Ziege zu verhalten.

Ophelia merkte, dass Sabrina sie mit einem Lächeln bedachte. Erfreut und erleichtert erwiderte Ophelia es. Als sie Duncans skeptischen Blick auffing, versuchte sie ihn zu beruhigen.

»Hallo, Duncan«, sagte sie fast schon verschüchtert. »Es überrascht mich, dich und Sabrina in der Stadt zu sehen. So kurz vor eurer Hochzeit, meine ich.«

»Es handelt sich lediglich um einen Einkaufsbummel für die Damen.«

Hilary Lambert strahlte, weil Duncan sie mit einbezogen hatte, setzte aber sogleich ihre Unterhaltung mit Mary fort. Die beiden Freundinnen liebten es, in den Erinnerungen an frühere Zeiten zu schwelgen.

»Meinen Glückwunsch zur Verlobung«, fügte Ophelia an Duncan gewandt hinzu. »Ich freue mich für euch beide.«

»Da brat mir einer einen Storch«, stieß Duncan ungläubig hervor. »Du meinst es wirklich ernst, oder?«

Es war im Grunde eine rhetorische Frage, dennoch antwortete sie: »Die Dinge zwischen uns hätten sich vermutlich anders entwickelt, wenn wir nicht *gezwungen* gewesen wären, uns kennenzulernen. Aber ich hege keinen Zweifel daran, dass Sabrina die rechte Wahl für dich ist. Sie wird dir eine wesentlich bessere Gemahlin sein, als ich es je sein könnte.«

Duncans ungläubiger Blick ruhte jetzt auf Rafe. »Ich gebe mich geschlagen. Mehr brauche ich gar nicht zu hören, um zu wissen, dass sie sich verändert hat und richtig nett ist. Diese Wette gebe ich gern verloren, alter Freund.«

Ophelia zog die Stirn in Falten, aber es dauerte noch einige Augenblicke, bis sie die Tragweite von Duncans Worten begriff. Als sie sah, dass Rafe das Gesicht verzog, als hätte er eine Backpfeife kassiert, dämmerte es ihr.

»Das war lediglich ein Kompliment wegen deines Erfolges, Phelia«, versuchte er sich herauszuwinden.
Ophelia tat, als hätte sie die Bemerkung nicht gehört. »Eine Wette? Es ging die ganze Zeit um eine Wette? Du hast mich durch die Hölle gehen lassen, um eine Wette zu gewinnen?«
»Nein, so war das nicht.«
»Nicht?«
»Nein«, versicherte Rafe ihr. »Ich wusste, dass du dich ändern konntest. Jeder kann das. Die Wette habe ich nur ins Leben gerufen, weil Duncan so skeptisch war.«
Ophelia warf Duncan einen flüchtigen Blick zu und sah, dass er jetzt derjenige war, der zusammenzuckte. Auch Sabrina machte einen betretenen Eindruck. Schämte sie sich gar für ihren Verlobten? Oder rührte ihre Verlegenheit daher, weil sie, Ophelia, dabei war, eine Szene zu machen? Ophelia merkte, dass ihre Stimme mit jeder Silbe schriller wurde. Hier und da drehten bereits einige den Kopf in ihre Richtung. Mary und Hilary hatten ihre Unterhaltung unterbrochen und fragten beinahe wie aus einem Munde, ob etwas nicht in Ordnung sei.
Ophelia blieb ihnen eine Antwort schuldig. Sie konnte an nichts anderes als an Rafe und Duncan denken und stellte sich lebhaft vor, wie sie sich vor Lachen die Bäuche hielten und sich auf ihre Kosten lustig machten. Mochte es sein, dass alles Nette, das Rafe zu ihr gesagt hatte, schlichtweg erlogen war?
Halb verzagt, halb blutrünstig schleuderte sie Rafe einen Blick zu. »Sagtest du nicht, du hättest das alles getan, um mich glücklich zu machen? Pah! Dir ging es doch nur darum, deine Taschen zu füllen – auf meine Kosten. Was bist du doch für ein elender Lügner. Du solltest dich schämen!«
»Phelia, ich schwöre dir, ich ...«
Doch Ophelia hörte seine Erklärung nicht mehr. Längst lief sie mit gerafften Röcken in Richtung Tür, dicht gefolgt von ihrer Mutter.

»Was ist geschehen?«, wollte Mary wissen, die bereits nach wenigen Schritten außer Puste war.

Ophelia hatte weder auf ihren Umhang gewartet noch darauf, dass ihre Kutsche vorgefahren wurde. Sie war kurzerhand selbst nach draußen gelaufen und hatte sich auf die Suche nach ihrem Gefährt gemacht. Da die Kutsche am Straßenrand wartete, dauerte es nur wenige Sekunden, bis Mutter und Tochter sich auf dem Heimweg befanden.

»Was ist passiert?«, wiederholte ihre Mutter noch einmal. Wieder blieb Ophelia ihr eine Antwort schuldig. Sie hätte ohnehin keinen Ton herausbekommen, so mächtig war der Kloß in ihrem Hals. Doch die Tränen, die ihr über die Wangen kullerten, reichten Mary als Antwort. Es dauerte nicht lange, da weinte sich Ophelia an der Schulter ihrer Mutter aus.

Raphael stand im Türrahmen und beobachtete, wie die Kutsche der Reids die Straße hinunterfuhr. Er war Ophelia umgehend gefolgt, nachdem er Duncan zugeraunt hatte: »Vielen Dank, alter Freund.«

»Sie wusste gar nichts von der Wette?«, hatte ein sichtlich verdutzter Duncan geantwortet.

»Zur Hölle, nein. Steht auf meiner Stirn etwa *Idiot* geschrieben? Nein? Warte ein paar Sekunden, dann erscheint es von ganz allein.«

»Warum probt sie denn wegen einer kleinen Wette gleich den Aufstand? Sie hat sich doch zu ihren Gunsten verändert, darüber sollte sie sich freuen. Wie es dazu gekommen ist, spielt doch keine Rolle.«

»Sie hat sich aus den richtigen Gründen heraus verändert. Und jetzt denkt sie, dass Falschheit im Spiel war. Wenn wir Pech haben, war alles für die Katz.«

»Was stehst du denn dann noch hier herum? Lauf ihr nach und mach es wieder gut, alter Bursche.«

Kapitel sechsunddreißig

Sobald die Etikette es erlaubte, stattete Raphael der Reid'schen Residenz einen Besuch ab. Doch er wurde nicht vorgelassen. Die Damen des Hauses, Mutter und Tochter, empfingen nicht, und der Earl weilte außer Haus. Raphael versuchte es noch einmal am Nachmittag, mit demselben Ergebnis. Um sicherzugehen, dass auch andere abgewiesen wurden, wartete er eine Weile draußen. Dass es nicht allein ihm so erging, war jedoch nur ein schwacher Trost.

Es war das erste Mal in seinem Leben, dass Raphael die Entdeckung machte, wie unangenehm das Gefühl der Beklommenheit sein konnte. Er hätte besser daran getan, Ophelia am Vorabend nach Hause zu folgen und trotz der vorangeschrittenen Stunde darauf zu bestehen, sich mit ihr auszusprechen. Dann wäre es ihm erspart geblieben, mit einem flauen Gefühl im Magen ins Bett zu gehen – ein Gefühl, das ihn seither auf Schritt und Tritt verfolgte. Die Vorstellung, dass er sie zutiefst verletzt hatte, setzte ihm besonders zu.

Er war beinahe erleichtert, als die Nachricht seines Vaters ins Haus flatterte, er möge sich umgehend auf Norford Hall einfinden. Diese Bitte überraschte ihn nicht sonderlich, genau genommen hatte er eine solche Nachricht schon früher erwartet. Schließlich hatte er seit seiner Rückkehr vom Kontinent kaum Zeit mit seiner Familie verbracht. Raphael ging nicht davon aus, dass es einen dringlichen Grund für seinen Besuch gab, wusste aber, dass es ratsam war, die Geduld seines Vaters nicht unnötig zu strapazieren, selbst wenn der Zeitpunkt höchst ungelegen war.

Die halbe Nacht hatte er damit zugebracht, Ophelia einen Brief zu schreiben, sämtliche Entwürfe jedoch wieder zerrissen und den Flammen übergeben. Eine schriftliche Erklärung genügte nicht und machte unter Umständen alles nur noch viel schlimmer – je nachdem, in welcher Gemütsverfassung Ophelia sich befand. Es war das Beste, wenn er persönlich mit ihr sprach. Aber was konnte er ihr schon anderes sagen, als dass die Wette lediglich der Auslöser ihrer gemeinsamen Zeit auf Alder's Nest gewesen war und nicht mehr?

Unmittelbar nach Sonnenaufgang brach Raphael nach Norford Hall auf. Er war so müde, dass er nicht einmal nachfragte, warum Amanda entschieden hatte, ihn auf der Reise zu begleiten. Kaum hatte sich die Kutsche in Bewegung gesetzt, fiel Raphael in einen unruhigen Schlaf.

Als er gegen Mittag aufwachte, fragte er Amanda, die ihm gegenübersaß und trotz schaukelnder Kutsche ein Buch las: »Bist du etwa mitgekommen, um mich zu beschützen?«

Amanda blickte ihn über den Rand des Buches an: »Wäre das denn so verkehrt? Ich kümmere mich halt um meine Mitmenschen.«

Raphael hatte eigentlich nur einen Scherz machen wollen. »Warum? Ich habe doch nichts getan, für das ich nach Hause zitiert werden müsste. Vater ist vermutlich nur ein wenig verstimmt, weil ich mich sehr rar gemacht habe.«

»Oder ihm ist zu Ohren gekommen, dass du dich mit Ophelia im Norden verkrochen hast. Wenn ich mir diese Bemerkung erlauben darf, du hast ihm noch immer nicht davon erzählt.«

Raphael kniff die Augen zusammen. »Du hast ihm doch nicht etwa alles verraten, oder?«

Amanda blickte verletzt drein. »Traust du mir so etwas tatsächlich zu?«

»Ich kann mich noch gut daran erinnern, als du zehn warst

und zu Vater gelaufen bist, um ihm von dem neuen Fort zu erzählen, das ich gebaut hatte.«

»Du hattest das Labyrinth dafür zerstört, eine Schneise in die Mitte geschlagen. Und das, wo ich gerade herausgefunden hatte, wie ich mich nicht verlaufe. Du kannst dir nicht vorstellen, wie stolz ich darauf war. Außerdem gilt das nicht, weil ich damals noch ein Kind war.«

»Daran hat sich nicht viel geändert.«

»Wie kannst du es wagen ...«

Den Rest der Fahrt verbrachten die beiden damit, sich gegenseitig aufzuziehen, woran vor allem Raphael seinen Spaß hatte. Als sie auf die Auffahrt von Norford Hall bogen, senkte sich eine erwartungsvolle Stille über das Geschwisterpaar.

Als Rafe einen Blick auf sein prunkvolles Elternhaus warf, wurde ihm warm ums Herz. Sein Zuhause, wo seine Familie und viele Bedienstete lebten, mit denen er aufgewachsen war, und die ihm ebenso vertraut waren wie seine Eltern und seine Schwester ... ein Gefühl, das er mit Amanda teilte.

* * *

Seit geschlagenen zwei Tagen verkroch Ophelia sich in ihrem Zimmer – aus Angst, in Tränen auszubrechen, wenn jemand sie schief ansah. Mal hatte sie das Gefühl, der Schmerz in ihrer Brust werde sie dahinraffen, dann wieder packte sie die Lust, irgendjemand mit eigenen Händen zu erdrosseln. Zwischendurch war sie wütend auf sich selbst, weil sie so leichtgläubig gewesen war. Sie hatte doch wirklich geglaubt, Rafe wolle ihr helfen. Dabei hatte er die ganze Zeit nur diese dämliche Wette im Kopf gehabt. Und, wie er sie am besten ins Bett bekäme. Sein anfängliches Desinteresse war wahrscheinlich Teil seines ausgeklügelten Plans gewesen. Und sie dumme Kuh war prompt auf seine Verwegenheit hereingefallen. Wieder und wieder zog das Bild, wie sich die beiden Männer auf ihre Kosten amüsierten, vor ihrem inneren Auge vorbei.

So sehr Sadie sich auch Mühe gab, sie schaffte es nicht, dass Ophelia sich ihr anvertraute. Zum ersten Mal biss sie auf Granit. Selbst ihrer Mutter gegenüber wollte Ophelia sich nicht öffnen. Da sie jedoch wusste, dass Mary nicht so leicht aufgeben würde, entschied sie sich, sie beim nächsten Mal hereinzubitten.

»Fühlst du dich ein wenig besser?«, fragte Mary besorgt, als sie den Kopf durch den Türspalt steckte.

»Schon in Ordnung, Mama, du musst nicht meinetwegen auf Zehenspitzen herumschleichen. Mir geht es wieder gut.«

Das war eine faustdicke Lüge, aber Ophelia wollte nicht, dass ihre Mutter ihretwegen vor Sorge verging. Doch der bekümmerte Ausdruck auf Marys Gesicht verschwand auch dann nicht, als sie in den Raum trat.

»Möchtest du jetzt darüber sprechen?«

»Lieber nicht. Ich habe einfach nur eine Reihe von Dingen für bare Münze genommen, die sich dann als falsch herausgestellt haben.«

»Meinst du denn, du bist jetzt darüber hinweg?«

»Ja. Ich hätte das, worum es geht, nicht so hoch hängen dürfen, das ist alles. Im Nachhinein war es nicht so wichtig.«

Ophelia rang sich ein Lächeln ab, drehte aber flink den Kopf zur Seite, als sie spürte, dass ihre Maske zu bröckeln begann.

»Es wundert mich, dass Vater noch nicht hereingeplatzt ist«, fuhr Ophelia fort. »Schließlich habe ich zwei wertvolle Tage verstreichen lassen, in denen ich auf Männerfang hätte gehen können. Würde mich nicht wundern, wenn er verstimmter wäre denn je.«

»Ich tue es nur ungern, aber ich muss dir leider widersprechen. Er strotzt geradezu vor guter Laune.« Mary legte die Stirn in Falten. »Er hat mir nicht einmal eine Szene gemacht, weil ich ohne sein Wissen mit dir auf den Ball gegangen bin. Das

letzte Mal, als er so gut gelaunt war, hat er sein Vermögen auf einen Streich verdoppelt. Ich nehme an, dass er wieder ein ähnlich lukratives Geschäft unter Dach und Fach gebracht hat.«
»Erzählt er dir denn nie von seinen Geschäften?«
»Wo denkst du hin? Er ist der Meinung, dass alles, was mit Geld zu tun hat, meine geistigen Fähigkeiten übersteigt.«
Ophelia lachte. Es war das erste Mal seit dem Ball der Wilcotts, dass ihr danach war. »Ich bin mir sicher, du könntest ihm noch das ein oder andere beibringen.«
»Pst.« Mary lächelte sie an. »Mir wäre es lieber, wenn er nichts von meinen Talenten erführe. Ich würde ihn lieber in seinem Irrglauben lassen.«
Ophelia kämpfte mit sich, ob sie eine abwertende Bemerkung über ihren Vater machen oder es lieber lassen sollte. Aber wozu die Zierde? Schließlich wusste ihre Mutter am besten, dass Vater und Tochter ein angespanntes Verhältnis hatten.
»Ach, weißt du, Mama, ich wünschte, du würdest ihm endlich reinen Wein einschenken, ihm sagen, dass du vor meiner Geburt eine Affäre hattest und er gar nicht mein leiblicher Vater ist.«
Mary seufzte. »Darling, manchmal wünsche ich mir auch, ich würde es tun. Deinetwegen. Aber ich liebe ihn, das darfst du nicht vergessen. Er ist ein guter Mann, auch wenn er zuweilen entsetzlich zielstrebig sein kann.«
»Vor allem, wenn es um mich geht.«
»Ja. Aber ärgere dich nicht, Liebes. Eines Tages wirst du auf all dies mit einem Lächeln zurückblicken. Da bin ich mir ganz sicher.«
Ophelia war anderer Meinung, entschied aber, es für sich zu behalten. Stattdessen stellte sie sich an ihren Schreibtisch, wo sich die Einladungen für den Abend türmten.
»Die hier kannst du wegwerfen, Mama. Mir ist auch heute nicht danach auszugehen. Wenn du möchtest, kannst du für morgen Abend zusagen. Du entscheidest, bei wem. Ich mag Überraschungen.«

Mary nickte, blieb auf dem Weg zur Tür aber noch einmal stehen. »Kommst du wenigstens zum Essen nach unten?«
»Lieber nicht. Aber ich verspreche dir, dass ich keine Trübsal mehr blasen werde. Ernsthaft, mir geht es gut. Ich habe einfach nur schlecht geschlafen. Verlass dich drauf, morgen werde ich ausgelassener sein denn je.«

Kapitel siebenunddreißig

Die Kunde, dass Amanda und Raphael eingetroffen waren, verbreitete sich blitzschnell im herzoglichen Haushalt, was nicht zuletzt auch an Amandas Freudenschreien und Jauchzen lag. Jeden, dem sie begegnete, umarmte sie erst einmal herzlich. Der Lärm lockte selbst ihre Großmutter vor die Tür ihres Zimmers. »Bist du das, Julie?«, rief die betagte Dame vom obersten Treppenabsatz.

»Ich bin es, Großmutter. Mandy.«

»Komm und nimm uns in den Arm, Julie.«

Amanda verdrehte die Augen und lief die Treppe nach oben, um Agatha Locke zu begrüßen und in ihr Zimmer zurückzubringen. Es war bereits seit einigen Jahren der Fall, dass die alte Dame Familienmitglieder verwechselte. Amanda wusste, dass es keinen Sinn hatte, sie zu korrigieren, weil sie dann leicht ungehalten wurde. Das Beste war also, Stillschweigen darüber zu bewahren.

»In letzter Zeit spricht Mama mich häufig mit Raphael an«, sagte Preston Locke, der zehnte Duke of Norford, als er seinen Sohn kräftig in die Arme schloss, was er stets zur Begrüßung tat. »Ich hoffe, dass ich wieder ich sein kann, wenn sie dich erst einmal gesehen hat.«

Raphael grinste seinen Vater an, der fast so groß war wie er und von dem er sowohl Haar- als auch Augenfarbe geerbt hatte. Bei Raphaels letztem Besuch hatte sein Vater sich jedoch bitterlich über die grauen Strähnen beschwert, die sein Blond verdrängten. Zudem war er im Lauf der letzten Jahre mehr und mehr in die Breite gegangen.

»Das ist doch hoffentlich nicht der Grund, warum du mich hast rufen lassen, oder?«, zog Raphael seinen alten Herrn auf. Mit dem Schnauben, das er daraufhin erntete, hatte er fest gerechnet.

»Komm mit«, sagte Preston und steuerte auf den Salon zu. Im letzten Augenblick nahm er jedoch eine Kursänderung vor. »Lass uns lieber in mein Arbeitszimmer gehen, wo wir ungestört sind.«

Mit gerunzelter Stirn folgte Raphael seinem Vater. »Wo wir ungestört sind« bereitete ihm ein wenig Bauchschmerzen, weil er das Arbeitszimmer stets mit Bestrafungen in Verbindung brachte. Er wusste nicht, wie viele Male er und Amanda dorthin zitiert worden waren.

Das Arbeitszimmer war geräumig, fast so groß wie der Salon, der bereits ungewöhnlich groß ausfiel. Verglichen mit anderen Arbeitszimmern war dies eher als ungewöhnlich zu bezeichnen. Raphaels Mutter, die den Großteil des alten Gebäudes im Laufe der letzten Jahre renoviert hatte, war es streng untersagt, Änderungen am Arbeitszimmer vorzunehmen. Das Ungewöhnlichste an dem Raum waren die weiß getünchten Wände. Anders als die meisten Wände im Haus zierten sie keine Paneele oder Tapeten. Raphaels Vater legte Wert darauf, dass die Gemälde durch den hellen Hintergrund besser zur Geltung kamen. Im Grunde mochte Raphael den hellen Raum – vorausgesetzt, er musste nicht zur Strafpredigt antreten.

»Herzlichen Glückwunsch«, eröffnete Preston die Unterhaltung, als er sich an seinem Schreibtisch niederließ.

Der leicht gereizte Unterton seines Vaters alarmierte Raphael. »Wie meinst du das? Und außerdem klingst du irgendwie verstimmt.«

»Weil es nett gewesen wäre, wenn ich es als Erster erfahren hätte. Setz dich. Ich möchte alles haarklein wissen.«

»Gewiss doch. Es würde mir allerdings leichter fallen, wenn ich wüsste, wozu du mich beglückwünscht hast.«

Preston hob eine seiner hellen Augenbrauen. »Gibt es denn mehrere Großtaten, die du vollbracht hast?«

Raphaels Stirnrunzeln wurde stärker. »Das Einzige, auf das ich stolz sein könnte, gehört mitnichten an die große Glocke gehängt. Also, worüber sprechen wir hier genau?«

»Über deine Verlobung natürlich.« Raphael, der sich gerade hatte hinsetzen wollen, schoss in die Höhe. »Ich bin ... nicht ... verlobt«, sagte er klar und deutlich.

»Das solltest du aber schleunigst nachholen, wenn man bedenkt, was sich gerade hinter vorgehaltener Hand erzählt wird.«

Raphael schloss die Augen. Gütiger Gott, was hatte Ophelia jetzt schon wieder getan? Es lag auf der Hand, dass sein Vater von ihr sprach.

»Mein alter Freund John Forton hat mir eigens einen Besuch abgestattet, um mich zu beglückwünschen. Natürlich hat er angenommen, dass ich als Vater des Bräutigams längst ...«, fuhr Preston fort.

»Ich bin kein Bräutigam!«

»... darüber Bescheid wüsste.« Prestons Blick sagte: *Untersteh dich, mich noch einmal zu unterbrechen.* »Woher sollte er auch wissen, dass ich aus allen Wolken fallen würde? Er hat sofort die Gelegenheit ergriffen und mir alles haarklein erzählt. Es erübrigt sich zu sagen, wie peinlich mir das Ganze war.«

»Das kommt auf die Fakten an, die er dir präsentiert hat, würde ich sagen.«

»Was soll das denn heißen?«

»Na ja, an Ophelia Reid scheiden sich die Geister. Wir sprechen doch von Ophelia Reid, oder?« Da sein Vater demonstrativ die Lippen aufeinanderpresste, fuhr Raphael fort. »Entweder man mag sie, oder man hasst sie. Nun, zumindest galt dies bis vor Kurzem. Jetzt ist sie ein anderer Mensch, das heißt, das war sie, bis sie vor einigen Tagen etwas herausgefunden hat, das sie entweder vollkommen aus der Bahn geworfen oder sie zur Furie gemacht hat.«

»Jetzt setz dich erst einmal, Junge.«

Rafe tat, wie ihm geheißen, und fuhr sich betrübt durch das Haar. »Ich weiß nicht, warum mich das überrascht. Schließlich war sie früher eine Meisterin der Kolportage. Vermutlich will sie es mir so heimzahlen.«

Preston seufzte. »Lass die Selbstgespräche und rede mit mir. Was mir zu Ohren gekommen ist, klingt nicht danach, als stamme es aus dem Munde eines Frauenzimmers. Es sei denn, besagte Dame schreckt nicht einmal davor zurück, den eigenen Namen durch den Dreck zu ziehen.«

»Was genau hast du denn nun gehört?«

»Dass man dich auf Summers Glade mit ihr zusammen gesehen hat. Angeblich war das der Auftakt eurer Beziehung, denn danach seid ihr beide für die Dauer einer Woche wie vom Erdboden verschluckt gewesen. Ich muss dir nicht sagen, dass so etwas die Gerüchteküche zum Brodeln bringt, oder? Und dann hat ihr Vater jedem, der es nicht hören wollte, erzählt, sie wäre hierher eingeladen worden. Und das, wo wir für gewöhnlich keine Fremden nach Norford Hall laden.«

Raphael zuckte innerlich zusammen und erklärte: »Das war mein Fehler. Ich habe ihm eine Nachricht geschickt, dass ich seine Tochter unter meine Fittiche nehmen würde und gemeinsam mit ihr meine Familie besuchen wolle.«

»Mit anderen Worten, du hast ihn angelogen.«

»Nein, ich habe lediglich nicht präzisiert, um welche Familienmitglieder es sich handelt. Schließlich ist unsere Familie über das ganze Land verstreut. Und falls es dich interessiert, wir haben deiner Schwester Esmeralda einen Besuch abgestattet und sie als Anstandsdame mit nach Northumberland genommen.«

Jetzt hielt es Preston nicht länger auf dem Stuhl. »Du hast eine jungfräuliche Debütantin mit nach Alder's Nest genom-

men? Gütiger Gott, Rafe, was hast du dir nur dabei gedacht?«
»Woher sollte ich denn wissen, dass es gleich die Runde macht?«
»Vielleicht hättest du es nicht so hinstellen sollen, als würde sie gleich die ganze Familie kennenlernen.«
»Da hast du recht.«
»Das Schlimmste an der Sache ist allerdings, dass es Zeugen dafür gibt, dass du sie am Abend ihrer Rückkehr im Hause ihrer Eltern geküsst hast.«
Raphael sackte in sich zusammen. »Das war ausnahmsweise nicht *mein* Fehler«, verteidigte er sich. »Sie hat angefangen.«
»Spielt es wirklich eine Rolle, wer wen zuerst geküsst hat?«
Raphael seufzte. »Sonst noch etwas?«
»Ja. Wieso hast du den ersten Tanz auf dem Ball der Wilcotts ausgerechnet mit ihr getanzt?«
»Verflixt, war das ihr erster Tanz an dem Abend?«
»So erzählt man es sich.«
»Wer führt eigentlich Buch über solche Dinge?«
»Ältere Damen, die nichts Besseres mit ihrer Zeit anzufangen wissen. Aber das tut nichts zur Sache. Die Allgemeinheit denkt, dass ihr bereits verlobt seid und es nur noch nicht bekannt gegeben habt. Ist dir eigentlich klar, wie schwer es ist, die öffentliche Meinung umzustimmen?«
»Nicht in diesem Fall. Ich muss die Gerüchte nur dementieren.«
»Du glaubst tatsächlich, dass es so einfach ist?« Preston wurde mit jeder Silbe philosophischer. »Die Sache hat nämlich einen winzigen Haken. Weil du sie ohne angemessene Anstandsdame in deiner Kutsche mitgenommen hast ...«
»Ihre Zofe war mit dabei.«
»Ohne *angemessene* Anstandsdame«, wiederholte Preston mit leicht zusammengekniffenen Augen. »Und weil du sie geküsst hast – untersteh dich, mich ein weiteres Mal zu unterbrechen. Mag sein, dass sie den ersten Schritt getan hat, aber

du hast dem keinen Riegel vorgeschoben, sondern mitgemacht. Allein diese beiden Gerüchte reichen aus, und das weißt du auch, um das Mädchen in den gesellschaftlichen Ruin zu stürzen, wenn du dich nicht mit ihr verlobst. Die Frage ist also, ob du dich bereits mit ihr verlobt hast?«

Raphael musste nicht erst einen Schlag auf den Kopf bekommen, um zu wissen, dass sein Vater ihm gerade angeordnet hatte, sie zu heiraten. Er sackte weiter in sich zusammen, wurde immer kleiner.

»Hat Forton dir wenigstens auch etwas über das Mädchen erzählt, das du in die Familie zu holen gedenkst?«

Preston zuckte mit den Schultern. »Spielst du darauf an, dass es sich dabei um das hübscheste Mädchen ganz Londons handelt?«

»Das ist nur ein Teil der Wahrheit.«

»Und dass sie deswegen zur Arroganz neigt.«

»Das war einmal.«

»Und dass sie eine Xanthippe ist.«

»Auch das gehört der Vergangenheit an.«

»Wirklich? Dann kann ich mich ja fast über diese plötzliche Entwicklung freuen.«

»Das solltest du lieber nicht. Sie wird mir vermutlich die Augen auskratzen, wenn sie herausfindet, dass du mir das Schwert auf die Brust setzt. Ich könnte mir sogar vorstellen, dass sie sich weigert und auf die Konsequenzen pfeift.«

»Unsinn.«

»Du hast ja keine Ahnung, wie destruktiv sie sein kann, wenn ihr Temperament mit ihr durchgeht.«

»Ich habe keine Narren großgezogen, mein Junge, und du kannst ein Charmeur vor dem Herrn sein, wenn du möchtest. Ich bin voller Zuversicht, dass du sie umzustimmen weißt.«

Kapitel achtunddreißig

Raphael verbrachte noch einen weiteren Tag mit seiner Familie. Wenngleich Ophelias Name nicht noch einmal fiel, begleitete sie ihn in Gedanken auf Schritt und Tritt. Ihr Name fand nur deshalb keine Erwähnung mehr, weil Raphael nach anfänglicher Diskussion noch einige Stunden in dem Arbeitszimmer seines Vaters verbracht hatte und ihm fast alles darüber erzählt hatte, was er mit Ophelia getan hatte und warum. Doch auch das hatte Preston nicht umstimmen können. Nichtsdestotrotz war Raphael davon überzeugt, dass sein Vater nicht allzu enttäuscht sein würde, wenn er einen Weg fand, sich elegant aus der Affäre zu winden, ohne den Ruf der Familie in Mitleidenschaft zu ziehen.

Das Einzige, was er wohlwissentlich ausließ, war die Tatsache, dass er mit ihr geschlafen hatte. Sein Vater war in dieser Beziehung von der alten Garde. Wüsste er davon, hätte er ihm Ophelia schneller ans Bein gebunden, als er Luft holen konnte. Ansonsten ließ sich sagen, dass das, was sein Vater von seinen Freunden erfahren hatte, wahrhaftig nicht so klang, als stecke Ophelia hinter den Gerüchten. Wenn sie wirklich wegen der Wette wütend auf ihn war – und daran bestand so gut wie kein Zweifel, gemessen an dem Verhalten, das sie auf dem Ball an den Tag gelegt hatte –, würden die Gerüchte dies nur verstärken.

Mit einer Flut von Gedanken, die es zu wälzen gab, machte Raphael sich auf den Rückweg nach London. Er wollte die Sache jetzt selbst in die Hand nehmen und einen Weg finden, um der Hochzeit zu entkommen. Aber es war wie verhext, ständig schob sich Ophelias Bild vor seine Gedanken. Eine Heirat mit ihr ... Das würde nie und nimmer funktionieren. Er war bei Weitem nicht bereit, ein solides und geregeltes Leben zu führen. Seine Zeit als Junggeselle strebte doch erst dem Höhepunkt entgegen. Umso erstaunlicher war es, dass er dem Gedanken, mit einer anderen Frau als Ophelia zusammen zu sein, nichts Erquickendes abgewinnen konnte.

Verflixt noch mal. Er hatte *gewusst*, dass es ein Fehler sein würde, sich dem Liebesspiel mit ihr hinzugeben. Sie war die beste, exquisiteste, witzigste, hübscheste und leidenschaftlichste Frau, der er je begegnet war. Keine andere konnte mit ihr mithalten, sie würde ihm nichts als Enttäuschung bereiten. Wonach sollte ein Mensch streben, wenn er der Vollendung bereits begegnet war?

Eine Heirat mit Ophelia. Es mochte die Hölle werden. Oder der Himmel auf Erden.

»Ich an ihrer Stelle würde dir die Augen auskratzen«, riss Amanda ihn aus den Gedanken. Wie schon auf dem Hinweg begleitete sie ihn auch jetzt wieder.

Die beiden waren bereits seit mehr als einer Stunde unterwegs, hatten aber noch keine zwei Worte miteinander gewechselt.

»Was genau soll das denn heißen?«, fragte Raphael mit gerunzelter Stirn.

»Ich weiß Bescheid. Über die Wette. Ja, ich habe an der Tür zum Arbeitszimmer gelauscht. Was hast du denn erwartet, nachdem du dich weigertest, mir zu erzählen, warum du Ophelia mit nach Alder's Nest gebracht hattest? Ich bin vor Neugier fast gestorben.«

»Wie viel hast du gehört?«

»Alles.« Sie lächelte ihn triumphierend an. »Nachdem ich Großmutter auf ihr Zimmer gebracht habe, bin ich wieder nach unten gegangen, um herauszufinden, aus welchem Grund du nach Norford kommen solltest. Ich hatte allerdings nicht erwar-

tet, dass ich dabei deine Geheimnisse in Erfahrung bringen würde. Du ahnst ja nicht, wie viele schiefe Blicke ich vom Personal bekommen habe, während ich an der Tür gelauscht habe. Ich war so fasziniert, dass ich nicht einmal vorgab, *nicht* zu lauschen.«
Raphael schleuderte ihr einen finsteren Blick zu. »Du wirst nicht ein Wort über das Gesagte verlieren, haben wir uns verstanden?«
Amanda sah ihn schmollend an. »Hör auf, an meiner Loyalität zu zweifeln. Das hättest du dir sparen können.«
»Tut mir leid.« Er seufzte. »Ich stehe gerade etwas neben mir.«
»Das überrascht mich nicht. In den Hafen der Ehe einzulaufen, wenn dir gar nicht der Sinn danach steht, ist eine ziemlich bittere Pille.«
»Ich werde nicht heiraten.«
»Aber Vater meinte doch ...«
»Hör mir gut zu, Schwesterherz. Erstens ist es höchst unwahrscheinlich, dass Phelia mich haben möchte. Zweitens war deine erste Annahme durchaus berechtigt. Wenn sie könnte, würde sie mir an die Gurgel springen.«
»Wäre mir lieber, wenn ich nicht recht behielte.« Amanda stieß einen tiefen Seufzer aus. »Allerdings kann ich sie wirklich verstehen. Wie konntest du ihr das nur antun? Eine Wette abschließen und dann in ihr Leben eingreifen?«
»Sagtest du nicht, du hättest alles mit angehört?«
»Na ja, so gut wie. Großmutter ist wieder aus ihrem Zimmer gekommen, und ich musste ihr versprechen, noch einmal bei ihr vorbeizuschauen. Soll das heißen, ich habe etwas Wichtiges verpasst?«
»Meine Wette mit Duncan mag den Stein ins Rollen gebracht haben, aber mein Gewissen ist rein. Ich habe aus nobler Gesinnung heraus gehandelt, das schwöre ich. Es gab eine Reihe von Gründen für mein Vorgehen. Ophelias Wohl lag mir am Her-

zen. Du weißt, wie sie früher war. Und du hast dich selbst davon überzeugen können, was aus ihr geworden ist. Eine ziemliche Gratwanderung, findest du nicht auch?«

»Und wie. Es überrascht mich jedoch, dass sie ihre Einwilligung gegeben hat – oder hat sie das etwa gar nicht? Du hast Vater nur gesagt, du hättest mit ihrer Erlaubnis gehandelt, habe ich recht? Bei Gott, Rafe, du hast sie doch nicht etwa gegen ihren Willen entführt, oder?«

Raphael schnalzte mit der Zunge. »Was für ein grässliches Wort. Zugegeben, am Anfang hat sie den Aufstand geprobt, aber dann ist ihr bewusst geworden, dass ich ihr lediglich helfen wollte. Sie hat mir eine Seite von sich gezeigt, die kaum ein anderer – wenn überhaupt – zu Gesicht bekommen hat. Sie kann unglaublich charmant und geistreich sein, wenn sie ihre Verbitterung überwindet. Außerdem *wollte* sie sich verändern. Zum Schluss hat sie aus freien Stücken kooperiert.«

»Hat sie dir gesagt, warum sie all diese Gerüchte in die Welt gesetzt hat?«

»Wir haben über alles gesprochen, Mandy.«

»Dann kennst du sie also ziemlich gut?« Sie bedachte ihn mit einem nachdenklichen Blick. »Bist du sicher, dass du sie nicht heiraten möchtest?«

Zur Hölle, nein, er war sich nicht im Geringsten sicher.

Kapitel neununddreißig

»Gehen dir etwa die Ballkleider aus?«, fragte Mary vom Fuß der Treppe, als Ophelia nach unten kam. »Nein, noch nicht, aber vielleicht ist es keine schlechte Idee, wenn du mir bis zum Ende der Saison noch das eine oder andere Kleid schneidern lässt«, antwortete Ophelia. »Warum?«
»Weil du ein Abendkleid trägst«, ließ Mary sie wissen. »Das Blau steht dir ausgesprochen gut, aber wir besuchen heute schließlich einen Ball, und ich möchte nicht, dass du dich wie eine Außenseiterin fühlst.«

Ophelia kicherte. »Das wäre nicht das erste Mal, dass ich nicht dem Anlass entsprechend angezogen bin, oder? Aber der Ball findet erst morgen statt, Mama. Heute steht erst einmal Lady Clades musikalischer Abend auf dem Programm.«

»Ach, du ahnst es nicht. Dann bin ich ja diejenige, die vollkommen falsch angezogen ist.« Sofort öffnete Mary den Umhang, sodass ihr Ballkleid sichtbar wurde. »Ich fürchte, wir haben zu viele Einladungen auf einmal angenommen. Vielleicht sollte ich eine Liste anfertigen, damit ich nicht durcheinander komme. Gib mir ein paar Minuten, damit ich mich umziehen kann. Ich verspreche auch, mich zu beeilen.«

Mit diesen Worten hastete Mary die Treppe hinauf. Ophelia lächelte in sich hinein. Ihre Mutter war es einfach nicht gewohnt, so oft auszugehen. Ihre Stärke lag darin, Einladungen zu verschicken, statt sie anzunehmen.

Ophelia ging in den Salon, um dort auf ihre Mutter zu warten. Eine Entscheidung, die sie im nächsten Moment bereuen sollte, weil ihr Vater ebenfalls dort war. Er saß in einem Sessel und las ein Buch. Mit einem Schmunzeln auf den Lippen sah er zu ihr herüber.

»Wenn *ich* dich begleiten würde, müsstest du nicht warten«, sagte er, woraus Ophelia schloss, dass er Marys Worte vernommen hatte. »Ich halte es ohnehin für eine Schnapsidee, deine Mutter als Begleitung mitzunehmen, aber das weißt du ja.«

»Im Gegenteil, es ist eine ausgesprochen gute Idee. Wie soll ich denn einen geeigneten Gemahl finden, wenn du mir ständig im Nacken sitzt und mich ganz nervös machst?«

Sherman mahlte mit dem Kiefer, und sein Grinsen fiel in sich zusammen. »Wir beide müssen uns nicht streiten, wenn wir es nicht wollen.«

»Die Tatsache, dass du nicht immer versuchen musst, mein Leben zu kontrollieren, hält dich doch auch nicht davon ab, es zu tun, oder?«

»Es reicht«, brummte er. »Fang bitte nicht schon wieder davon an. Ach übrigens, die Farbe steht dir ausgesprochen gut, du solltest sie öfter tragen.«

Ein Kompliment? Von ihm? Ophelia dachte darüber nach, sich in den Arm zu zwicken, um sicherzugehen, dass sie wach war. Einen Augenblick lang spielte sie mit dem Gedanken, ihm zu verraten, dass sie häufig Puderblau oder verwandte Farbtöne trug und ihm das auch auffallen würde, wenn er nicht ständig mit sich selbst beschäftigt wäre.

Stattdessen fragte sie ihn mit gerunzelter Stirn: »Habe ich da etwas nicht mitbekommen? Erst heute Morgen bist du mit mir ins Gericht gegangen, weil ich nicht wusste, wann Raphael wieder in der Stadt sein würde.«

»Ja, ja, und du hast zurückgeschossen, dass du dich einen Teufel darum scherst, ob er jemals wiederkommt«, beschwerte Sherman sich. »Nicht gerade die richtige Einstellung, wenn es um deinen zukünftigen Gemahl geht. Er ist der Einzige, auf den du dich jetzt konzentrieren solltest. Und da halb London bereits denkt, ihr wärt verlobt, ist es nur noch ein kleiner Schritt bis ...«

»Diese lächerlichen Gerüchte entbehren jeglicher Grundlage.«

»Ihr seid dabei gesehen worden, wir ihr euch geküsst habt. Ich kann dir gar nicht sagen, wie froh ich bin, dass du endlich einmal auf meinen Rat gehört hast.«

»Ich bin bereits Dutzende von Malen geküsst worden und habe mich nicht gleich verlobt.«

»Geraubte Küsse, von denen niemand etwas mitbekommen hat, zählen nicht. Solche, bei denen es Zeugen gibt, schon.«

Ophelia atmete tief durch, um nicht die Contenance zu verlieren. Die unerwarteten Gerüchte machten ihr schwer zu schaffen. Sie war sich sicher, dass es eine Möglichkeit gab, sie außer Kraft zu setzen, aber ihr fehlte bislang noch die zündende Idee. Wie dem auch sei, sie würde sich nicht auf eine weitere Diskussion mit ihrem Vater einlassen.

Wenngleich sie in vielen Dingen auf keinen grünen Zweig kamen, hatte ihr Vater sich in den letzten Tagen, in denen sie nicht vor die Tür getreten war, zumindest nicht so tyrannisch wie sonst gegeben. Seine gute Laune rührte zweifelsohne von den Gerüchten um sie und Rafe her. Er wog sich bereits in Sicherheit, dass ihre Hochzeit mit dem Duke of Norford aufgrund der Gerüchte so gut wie geplant war, und wollte nicht, dass sie ihm widersprach.

»Ist das eine neue Strategie von dir?«, sagte sie ein wenig gelassener. »Mich bis aufs Blut zu reizen, dass ich nicht einmal mehr das Haus verlassen möchte?«

Ihr Vater stieß einen Seufzer aus und ließ den Kopf gegen die Sofalehne sinken. »Nein. Es ist mir schleierhaft, warum wir beide uns nicht mehr wie normale Menschen unterhalten können.«

Nicht mehr? Hatten sie das je gekonnt? Da ihre Mutter in diesem Moment zurückkam, fühlte Ophelia sich nicht verpflichtet, ihrem Vater eine Antwort zu geben. Davon abgesehen, was hätte sie schon groß sagen können, ohne ihn gleich wieder zu erzürnen?

»So«, sagte Mary, die im Türrahmen stand. »Ich sagte doch, es würde nicht lange dauern.«

Ophelia trat vor sie und richtete ihrer Mutter die Schleife am Ausschnitt. »Du siehst wunderbar aus, Mama. Aber wir sollten uns jetzt sputen. Ich habe einen Bärenhunger.«

»Bist du sicher, dass du nicht doch vorher einen Happen zu dir nehmen möchtest? Es ist nicht sonderlich schicklich, sich den Bauch beim Gastgeber vollzuschlagen.«

Mary hatte recht. Manche Gastgeberinnen tischten just aus diesem Grunde Portionen auf, die nicht einmal einen hohlen Zahn füllten. Wenn sie jedoch nicht bald aufbrachen, würde Ophelia gänzlich die Lust auf den Abend vergehen. Selbst wenn sie seit vierundzwanzig Stunden nicht mehr geweint hatte, spürte sie, dass sie noch immer nah am Wasser gebaut war. Als sie von den Gerüchten um sie und Rafe gehört hatte, war ein Teil ihrer Wut wieder aufgeflammt. Und genau dieses Gefühl paarte sich nun mit der Verzweiflung, noch immer keinen geeigneten Verlobten gefunden zu haben. Ophelia hoffte inständig, dass Raphael Locke sich nicht in London blicken ließ, bis sie ihre Wahl getroffen hatte.

Kapitel vierzig

Nicht ein Wort, hast du verstanden?«, zischte Ophelia ihrem Tischnachbarn zu, als er neben ihr Platz genommen hatte.

Just in dem Moment, in dem sich die geladenen Gäste in der Residenz der Cades zum Abendessen an die Tafel gesetzt hatten, war Rafe eingetroffen. Eigentlich hätte er – zumindest aus Ophelias Sicht – am entgegengesetzten Ende des Tisches sitzen sollen, da in ihrer Nähe alle Plätze belegt waren, doch die Gastgeberin hatte es sich nicht nehmen lassen, in letzter Sekunde die Tischordnung umzuwerfen, sodass die beiden nebeneinander saßen. Und das alles nur wegen dieser vermaledeiten Gerüchte.

Ophelia war froh, dass sie bislang niemand nach ihrem Verhältnis zu Raphael gefragt hatte. Vermutlich ging die Allgemeinheit davon aus, dass die Gerüchte auf der Wahrheit basierten.

Im Grunde überraschte es Ophelia nicht, dass auch Rafe eine Einladung erhalten hatte. Die Tatsache, dass ihre Mutter auf ihrer anderen Seite saß, tröstete sie ein wenig. Ophelia riss den Kopf herum und raunte ihr zu: »Sprich bitte mit mir, Mama. Sag irgendwas. Tu so, als wären wir in ein Gespräch vertieft.«

»Den Gefallen tue ich dir gern, meine Liebe, aber es spricht nichts dagegen, wenn du in geselliger Runde ein wenig mit ihm plauderst. Schließlich gehört er ja bereits so gut wie zur Familie.«

Ophelia traute ihren Ohren nicht. Steckte ihre Mutter etwa mit ihrem Vater unter einer Decke? Sherman hatte ganze Arbeit geleistet, das musste sie ihm lassen. Er hatte es geschafft, ihre Mutter davon zu überzeugen, dass ihre Heirat mit dem Viscount so gut wie sicher war.

Als wäre es das Normalste auf der Welt, legte Raphael den Arm auf die Lehne von Ophelias Stuhl und lehnte sich zu ihr herüber, als wäre er Teil der Unterhaltung. »Du solltest etwas leiser sprechen, wenn du sichergehen möchtest, dass ich dich nicht hören kann, Phelia«, meinte er mit einem süffisanten Lächeln in der Stimme.

Ophelia drehte sich zu ihm um und setzte für die anwesenden Gäste ein Lächeln auf, während sie ihn anraunte: »Ich dachte, ich hätte dir den Mund verboten. Ich möchte nichts mehr mit dir zu tun haben.«

Raphael seufzte. »Ich verstehe gar nicht, warum du so ungehalten bist. Obwohl, so stimmt das auch wieder nicht. Aber wenn du nur einen Augenblick darüber nachdenkst, wirst du merken, dass ich dir aus den richtigen Motiven heraus geholfen habe. Die dumme Wette war nur der Auftakt. Außerdem hilft es uns nicht, aus diesem Schlamassel herauszukommen, wenn du mich links liegen lässt.«

»Dich zu ignorieren ist meine einzige Chance«, zischte sie.

»Es sei denn, du möchtest die Hauptrolle in der Szene spielen, die ich ansonsten gleich hinlegen und mit der ich dich bis ins nächste Jahrhundert hinein blamieren werde.«

»Danke der Nachfrage, aber ich muss leider ablehnen.« Noch im selben Moment wandte Raphael sich seinem anderen Nachbarn zu und begann ein Gespräch mit ihm.

Ophelia starrte mit weit geöffnetem Mund ungläubig auf seinen Hinterkopf. Die Androhung eines Skandals reichte aus, um ihn abzuschrecken? Er dachte nicht einmal daran, sich wegen der Wette zu verteidigen oder sie davon zu überzeugen, dass er und Duncan sich nicht auf ihre Kosten lustig gemacht hatten?

Wie von selbst legte sich ihr alter Schutzpanzer wieder um ihre Schultern. Er hatte ihr lange Jahre gut gedient, und warum sollte sie ihn im Notfall nicht wieder hervorholen? Und dies war unter allen Umständen ein solcher Notfall.

Ophelia schäumte so sehr vor Wut, dass sie beschloss, das nächstbeste Heiratsangebot, das ihr gemacht wurde, anzunehmen. Sogleich ging ihr jedoch auf, dass es vorerst keine weiteren Angebote geben würde. Schließlich dachten alle, sie wäre diesem Teufel hier versprochen. Eine Katastrophe! Jetzt konnte sie ihm noch nicht einmal unter die Nase reiben, dass sie ihm jeden anderen Mann vorziehen würde. Die beste Methode, sich an ihm zu rächen, wäre, wenn sie ihn tatsächlich ehelichte und ihm das Leben zur Hölle machte.

Wenn sie ehrlich zu sich war, hatte sie schon das eine oder andere Mal über eine Ehe mit ihm nachgedacht, und zwar unmittelbar, nachdem sie von der Wette zwischen Raphael und Duncan erfahren hatte. Selbst die heftigen Weinkrämpfe hatten den Gedanken nicht ertränken können. Aber das war nicht der einzige Rachegedanke, der in ihrem hübschen Köpfchen seine Bahnen zog. Ophelia wünschte sich nichts sehnlicher, als dass er dachte, er hätte auf der ganzen Linie versagt, dass er die Wette gar nicht gewonnen hatte, dass sie nur vorgegeben hatte, ein besserer Mensch geworden zu sein, um schnellstmöglich nach London zurückkehren zu können.

Doch es war bei dem Gedanken geblieben, sie würde ihn nicht in die Tat umsetzen. Die alte Ophelia hätte sich umgehend ans Werk gemacht, aber nicht die neue ...

Als ihre Mutter sie am Arm anstupste, kehrte sie in die Gegenwart zurück. »Ich dachte, du würdest vor Hunger umkommen, und jetzt rührst du von den Köstlichkeiten vor dir nichts an. Ist alles in Ordnung mit dir?«

»Mir geht es gut«, versicherte Ophelia und griff zur Gabel. »Ich war nur ein wenig in Gedanken.«

»So wie ich dich einschätze, schmiedest du gerade die abstrusesten Rachepläne, kann das sein?«, riss Rafe das Wort an sich, um ihr zu beweisen, dass ihm nichts entging.

Ophelia drehte sich zu ihm um und funkelte ihn an. »Woher willst du das wissen? Begriffsstutzige Männer sind selten scharfsinnig.«

»Sind wir im Zuge der Rückschritte jetzt wieder bei Beleidigungen gelandet?«

»Wer macht hier Rückschritte? Du glaubst doch nicht allen Ernstes, dass du die Wette gewonnen hast, oder?«

So viel dazu, dass sie ihre Rachegedanken für sich behalten und nicht ausleben wollte. Einerseits war sie entsetzt darüber, dass sie ihn verletzt hatte, andererseits war sie voller Verzückung, einen Volltreffer gelandet zu haben, denn Rafe versteifte sich, und seine Wange zuckte nervös.

»Hast du etwa die Gerüchte über uns in Umlauf gebracht?«, fragte er mit tiefer, grollender Stimme.

»Also doch nicht so schwer von Begriff«, schoss sie zurück und krönte ihre Bemerkung mit einem eisigen Lächeln, auf das jeder Schneemann neidisch wäre.

»Warum hast du das getan? Zumal du mich doch gar nicht heiraten willst?«

»Um mich an dir zu rächen. Und falls du es genau wissen willst, das war erst der Anfang, um dir dein Junggesellendasein zu vermiesen.«

Wortlos schoss Raphael in die Höhe, packte sie bei der Hand und zerrte sie, von gelähmtem Schweigen der übrigen Gäste begleitet, aus dem Raum. Ophelia war fassungslos, dass er es tatsächlich wagte, den Spieß umgedreht zu haben und *ihr* eine Szene zu machen. Erst als er sie in Lord Cades Arbeitszimmer geschoben und hinter sich die Tür geschlossen hatte, fand sie die Sprache wieder. Sie riss sich augenblicklich los und wirbelte herum. »Bist du jetzt von allen guten Geistern verlassen?«

»Nicht, dass ich wüsste.«

»Dir ist schon klar, dass du der Gerüchteküche durch dein impulsives Verhalten soeben weiteren Zunder geliefert hast, oder?«

»Im Gegenteil, ich habe uns ein Schlupfloch geschafft. Ein Liebespaar mit Meinungsverschiedenheiten, etcetera etcetera, zu wütend, um sich wieder zu vertragen, etwas in der Richtung.«

»Mit welcher Entschuldigung denn?« Raphael sah sie mit ausdruckslosem Gesicht an. »Verflixt, Phelia, wie konntest du mir das nur antun?«

»Was denn? Dich in dem Glauben zu lassen, du hättest die Wette gewonnen? Ich hätte Schauspielerin werden sollen. Das war nämlich mein bisher bester Auftritt.«

Rafes Blicke durchbohrten sie wie Pfeilspitzen. Ophelia bekam es mit der Angst zu tun und wäre um ein Haar zurückgewichen. Wäre sie nicht so erbost gewesen, hätte sie sich entschuldigt und ein klärendes Gespräch angestrebt. Doch sie schäumte vor Wut.

»Und, wie fühlt es sich an, sprichwörtlich in die Ecke gedrängt zu werden und keinen Ausweg mehr zu sehen? Nicht sonderlich angenehm, oder?«, fuhr sie ihn an. »Und genau das hast du mit mir gemacht, du Schuft. Und weshalb? Nur, um eine dämliche Wette zu gewinnen.«

Von der Tür her war ein Klopfen zu hören. Vermutlich ihre Mutter. Oder möglicherweise Lord Cade, dem es nicht recht war, dass sie sich in seinem Arbeitszimmer aufhielten. Rafe lehnte sich gegen die geschlossene Tür, damit diese nicht geöffnet werden konnte und brummte: »Ja, doch. Nur einen Augenblick.« Das Klopfen erstarb.

»Ich schlage vor, du lässt dir alles noch einmal durch den Kopf gehen.« Raphael war selbst erstaunt, wie ruhig er nach außen hin wirkte, während er innerlich tobte. »Aus purer Gehässigkeit zu heiraten, halte ich für keine sehr gute Idee. Damit schadest du nicht nur mir, sondern vor allem auch dir. Rache ist süß, heißt es, aber der Genuss hält nur kurz an. Vergiss nicht, Phelia, dass wir hier vom Rest unserer beider Leben sprechen.«

»Das ist mir egal!«

»Dein Entschluss steht also fest?«

»Wenn das die effektivste Möglichkeit ist, mich an dir zu rächen, ja.«

»Prima, dann nichts wie los.«

Ehe Ophelia wusste, wie ihr geschah, hatte Raphael sie abermals am Arm gepackt und zerrte sie zurück in das Esszimmer, wo er mit lauter Stimme verkündete: »Ophelia und ich haben entschieden, uns noch heute Abend trauen zu lassen. Alle, die diesem freudigen Moment beiwohnen wollen, sind herzlich dazu eingeladen, uns zu folgen.«

Kapitel einundvierzig

Ophelia hatte sich benommen, wie es Heranwachsende oft taten. Sie hatte ohne nachzudenken den Mund aufgemacht und die verletzenden Worte nicht rechtzeitig zurückgenommen. Mit dem Unterschied, dass sie eine erwachsene Frau war. Wenige Minuten nach Raphaels Ankündigung standen Raphael, Ophelia, Lady Cade und Mary Reid in der engen Diele eines Magistrats, dem Raphael die Heiratslizenz vorlegte. Die restlichen Gäste waren zu schockiert gewesen, um mitzukommen, doch Lady Cade hatte sich diese einmalige Chance nicht entgehen lassen wollen.

So hatte Ophelia sich ihre Hochzeit beileibe nicht vorgestellt. Unzählige Male hatte sie sich ausgemalt, wie sie mit einem prächtigen Brautkleid in einem prunkvoll geschmückten Gotteshaus zum Altar schritt, umgeben von lächelnden Frauen, die erleichtert waren, dass sie vom Heiratsmarkt verschwand, und grimmig dreinblickenden Herren, die trauerten, weil nicht sie der Glückliche waren, dem sie in Kürze ewige Liebe schwören würde.

Die Zeremonie des ungepflegten Magistrats war an Geschmacklosigkeit und Eile nicht mehr zu überbieten. Hinzu kam, dass im Nachbarraum die Mutter des Magistrats vor sich hin schnarchte. Das war im Übrigen auch der Grund, warum sie mit der engen, dunklen Diele vorliebnehmen mussten.

Ophelia kam es so vor, als wäre sie in einem bösen Traum gefangen, aus dem sie nicht aufwachen wollte. Sie war wie in Trance und hoffte die ganze Zeit über, dass das, was sie erlebte, nur eine Art Vorab-Zeremonie war. Der einzige Trost, der ihr blieb, war der, dass ihr Vater nicht mit dabei war, um sich mit stolzgeschwellter Brust die Krönung seiner jahrelangen Mühen anzusehen.

Zurück in der Kutsche, riss Mary nervös und verwirrt das Wort an sich und versuchte, eine belanglose Unterhaltung in Gang zu bringen. Erst als Raphael Ophelia einen Stoß in die Rippen versetzte, beteiligte auch sie sich an dem Gespräch. Sie wusste, dass ihr nichts übrig blieb, als gute Miene zum bösen Spiel zu machen. Vor allem, weil Lady Cade am nächsten Morgen alles brühwarm herumerzählen würde.

Nachdem Lady Cade ausgestiegen war, senkte sich eisiges Schweigen über die Kutsche. Zum Glück waren es bis zum Reid'schen Stadthaus nur wenige Minuten. Was dann geschah, überstieg Ophelias Verstand um Längen. Die Kutsche hielt nicht nur an, um Mary abzusetzen, sondern Raphael scheuchte Ophelia gleich mit aus der Kutsche.

»Jetzt sieh zu, wie du damit klarkommst«, raunte er ihr zu, ehe er die Tür mit einem lauten Geräusch zuzog und die Kutsche weiterfuhr.

Wie zu Eis gefroren, stand Ophelia auf dem Gehsteig. Sie konnte sich nicht rühren, selbst wenn sie es gewollt hätte. Welch eine Demütigung, sie einfach bei ihren Eltern abzusetzen! Waren sie vielleicht doch noch nicht verheiratet? Hatte sie etwas überhört?

Mary legte ihrer Tochter den Arm um die Taille. Gemeinsam sahen sie der Kutsche des Viscounts nach, bis die Dunkelheit das Gefährt verschluckte. »Jetzt verstehe ich gar nichts mehr«, seufzte Mary, die nicht minder verwirrt war als ihre Tochter. »Wenn dein Vater mir nicht versichert hätte, dass du Raphael Locke heiratest, hätte ich niemals zugelassen, dass er dich vor den Magistrat schleift. Was hast du dir nur dabei gedacht, dein Einverständnis zu geben, Pheli?«

Einverständnis geben? Hatte sie das? Mochte sein, dass sie im Eifer des Gefechts Rafe versehentlich gesagt hatte, sie würde ihn heiraten. Vielleicht hatte er ihre Worte als angedeutetes Einverständnis gewertet. Es lag vermutlich an der Androhung, sie würde ihn seines Junggesellendaseins berauben, um ihn leiden zu lassen. Dabei hatte sie ihn nur verletzen wollen. Woher hätte sie denn wissen sollen, dass er sie gleich an sich binden würde? Wer hatte sich jetzt an wem gerächt?

»Bin ich wirklich verheiratet, Mama?«, fragte sie mit belegter Stimme, den Blick noch immer auf den Punkt gerichtet, an dem die Kutsche verschwunden war. »Oder war das nur eine Art Vorbereitungsgespräch, damit wir wissen, worauf wir achten müssen, damit die richtige Zeremonie stattfinden kann? Eine Art offizielles Eheversprechen mit Zeugen?«

»Tut mir leid, Liebes, aber von so etwas habe ich mein Lebtag noch nicht gehört«, antwortete Mary mit gerunzelter Stirn.

»Vielleicht ist es so Brauch, wenn der Sohn eines Herzogs heiratet, wer weiß?«

»Am besten, wir gehen jetzt ins Haus.« Mary drehte Ophelia in Richtung Haus. »Ich fürchte, du machst dir etwas vor. Du bist verheiratet. Sag mal, findest du es nicht auch seltsam, dass die Hochzeit noch am selben Tag stattfand, an dem sie beschlossen wurde? Auf der anderen Seite überrascht es mich nicht, dass die Lockes eine Sondererlaubnis für ihren Sohn ausgestellt haben. Es sind genau diese kleinen Privilegien, die die Reichsten und Mächtigsten unseres Königreichs genießen, die deinem Vater sauer aufstoßen.«

»Dann hätte er selbst in diese Schicht einheiraten sollen, statt mich die soziale Leiter hinaufzuschieben«, murmelte Ophelia vor sich hin.

Doch Mary hatte sie gehört und erwiderte ihre Worte mit einem Lächeln. »Das hatte er auch vor – bis er sich in mich verliebt hat.«

Ophelia sah ihre Mutter aus den Augenwinkeln heraus an. Sie hörte zum ersten Mal davon, dass Sherman Mary zuliebe seine Ambitionen über Bord geworfen hatte. Wenn sie es nicht besser wüsste, würde sie es als eine romantische Anwandlung ihres Vaters bezeichnen – wäre da nicht die unumstößliche Tatsache, dass er seinen Wunsch nicht an den Nagel gehängt, sondern lediglich auf seine Tochter übertragen hatte.

Mary seufzte, als sie sich in der Eingangshalle ihrer Umhänge entledigten. »So viel zu der pompösen Hochzeitsfeier, von der ich immer geträumt habe und die ich so gern für dich ausgerichtet hätte. Morgen früh, wenn ich verstanden habe, was sich eben ereignet hat, werde ich bestimmt vor Enttäuschung vergehen.«

Ophelia, die ohnehin schon unter einer Flut von Gefühlen litt, musste jetzt auch noch mit Schuldgefühlen ihrer lieben Mutter gegenüber kämpfen. Zumal Mary die geborene Gastgeberin war. Für sie wäre das Ausrichten der Hochzeitsfeier ihrer einzigen Tochter die Krönung ihres Schaffens. Aber jetzt war es vorbei mit diesem Traum.

»Es tut mir leid«, sagte Ophelia leise.

»Das muss es nicht. Du kannst ja nichts dafür, dass der junge Mann es so eilig hatte. Ich habe es dir an der Nasenspitze angesehen, dass du nicht minder überrascht warst wie wir anderen. Wenn ich jemandem die Schuld gebe, dann dieser vermaledeiten Sondererlaubnis. Auf der anderen Seite ist es irgendwie auch romantisch, sein Liebchen vom Fleck weg zu heiraten.«

»Ich fürchte, du verstehst nicht ganz, Mama. Was heute geschehen ist, hat nichts mit Romantik zu tun.«

Mary blickte verwirrt drein. »Wovon sprichst du?«

»Wundert es dich denn gar nicht, warum er mich bei dir gelassen hat, statt mich mit zu sich zu nehmen?«

»Natürlich tut es das. Er wirkte ein wenig ungehalten, auch wenn er versucht hat, es zu kaschieren. Aber ich bin überzeugt davon, dass es einen plausiblen Grund dafür gibt.«

»O ja, den gibt es. Im Grunde wollte er mich nämlich gar nicht heiraten – genauso wenig wie ich ihn. Ich habe ihn bis aufs Blut gereizt, und die Gerüchte, die über unseren Köpfen hingen, haben das Übrige getan.«

Doch Mary schien nur eines gehört zu haben: »Was soll das heißen, du wolltest ihn gar nicht heiraten?«

»Ich hätte es vielleicht gewollt, wenn Papa nicht darauf bestanden und Rafe mich nicht hintergangen hätte, aber ...«

»Aber liebst du ihn denn?«

Die Frage traf Ophelia wie ein Blitz aus heiterem Himmel, hatte sie sich doch die ganze Zeit vor der Antwort gedrückt.

»Ich weiß es nicht«, antwortete sie kaum hörbar. »Ja und nein. Noch nie zuvor habe ich mich in der Gegenwart eines Mannes so wohl gefühlt. Ich hatte das Gefühl, nicht ständig aufpassen zu müssen, was ich sage, und er hat mir einige wunderbare Erlebnisse beschert, die ich ihm niemals vergessen werde. Er bringt das Kind, das Mädchen und die Frau in mir zum Vorschein, setzt Gefühle in mir frei, die ich selbst noch nie erlebt habe.«

»O je«, stöhnte Mary.

»Wieso seid ihr denn schon wieder so früh zurück?«, unterbrach Sherman Mutter und Tochter und sah vom oberen Treppenabsatz auf sie herab. »Und warum steht ihr plaudernd hier im Foyer herum?«

»Jetzt wird's bunt«, raunte Mary Ophelia zu. »Sherman wird außer sich sein vor Wut, weil er die Trauung verpasst hat.«

Wenigstens etwas Gutes, das dieser desaströse Tag mit sich bringt, dachte Ophelia.

Kapitel zweiundvierzig

Nachdem Raphael sich vergewissert hatte, dass die Flasche Rum in Reichweite stand, löschte er die Lampe neben dem Lesesessel. Das orangefarbene Glimmen des niedergebrannten Feuers war nun die einzige Lichtquelle seines Schlafzimmers. Er verfluchte sich, dass er die Flasche Brandy vor lauter Aufregung hatte fallen lassen und sich jetzt mit Rum begnügen musste. Vor allem, weil eine Flasche bei Weitem nicht ausreichte, um seine Gefühle und seine Gedanken zu ertränken.

Er hatte es getan, hatte Ophelia Reid zur Gemahlin genommen – gütiger Gott, sie hieß jetzt ja Ophelia Locke. Was hatte er sich nur dabei gedacht?

Warum hatte er sich nicht, wie ursprünglich angedacht, einen Plan zurechtgelegt und ihn in die Tat umgesetzt, um aus der Verlobung herauszukommen? Es wäre doch so einfach gewesen. Er hätte nichts weiter tun müssen, als Gegengerüchte in die Welt zu setzen. Gerüchte über unüberbrückbare Differenzen. Hätte irgendjemand, der sie kannte, daran gezweifelt? Zum Teufel, nein.

Doch so sehr Raphael sich auch dagegen stemmte, ein winziger Teil seiner selbst wollte ihm weismachen, dass eine Heirat mit Ophelia auch ihre guten Seiten haben konnte. Der Rest von ihm fürchtete jedoch, ab sofort in einem Albtraum gefangen zu sein.

Einen Augenblick lang spielte er mit dem Gedanken, seiner Haushälterin aufzutragen, alles für den Einzug der Hausherrin vorzubereiten, besann sich dann aber. Er wäre vollkommen verrückt, sich diese Xanthippe ins Haus zu holen. Was, wenn sie ihm zu nahe kam? Was, wenn seine Männlichkeit auf sie reagierte? Es war in jeder Hinsicht das Beste, wenn er sie mied. Wo stand zudem geschrieben, dass er mit der Frau, mit der er verheiratet war, auch zusammenleben musste? Wenn seine Eltern sie nicht bei sich haben wollten, würde er eben ein anderes Zuhause für sie finden, solange er sie nicht bei sich aufnehmen musste.

Als Erstgeborenem und Titelerbe mangelte es ihm nicht am nötigen Kleingeld. Das Londoner Stadthaus gehörte mit zu jenen Besitztümern, die er bereits sein Eigen nannte, und er hatte keine Kosten gescheut, es nach seinem Geschmack herrichten zu lassen. Es war ein Männerhaus, perfekt eingerichtet für die Bedürfnisse eines Junggesellen, und war nichts für eine Frau, vor allem nicht für eine, die nichts anderes im Sinn hatte, als es vor lauter Wut zu zerstören. Er mochte das Haus und wollte nicht, dass es zerstört wurde. Es war Zeit für ein weiteres Glas Rum.

Schließlich dämmerte ihm, dass seine Gedanken in die Zusammenhangslosigkeit abglitten. Ursprünglich hatte er gehofft, dass der Alkohol ihm inneren Frieden bescheren würde, ehe er am Morgen der hässlichen Wahrheit ins Gesicht sehen musste, doch leider war diese Wirkung noch nicht eingetreten. Es war Zeit für ein weiteres Glas Rum.

Seine Heirat würde am Morgen in aller Munde sein. Nachrichten dieser Art verbreiteten sich rasend schnell. Er hatte keine Ahnung, wie er mit den Glückwünschen umgehen sollte – oder den Mitleidsbekundungen, je nach Fall. Am besten wäre es, wenn er seinem Vater eine Nachricht zukommen ließe, doch er hatte Angst, dass er nicht imstande wäre, ordentlich zu schreiben. Morgen war schließlich auch noch ein Tag.

Allmählich stellten sich die Schuldgefühle ein, weil er Ophelia in der Obhut ihrer Eltern gelassen hatte. Diese Art von Gehässigkeit war ihm eigentlich fremd. Aber es war die perfekte Rache gewesen. So konnte er ihr das *Eine*, das sie wirklich wollte, versagen, nämlich dass sie der Fuchtel ihres Vaters entkam. Unbezahlbar – wenn auch eine Spur zu gehässig für seine Verhältnisse.

Er würde sie nicht zwingen, allzu lange dort zu bleiben. Aber er würde sie auch nicht bei sich einziehen lassen. Nie und nimmer! Er würde einen Ort für sie suchen, wo sie ihren Hang zur Gehässigkeit ausleben konnte und er nichts davon mitbekam. Sie würden auf keinen Fall unter demselben Dach leben, solange er nicht ein Wort von dem glauben konnte, was sie sagte.

Bei Gott, er mochte noch immer nicht glauben, wie gerissen dieses Frauenzimmer war. Da hatte er ihr tatsächlich abgekauft, ein neuer Mensch geworden zu sein, hätte Stein und Bein geschworen, dass ihr Bedauern von Herzen kam und sie ihm die Wahrheit erzählt hatte. Dabei hatte sie ihn nach Strich und Faden belogen.

»Als ich davon erfahren habe, bin ich sofort losgestürmt. Herzlichen Glückwunsch!«

Raphael hob den Blick und sah, dass seine Schwester den Kopf in den Raum steckte und ihn bis über beide Ohren angrinste. »Du kannst dir deinen Atem sparen.«

»Was?«

»Ich kann auf die Glückwünsche gut und gern verzichten. Wenn du möchtest, kannst du mir dein Mitleid ausdrücken. Aber tu mir einen Gefallen und spar dir deinen Frohmut.«

»Du bist betrunken.« Amanda betrat den Raum.

»Gut geraten! Zwei Punkte für dich.«

»Sternhagelvoll, wie mir schwant. Warum? Wo ist sie?« Amanda sah dabei auffällig in Richtung Bett.

»Hier wirst du sie vergebens suchen«, murmelte er. »Weshalb hast du es eigentlich nicht mal für angebracht gehalten anzuklopfen, statt einfach so hereinzuplatzen, wenn du sie hier vermutet hast?«

»Ich platze nirgends herein«, verteidigte sie sich mit einem Schnauben.
»Aber genau das hast du getan.«
»Nein, habe ich nicht. Ich habe mehrfach geklopft, und als du nicht geantwortet hast, habe ich angenommen, dass du schläfst. Auch auf die Gefahr hin, dass du nicht schläfst, musste ich hereinkommen, so entzückt war ich, weil du ...« Als sie merkte, dass sich das Gesicht ihres Bruders zunehmend verfinsterte, bremste sie sich. »Sollte ich mich denn nicht freuen?«
»Nein, solltest du nicht.«
»Aber ich *mag* sie.«
»Das war früher aber ganz anders.«
»Das war, bevor ich mich so nett mit ihr unterhalten habe.« Jetzt schnaubte er. »Glaub ihr kein Wort, Mandy. Sie ist eine notorische Lügnerin und eine erstklassige Schauspielerin. Sie kann dich glauben machen, dass die Sonne scheint, wenn es offensichtlich nicht der Fall ist. Wie, zum Teufel, hast du eigentlich so schnell davon erfahren?«
»Ich war auf einem Fest, und plötzlich stürmte ein Jüngling herein und verkündete die Neuigkeit. Sofort wurde er mit Fragen behelligt und ließ verlauten, er wäre bei den Cades eingeladen gewesen, als du verkündet hättest, dass du dir Ophelia ans Bein binden würdest. Lady Cade soll euch wohl begleitet haben. Natürlich ruhten plötzlich sämtliche Augen auf mir und sahen mich vorwurfsvoll an, weil ich keinen Mucks von mir gegeben hatte, dass es so schnell schon geschehen würde. Das war ziemlich peinlich, wie du dir vorstellen kannst, aber ich verzeihe dir, weil ich so entzückt war, dass ... nein, nein, nicht entzückt, ich vergaß. So ... glücklich?«
»Mache ich einen glücklichen Eindruck?«
Nachdenklich ließ Amanda sich auf der Sessellehne nieder. »Was ist passiert? Ist etwas vorgefallen, das eure Hochzeit vereiteln könnte?«
»Nein«, antwortete Raphael angewidert. »Ich hätte es erst

gar nicht so weit kommen lassen, aber ich war außer mir vor Wut.« Ihm leuchtete ein, wie eigenartig er klingen musste, und so wollte er gerade ein wenig ausholen, als er den roten Faden verlor und aufgab. Stattdessen sagte er: »Ein Wort der Warnung, meine Liebe: Triff nie eine wichtige Entscheidung, wenn du voller Wut bist.«

»Ich dachte, du magst sie, hast in den höchsten Tönen von ihrem neuen Selbst geschwärmt. Und selbst ich bin der Meinung, dass sie ein sehr netter Mensch ist. Sie hat sich nicht nur verändert, nein, ich finde, sie ist ein vollkommen neuer Mensch.«

»Alles Lügen. Die Frau, die ich mochte, gibt es gar nicht. Sie war eine Täuschung.«

Amanda hob eine Augenbraue. »Bist du dir da ganz sicher? Wir sprechen doch über die Frau, die von der Wette erfahren hat, oder? Derjenigen, die dir am liebsten die Augen ausgekratzt hätte? Du hast sie gerade eine erstklassige Schauspielerin genannt. Vielleicht ist diese Frau ja eine Täuschung.«

Kapitel dreiundvierzig

Du verstehst nicht, Sherman«, sagte Mary mit flehender Stimme. »Sie hat sich in den Schlaf geweint. Das Kind ist todunglücklich über die jüngsten Ereignisse.«

»Was soll ich denn sagen?«

Ophelias Eltern saßen am eingedeckten Frühstückstisch, rührten aber nichts an. Mary hatte ihrem Gemahl nach bestem Wissen und Gewissen noch am Abend zuvor erklärt, was sich zugetragen hatte. Und sie sollte, was seine Reaktion betraf, recht behalten. Er war außer sich.

»Sie hätte die gewaltigste Hochzeitsfeier des Jahrhunderts haben können«, fuhr Sherman fort. »Vielleicht wären sogar Vertreter der Krone gekommen. Ist dir eigentlich klar, was für eine Gelegenheit uns durch die Lappen gegangen ist?«

»Würdest du ausnahmsweise mal nicht an deine vermaledeiten *Gelegenheiten*, sondern an deine Tochter denken?«

Es kam nur selten vor, dass Mary ihrem Ehemann gegenüber die Stimme erhob. Im Gegensatz zu Ophelia verlor sie nur selten die Nerven. Wenn es jedoch zu einem Wutausbruch ihrerseits kam, wurde Sherman auf einen Schlag leise. So auch jetzt, denn er fiel in sich zusammen, und sein Blick bekam etwas Weiches.

»Geh mit ihr einkaufen«, murmelte er mit müden Augen. »Das bringt euch Weibsbilder doch für gewöhnlich auf andere Gedanken.«

»Das ist gefühllos.«

Er errötete. »Aber es funktioniert, oder?«

»Bei leichten Verstimmungen vielleicht, aber dieses Desaster kann kaum als *leicht* bezeichnet werden. Übrigens ist das nicht das erste Mal, dass sie diese Woche weint. Als sie in ihrem Zimmer geblieben ist, war sie gar nicht krank. Ihr war etwas zu Ohren gekommen, das ihr schlimm zugesetzt hat.«

»Was denn?«

»Ich habe keine Ahnung. Sie wollte es mir nicht verraten, hat so getan, als wäre nichts Schlimmes passiert. Aber ich habe sie noch nie so aufgewühlt, geschweige denn verzagt erlebt – abgesehen von damals, als du sie mit MacTavish verlobt hast.«

Sherman errötete abermals. »Lass uns das bitte nicht wieder aufwärmen, Liebes. Unter anderen Umständen hätte es eine wunderbare Verbindung werden können.«

»Das gehört jetzt nicht zur Sache. Der Punkt ist, dass Ophelia im Moment so vehement erschüttert ist, weil sie mit einem Mann verheiratet ist, der nichts von ihr wissen will.«

Ophelias Vater richtete sich auf. »Ich kann einfach nicht glauben, dass es einen Mann auf Erden gibt, der unseren Engel nicht begehrt.«

Mary hob eine Augenbraue. »Vom Aussehen her ist sie ein Engel, ja, aber du weißt genauso gut wie ich, dass die ungewöhnliche Kindheit, die du ihr auferlegt hast, sie nicht nur hochnäsig und kratzbürstig, sondern auch misstrauisch hat werden lassen.«

»Wieso stehe ich eigentlich immer am Pranger?«

»Wenn es doch nun so ist? Unzählige Male habe ich dich gewarnt, du sollst sie nicht wie ein Kleinod überall herumzeigen. Du hast sie wie eine Erwachsene behandelt, als sie noch ein Kind war, hast Horden von Junggesellen durch das Haus geschleust, um Angebote einzuholen, lange bevor sie dafür bereit war.«

»Wenn du es unbedingt wissen musst, mir ist das streckenweise auch nicht leicht gefallen.«

»Was glaubst du denn, wie sie sich erst gefühlt haben muss? Eure lautstarken Auseinandersetzungen gehen in die Annalen dieser Stadt ein. Die ganze Nachbarschaft zerreißt sich darüber das Maul.«

Und wieder schoss Sherman die Röte in die Wangen. »Als sie von ihrem Besuch bei den Lockes wiederkam, war sie überhaupt nicht so launisch wie sonst, meinst du nicht auch? Ich hätte sie beinahe nicht wiedererkannt.«

Mary verdrehte die Augen. »Weil du mit deiner aufbrausenden Art ihre sanfte Seite nie zu Gesicht bekommen hast. Aber ja, auch mir ist aufgefallen, dass sie anders war. Irgendwie sanfter. Als wären die Dornen von ihr abgefallen.«

»Meinst du, die Lockes mit ihrer Erhabenheit haben sie überwältigt und bescheidener gemacht?«, ließ er verlauten.

Mary schnalzte mit der Zunge. »Das halte ich für unwahrscheinlich. Abgesehen von dem Viscount und seiner Schwester kennen wir niemanden aus der Familie. Du solltest dich nicht in unbestätigten Vermutungen ergehen.«

Er zuckte die Achseln. »Aber was auf der Welt könnte den Wandel denn dann herbeigefügt haben?«

»Ich bin ihre Mutter, Sherman, nicht ihre Freundin. Auch wenn es mir nicht sonderlich behagt, sie zieht mich nur selten ins Vertrauen.« Die Worte trieben Mary die Tränen in die Augen. Mit erstickter Stimme fügte sie hinzu: »Sie hatte kein glückliches Leben, Sherman. Hast du je darüber nachgedacht? Sie ist die schönste Tochter, die man sich wünschen kann, aber sie ist zugleich auch die unglücklichste.«

»Was kann ich da tun?«

»Abgesehen davon, dass du sie wütend machst? Es tut mir leid, das war nicht gerecht von mir. Aber du musst zugeben, dass ist Ophelias einzige Reaktion auf dich. Und ich bin mir nicht sicher, ob es noch einen Weg aus dieser verfahrenen Situation gibt. Eigenartig ist nur, dass ich das Gefühl nicht loswerde, dass sie ihn liebt. Sie hat es nicht laut gesagt, aber immer, wenn sie über ihn spricht, leuchten ihre Augen. Natürlich erklärt das nicht, warum sie hier bei uns ist und er fröhlich seiner Wege gezogen ist. Ich glaube, sie hat recht, er hat sie gar nicht heiraten wollen. Er hat es nur wegen dieser albernen Gerüchte getan, an denen, wenn ich das hinzufügen darf, du nicht ganz unschuldig bist, weil du deinen Freunden von ihrem Besuch bei den Lockes erzählt hast und damit rechnen konntest, dass sie mit einer Verlobung in der Tasche zurückkommt.«

Sein Teint wurde eine Nuance dunkler. »Ich werde Locke einen Besuch abstatten, um mir einen Eindruck davon zu machen, aus welcher Richtung der Wind weht.«

»Tu das lieber nicht«, riet sie ihm. »Das könnte alles nur noch schlimmer machen.« Und dann fügte sie mit sichtbarer Erregung hinzu: »Wenn er sie im Lauf der nächsten Tage nicht abholt, werde ich dich begleiten und ihm mal meine Meinung sagen! Ich werde nicht mit ansehen, dass meine Tochter zum Gegenstand des Gespötts gemacht wird, weil es ganz so aussieht, als fände er sie nicht akzeptabel.«

Kapitel vierundvierzig

»Du bist noch nicht auf? Sadie meinte, du wärest hier.« Ophelia setzte sich abrupt im Bett auf. Sie hatte wach gelegen, in dem Wissen, dass es bereits auf Mittag zuging. Doch sie hatte einfach keine Lust auf das gehabt, was der Tag ihr bringen würde. Es würde mitnichten ein angenehmer Tag werden. Und sie würde recht behalten. Es war Jane und Edith an der Nasenspitze anzusehen, dass sie bereits im Bilde waren.

»Das ist typisch Sadie. Nur weil sie meint, ich sollte aufstehen, sagt sie euch, ich wäre bereits wach«, erklärte Ophelia und tat, als müsse sie gähnen.

»Ist wohl spät geworden?«, kicherte Jane.

Jane und Edith nahmen auf ihren üblichen Stühlen an dem kleinen Esstisch Platz. Es hatte den Anschein, als hätte Sadie das Tablett mit Absicht stehengelassen, um Ophelia aus dem Bett zu locken.

Für Janes Verhältnisse war die Bemerkung, die sie soeben gemacht hatte, recht gewagt, schließlich zielte sie unmissverständlich auf Ophelias Hochzeitsnacht ab. Ehe Ophelia jedoch antworten konnte, hielt Edith die innere Anspannung jedoch nicht mehr aus, und es platzte aus ihr heraus: »Du hast aber auch ein unverschämtes Glück!«

Und Jane fügte hinzu: »Dabei haben wir doch gerade erst herausgefunden, dass du mit ihm verlobt bist. Kannst du dir das vorstellen. Es hat uns niemand davon erzählt, weil alle meinten, wir wüssten es ohnehin schon. Und jetzt das!«

»Allerdings haben wir nicht damit gerechnet, dich hier zu vorzufinden«, meinte Edith. »Wir sind direkt zu Lockes Haus gefahren, um dir einen Besuch abzustatten. Sein Butler hatte aber keine Ahnung, wovon wir sprachen. Als wir ihn darüber informierten, dass du Lord Locke geheiratet hast, hätte er uns beinahe Lügnerinnen geschimpft. Meinte, davon wäre ihm noch nichts zu Ohren gekommen, weshalb es nicht stimmen könne. Diesen Kerl musst du umgehend feuern. Es ist mir einerlei, dass er lediglich seine Arbeit tut, aber er hat sich uns gegenüber ziemlich unhöflich benommen.«

»Warum bist du eigentlich hier und nicht bei seinen Eltern?«, kam Jane ohne Umschweife zur Sache.

Ophelia seufzte innerlich und erging sich in Ausflüchten: »Sein Haus muss für mich erst noch umdekoriert werden.« Doch sie hätte wissen müssen, dass ihre Freundinnen diesen Köder nicht schlucken würden.

»Wirklich?«, fragte Edith mit spekulativem Stirnrunzeln. »Aber seine Schwester wohnt doch auch bei ihm.«

»Amanda macht das nichts aus. Rafe findet, ich sollte erst bei ihm einziehen, wenn alles so ist, wie er es sich für mich vorstellt. Ihr wisst schon, der erste Eindruck und so. Mir soll es recht sein. Und natürlich hatten wir auch unsere Hochzeitsnacht.«

Sofort schoss Ophelia die Röte in die Wangen, wenn auch aus einem anderen Grund, als die beiden Mädchen annahmen. Sie errötete, weil es nicht stimmte. Wie kam es, dass sie sich auf einmal wieder solcher Lügen bediente? Weil sie es nicht ertragen würde, bemitleidet zu werden.

Um das Thema zu wechseln, schob sie sogleich hinterher: »Wer von euch beiden war denn heute Morgen schon so früh aus den Federn, um die Neuigkeiten in Erfahrung zu bringen?«

»Du machst Witze«, antwortete Edith lachend. »Wir haben es bereits gestern Abend gehört.«

»Bis auf eine Handvoll Gäste von den Cades sind alle anderen aus dem Haus gestürmt, um die Kunde auf anderen Festen kundzutun«, fügte Jane hinzu. »Du weißt ja, wie die feine

Gesellschaft so ist, jeder möchte die Gerüchte als Erster gehört haben. Genau genommen haben wir es gestern sogar zweimal erfahren. Das erste Mal, als du auf dem Weg zum Magistrat warst.«

»Und dann«, fuhr Edith fort, »kaum eine Stunde später, als du bereits verheiratet warst. Einige der Cades-Gäste sind im Haus der Gastgeberin geblieben, bis Lady Cade aus erster Hand bestätigen konnte, dass ihr geheiratet habt, und haben sich erst dann unters Volk gemischt.«

»Und – du wirst es kaum glauben«, sagte Jane voller Begeisterung, »ich habe gestern Abend meinen ersten Heiratsantrag bekommen. Von Lord Even. Kurz nachdem sich die Nachricht deiner Eheschließung verbreitet hat. Nicht, dass ich mich für ihn erwärmen könnte, aber es ist immerhin ein Anfang.«

»Es stimmt, zwei deiner früheren Verehrer haben heute Morgen bei mir auf der Schwelle gestanden«, sagte Edith. »Ich habe meinen Augen nicht getraut, wie du dir vorstellen kannst. Natürlich war ich geschmeichelt. Sie tragen es mit Fassung, dass sie dich nicht mehr haben können, das muss man ihnen lassen.«

»Wer weiß, vielleicht finden Edith und ich diese Saison doch noch Ehemänner, selbst wenn die Zeit dafür sehr knapp ist. Aber die Möglichkeiten sind jetzt immens, kein Vergleich zu vorher.«

Ophelia, der nicht entgangen war, wie aufgeregt ihre Freundinnen waren, fragte sich, warum keine von beiden sie hasste. Schließlich lag es an ihrer Schönheit, dass die zwei noch nicht unter der Haube waren. Sie hatten nicht einmal versucht, sich im Vorfeld für einen möglichen Kandidaten zu entscheiden, denn sie waren der Meinung gewesen, sie hätten ohnehin keine Chance, bis sie, Ophelia, nicht verheiratet wäre. Das war traurig, so hätte es nicht sein dürfen. Und sie hatte nichts unternommen, um sicherzustellen, dass es gar nicht so weit kam, weil sie weder mit der einen noch mit der anderen richtig befreundet war.

»Ich könnte die eine oder andere Empfehlung aussprechen, wenn ihr wollt«, sagte Ophelia beinahe schon verschüchtert. »Auch wenn es anders ausgesehen hat, *ich* habe den meisten der Gentlemen meine Aufmerksamkeit geschenkt. Manche von ihnen sind netter als andere, einige haben eine romantische Ader, und andere würden vorbildliche Väter abgeben. Und ich weiß, dass ihr ahnt, warum ich die letzte Eigenschaft besonders schätze.« Die beiden Mädchen kicherten. »Nach meiner Verlobung ist mein Interesse rapide gesunken, was wiederum zur Folge hatte, dass ich nicht davor zurückgeschreckt bin, ihnen unbequeme Fragen zu stellen, um mehr über sie in Erfahrung zu bringen.«

»Gab es denn einen, der alle drei Eigenschaften in sich vereinte?«, bedrängte Jane sie.

»O ja«, antwortete Ophelia. »Harry Cragg zum Beispiel. Er wäre perfekt für dich, Jane. Er ist nicht nur ein passionierter Reiter, sondern züchtet Rennpferde in Kent. Ich weiß, wie enttäuscht du warst, als deine Eltern dir das Reiten verboten haben, nachdem du vom Pferd gefallen bist und dir den Arm gebrochen hast. Ich vermute, dass Harry sich nur für mich interessiert hat, weil ich gern ausreite. Die Frau, die ihn heiratet, müsste jeden Tag neben ihm im Sattel sitzen, da bin ich mir ganz sicher.«

»Sie hat recht«, stimmte Edith ihr zu. »Das eine Mal, das ich mich mit Harry unterhalten habe, wollte er über nichts anderes als Pferde reden. Ich fand es entsetzlich langweilig, aber erinnerst du dich nicht daran, dass ich meinte, *du* wärst fasziniert gewesen?«

»Er sieht gar nicht so schlecht aus, oder?«, meinte Jane, deren Interesse augenscheinlich geweckt war. »Zumindest meine ich mich daran erinnern zu können.«

»Ich mag Naturburschen nicht so sehr«, antwortete Edith grinsend. »Ich sehe mich eher als Blaustrumpf.«

»Stimmt, du würdest lieber die Nase in ein Buch stecken, statt auf eine Feier zu gehen«, zog Jane sie auf.

»Und was dich betrifft, Edith, du solltest dich verstärkt um Lord Paisleys Aufmerksamkeit bemühen«, merkte Ophelia an.

»Sein Vorname ist mir entfallen, aber ich erinnere mich noch genau, wie er mit seiner Bibliothek geprahlt hat, die mehr als dreitausend Bücher umfasst. Er meinte, er hätte wegen der vielen Werke extra anbauen lassen müssen.«

»Machst du Witze?«, empörte Edith sich mit weit aufgerissenen Augen.

»Wo denkst du hin? Ich hatte den Eindruck, dass er um die halbe Welt gereist ist, wann immer er von einem Buch in einem fremden Land gehört hat, das ihn interessierte.«

»Außerdem hat er einen hellen Teint, der gut zu dir passen würde, meine Liebe«, kicherte Jane.

»Weißt du, Pheli«, platzte es aus Edith heraus. »Ich hätte nie gedacht, dass ... Hoppla, entschuldige bitte, der Name ist mir so rausgerutscht.«

»Schon in Ordnung«, versicherte Ophelia ihr. »Mein alter Spitzname stört mich nicht mehr.«

»Nein?«, meinte Jane und runzelte nachdenklich die Stirn. »Du hast dich verändert, Ophelia, und wie. Ernsthaft, ich habe dich noch nie so ...«

»... entspannt erlebt«, beendete Edith den Satz an ihrer statt. »Mir geht es nicht anders. Auch auf die Gefahr hin, dass du mich vor die Tür setzt, aber ich freue mich über die neue Ophelia. Wer hätte je gedacht, dass du uns dabei behilflich sein würdest, geeignete Ehemänner zu finden? Fast wie eine beste ...«

Edith unterbrach sich und lief rot an. Das Wort *Freundin* hing unausgesprochen in der Luft. Ophelia war nicht minder beschämt. Schließlich hatte Rafe die ganze Zeit über recht gehabt. Die Verbitterung, die sie früher mit sich herumgetragen hatte, hatte sie zu einer Egoistin gemacht und sie davon abgehalten, sich den beiden zu nähern. Sie hatte stets ihren Reaktionen misstraut. Je intensiver Ophelia darüber nachdachte, desto mehr wurde ihr bewusst, dass die beiden im Grunde sehr liebenswürdige Menschen waren und sie ihnen nur nie eine echte Chance gegeben hatte. Bei Gott, was sie alles in ihrem Leben verpasst hatte – Freunde in die Flucht zu schlagen, damit sie sie nicht verletzen konnten, womit sie sich letzten Endes nur selbst ein Bein gestellt hatte.

Kapitel fünfundvierzig

Ihr Gemahl ist hier und möchte Sie sprechen«, verkündete Sadie von der Tür her.
Die beiden Mädchen saßen mittlerweile bei Ophelia auf dem Bett. Gemeinsam hatten die drei eine Liste möglicher Kandidaten für Jane und Edith zusammengetragen. Die Stimmung war gut, es wurde viel gelacht. Es war lange her, dass Ophelia sich so köstlich amüsiert hatte.

Zwei von den drei Mädchen dachten bei Sadies Ankündigung daran, welch netten Klang das Wort *Gemahl* doch hatte, während sich Ophelias Laune schlagartig verschlechterte. Sie versuchte, ein freundliches Gesicht zu wahren, als ihre Freundinnen davonbrausten, um den Frischvermählten etwas Privatsphäre zu gönnen.

Ophelia ließ sich bewusst mit dem Ankleiden Zeit und beachtete Sadie, die sie zur Eile antrieb, erst gar nicht. Sie fand es angemessen, Rafe ein wenig schmoren zu lassen. Von ihr aus konnte er warten, bis er schwarz wurde. Es war schockierend, wie schnell ihre Wut sich wieder zurückgemeldet hatte. Ihr war, als könnte sie einfach nichts dagegen unternehmen.

»Vielleicht war es gar nicht so schlecht, dass Ihre Mutter wieder ins Bett gegangen ist«, merkte Sadie an, als sie Ophelia zur Tür hinausschob. »Ich habe gehört, sie sei heute Morgen auf dem Kriegspfad gewandelt, wegen der jüngsten Ereignisse.«

»Was für ein Blödsinn«, schnaubte Ophelia und blieb am oberen Treppenabsatz stehen. »Meine Mutter wandelt nie auf Kriegspfaden.«

»Dieses Mal schon, und Ihr Herr Vater hat sogar einen Rückzieher gemacht, ob Sie es glauben oder nicht. Jerome hat an der Tür gelauscht. Er schwört, dass es so war.«

Ophelia glaubte Sadie dennoch nicht. Schließlich war besagter Jerome dafür bekannt, seine Geschichten auszuschmücken, um sich interessanter zu machen. Aber ihr stand nicht der Sinn danach, sich mit Sadie zu streiten, weil Rafe im Salon auf sie wartete. Sie zweifelte keinen Augenblick daran, dass er gekommen war, um sie zu holen. Jetzt, wo sie verheiratet waren, wurde erwartet, dass sie auch unter einem Dach lebten, ob sie wollten oder nicht. Zuerst würde sie ihm aber eine Entschuldigung abpressen, weil er sich einfach aus dem Staub gemacht hatte.

Im Türrahmen zum Salon blieb sie stehen. Innerlich war sie auf einen Kampf eingestellt. Äußerlich trug sie wieder ein puderblaues Kleid, um ihre Augenfarbe zu unterstreichen, und ihre Frisur war tadellos. Ihr »Gemahl« stand gedankenversunken an einem der Fenster, die zur Straße hinausgingen. Ophelia war sich nicht sicher, ob er ihre Ankunft überhaupt bemerkt hatte.

Doch sie irrte. Ohne sich umzudrehen, sagte er: »Du hast mich eine Stunde warten lassen. Wohl in der Hoffnung, ich würde die Warterei satt haben und wieder gehen?«

»Nicht im Geringsten«, schnurrte sie. »Zumindest Letzteres triff nicht zu.«

Raphael drehte sich um und sah, wie Ophelia mit einem verschlagenen Grinsen in Richtung Sofa stolzierte. Insgesamt gab es vier ausladende Sofas, die allesamt mit goldfarbenem Seidenbrokat bezogen waren, was hervorragend zu den erdfarbenen Tönen der Sessel passte, die im Raum verstreut standen. Die Sofas waren um einen niedrigen Tisch platziert, auf dem neben dem Blumenarrangement ihrer Mutter hauptsächlich Nippesfiguren standen und der vornehmlich für Teetabletts benutzt wurde.

Ophelia breitete ihren Rock aus, damit Rafe nicht auf die

Idee kam, neben ihr Platz zu nehmen. Doch da hatte sie die Rechnung ohne ihn gemacht. Zähnefletschend zerrte sie an dem Stoff, was dieser Grobian noch nicht einmal zu bemerken schien. Er wandte sich zu ihr um und legte den Arm auf der Sofalehne hinter ihr ab. Vielleicht war er nicht vorsätzlich unhöflich – ganz im Gegensatz zu Ophelia, die jetzt kein Halten mehr kannte und demonstrativ von ihm abrückte.

»Sitz still«, sagte er nur.

»Geh zum Teufel.«

Raphael wollte gerade nach ihr greifen, änderte in letzter Sekunde aber seine Meinung und seufzte. »Können wir uns nicht wenigstens ein paar Minuten lang wie normale Menschen unterhalten?«

»Das bezweifle ich. Selbst eine Minute ist da schon zu viel.« Ophelia schäumte vor Wut. Jede Silbe, die ihre Lippen verließ, machte es nur noch ärger. Als gösse jemand Öl ins Feuer. Das Schlimme war, dass ihre Ungehaltenheit nur noch mehr anschwellen würde, weil sie kein Ventil dafür hatte. Wie eine Wunde, die nicht versorgt wurde und irgendwann zu eitern begann. Die einzige Abhilfe, die sie kennengelernt hatte, war ihr verwehrt. Es stand schließlich außer Frage, dass sie seine Hilfe in Anspruch nehmen würde, um die Wut loszuwerden, für die *er* verantwortlich war.

»Ich habe die ideale Lösung für uns beide gefunden.«

Er spie seine Worte aus, als handele es sich um einen Goldklumpen, auf den sie sich stürzen und ihren Sarkasmus und ihre Rachsucht für einen Moment außer Acht lassen sollte. Doch es funktionierte nicht.

»Ich war mir gar nicht bewusst, dass wir auf der Suche nach einer Lösung waren.« Das Einzige, was ihr in den Sinn schoss, war eine Annullierung, aber sie schwor sich, dass sie ihn so leicht nicht davonkommen ließe. Sofort sagte sie: »Eine Annullierung kommt gar nicht infrage.«

»Da stimme ich dir zu«, sagte er zu ihrer Überraschung.

»Außerdem hatten wir unsere Hochzeitsnacht ja schon, wenn auch ein wenig verfrüht.«

Falls er angenommen hatte, sie bloßzustellen, indem er ihr Liebesspiel erwähnte, hatte er sich selbst in den Finger geschnitten. Genau genommen hatte er sie lediglich daran erinnert, wie leichtgläubig sie gewesen war. Dass sie allen Ernstes geglaubt hatte, er wolle ihr helfen, wo sie nichts weiter als ein Quell der Belustigung für ihn und Duncan gewesen war. Dass er ihr tatsächlich geholfen hatte, war irrelevant, weil seine Motive nicht aufrichtiger Natur gewesen waren.

»Ich habe beschlossen, ein Haus zu kaufen. Es gibt ein Objekt ganz in der Nähe deines Elternhauses, damit du sie besuchen kannst, wann immer dir der Sinn danach steht.«

»Was ist denn mit unserem Haus nicht in Ordnung?«

»Nichts. Mein Haus ist perfekt – für mich. Ich bin mir sicher, dass du nicht überrascht bist, wenn ich es gern so beibehalten würde. Ich spreche hier von einem eigenen Haus für dich.«

Das war zwar nicht annähernd das, was Ophelia erwartet hatte, dennoch brachte sie ein angestrengtes Lächeln zustande. »Du hast wohl Angst, ich könnte dein Haus in Schutt und Asche legen, oder wie muss ich das verstehen?«

»Der Gedanke ist mir in der Tat gekommen. Du bist unberechenbar, Phelia, vermutlich die unberechenbarste Person, der ich je begegnet bin. Da ist es doch verständlich, dass deine Anwesenheit mein heiß geliebtes Haus in Gefahr brächte.«

»Deine brillante Idee sieht also nicht nur getrennte Schlafzimmer, sondern gleich auch getrennte Häuser vor? Und was, wenn mir der Vorschlag nicht zusagt?«

»Ich mache das nicht, um dir einen Gefallen zu tun, meine Liebe. Von mir aus könntest du hier wohnen bleiben. Aber es wäre nur eine Frage der Zeit, bis mich das in ein höchst unvorteilhaftes Licht rückt. Vergiss nicht, dass du diejenige warst, die mir die Schlaufe um den Hals gelegt hat. Und das, obwohl ich früher oder später einen Weg gefunden hätte, uns aus der

Sache herauszubugsieren – ohne dass einer von uns Schaden genommen hätte.«

»Ich habe gar nichts erzwungen! Du hast es dir selbst zuzuschreiben, Raphael. Niemand hat dich gezwungen, mich zum Magistrat zu schleppen, geschweige denn diese dämliche Wette einzugehen.«

Raphael ignorierte Ophelias erhitzten Unterton und zuckte nur lässig mit den Schultern. »Wie dem auch sei, du wirst akzeptieren müssen, was ich dir anbiete. Kann es sein, dass es noch nicht bis zu dir durchgedrungen ist, dass ich jetzt das Sagen habe?«

So blasiert hatte Ophelia Raphael noch nie gehört. »Darauf würde ich nicht wetten.«

Er erhob sich mit derselben verärgerten Miene, die er auf Summers Glade aufgesetzt hatte, als er ihr die Leviten gelesen hatte. »Fordere mich nicht heraus, Ophelia. Das hast du bereits ein ums andere Mal getan. Ich kann und werde dich an die Leine nehmen, wenn es sein muss. Es liegt mir fern, *wieder* die Kontrolle über dein Leben übernehmen zu wollen, aber ich werde es tun, wenn es sein muss.«

Mit diesen warnenden Worten ließ er sie zurück. Ophelia war sich sicher, dass er sie, wenn er es für nötig hielt, wieder nach Alder's Nest verfrachten würde. Das hatte er mit *wieder* gemeint, da war sie sich sicher. Aber damit würde sie ihn nicht durchkommen lassen, und sie wusste auch, wie sie ihm zuvorkommen konnte.

Kapitel sechsundvierzig

Ich halte das für keine sonderlich gute Idee«, brummte Sadie, steckte die Schoßdecke unter ihren plumpen Oberschenkeln fest und richtete den besorgten Blick aus dem Kutschenfenster.
»Es ist eine gar wunderbare Idee«, widersprach Ophelia ihr.
»Sie können unmöglich ohne Vorankündigung bei wildfremden Leuten einfallen, und schon gar nicht bei einem Herzog.«
»Auch wenn er ein Herzog ist«, sagte Ophelia achselzuckend, »aber er ist außerdem mein Schwiegervater. Meinst du ernsthaft, dass er mir keinen herzlichen Empfang bereiten wird?«
»Darum geht es nicht. Was, wenn ihm bereits zu Ohren gekommen ist, dass Sie sich von seinem Sohn entfremdet haben?«
»Niemand weiß davon. Selbst *Rafe* weiß es nicht. Er denkt, es wäre seine Idee, wenn wir uns voneinander fernhalten.«
»Sie sollten lieber in das Haus einziehen, das er für Sie gekauft hat, statt einfach bei seiner Familie hereinzuplatzen.«
Ophelia seufzte. Sadie war heute mal wieder in Topform, wenn es um Nörgeleien ging. Ophelia war auch ohne ihre ständigen Kommentare nervös genug, weil sie in Kürze vor den Herzog treten würde. Sadie machte alles nur noch schlimmer.
»Erstens ist es nicht meine Art, irgendwo hereinzuplatzen«, sagte Ophelia. »Zweitens habe ich nicht vor, in das Haus zu ziehen, das er für mich gekauft hat.«
»Aber er hat es doch nur für Sie gekauft.«
»Ja, und ich bin entzückt darüber, dass er so viel Geld verschleudert. Ich habe vor, nach meiner Rückkehr nach London noch viel mehr von seinem Geld zum Fenster herauszuwerfen,

ich kann es kaum abwarten, auf Einkaufsbummel zu gehen und ihm alle Rechnungen zuschicken zu lassen.«

»Einen Mann um sein Geld zu erleichtern, mit dem man auf Kriegsfuß steht, ist eine noch schlechtere Idee, als ohne ein Wort nach Norford Hall zu reisen«, warnte Sadie sie.

»Wenn es nach dir geht, ist alles eine schlechte Idee.«

»Das liegt daran, weil Sie wieder wie früher sind. Ich hatte mich gerade erst an Ihr neues Ich gewöhnt, da ...«

»Das ist nicht wahr, und das weißt du auch«, unterbrach Ophelia sie gekränkt. »Meine rückläufige Entwicklung bezieht sich ausschließlich auf ihn.«

Mit einem Seufzen sagte Sadie: »Das stimmt. Es tut mir leid. Es ist nur so, dass ich mir eine prächtigere Hochzeit für Sie gewünscht habe, dass Sie endlich ein wenig Frieden finden, wenn Sie nicht mehr bei Ihrem Vater wohnen, und dass Sie einen Mann finden, der sie liebt und dessen Kinder sie unter dem Herzen tragen, um die ich mich dann kümmern kann ... Sind Sie sicher, dass Sie nicht vielleicht guter Hoffnung sind?«

Ophelia war sich nicht sicher, sagte aber: »Ja, ich bin mir sicher, dass ich nicht schwanger bin. Sei so lieb und sag dem Fahrer, er möge anhalten. Ich fürchte, mir ist schon wieder übel.«

»Also doch guter Hoffnung?«

»Nein! Ist auch egal, wir brauchen nicht anzuhalten. Es ist schon wieder vorbei. Vermutlich liegt das nur an der Wut, die mich von innen heraus auffrisst, und diese elende Schaukelei macht es nur noch schlimmer.«

»Es wäre keine Schande, wenn Sie guter Hoffnung wären. Schließlich sind Sie verheiratet.«

»*Aber ich bekomme kein Kind!*«

»Prima. Komisch nur, dass Ihre Wut Ihnen bisher noch nie auf den Magen geschlagen ist.«

»Das liegt daran, dass ich in meinem ganzen Leben noch nie *so* wütend war.«

Sadie brummte etwas vor sich hin, doch Ophelia hatte die Ohren längst auf Durchzug gestellt. Sie war sich selbst nicht sicher, was sie mit diesem Besuch erreichen würde. So weit hatte sie sich im Vorfeld gar keine Gedanken gemacht. Das Letzte, was sie beabsichtigte, war, einen Keil zwischen Rafe und seine Familie zu treiben. Doch Rafes Drohung hing wie ein Damoklesschwert über ihrem Kopf. Es bedeutete ihr viel, wenigstens eine Person auf ihrer Seite zu wissen, vor allem, wenn Rafe tatsächlich versuchte, ihre Freiheit zu beschneiden und sie nach Alder's Nest zu verfrachten – mutterseelenallein.

Die Fahrt nach Norford Hall dauerte einen halben Tag. Mit Ausnahme des königlichen Palasts hatte Ophelia noch nie ein solch großes Anwesen zu Gesicht bekommen. Das Ausmaß des Gebäudes war imposant und gab ihr das Gefühl, ein Niemand zu sein. So wohnten also Herzöge und ihre Familien.

Sadie war nicht minder beeindruckt, als sie aus der Kutsche stieg und sich mit weit aufgerissenem Mund das Gebäude ansah. Mit einem rauen Flüstern sagte sie: »Ich bete zu Gott, dass Sie wissen, was Sie tun.«

Doch Ophelia antwortete ihr nicht. Wie aus dem Nichts tauchte eine Horde livrierter Diener auf, geleitete die beiden Frauen zum Haupteingang und machten sich daran, sich um Gepäck und Gefährt zu kümmern. Ophelia war froh, sich für eine edle Gewandung entschieden zu haben. Das war vermutlich der Grund dafür, weshalb sie ohne Nachfrage nach ihrer Identität oder ihrem Begehr vorgelassen wurde.

Als Ophelia jedoch vor den breitschultrigen Butler von Norford Hall trat, musste sie schlucken. *Er* machte nicht den Anschein, als wolle er ihr gestatten, auch nur einen Fuß in das herzogliche Herrenhaus zu setzen, ohne vorher in Erfahrung gebracht zu haben, mit wem er es zu tun hatte. Doch Sadie, die einsame Spitze war, wenn es darum ging, mit Bediensteten zu kommunizieren, hatte keine Angst, sich mit ihresgleichen auseinanderzusetzen, selbst wenn diese einen höheren Rang bekleideten als sie. Ihre anfängliche Scheu war wie weggefegt, als sie ohne großes Federlesen direkt auf den Punkt kam.

»Wir benötigen zwei Zimmer«, erklärte Sadie dem Butler fast schon kaltschnäuzig. »Eines davon sollte geräumig sein, also denken Sie nicht einmal im Traum daran, meine Herrin in einem herkömmlichen Gästezimmer unterzubringen. Falls Sie es nicht wissen, Sie haben es hier mit der Schwiegertochter Ihres Herrn zu tun. Wenn man bedenkt, wie groß der Sitz des Herzogs ist, dürfte es doch sicherlich kein Problem sein, mich in einem Zimmer in unmittelbarer Nähe meiner Herrin einzuquartieren. Vielen Dank.«

Kaum hatte Sadie zu Ende gesprochen, wurden sie auch schon vorgelassen. Stünde dieser Butler in ihrem Dienst, hätte Ophelia ihm einen Rüffel dafür erteilt, dass er sich von der Hochnäsigkeit einer fremden Bediensteten einschüchtern ließ.

Als Ophelia das pompös ausgestattete Gästezimmer betrat, das ihr zugewiesen wurde, kam sie aus dem Staunen nicht mehr heraus. Es war mindestens viermal so groß wie ihr Zimmer zu Hause. Sie, die Luxus gewöhnt war, besaß keine Scheu, sich in voller Montur auf das opulente Bett fallen zu lassen.

Nachdem sie den Großteil des Tages in der Kutsche verbracht hatte, hätte sie sich ein wenig ausruhen sollen, zumindest bis zum Abendessen, doch Ophelia war viel zu nervös. Sobald sie die erste Begegnung mit dem Herzog hinter sich gebracht hätte, würde sie – vorausgesetzt, alles lief glatt –, sich ein wenig entspannen können und ihren Aufenthalt womöglich genießen. So kam es, dass sie ihre Reisekleider ablegte, in das Kleid schlüpfte, das unter der Reise am wenigsten gelitten hatte, und nach unten ging, um ihre neue Familie kennenzulernen.

Kapitel siebenundvierzig

Es dauerte nicht lange, da hatte Ophelia sich in dem großen Gebäude verlaufen und wandelte orientierungslos durch das untere Stockwerk. Es gab nicht nur *eine* Empfangshalle, von der Räume abgingen, sondern gleich mehrere. Als sie merkte, dass sie ohne fremde Hilfe niemals den Familiensalon finden würde, verlangte sie kurzerhand eine Audienz beim Herzog und wurde von einem Diener umgehend in den blauen Salon geführt. Sie hoffte inständig, dass sie nicht allzu lange warten musste.

Der blaue Salon, dessen Name von der Wandbespannung und den pastellfarbenen Vorhängen herrührte, war nicht leer. Eine Frau mittleren Alters lag auf einem der Sofas, und es hatte tatsächlich den Anschein, als mache sie ein Nickerchen. Um das Licht auszublenden, das durch die lange Fensterfront fiel, hatte sie sich den Arm über die Augen gelegt. Beim Geräusch von Ophelias Schritten setzte sie sich auf, blickte zu ihr und verzog das Gesicht.

»Wer sind Sie? Nein, sagen Sie nichts. Es würde ohnehin nicht funktionieren. Am besten, Sie gehen, bevor mein Sohn zu uns stößt.«

Angesichts dieser befremdlichen Begrüßung wusste Ophelia nicht, ob sie lachen, weinen oder aus der Haut fahren sollte. Rafes Mutter? Hatte sie nicht gehört, sie sei bereits vor Jahren verschieden? Wer mochte diese Frau sein? Mit ihrem blonden Haar und den blauen Augen war sie bemerkenswert hübsch und hatte eine gewisse Ähnlichkeit mit Rafe. Ihre barsche und herrische Art war jedoch eher maskulin.

»Ich bitte um Entschuldigung?«, sagte Ophelia.

»Mein Sohn Rupert lässt sich nur allzu leicht von schönen Frauen um den Finger wickeln«, ließ die Frau sie wissen. »Und Sie sind eindeutig zu hübsch. Ein Blick von Ihnen, und er hängt an Ihrem Rockzipfel. Sie müssen gehen.«

Ophelia entschied, die Bemerkung zu übergehen, und versuchte es erneut. »Kann es sein, dass Sie eine der zahlreichen Tanten meines Gemahls sind? Ich bin übrigens Ophelia.«

»Es ist mir einerlei, wer Sie sind, Mädchen, sehen Sie zu, dass Sie sich rar machen, und zwar flott. Nein, ich habe es mir anders überlegt. Wir gehen. Wir können meinem Bruder auch ein anderes Mal einen Besuch abstatten.«

Mit diesen Worten erhob sie sich, stieß jedoch ein kehliges Geräusch aus, weil sie zu lange gezögert hatte. Der junge Mann, von dem sie gesprochen hatte – ihr Sohn –, kam in den Salon geschlendert. Als sein Blick auf Ophelia fiel, blieb er wie angewurzelt stehen. Er starrte sie an. Nichts, das sie nicht gewöhnt wäre, aber im Gegensatz zu den meisten anderen hatte es ihm nicht die Sprache verschlagen.

»Mein Gott«, sagte er. »Mein Gott, sind die Engel jetzt auf die Erde herabgeschwebt?«

Mit dem leicht gewellten schwarzen Haar und den hellblauen Augen war er durchaus attraktiv, wenngleich ihm etwas sehr Feminines anhaftete. Seine Haut war zu glatt, die Nase zu dünn. Er trug nicht nur Spitze am Ärmelaufschlag, sondern auch an der Krawatte, und einen hellgrünen Gehrock aus Satin. Es überraschte Ophelia, dass er keine albernen Kniehosen trug. Sie empfand es als Ironie des Schicksals, dass der Sohn mädchenhaft wirkte, während die Mutter etwas Männliches versprühte.

»Du kannst den Mund jetzt wieder schließen, Rupert«, raunte seine Mutter angewidert. »Sie ist mit deinem Cousin Rafe verheiratet.«

»Ah, das erklärt alles.« Rupert klang nur mäßig enttäuscht,

dass sie bereits vergeben war.« »Sie müssen die unvergleichliche Ophelia sein. Ich habe schon viel von Ihnen und Ihrer legendären Schönheit gehört, dem Gerede aber nie viel Aufmerksamkeit geschenkt. Hätte ich mich doch nur früher bemüht, Sie kennenzulernen?« Er lächelte Ophelia warmherzig an. »Vergessen Sie meinen Cousin. Was halten Sie davon, wenn wir beide davonlaufen? Ich werde Sie so glücklich machen wie kein anderer.«

»Ich habe einen Narren großgezogen!«, schalt seine Mutter.

Doch Rupert schien sie nicht zu hören, er hatte nur Augen für Ophelia. Im nächsten Moment machte er einen Satz nach vorn und küsste ihr die Hand, die er länger als nötig festhielt, während er ihr verträumt in die Augen sah.

Just in dem Moment betrat ein Mann von imposanter Statur und adligem Gebaren den Raum. Ophelia wusste sofort, mit wem sie es zu tun hatte – dem Duke of Norford. Sah man davon ab, dass er ein wenig runder war, wirkte er mit seinen blonden Haaren und den blauen Augen wie eine ältere Ausgabe von Rafe.

Nachdem er einen flüchtigen Blick auf die düster dreinblickende Frau geworfen hatte, sagte er: »Julie, geh nach Hause. Du bist schon zu lange hier.«

»Aber ich bin doch gerade erst gekommen.«

»Genau.«

Dann trat er tiefer in den Raum und schloss sie in die Arme. Eine Geste, die seine Schwester erwiderte. Hatte er sie gerade aufgezogen? Ein Herzog, der seine Schwester ärgerte?

Erst danach wandte er sich Ophelia zu. »Ich glaube kaum, dass ich fragen muss, wer Sie sind. Die Gerüchte, die sich um Ihre Schönheit ranken, werden Ihnen nicht gerecht. Kommen Sie mit. Wir werden uns ein Eckchen suchen, in dem uns keine sabbernden Neffen stören.«

»Aber ich sabbere doch gar nicht«, protestierte Rupert lautstark.

Doch der Herzog hatte den Raum bereits verlassen, und Ophelia spürte, dass er erwartete, sie würde ihm folgen. Vorher musste sie jedoch dafür sorgen, dass dieser Rupert ihre Hand wieder freigab. Nachdem ihr das mit einer ruckartigen Bewegung gelungen war, rauschte sie aus dem Salon.

»Beeilen Sie sich, meine Werteste. Ich werde mich nicht von der Stelle rühren und auf Sie warten«, rief Rupert ihr mit honigsüßer Stimme nach. Doch im nächsten Moment jaulte er auf. Ophelia war sich sicher, dass seine Mutter ihn mit etwas beworfen hatte.

Gerade noch rechtzeitig erspähte Ophelia den herzoglichen Rücken, wie er in einem Raum am anderen Ende des Flurs verschwand. Mit gerafften Röcken eilte sie ihm nach. Schlitternd kam sie vor der Tür zum Stehen, atmete einige Male tief durch, um sich zu fangen, und betrat erst dann den Raum, bei dem sie sich nicht sicher war, ob es sich um ein Arbeitszimmer oder eine Bibliothek handelte. Fast jede Wand zierte ein Bücherregal, und in einer Ecke stand ein ausladender Schreibtisch, wie Ophelia ihn noch nie gesehen hatte. Abgerundet wurde der imposante Eindruck durch eine gemütliche Sitzecke.

»Was für ein nettes … Arbeitszimmer«, merkte Ophelia an, als sie es dem Hausherrn gleichtat und in einem der bequemen Sessel Platz nahm. Auf einem niedrigen Tisch zwischen den Sesseln stand ein Tablett mit Tee.

»Mein Arbeitszimmer ist viel zweckmäßiger eingerichtet und befindet sich ein paar Türen weiter den Gang hinunter«, berichtigte er sie. »Hierhin ziehe ich mich zurück, um mich zu entspannen, wenn mir die Arbeit zu viel wird. Hätten Sie die Freundlichkeit, uns ein wenig Tee einzuschenken? Er ist gerade erst serviert worden.«

»Aber natürlich doch.«

Da seine Stimme keine Rückschlüsse auf seine Stimmung zuließ, konnte Ophelia nicht sagen, ob er erfreut war, sie kennenzulernen, oder ob ihre Anwesenheit ihn womöglich störte.

Gemessen an dem Grad ihrer Nervosität war sie erstaunt, dass die Teetassen in ihren Händen nicht klirrten. Sie konnte seinen Blick auf sich spüren, mit dem er sich wohl ein Bild von ihr machen wollte.

Schließlich sagte er: »Ihre Schönheit entbehrt tatsächlich jeder Beschreibung. Ich dachte bislang, das Gerede wäre übertrieben, aber dem ist keineswegs so.«

»Ich wünschte, ich wäre nicht so hübsch, Eure Hoheit.«

»Meine Liebe, Sie müssen mich nicht mit meinem Titel anreden. Nennen Sie mich fürs Erste Preston. Und wieso wünschen Sie sich, weniger hübsch zu sein?«

Als Ophelia ihm die Teetasse reichte, trafen sich ihre Blicke.

»Es ist ein Segen und ein Fluch zugleich, wobei Letzteres schwerer wiegt.«

»Wieso?«

Ophelia schwieg einen Augenblick und dachte nach. Da sie das Thema angeschnitten hatte, wäre es das Beste, wenn sie die Wahrheit sprach. Immerhin hatte sie es mit ihrem Schwiegervater zu tun – und einem einflussreichen Mann obendrein.

»In erster Linie, weil mein Vater mich wie ein wertvolles Schmuckstück behandelt, das er gern überall herumzeigt. Das ist auch der Grund, warum er und ich uns nicht verstehen. Dann wäre da noch die Art und Weise, wie die Menschen auf mich reagieren, wenn sie mich sehen. Nehmen Sie nur Ihren Neffen.«

Der Herzog stieß ein Lachen aus. »Rupert ist kein sonderlich gutes Beispiel, meine Liebe. Der Junge braucht nur einen Rockzipfel zu sehen, und schon ist er hin und weg. Aber davon abgesehen verstehe ich, was Sie sagen wollen.«

»Doch es sind nicht nur die Männer, die meine Nähe suchen. Frauen tun es auch, wenn auch aus anderen Gründen. Sie hoffen, in der Gunst der Männer zu steigen, wenn sie mit mir gesehen und in einem Atemzug genannt werden. Mein Antlitz hat mir zu einer gewissen Popularität verholfen. Und es ist schuld daran, dass ich den Großteil meines Lebens anderen nicht habe vertrauen können. Die meisten Menschen, die mich umgeben, sind mir gegenüber nicht aufrichtig. Das meine ich, wenn ich von Fluch spreche.«

Einen Augenblick lang sah der Herzog sie nachdenklich an. »Man könnte meinen, dass jemand mit Ihren Vorzügen ein erfülltes und zufriedenes Leben führt. Umso erstaunter bin ich, dass das Gegenteil der Fall zu sein scheint.«

Ophelia zuckte verlegen die Achseln. »Meine Verbitterung ist nicht mehr so ausgeprägt wie früher, eine Tatsache, die ich übrigens Ihrem Sohn zu verdanken habe. Er hat mir geholfen, die Dinge aus einem anderen Blickwinkel zu sehen. Neues Vertrauen in mein Leben entwickelt zu haben, ist ein wunderbares Gefühl ...«

»Ja, ich entsinne mich, dass er mit Ihnen ... gearbeitet hat. Er erwähnte so etwas.«

Prestons Schweigen legte nahe, dass Rafe seinem Vater mehr erzählt hatte, als ihr lieb war. Was, wenn er ihm sogar anvertraut hatte, dass sie intim geworden waren? Es sollte ja Väter und Söhne geben, die keine Geheimnisse voreinander hatten. Ophelia spürte, wie ihr die Röte in die Wangen kroch.

»Da wir gerade beim Thema sind: Wo ist eigentlich der Bräutigam? Ich hätte angenommen, dass er Sie auf Ihrem ersten Besuch in seinem Elternhaus begleitet.«

Ophelia zögerte kurz, ehe sie einräumte: »Er weiß gar nicht, dass ich hier bin. Rafe und ich sprechen zurzeit nicht miteinander. Außerdem wohnen wir getrennt.«

Ophelias Worte trieben dem Herzog die Falten auf die Stirn. »Weigern Sie sich etwa, mit ihm zusammenzuleben?«

»Im Gegenteil. Er hat mich geheiratet und umgehend wieder bei meinen Eltern abgesetzt.«

Jetzt hielt es den Herzog nicht mehr im Sessel. »Der kann was erleben«, zischte er mit tiefrotem Gesicht.

Dann geschah etwas, das Ophelia überraschte: Sie verteidigte Rafe.»Er wollte mich gar nicht heiraten. Er ist sogar ziemlich ungehalten, dass er dazu gezwungen wurde.«

Nachdem der Herzog diese Nachricht verdaut hatte, nahm er seufzend wieder Platz. »Ich fürchte, dafür trage ich die Verantwortung. Ich habe ihn mehr oder weniger genötigt, Ihnen Gerechtigkeit widerfahren zu lassen. Sie wissen schon, die Gerüchte. Es wäre unverantwortlich gewesen, wenn die Situation außer Kontrolle geraten wäre. Sie hätten Ihren Ruf zerstört, wenn er Sie nicht zu seiner Verlobten gemacht hätte. Dass das Ganze letzten Endes so schnell ging, damit habe ich allerdings nicht gerechnet.«

»Ihrem Sohn ist es nicht anders ergangen. Genau genommen hätte er nie gedacht, dass es überhaupt je so weit kommen würde. Er hatte vorgehabt, die Gerüchte zu zerstreuen, um einer Hochzeit mit mir zu entkommen. Doch dann habe ich die Beherrschung verloren und ihn geradezu herausgefordert, mich vor den Magistrat zu zerren. Ihn trifft also keinerlei Schuld.«

»Dabei hätte ich schwören können, er hätte voller Stolz behauptet, Ihr Gemüt gezähmt zu haben.«

Sie presste die Lippen aufeinander. »So, hat er das? Nun ja, in gewisser Weise stimmt es auch. Mittlerweile kann ich mich sogar mit meinem Vater unterhalten, ohne ihn anzuschreien. Bei Rafe liegt der Fall jedoch anders. Immer wenn er ins Spiel kommt, habe ich mich einfach nicht unter Kontrolle.«

»Verstehe«, sagte der Herzog nachdenklich.

Sie wünschte, sie könnte das auch von sich behaupten. »Wie dem auch sei, ich würde nur ungern allein in dem Haus leben, das er für mich gekauft hat. Ich bin überzeugt davon, dass er ein stilvolles Objekt ausgewählt hat, aber solange ich unter Gemütsschwankungen leide, wäre es besser, Menschen um mich herum zu wissen.«

»Die Türen meines Hauses stehen Ihnen weit offen«, sagte er und schien es auch so zu meinen.

»Herzlichen Dank, aber das ist nicht der Grund meines heutigen Besuches. Meine Zofe, Sadie, ist überzeugt davon, ich sei guter Hoffnung. Ich hingegen ...«

»Wirklich?«, riss er das Wort mit einem breiten Lächeln an sich. »Das sind ja wundervolle Nachrichten. Also hat er sie nach der Eheschließung doch nicht direkt verlassen.«

»Doch, das hat er. Aber unsere gemeinsame Zeit auf Alder's Nest war nicht nur in einer Hinsicht ereignisreich.« Erleichtert stellte Ophelia fest, dass sie nicht weiter ins Detail gehen musste. Auf seinem Gesicht lag eine Mischung aus Verständnis und Missbilligung. »Wie ich eben sagte, glaube ich nicht, dass an Sadies Vermutungen etwas dran ist. Außerdem ist es noch viel zu früh, um sicher sein zu können. Nur für den unwahrscheinlichen Fall, dass dem doch so sein sollte, dachte ich, es wäre ein guter Zeitpunkt, die Bekanntschaft von Rafes Familie zu machen. Wenn ich ehrlich bin, wollte ich sichergehen, dass Sie nicht so verdrießlich sind wie er.«

Allem Anschein nach hatte der Herzog die Bemerkung nicht in den falschen Hals bekommen. Sonst hätte er wohl kaum losgelacht.

Kapitel achtundvierzig

Die Ruhe vor dem Sturm trieb Raphael in den Wahnsinn. Er hätte darauf gewettet, dass seine »Gemahlin« etwas Haarsträubendes im Schilde führte, um ihn aus der Reserve zu locken. Schließlich hatte sie geschworen, ihm das Leben zur Hölle zu machen. Als er die Ungewissheit nicht mehr ausgehalten hatte, hatte er sich auf die Suche nach ihr begeben und eine Reihe von Festivitäten besucht, in der Hoffnung, ihr wie zufällig zu begegnen. Doch sie hatte sich weder in der Öffentlichkeit gezeigt noch das Haus bezogen, das er ihr gekauft hatte.

Zu guter Letzt war Raphael zu der Überzeugung gekommen, dass sie sich rar machte, um unbequemen Fragen über sich und ihn aus dem Weg zu gehen. Kluges Mädchen, zumal es unsäglich erniedrigend wäre, dass ihr Gemahl nicht mit ihr zusammen sein wollte. Er konnte sich einfach nicht vorstellen, dass sie es ohne Weiteres zugab. Nein, ihr war eher zuzutrauen, dass sie sich ein erlogenes Szenario zurechtlegte, bei dem er alles andere als gut wegkam.

Überraschenderweise waren bislang noch keine Gerüchte, die ihre Ehe betrafen, bis zu ihm vorgedrungen. Dafür war er von allen Seiten mit Fragen überhäuft worden und konnte von Glück sprechen, dass er nicht auf den Mund gefallen war und geantwortet hatte, ohne zu viel preiszugeben. Ferner hatte seine Schwester, die ebenfalls von allen Seiten gelöchert wurde, zugestimmt, weiterhin so zu tun, als spreche sie noch immer nicht mit ihm.

Beim Dinner am Vorabend, bevor sie auf einen Ball gegangen war, hatte sie ihm versichert: »Alle denken, wir wären noch immer zerstritten. Du glaubst gar nicht, wie erholsam es ist, wenn ich sagen kann, dass ich von nichts weiß.«

Irgendwann gab Raphael die Grübelei darüber auf, was Ophelia wohl vorhatte, und machte sich auf den Weg zu *ihrem* Haus, um es selbst herauszufinden. Damit sie umgehend in ihr neues Domizil einziehen konnte, hatte er ein bereits, in eleganter Manier eingerichtetes Haus erstanden und umgehend das nötige Personal eingestellt.

Es hätte ihn nicht überrascht, wenn sie die Belegschaft entlassen hätte, um sich selbst neues Gesinde zu suchen. Doch das hatte sie nicht getan. Der Butler, der auf sein Klopfen hin die Tür öffnete, war derselbe, den er eingestellt hatte.

»Wo ist sie?«, erkundigte es sich bei Mister Collins.

»Wer, Mylord?«

»Meine Gemahlin, natürlich«, antwortete Raphael leicht gereizt, als er ihm Hut und Mantel übergab. Nur zu lebhaft konnte er sich daran erinnern, wie sie ihn das letzte Mal hatte warten lassen. Am besten, er machte es sich erst einmal gemütlich.

»Lady Locke ist bislang noch nicht eingezogen«, ließ Collins ihn wissen. Es war ihm anzumerken, wie unangenehm es ihm war, dass ausgerechnet er dem Hausherrn diese Information überbringen musste.

Damit hatte er nicht gerechnet. »Es ist nun fast eine Woche vergangen, seit ich sie habe wissen lassen, das Haus wäre einzugsbereit. Hat sie wenigstens schon ihre Kleider und persönlichen Gegenstände herbringen lassen?«

»Wir haben die Dame des Hauses noch nicht zu Gesicht bekommen.«

Raphael verkniff sich weitere Fragen, entriss dem Butler den Mantel, vergaß jedoch den Hut und war binnen Sekunden auf dem Weg zu den Reids, wo er erfuhr, dass Ophelia vor zwei Tagen verreist sei. Das war der Moment, in dem er von bodenloser Panik übermannt wurde.

Es war gar nicht auszudenken, was für Scherereien sie ihm bescheren konnte, wenn sie seiner Familie einen Besuch abstattete. Er zweifelte nicht einen Augenblick daran, dass sie sich auf Norford Hall aufhielt, um gegen ihn schlecht Wetter zu machen. Und sie hatte bereits einen Vorsprung von zwei Tagen! Die Angst schnürte ihm die Kehle zu, schließlich hatte er es mit der alten Ophelia zu tun, jener Frau, die er nicht gemocht hatte, die nichts lieber tat, als Gerüchte in die Welt zu setzen und mit Lügen zu untermauern. Der Ophelia, die nur an sich dachte und der es einerlei war, wen sie auf dem Weg zu ihren selbstsüchtigen Zielen verletzte. Und ihr aktuelles Ziel hieß, ihm zu schaden.

Stunden später traf er auf Norford Hall ein. Aufgrund der fortgeschrittenen Stunde hatte sich bereits Stille über das Haus gesenkt, nur hier und da brannten noch Lampen. Als Raphael sah, dass der wachhabende Diener am Haupteingang auf einem Stuhl saß und schlief, schlüpfte er ungesehen ins Haus und lief geradewegs in sein Zimmer. Er benötigte dringend Schlaf, um ein wenig Kraft für die Konfrontation mit Ophelia zu schöpfen.

Als er bemerkte, dass Ophelia in seinem Bett lag, stockte ihm der Atem. Was sollte er jetzt tun? Am besten, er suchte sich ein anderes Zimmer. Doch er blieb wie angewurzelt stehen, machte keine Anstalten, sein Vorhaben in die Tat umzusetzen. Stattdessen starrte er fasziniert auf die schlafende Gestalt.

Sie lag in seinem Bett. Ihr helles, vom Mondlicht beschienenes Haar, das sich auf seinem Kissen ergoss, glänzte beinahe weißlich. Sie hatte die Vorhänge nicht zugezogen. Es war eine sternenklare Nacht, und der Mond schickte sein silbernes Licht auf die Erde. Deshalb hatte Raphael es auch schneller als sonst nach Norford Hall geschafft. Dennoch war es spät, sehr spät. Vermutlich schlief sie bereits seit Stunden.

Sie lag in seinem Bett. Und sie war seine Frau. Nicht einmal eine Horde wilder Pferde hätte ihn aus dem Zimmer jagen können.

Ob sie für gewöhnlich tief schlief? Ob sie merken würde, wenn er sich zu ihr legte? In Windeseile entledigte er sich seiner Kleider und tat genau das. Sie erwachte nicht. Sie bewegte sich keinen Fingerbreit. Und er war hundemüde. Hinter ihm lag ein langer Tag voller unangenehmer Überraschungen. Es war das Beste, wenn er jetzt schlief. Dass er nicht früh genug wach würde, darum musste er sich wohl kaum Gedanken machen. Dafür würde Ophelia schon sorgen, wenn sie in der Früh entdeckte, dass er neben ihr lag. Es reichte, wenn er sich dann um diese Xanthippe kümmerte.

Im Augenblick war diese Xanthippe nirgends zu entdecken. Es stand außer Frage, dass er in aller Seelenruhe neben ihrem weichen, warmen Körper schlafen konnte. Mit Sex hatte er es schon einmal geschafft, ihre Wut zu besänftigen. Oder war das etwa auch nur eine Lüge gewesen, um ihn glauben zu machen, es sei ihm gelungen, sie zu ändern? Es gab nur eine Möglichkeit, um das herauszufinden ...

Kapitel neunundvierzig

Es dauerte nur einen Augenblick, bis Ophelia merkte, woher das Wohlgefühl rührte, das durch ihren Körper strömte. Nein, sie würde Rafe den Weg, den er einzuschlagen gedachte, nicht verweigern. Sie war ja schließlich nicht auf den Kopf gefallen. Sie würde nicht zulassen, dass sie auf die exquisiten Freuden verzichtete, die er ihr bescheren konnte, nur weil die Wut, die er in ihr heraufbeschworen hatte, sich nicht auflösen wollte.

Sie wusste instinktiv, dass das Liebesspiel mit ihm ihrer Wut nichts anhaben konnte. Mit ein wenig Glück vergaß sie sie für kurze Zeit, aber mehr war nicht zu erwarten, das spürte sie. Schließlich war sie betrogen worden, wenn auch nicht im eigentlichen Sinne. Doch die Wette hatte ihr das Herz gebrochen. Sie wies alle Symptome auf, die ein Mensch hatte, der an einem gebrochenen Herzen litt. Und genau das erklärte auch, warum sie die alles entscheidende Frage noch nicht beantwortet hatte. Ja, sie *hatte* sich in diesen Mann verliebt. Deshalb würde auch ein Schäferstündchen mit ihm ihr Herz nicht wieder heilen können. Aber es war Balsam für ihre geschundene Seele, dass er ihr nicht widerstehen konnte.

Ihr Nachthemd aus Leinen, das sie wie immer, wenn sie unter der Decke lag, bis über die Knie geschoben hatte, war für ihn kein Hindernis gewesen. Er hatte es kurzerhand bis über ihr Becken geschoben. Als sie aufgewacht war, hatte er ihr sanft über die Innenseiten ihrer Schenkel gestrichen. Jetzt glitt sein Finger in sie, gerade tief genug, dass er ein leichtes Kribbeln in ihr freisetzte. Der obere Teil ihres Nachthemdes war, wie es sich gehört, bis oben hin zugeknöpft gewesen, doch Raphael hatte nicht eher Ruhe gelassen, bis ihre Brüste freilagen. Er hatte seinen Mund über eine ihrer Brustwarzen gestülpt und sog nun leicht daran.

Ophelia versuchte erst gar nicht, gegen die sinnlichen Gefühle anzukämpfen, die in ihr aufflackerten. Im Gegenteil, sie ließ sich fallen, kostete jedes Ziehen und jedes noch so winzige Beben aus. Allerdings kostete es sie einige Kraft, ihren Atem unter Kontrolle zu halten und sich nicht den sinnlichen Seufzern hinzugeben, die an die Oberfläche drängten. Zwar stellte sie sich nicht schlafend, aber sie hatte schlicht und ergreifend keine Lust, sich mit ihm zu unterhalten. Wenn sie das tat, würden unweigerlich die vielen wütenden Fragen aus ihr herausplatzen, die sie ihm stellen musste.

Doch sie beobachtete ihn. Ihm dabei zuzusehen, mit welcher Hingabe er sich ihren Brüsten widmete, ließ sie schwindelig werden. Sie ließ ihre Finger in sein Haar gleiten, hielt aber jäh inne, als ihr bewusst wurde, was sie gerade getan hatte. Es war nicht ihre Absicht gewesen, ihm einen Hinweis darauf zu geben, dass sie sehr wohl mitbekam, was er tat – und es auch noch genoss. Sie hatte es ohne nachzudenken getan. Sofort schoss sein Blick in ihre Richtung.

Keinen Mucks, kein einziges Wort, schien sein Blick sie zu warnen.

Sie wusste, dass, wenn sie den Mund auftat, nichts Nettes herauskäme. Wenn sie sprachen, wäre die sinnliche Trance, in die er sie eingelullt hatte, gebrochen.

Ohne den Blick von ihr zu nehmen, stützte er sich auf den Ellbogen auf. Es kam ihr wie eine halbe Ewigkeit vor. So, als debattiere er mit sich, ob er etwas sagen sollte oder nicht.

Jetzt hielt Ophelia die Stille nicht mehr aus. »Die ganze Zeit hast du mein Bett gemieden. Woher der plötzliche Sinneswandel?«, wollte sie wissen.

»Das ist mein Bett«, antwortete er leise. »Genau wie die Frau, die in ihm liegt. Wir haben eine Menge zu besprechen, aber jetzt ist nicht der richtige Zeitpunkt dafür.«

Er küsste sie. Mein Gott, was für ein Kuss das war. Fordernd und sinnlich zugleich, als fürchte er, sie könnte Vorbehalte haben, sich ihm hinzugeben. Doch da irrte er. Bereits mit den sinnlichen Liebkosungen hatte er sie für sich gewonnen, und die Tatsache, dass er sie »meine Frau« genannt hatte, hatte ihr Herz in Schwingung versetzt. So, als wäre sie noch nie geküsst worden, gab sie sich ihm hin und öffnete sich ihm, um ihn besser schmecken zu können. Dann legte sie ihm den Arm um den Hals und drückte ihn so kräftig es ging an sich, um ihn bei sich zu behalten ... am liebsten für immer.

Dann wurde ihr bewusst, dass ... sein Finger noch immer in ihrem Innern verweilte. Doch jetzt bewegte er sich, erforschte ihre verborgenen Tiefen, zog sich heraus, nur um direkt wieder in sie einzudringen. Mal tat er es mehrere Male hintereinander langsam, dann so schnell, dass ihr die Sinne zu schwinden drohten, bis er wieder quälend langsam wurde. Seine Fingerknöchel, möglicherweise auch sein Daumen rieben gegen die empfindsame Knospe, die in einer versteckten Spalte zwischen ihren Schenkeln wuchs. Sie stöhnte laut auf und riss vor lauter und unerwarteter Verzückung den Körper nach oben. Doch das hielt ihn nicht davon ab, sie mit weiteren Streicheleinheiten zu verwöhnen, während sie sich vor Lüsternheit auf dem Laken wand. Je erregter sie wurde, desto fordernder wurde sein Kuss.

Im Zimmer war es trotz des niedergebrannten Feuers verhältnismäßig gemütlich gewesen, gerade kühl genug, um unter die Decke zu schlüpfen und es sich bequem zu machen. Jetzt hingegen war ihr viel zu heiß. Ihr war plötzlich, als wären ihrem Nachthemd, das sich um ihre Taille bündelte, Dornen gewachsen. Ihr gesamter Körper schien mit einem Mal überempfindlich zu sein, reagierte auf die kleinste Berührung, wie sie es noch nie erlebt hatte.

Es lag an ihm. Sie wusste, dass er die Ursache für die eigenartige Reaktion ihres Körpers war. Sie begehrte ihn mit jeder Faser ihres Körpers. Dabei hatte sie gedacht, es wäre ihr nie wieder vergönnt, ihn in den Armen zu halten, um in den Genuss seines Liebesspiels zu kommen. Und jetzt, wo es doch wahr geworden war, schien es, als wolle ihr Körper dem Höhepunkt entgegenrasen, um absolute Befriedigung zu erfahren, während sie selbst sich wünschte, dass es ewig dauerte. Sie wollte jeden einzelnen Augenblick auskosten. Zwei Bedürfnisse, die sich nicht miteinander vereinen ließen.

Rafe schleuderte die Decken vom Bett, vermutlich, weil ihm ebenfalls zu warm geworden war. Ophelia fuhr mit den Händen über seine muskulösen Schultern und seinen Rücken. Er glühte fast. Und auch sein Atem ging schneller. Ophelia merkte, dass sie jedes Mal, wenn sie das Gefühl hatte, dem Höhepunkt entgegenzustreben, den Atem anhielt – bis das Kribbeln sich ein wenig legte. Dann atmete sie wieder normal, bis sie abermals das Gefühl hatte, sie würde explodieren. Jede Faser ihres Körpers schrie danach, endlich den Gipfel der Lust zu erklimmen. Wenn sie stark genug gewesen wäre, hätte sie Rafe auf den Rücken werfen und sich nehmen können, was sie wollte.

Der Gedanke hätte ihr beinahe ein Lachen entlockt, was wiederum dazu führte, dass ihre Anspannung ein wenig nachließ. Aber nicht genug, als dass sie sich hätte entspannen können. Und dann, als hätte er ihre Gedanken gelesen, postierte er endlich sein Becken zwischen ihren Hüften und drang mit einem sanften, aber kraftvollen Stoß in sie ein, bei dem ihr Hören und Sehen verging.

»Bei Gott, jetzt bin ich leibhaftig zu Hause angekommen«, raunte er ihr ins Ohr.

Im selben Moment wurde sie vom Sturm der Leidenschaft mitgerissen. Als müsse sie ertrinken, klammerte sie sich an ihn. Nachdem der Nebel sich ein wenig gelichtet hatte und die liebevollen Gefühle, die sie im Grunde für ihn hegte, zurückkehrten, war sie plötzlich den Tränen nahe.

Ja, sie liebte ihn. Es reichte, wenn sie sich morgen überlegte, was sie seinetwegen tun sollte. Jetzt gab es Wichtigeres, zumal er sie gerade ihres Nachthemdes entledigte, um ihr zu zeigen, wovon er einst gesprochen hatte – nämlich, was es bedeutete, mit ihm in einem richtigen Bett zu liegen, wo er sie ausgiebig verwöhnen konnte, so wie es ihr gebührte.

Kapitel fünfzig

Was für ein Feigling sie doch war! Ophelia fand in jener Nacht keinen Schlaf mehr, was unglücklicherweise dazu führte, dass sie in tiefe Grübelei verfiel. Sie weinte ein paar lautlose Tränen und entschied, dass sie die wundervolle Nacht nicht mit der Verbitterung ruinieren wollte, die der Morgen mit Sicherheit für sie bereithielt. Lange vor Sonnenaufgang, während ihr Gemahl noch im Reich der Träume wandelte, schlich sie sich aus dem Schlafzimmer, machte sich reisefertig und trug Sadie auf, sich darum zu kümmern, dass die Kutsche vorgefahren wurde, ohne dass es gleich das ganze Haus mitbekam.

Umsichtig, wie sie war, hinterließ sie Preston Locke eine Nachricht, in der sie ihm für die Gastfreundschaft dankte und ihn um Verschwiegenheit bat, was den Inhalt ihres Gespräches betraf. Sie wollte es selbst in die Hand nehmen, Rafe davon in Kenntnis zu setzen, dass sie guter Hoffnung war – vorausgesetzt, sie hatte empfangen. Doch im Grunde glaubte sie nicht daran, dass sie ein Kind unter dem Herzen trug. Die Übelkeitsattacken, denen sie hin und wieder anheimgefallen war, waren gewiss einzig auf ihre brennende Wut zurückzuführen.

Nachdem sie Sadie gegenüber erwähnt hatte, dass Rafe in der Nacht zurückgekommen war, versiegte ihr Wehklagen darüber, dass sie in aller Herrgottsfrühe abreisten. Als sie gerade das Haus verlassen hatten und im Dunkeln die wartende Kutsche ansteuerten, blieb Ophelia stehen und sagte, an Sadie gewandt: »Ich habe etwas vergessen, bin gleich wieder da.« Im selben Moment verschwand sie wieder im Haus.

Rafe schlief noch, den Kopf halb auf ihrem Kissen und ein

Arm auf ihrer Seite des Bettes, als halte er sie noch immer im Arm. Sie beugte sich über ihn und küsste seine Augenbraue. Sie brachte es jedoch nicht übers Herz, ihn zu wecken. Ihr geballter Schmerz würde aus ihr herausplatzen. Im Grunde bahnte er sich längst den Weg nach draußen, in Form von siedend heißen Tränen. Sie konnte ihn unmöglich ohne Nachricht zurücklassen, also schrieb sie schnell einige Worte im schwachen Schein der glühenden Scheite auf ein Stück Papier und übergab sie einem der Bediensteten im Erdgeschoss, ehe sie sich zu Sadie in die Kutsche gesellte.

In der Hoffnung, die Kontrolle über ihre Gefühle wiederzugewinnen, holte sie den Schlaf nach, der ihr in der Nacht verwehrt geblieben war, und döste beinahe die ganze Fahrt über.

Kurz vor Mittag trafen sie in London ein, genau rechtzeitig, um mit ihrer Mutter zu essen.

»Das war aber eine kurze Reise«, sagte Mary, als sie das Personal anwies, für Ophelia einzudecken. »Wir haben dich nicht so zeitig zurückerwartet. Ist es nicht gut gelaufen?«

»Alles bestens, Mama. Die Lockes sind sehr nett. Und Rafes Großmutter ist ein charmanter schräger Vogel. Die ganze Zeit über, die ich dort war, hat sie mich mit ihrer Enkelin Amanda verwechselt, die sie abgöttisch liebt. Wir sind bestens miteinander zurechtgekommen.«

»Dann frage ich mich nur, warum du nicht länger geblieben bist.«

»Rafe ist wieder aufgetaucht.«

Mehr brauchte Ophelia nicht zu sagen, ihre Mutter hatte verstanden. »Ich hatte so etwas befürchtet. Unser Butler hat mir erzählt, dass er hier war, um nach dir zu suchen. Mister Nates war sich nicht darüber bewusst, dass er nichts über deinen Verbleib hätte sagen dürfen.«

Ophelia zuckte mit den Schultern, merkte nicht einmal, welch niedergeschlagenen Eindruck sie machte. »Schon in Ordnung. Ich wollte jedoch nicht riskieren, dass die schöne Atmosphäre im Haus des Herzogs durch unsere Streitigkeiten zu Bruch ginge. Mir wäre es lieber, sie wüssten nicht, wie schnell ich die Beherrschung verliere – vor allem, wenn er in meiner Nähe ist.«

Aus dem Nichts heraus schlug Mary vor: »Am besten, wir gehen morgen einkaufen, sobald du dich ein wenig ausgeruht hast. Das wird dich wieder auf andere Gedanken bringen.« Ophelia wollte ihr gerade zustimmen. Sie war dankbar über alles, was ihr ein wenig inneren Frieden verschaffte, egal wie flüchtig. Als ihr jedoch plötzlich der Geruch nach pochiertem Fisch entgegenschlug, wurde ihr von einem Moment auf den anderen speiübel. Und das, obwohl pochierter Fisch zu ihren Leibspeisen zählte. Besonders bedenklich war, dass sie es noch nicht einmal auf ihre Wut schieben konnte – sie war innerlich ruhig.

»Lass uns direkt heute Nachmittag gehen«, sagte sie schnell zu ihrer Mutter und schob den Teller von sich. »Ich bin weder müde noch hungrig. Ich ziehe mich um, während du dir das Mittagessen schmecken lässt.«

Sie wartete Marys Zustimmung erst gar nicht ab, sondern lief aus dem Raum, um so schnell wie möglich von dem entsetzlichen Gestank wegzukommen.

* * *

Entspannt wie selten erwachte Raphael. So gut hatte er seiner Meinung nach seit Monaten nicht mehr geschlafen. Ehe er das Bett verließ, beugte er sich über das leere Kissen neben sich. Der Geruch, den Ophelia hinterlassen hatte, trieb ihm ein Lächeln auf die Lippen. Nein, es war kein Traum gewesen. Sie war zwar nicht im Zimmer, aber überall lagen ihre Kleider.

Sie konnte jetzt noch unmöglich wütend auf ihn sein. Das war das Erste, an das er beim Verlassen des Bettes dachte. Es konnte unmöglich sein, dass sie sich ihm erst hingab, sich dann umdrehte und ihm einen Dolch in die Brust rammte. Er vermutete, dass vor seiner Ankunft etwas geschehen sein musste, das ihre Wut geschmälert hatte.

Vermutlich musste er sich bei seinem Vater dafür bedanken. Egal, ob Freund oder Feind, Preston hatte stets einen beruhigenden Einfluss auf seine Mitmenschen. Wenn es um die Frage ging, ob es geborene Diplomaten gab, würden sämtliche Finger auf Preston Locke deuten. Statt seinen Standpunkt aggressiv zu vertreten, wohnte seinen Ausführungen stets eine gewisse Souveränität inne. Sollte sich später herausstellen, dass der Herzog sich geirrt hatte, nahm er es mit einem Lächeln hin und ging zur Tagesordnung über. Die einzige Ausnahme hierbei bildete der Umgang mit seinen Geschwistern. Was seine Schwestern betraf, liebte er es, die Fäden in der Hand zu halten.

In Windeseile zog Raphael sich an und machte sich auf die Suche nach seiner Frau und seinem Vater, und zwar genau in dieser Reihenfolge. Gemessen daran, dass es noch recht früh war, begab er sich als Erstes in den Frühstückssalon. Ophelia traf er nicht an, seinen Vater schon.

»Du hast nichts von deiner magischen Wirkung auf Menschen verloren, kann das sein?«, begrüßte Raphael seinen Vater fröhlich.

»Ich trage diese Woche keinen Heiligenschein, und du wirkst für die Tageszeit ein wenig zu überschwänglich. Setz dich hin und erklär mir, wovon du eigentlich sprichst.«

»Von Ophelia natürlich.« Raphael dankte dem Diener, der für ihn zusätzliche Platten auf den Tisch gestellt hatte. »Wie ist es dir gelungen, ihre Wut zu zerstreuen?«

Preston schüttelte den Kopf. »Sie war nicht wütend, als sie zu uns kam.«

»Und sie hat euch keinen Ärger bereitet? Hat mich nicht durch den Dreck gezogen?«

»Im Gegenteil, ich fand sie sogar ziemlich charmant, direkt und willens, die Verantwortung für ihr Verhalten zu übernehmen. Sie hat sogar zugegeben, dass sie dich quasi genötigt hat, sie zur Frau zu nehmen. Meine Frage wäre, warum du zugelassen hast, dass es so weit gekommen ist? Du hättest eure Verlobung offiziell bekannt geben und sie zu einem späteren Zeitpunkt heiraten können. Hast du denn nicht einen Augenblick darüber nachgedacht, dass sie vielleicht gern eine nette Hochzeit im Kreise ihrer Familie und Freunde bevorzugt hätte? Ein Fest, an dem auch deine Freunde und deine Familie gern teilgenommen hätten?«

Bei diesem Thema errötete Raphael leicht, zumal sein Vater mit tadelndem Unterton gesprochen hatte. Er hatte gewusst, dass er sich eines Tages vor seiner Familie dafür verantworten musste, Ophelia Hals über Kopf und ohne ihre Anwesenheit geheiratet zu haben.

»Ich will ehrlich zu dir sein, Vater. Wenn es nicht gekommen wäre, wie es gekommen ist, wäre es nie so weit gekommen.«

Preston hob argwöhnisch die Augenbrauen. »Trotz der Gerüchte? Willst du allen Ernstes sagen, du hättest sie ansonsten den Wölfen zum Fraß vorgeworfen?«

»Natürlich nicht. Ich hätte dafür gesorgt, dass die Gerüchte in sich zusammenfallen. Es handelte sich schlussendlich ja auch nur um einen vermaledeiten Kuss, bei dem uns jemand beobachtet hat.«

»Es war mehr als nur das. Ihr wurdet dabei beobachtet, wie ihr gemeinsam von Summers Glade abgefahren seid und eine Woche verschwunden bliebt.«

»Wir haben meine Familie besucht«, korrigierte Raphael seinen Vater. »Schon vergessen? Du warst derjenige, der mich davon in Kenntnis gesetzt hat, dass ihr Vater damit hausieren gegangen ist.«

»Nein, aber ihr Vater hat überall herumerzählt, sie befände sich hier auf Norford Hall. Was ich dir bislang verschwiegen habe, ist die Tatsache, dass ich in der besagten Woche eine Reihe von Gästen hatte, die nach dir gefragt haben und denen gesagt wurde, du wärst *nicht* hier. Man muss kein Genie sein, um eins und eins zusammenzuzählen, Rafe. Aber die Diskussion hatten wir ja bereits. Es gäbe da allerdings noch etwas, das mich interessiert. Wenn es keine Gerüchte gegeben hätte, hättest du dann tatenlos zugesehen, wie sie einen anderen heiratet? Vergiss nicht, dass ich ihre Bekanntschaft gemacht habe.«

»Dann vergiss du bitte für einen Augenblick, dass sie die hübscheste Frau ist, die dir je untergekommen ist. Was, wenn sie im Innern nichts als schwarzes Eis mit sich herumtrüge, wenn sie die wandelnde Gehässigkeit wäre und ...«

»Sprechen wir hier von demselben Frauenzimmer?«

Raphael seufzte. »In Ordnung, um ehrlich zu sein, ich hatte einige Bedenken, sie wieder auf London loszulassen. Während unserer gemeinsamen Zeit, mag sie auch noch so kurz gewesen sein, ist sie mir ans Herz gewachsen. Vielleicht sogar ein wenig zu sehr. Aber ich dachte tatsächlich, sie hätte sich verändert, dass die Xanthippe ein für alle Mal verschwunden wäre. Vielleicht hätte ich sie sogar gefragt, ob sie mich heiratet – wenn ich weiterhin davon überzeugt gewesen wäre, dass es die alte Ophelia nicht mehr gäbe.«

»Ich fand nicht, dass sie etwas von einem zänkischen Weibsbild an sich hat.«

»Weil sie eine Meisterin darin ist, ihr Temperament und ihre Doppelzüngigkeit zu verheimlichen. Zudem hat sie mich glauben gemacht, dass das Biest in ihr ausgerottet wäre. Ich habe allen Ernstes geglaubt, ich hätte ihr dabei geholfen, ein besserer Mensch zu werden. Aber dann stellte sich heraus, dass sie mir das alles nur vorgegaukelt hat, um schneller nach London zurückzukommen.«

»Bist du dir da auch ganz sicher?«

»Was genau meinst du?«

»Vielleicht ist es gar keine Lüge, dass sie sich verändert hat. Vielleicht ist es gelogen, dass sie sich *nicht* verändert hat.«

Kapitel einundfünfzig

Charmant? Direkt? Willens, Verantwortung für ihr Handeln zu übernehmen? Das klang verdächtig nach der neuen Ophelia. War er womöglich der Einzige, der nach ihrer Rückkehr nach London die Xanthippe zu sehen bekommen hatte? Raphael beschloss, nicht weiter daran zu denken. Er würde sie einfach zur Rede stellen. Wie dem auch sei, fest stand, dass sie ihn hinters Licht geführt hatte. Und genau das hatte er gründlich satt. Um sie allerdings damit zu konfrontieren, musste er nach London zurückkehren.

Sie hatte Norford Hall lange, bevor er aufgewacht war, verlassen. Wie es schien, hatte sie sich regelrecht davongeschlichen. Das schloss er aus der Tatsache, dass sie nicht einmal ihre gesamte Kleidung mitgenommen hatte; vermutlich, weil sie ihn sonst geweckt hätte. Es lag klar auf der Hand, dass sie über das, was sich in der vergangenen Nacht zwischen ihnen ereignet hatte, nicht sprechen wollte. Oder hatte sie etwa ...

Gerade als Raphael das Haus verlassen wollte, überreichte ein Diener ihm Ophelias Nachricht. Es überraschte ihn, von ihr zu hören, doch ihre Zeilen brachten ihm wieder etwas Hoffnung.

Das war keine Rückkehr, sondern lediglich ein Waffenstillstand. Wenn du wirklich zu mir zurückkehren möchtest, musst du mir erst auf eine plausible Art erläutern, warum du mit meinem Leben gespielt hast.

Hatte sie ihm denn gar nicht zugehört? Oder war sie zu wütend gewesen, um zu verstehen, was er ihr gesagt hatte? Er schwor sich, dass er das Gespräch mit ihr suchen würde, sobald er wieder in London wäre. Das, und noch viel mehr, wenn es nach ihm ging.

Wieder in London, ritt er geradewegs zu ihrem Elternhaus, wo er feststellen musste, dass er sie um eine halbe Stunde verpasst hatte. Sie sei mit ihrer Mutter in die Bond Street zum Einkaufen gefahren, sagte man ihm. Und nein, sie hätten nichts darüber verlauten lassen, welche Geschäfte sie aufzusuchen gedachten. Das Klügste wäre, wenn er im Salon auf sie wartete. Es bestand kaum Hoffnung, sie am Nachmittag auf einer so belebten Straße wie der Bond Street zu finden. Er würde in jedes einzelne Geschäft gehen müssen.

Nichtsdestotrotz machte er sich auf den Weg.

* * *

Ophelia hatte sich noch nie so zerstreut gefühlt. So sehr sie sich auch Mühe gab, es wollte ihr partout nicht gelingen, sich auf ihre Mutter zu konzentrieren, die sie von einem Geschäft ins nächste schleifte. Wenn es darum ging, ob sie etwas kaufen wollte, brachte sie mühsam ein Ja oder Nein hervor, hatte aber keine Ahnung, worum es eigentlich ging.

Sie erwartete ein Kind. Es war sinnlos, sich weiter davon überzeugen zu wollen, dass dem nicht so war. Nicht nachdem ihr der Duft ihrer Leibspeise Übelkeit beschert hatte.

Sie erwartete ein Kind. Ein einziger Fehltritt, und schon geschah ein Wunder. Ein Baby. Sie konnte selbst kaum fassen, dass die Erkenntnis ihr Freude bereitete. Wie töricht von ihr, sich das nicht schon früher einzugestehen. Wie wundervoll hingegen, dass ihre mütterlichen Instinkte bereits erwacht waren. Dieses Kind würde es gut haben. Da sie so gut wie nichts über Kindererziehung wusste, würde sie es bestimmt richtig machen.

Dieses Kind würde geliebt, genährt und beschützt werden. Bei Diskussionen um das Wohlergehen ihrer Leibesfrucht würde sie nicht auf ihre Eltern hören. Sie liebte ihre Mutter, wusste aber auch, dass sie sich Shermans Willen stets gebeugt hatte. Ophelia würde das nicht tun. Sie würde wie eine Löwin kämpfen.

Zwar wäre es das Beste, wenn sie Rafe von der Schwangerschaft erzählte, aber dafür war ja später auch noch Zeit. Sie wollte das süße Geheimnis noch ein wenig selbst genießen – wenigstens eine Weile. Da er sich entschieden hatte, nicht mit ihr zusammenzuleben, hatte er auch kein Recht darauf, sofort zu erfahren, dass sie sein Kind unter dem Herzen trug. Wenn es nach ihr ging, konnte er sogar die Geburt seines Kindes verpassen. Bevor es aber so weit war, dass sie das Kind zur Welt brachte, musste sie ihre Wut ein für alle Mal abstreifen. In der Gegenwart ihres Kindes würde nämlich *nicht* geschrien werden.

»Pheli? Pheli, alles in Ordnung?«

Ophelia konzentrierte sich wieder auf die Gegenwart und bemerkte, dass ihre Mutter gerade ein Geschäft betreten hatte, in dessen winzigem Schaufenster unzählige Spitzenballen ausgestellt waren. Sie drehte sich um, um zu wissen, wer sie angesprochen hatte. Verdutzt stellte sie fest, dass es sich um Mavis Newbolt handelte, die neben ihr auf dem überfüllten Gehweg stand, die Hände in einem Muff versteckt. Ihr Gesicht war von Sorge überzogen. Mavis? Ihre ärgste Feindin war in Sorge um sie? Nicht sehr wahrscheinlich.

Was hatte Mavis gesagt? Ach ja. »Mir geht es gut«, antwortete Ophelia ein wenig misstrauisch. Sie und Mavis hatten sich seit Summers Glade nicht mehr gesehen, und die beiden heftigen Auseinandersetzungen, zu denen es dort gekommen war, waren nicht im Geringsten angenehm gewesen. »Warum fragst du?«

Mavis zog eine Schulter hoch. »Du hast ausgesehen, als wärst du mit deinen Gedanken ganz weit weg.«

»Habe ich das? Und selbst wenn, das kann jedem einmal passieren.«

»Wie dem auch sei, ich bin mit der Kutsche an dir vorbeigefahren und habe dich gesehen. Da musste ich einfach anhalten.«

Ophelia war augenblicklich auf der Hut. Sie würden jetzt nicht schon wieder streiten, oder? »Warum?«, fragte sie mit spitzer Stimme.

Es war eigenartig, aber Mavis schien sich urplötzlich sehr unwohl zu fühlen. »Schon seit einigen Tagen habe ich mir vorgenommen, dir einen Besuch abzustatten. Hättest du Lust auf eine Kutschfahrt, damit wir uns unterhalten können? Meine Kutsche steht dort auf der anderen Straßenseite.«

»Unterhalten? Was gäbe es denn zwischen uns noch zu bereden? Ist nicht alles längst gesagt?«

Mavis machte einen Schritt zur Seite, um ein Paar passieren zu lassen, das Arm in Arm lief. Auf dem Gehsteig waren fast genauso viele Menschen unterwegs wie Kutschen, Karren und Schubkarren auf der Straße.

»Ich wollte dir zu deiner Verlobung gratulieren«, sagte Mavis.

»Danke.«

»Und dir alles Gute für ...«

»Lass das«, unterbrach Ophelia sie mit scharfem Ton, den sie sogleich wieder bereute.

Sofort schluckte sie die aufsteigende Wut herunter. Mit Stolz stellte sie fest, dass sie ihre Gefühlsregungen beherrschen konnte. Genau wie ihr Vater vermochte Mavis sie mit einigen wenigen Worten bis aufs Blut zu reizen. In wesentlich ruhigerem Ton sagte sie: »Keine verletzenden Bemerkungen.«

»Ich hatte nicht vor, dich zu ...«

»Bitte, Mavis, mir steht nicht der Sinn nach einem Schlagabtausch.«

»Mir auch nicht.«

Ophelia starrte ihre ehemalige Freundin skeptisch an. Sie durfte Mavis keinen Zoll über den Weg trauen. Mavis hatte sich schließlich noch nicht an ihr gerächt, zumindest nicht in der Form, in der sie es sicher gehofft hatte. Sie hatte Ophelia auf Summers Glade bloßstellen wollen, zumindest vermutete sie das. Mavis ahnte nicht, wie sehr sie sie verletzt und zum Weinen gebracht hatte. So sollte es auch bleiben.

»Ich erkenne an deinem Mienenspiel, dass du mir nicht glaubst, und ich kann es dir noch nicht mal verübeln.« Mavis klang tatsächlich, als täte es ihr leid, und ihre Mimik untermalte diesen Eindruck. »Es war unfair von mir, dir so viel Hass entgegenzubringen. Ich dachte ernsthaft, dass du wegen Lawrence lügst. Ich wusste, dass du früher oft gelogen hast. Da es nur Kleinigkeiten waren, hat es mich nicht gestört. Schließlich waren wir befreundet. Ich habe es einfach ignoriert – bis du versucht hast, mich davon zu überzeugen, dass Lawrence ein Bastard sei, der mich nur benutzte, um an dich heranzukommen. Ich habe dir nicht geglaubt, kein bisschen. Das ist der Grund, warum ich nur noch Hass für dich empfunden habe. Und es hat mir die ganze Zeit über ein flaues Gefühl beschert. Weil ich dich im Grunde nicht hassen wollte, mir aber nicht anders zu helfen wusste.«

Mavis' Stimme klang jetzt so wehleidig, dass sich in Ophelias Hals ein dicker Kloß formte. »Warum wärmst du diese alte Geschichte auf?«

»Weil ich Lawrence kürzlich begegnet bin. Die Erbin hat ihn verlassen. Ich hatte bereits davon gehört, aber es war so lange her, dass ich ihn das letzte Mal gesehen habe. Er ist fett geworden und zügellos, und augenscheinlich trinkt er jetzt auch noch. Bei unserer Begegnung war er betrunken. Er hat mich nicht einmal erkannt. Als ich ihm in Erinnerung gerufen habe, wer ich bin, hat er gelacht.«

»Das tut mir leid«, sagte Ophelia, doch ihre alte Freundin schien sie nicht zu hören.

»Weißt du, was er mir geantwortet hat? Er sagte: *Ah, der kleine naive Fratz, der meinte, ich würde ihn heiraten. Sind wir endlich ein wenig schlauer geworden?*«

Mavis begann zu weinen. Ophelia schluckte und streckte die Hand aus, doch Mavis wich ein Stück zurück. »Du hast mich gewarnt, und statt dir zu danken, habe ich dich gehasst. O Gott, es tut mir leid. Ich wollte nur, dass du das weißt«, rief Mavis, ehe sie über die Straße hin zu ihrer wartenden Kutsche lief.

Ophelia wollte sie zurückhalten und rief ihren Namen, doch Mavis hörte sie nicht. Sie dachte kurz daran, ihr nachzulaufen, schreckte aber wegen des dichten Verkehrs davor zurück. Eine der passierenden Kutschen schien ein wenig außer Kontrolle geraten zu sein und fuhr viel zu nah an den anderen Gefährten vorbei. Ophelia entschied, Mavis am nächsten Tag einen Besuch abzustatten und ihr zu versichern, dass sie ihr nicht mehr grollte. Wer weiß, vielleicht war es ja sogar möglich, dass sie wieder Freunde wurden.

Um sich zu vergewissern, dass Mavis sicher die andere Straßenseite erreichte, sah sie ihr nach. Da ihre einstige Freundin den Kopf gesenkt hielt, um ihre Tränen zu verbergen, nahm sie ihre Umwelt nur begrenzt war. Ophelia hielt den Atem an. Die Kutsche, die außer Kontrolle geraten war, steuerte geradewegs auf Mavis zu!

Ophelia machte einen Satz auf die Straße. Noch nie in ihrem Leben war sie so schnell gelaufen. Sie hastete um einen Karren herum, der sehr langsam fuhr, und wich einem Reiter aus. Mit ein wenig Glück würde sie Mavis gerade noch rechtzeitig erreichen, um sie fortzureißen. Doch der Kutscher hatte augenscheinlich kaum noch Kontrolle über seine hochgradig verängstigten Pferde. Wie wild riss er an den Zügeln und schrie, man möge ihm aus dem Weg gehen. Da, die Kutsche wurde tatsächlich etwas langsamer. Um Mavis auszuweichen, die ihn offenbar nicht gehört hatte, riss er das Gespann zur Seite – und kollidierte mit Ophelia.

Es wäre eine Wohltat gewesen, wenn sie aus dem Weg gedrängt worden wäre, doch das Glück hatte sie nicht. Sie fiel zu Boden, und die Pferde liefen über sie hinweg. Ein brennender Schmerz zog sich durch ihren gesamten Körper – ihre Brust, die Schulter, ihr Gesicht. Es war alles so blitzschnell gegangen, dass sie nicht sagen konnte, wo sie als Erstes getroffen worden war. Ihre Augenlider flatterten, dann schwand das Licht, und tiefe Dunkelheit hüllte sie ein.

Kapitel zweiundfünfzig

Raphael schenkte der Menschentraube, die sich um die große Kutsche versammelt hatte, nur wenig Aufmerksamkeit. Vermutlich ein Unfall, dachte er bei sich, als er daran vorbeiritt. Ständig und überall kam es in London zu Unfällen, nicht nur in belebten Straßen wie dieser. Wenn niemand zur Stelle gewesen wäre, hätte er angehalten, um seine Hilfe anzubieten. Da sich aber bereits genug Menschen um das Gefährt scharten, würde er nur zum allgemeinen Chaos beitragen.

Er suchte die Gehsteige ab, hielt Ausschau nach einem blonden Schopf, der ihm bekannt vorkam. Er hoffte, Ophelia zwischen zwei Einkäufen zu erwischen, damit er nicht in die Geschäfte gehen musste. Hier und da wurde er von Bekannten gegrüßt, nickte aber nur abwesend und ritt weiter. Ein Mann – Lord Thistle? – kam auf ihn zugeritten und blockierte einen Augenblick lang den Weg.

»Ich wollte Sie schon aufsuchen, Locke«, sagte Thistle und riss an den Zügeln. »Beim Allmächtigen, was fühle ich mich doch schuldig. Als ich gesehen habe, wie Sie Lady Ophelia in ihrem Esszimmer geküsst haben, war ich so verdutzt, dass ich es ohne nachzudenken weitererzählt habe. Ich hoffe, dass Sie nicht wegen meines losen Mundwerks dazu gezwungen waren, sie zu heiraten. Auf der anderen Seite kann ich mir nicht vorstellen, dass es einen Mann auf Erden gibt, der traurig wäre, sie zur Frau zu haben. Aber ...«

»Schon in Ordnung«, unterbrach Raphael den ausschweifenden Zeitgenossen und versicherte ihm knapp: »Machen Sie sich keine Gedanken.«

Rafe ritt schnell weiter und hoffte, dass er nicht noch einmal angehalten würde. Also hatte sie gelogen, und sein Vater hatte recht behalten. Es war also doch, wie er zuerst angenommen hatte. Die Gerüchte gingen gar nicht auf ihr Konto. Sie hatte lediglich die Verantwortung übernommen, damit sie ihm etwas ins Gesicht schleudern konnte ...

Jetzt war er noch mehr darauf erpicht, sie zu finden. Am Ende der Straße angekommen, wendete er das Pferd und ritt wieder zurück. Erst als er sich wieder dem Unfall näherte, der in der Zwischenzeit noch mehr Neugierige angezogen hatte, kam ihm der Gedanke, dass Ophelia sich vielleicht unter den Schaulustigen befand. Er dirigierte sein Pferd zur Seite, damit er die Menge in Ruhe absuchen konnte.

So sehr er sich auch Mühe gab, er konnte Ophelia nirgends entdecken. Doch dann blieb sein Blick an Mavis Newbolt hängen, die im Zentrum der Menge stand und sich die Augen aus dem Kopf weinte. Er runzelte die Stirn; plötzlich überkam ihn ein eigenartiges Gefühl, und sein Hals zog sich zusammen. Ihm dämmerte, dass es sich kaum um einen Zufall handeln konnte, dass Mavis weinend auf der Straße stand, wenn Ophelia ganz in der Nähe war.

Rafe sprang vom Pferd und bahnte sich seinen Weg durch die Menge, bis er im Zentrum ankam. Und dann sah er den Blondschopf, nach dem er die ganze Zeit gesucht hatte. Auf dem Boden. Blutverschmiert.

»Was haben Sie getan?«, fuhr er Mavis an. »Sie vor die Kutsche gestoßen?«

Das Mädchen schien unter Schock zu stehen. »Sie hat versucht, mich zu retten«, war alles, was sie sagte.

Raphael hörte sie kaum. Er war bereits neben Ophelia auf die Knie gesunken, brachte aber nicht den Mut auf, sie zu berühren. Es sah aus, als wäre jeder Knochen in ihrem Körper gebrochen. Sie bewegte sich nicht, atmete kaum. Ein Hufeisen – vermutlich war einer der Nägel locker gewesen – hatte ihren Mantel und das Kleid darunter zerrissen. Der Stoff um den Riss war blutgetränkt. Er konnte nicht sagen, ob die restlichen Blutflecke von ein und derselben Wunde stammten oder ob sich noch mehr Wunden über ihren Körper zogen. Es bestand jedoch kein Zweifel, dass sie nicht nur zu Fall gekommen, sondern unter die Hufe geraten war. Auf ihrem Mantel waren mehrere Abdrücke zu erkennen.

Die Pferde, die dafür verantwortlich waren, standen nun etwas abseits. Sie waren nach hinten gezogen worden, scheuten aber noch immer und scharrten mit den Hufen. Ein Mann, vermutlich der Kutscher, stand mit ausgebreiteten Armen vor den Tieren, um sie zurückzuhalten.

Jedem, der in seine Richtung sah, erklärte er: »Ich habe alles versucht, die Pferde zu zügeln. Ein Lausbub hat einen Korken knallen lassen, worauf sie natürlich mit Panik reagiert haben. Ich habe alles in meiner Macht Stehende getan, ich schwöre es.«

»Nich' berühren, mein Herr«, hörte Raphael eine Stimme neben sich.

»Hilfe is' bereits auf dem Weg.«

»Jemand hat einen Arzt verständigt, der um die Ecke wohnt. Er müsste jeden Moment eintreffen.«

»Ich habe gesehen, wie es geschehen ist. Die beiden Mädchen sind beide über die Straße gelaufen, direkt auf die Kutsche zu. Was für ein Glück, dass es nicht beide erwischt hat.«

»Ich hab auch gesehen, wie's passiert ist. Hab sie gesehen und konnte gar nich' wegschauen. Sie sieht aus wie ein Engel. Und dann ist sie einfach unter den Pferden verschwunden. Die gehören erschossen, wenn ihr mich fragt. Scheuen Pferden kann man nich' trauen.«

»Was für eine Schande. So ein hübsches Ding.«

Die Stimmen schwirrten wie ein Schwarm Bienen um ihn

herum. Am liebsten hätte Raphael laut geschrien, so nervtötend empfand er das Geplapper. Er musste etwas tun, konnte sie unmöglich einfach liegen lassen.

Als er sie aufheben wollte, versuchte jemand, ihn davon abzuhalten. »Sie ist meine Gemahlin«, brummte er. Sogleich wich der Passant zurück. Raphael merkte nicht einmal, dass ihm die Tränen über die Wangen liefen. Oder dass er wie ein Irrer aussah.

»Gott, Phelia, du darfst mich jetzt nicht verlassen«, sagte er immer wieder und betete, dass sie ihn hören konnte.

»Ich habe eine Kutsche. Ich habe eine Kutsche. Bitte, Locke, Sie können sie unmöglich in den Sattel setzen.«

Es war Mavis, die ihn anschrie und an seinem Mantel riss. Vor seinem Pferd angekommen, blieb er wie angewurzelt stehen. Ihm war gerade selbst aufgegangen, dass er nicht aufsitzen konnte, ohne Ophelia zu sehr zu bewegen.

»Lord Locke?«

Er wandte den Kopf und sah zu Mavis. »Wo?«

»Folgen Sie mir. Es ist nicht weit.«

Die Menge hatte sich daran gemacht, den Verkehr zurückzuhalten, damit er sicher die Straße überqueren konnte. Mavis stieg nicht in die Kutsche ein, Raphaels Blicke hatten sie eingeschüchtert. Stattdessen rief sie dem Kutscher die Adresse der Reid'schen Residenz zu. Raphael wäre es fast lieber gewesen, er hätte sie mit in sein Haus nehmen können.

»Ich bringe Ihnen Ihr Pferd und einen Arzt.« Raphael war sich nicht ganz sicher, meinte aber, dass Mavis es ihm zugerufen hatte, als die Kutsche sich in Bewegung setzte.

Obwohl es nur wenige Minuten dauerte, bis sie Ophelias Elternhaus erreicht hatten, kam es Raphael vor, als wäre dies die längste Fahrt seines Lebens. Gekonnt und dennoch vorsichtig bahnte sich der Kutscher den Weg durch die verstopften Straßen. Die ganze Zeit über konnte Rafe den Blick nicht von Ophelias blutverschmiertem Antlitz nehmen. Eine Wange war stark angeschwollen. Wegen des Blutes konnte er nicht erkennen, wo sich die Wunde befand. Vermutlich würde sie genäht werden müssen und eine Narbe hinterlassen. Doch das war die geringste seiner Sorgen. Im Augenblick war er sich nicht einmal sicher, ob sie leben würde.

Kapitel dreiundfünfzig

Die Schmerzen waren unerträglich. Mal war Ophelia, als schmerze ihr ganzer Körper, dann wieder, als könnte sie jeden Schmerz einzeln spüren. Sie hatte keine Ahnung, wie viel Zeit vergangen sein mochte. Dennoch schaffte sie es nicht, sich bis zum Bewusstsein durchzukämpfen. Jedes Mal, wenn sie es versuchte, hörte sie Stimmen, war sich aber nicht sicher, ob die Worte, die ihren Mund verließen, verständlich waren oder ob das alles eher Teil eines nicht enden wollenden Albtraums war, in dem sie gefangen gehalten wurde. Je mehr sie versuchte, sich zu konzentrieren, desto größer wurde der Schmerz. Aus dem Grund versuchte sie es nie sehr lange.

»Du darfst jetzt nicht aufgeben, Phelia, du musst kämpfen. Denk nicht einmal daran, mir unter den Händen wegzusterben. Das erlaube ich nicht. Wach auf, damit ich mit dir reden kann.«

Ophelia kannte die Stimme. Merkte er denn gar nicht, dass sie wach war? Warum öffneten sich ihre Augen nicht, damit sie ihn ansehen konnte? Schwebte sie tatsächlich in Lebensgefahr?

Stimmen schwirrten ihr im Kopf herum, mal leiser, mal lauter. Sobald sie jedoch versuchte, sich auf das Gesagte zu konzentrieren, nahm der Schmerz zu, drohte sie zu überwältigen. Ob sie sich an alles erinnern würde, sobald sie aufwachte? Was hinderte sie bloß daran, wach zu werden?

»Die Wunden werden verheilen, aber die Narben werden bleiben. Ich bin untröstlich.«

Die Stimme war ihr fremd. Welche Narben? Und warum weinte die Frau? Dann wurde das Geräusch leiser.

»Der Arzt meinte, du sollst versuchen, den Schmerz zu verschlafen. Das wird dir helfen, meine Liebe.«

Diese Stimme kam ihr bekannt vor. Ihre Mutter. So langsam gewöhnte sie sich an die warme Flüssigkeit, die ihr die Kehle hinunterglitt. Konnte es sein, dass ihr starke Medikamente verabreicht wurden? Kein Wunder, dass sie nicht richtig erwachte, geschweige denn sprechen konnte. Ehe sie jedoch weiter darüber nachdenken konnte, glitt sie wieder in einen tiefen Schlaf.

Das Wechseln der Verbände ging mit unerträglichen Schmerzen einher – Kopf, Wange, Schultern. Die Schmerzen waren so groß, dass sie nach kurzer Zeit wieder in die Bewusstlosigkeit abglitt und nicht mitbekam, wie viele Verbände sie insgesamt trug. Der Kopf schmerzte am meisten. Das dumpfe Pochen wollte nicht aufhören. Es verfolgte sie selbst in ihren Träumen und erinnerte sie daran, dass etwas nicht mit ihr stimmte. Wollte sie wirklich aufwachen, um herauszufinden, was es war?

»Hör auf zu weinen. Verdammt noch mal, Mary, damit hilfst du ihr auch nicht. Was sind schon ein, zwei Narben? So etwas muss doch noch lange nicht das Ende der Welt bedeuten.«

Wieder eine Stimme, die sie zuordnen konnte. Doch sie wünschte sich, sie würde verstummen. Das sanfte Schluchzen ihrer Mutter störte sie nicht. Im Gegenteil, es spendete ihr Trost. Ihre Mutter weinte die Tränen, die ihr selbst nicht über die Wangen laufen konnten. Warum konnte ihr Vater sie nicht in Ruhe lassen?

»Geh weg.«

Hatte sie gerade laut gesprochen oder dachte sie nur, sie hätte gesprochen? Doch schon im nächsten Moment hatte sie die Dunkelheit umschlungen, die sie alles vergessen ließ und die Schmerzen erträglicher machten.

Als es ihr endlich gelang, ein Auge zu öffnen, erkannte sie, dass sie in ihrem Zimmer lag. Ihr Vater saß auf einem Stuhl neben dem Bett, ihre Hand an seine Wange gepresst. Seine Tränen benetzten ihre Finger.

»Warum weinst du?«, raunte sie. »Bin ich gestorben?«

Da er umgehend zu ihr herübersah, lag es nahe, dass sie dieses Mal tatsächlich gesprochen haben musste. Ein Ausdruck tiefer Freude legte sich auf sein Gesicht. Ophelia war sich sicher, Sherman Reid noch nie in ihrem Leben so erfreut erlebt zu haben.

»Nein, mein Engel, du wirst ...«

Engel? Einen Kosenamen für sie, aus seinem Munde? »Ist ja auch egal«, fuhr sie ihm ins Wort. »Ich scheine doch noch nicht wach zu sein.« Im selben Augenblick driftete sie wieder ab in die Sphären, in denen sie nichts hörte oder fühlte.

Von da an wurden die Wachphasen jedoch stetig länger, und auch der pochende Schmerz ließ allmählich nach. Es gab sogar Augenblicke, in denen sie völlig schmerzfrei war – vorausgesetzt, sie bewegte sich nicht.

Und dann, eines Morgens, erwachte sie und blieb bei Bewusstsein. Sadie lief geschäftig im Zimmer umher, wie sie es immer tat, legte Holz im Kamin nach, staubte die Tische ab und ...

O Gott, sie hatten ein Tuch über den Spiegel gehängt. War die Wunde in ihrem Gesicht so grauenhaft? Hatten sie Angst, sie könnte sie sehen? Voller Entsetzen berührte sie ihren Kopf, ertastete aber lediglich Verbände, die eng anlagen und Wange und Kinn bedeckten.

Einzig die Angst, sich selbst noch mehr Schaden zuzufügen, indem sie die Verbände abriss, hielt sie davon ab. Da sie sich selbst kein Bild davon verschaffen konnte, wie es um ihr Gesicht bestellt war, wollte sie sich bei Sadie erkundigen. Doch ihr blieben die Worte im Halse stecken. Sie hatte Angst vor der Wahrheit. Und dann kamen die Tränen. Sie schloss die Augen und hoffte, Sadie würde alsbald den Raum verlassen, ohne etwas zu merken.

Die Ironie war unfassbar. Ihr ganzes Leben lang hatte sie das Gesicht gehasst, das ihr mit auf den Weg gegeben worden war, und jetzt, wo es deformiert war, konnte sie nicht anders, als zu weinen.

Und genau das tat sie auch, stundenlang. Als Sadie gegen Mittag zurückkam, lag sie einfach nur da und starrte resigniert an die Decke. So schwer es ihr auch fiel, sie würde sich daran gewöhnen müssen, dass sie von nun an entstellt war. Das Letzte, das sie jetzt brauchte, war Mitleid – vor allem ihr eigenes.

»Gott sei Dank sind Sie wach und können endlich etwas zu sich nehmen«, sagte Sadie erleichtert, als sie bemerkte, dass Ophelias Augen geöffnet waren. »Die Brühe, die wir Ihnen eingeflößt haben, ist selbst für einen Spatz zu wenig. Ich hatte schon Angst, Sie würden sich in Luft auflösen, wenn Sie nicht bald aufwachen würden.«

Sadies Stimme klang so übertrieben fröhlich, dass Ophelia hellhörig wurde. »Wie lange liege ich hier schon?«

»Knapp eine Woche.«

»So lange? Wirklich?«

»Vermutlich haben Sie die Ruhe gebraucht, also ärgern Sie sich nicht. Was macht Ihr Kopf?«

»Welchen Teil meinen Sie?«, fragte Ophelia trocken. »Alles ein einziges Hämmern.«

»Sie haben eine Platzwunde am Kopf, die ziemlich stark geblutet hat. Der Arzt hatte doch tatsächlich die Frechheit zu behaupten, Sie würden womöglich nie wieder aufwachen. Ihr Herr Vater hat diesen Quacksalber achtkantig hinausgeworfen und einen anderen Arzt hinzugezogen.«

»Ernsthaft?«

»O ja. Er war außer sich vor Wut. Der andere Arzt war um einiges optimistischer, und zu Recht. Sehen Sie sich an. Jetzt, wo Sie wach sind, wird alles wieder gut. Am besten, ich bringe die Brühe zurück in die Küche und hole Ihnen etwas Richtiges zu essen.«

»Pochierten Fisch«, sagte Ophelia mit einem Gefühl wachsender Panik.

»So soll es sein«, meinte Sadie, die noch immer überschwänglich klang. »Wenn es sein muss, laufe ich selbst zum Markt, um Ihnen fangfrischen Fisch zu besorgen.«

Es dauerte eine Weile, bis Sadie zurückkam. Allem Anschein nach war sie tatsächlich auf den Markt gefahren. Ehe sie jedoch das Haus verlassen hatte, hatte sie allen erzählt, dass Ophelia wieder wach war. Sofort stattete ihr Vater ihr einen Besuch ab – genau die richtige Person, um sie von der Möglichkeit abzulenken, sie könnte ihr Kind verloren haben.

Jetzt war sie bestimmt nicht mehr sein Schmuckstück, oder? Hatte sie ihn wirklich weinen sehen, oder hatte das Delirium ihr einen Streich gespielt?

»Wie schön, dass du endlich aufgewacht bist«, sagte er. »Ich wollte mich erst selbst davon überzeugen, dass es stimmt, ehe ich deine Mutter aus den Federn hole und ihr die gute Nachricht überbringe. Sie hat fast die ganze Nacht neben deinem Bett gesessen, deshalb schläft sie noch.«

»Ist der riesige Verband um meinen Kopf wirklich nötig?«, wollte sie wissen, als er einen Stuhl neben das Bett schob und Platz nahm.

»Ja, aber er ist auch doppelt gelegt worden. Ein Teil davon hält die Kompressen auf deiner Wange, auf denen deine Mutter bestanden hat. Sie war ziemlich geschwollen, musst du wissen. Die Alternative wäre gewesen, sie zu nähen, wofür wir den Haaransatz hätten wegrasieren müssen. Eine Vorstellung, die deine Mutter beim besten Willen nicht ertragen konnte. Und wie das Schicksal es wollte, ist die Wunde ohne Stiche verheilt. Wenn der Arzt heute Nachmittag kommt, um nach dir zu sehen, können die Verbände vielleicht schon ganz abgenommen werden.«

»Wie viele Stiche habe ich insgesamt? Über den Körper verteilt, meine ich?«

Er seufzte. »Nicht der Rede wert.«

Eine Lüge. Er sollte daran arbeiten, nicht zu erröten, wenn er lügt, dachte sie. Doch im Grunde wollte sie gar nicht wissen, wie viele Stiche nötig gewesen waren. Früher oder später würde sie sich selbst ein Bild davon machen – sobald sie den Mut aufbrachte, den Spiegel zu enthüllen.

Auch als Sherman weitersprach, wirkte er, als bedrücke ihn etwas. »Ich habe keinen Augenblick daran gezweifelt, dass du wieder genesen würdest, aber ... es hätte auch viel schlimmer kommen können. Die Vorstellung, dich für immer zu verlieren, hat mich nachdenklich gestimmt, und ich bin zu einer Erkenntnis gekommen, auf die ich nicht sonderlich stolz bin. Ich bin alles andere als ein Vorzeigevater, kann nur schlecht aus meiner Haut heraus. Ich bin ruppig und ...«

»Papa, das sind alles Dinge, die ich längst weiß«, fuhr Ophelia ihrem Vater ins Wort. »Warum erzählst du mir das?«

»Mir ist aufgegangen, dass ... wie soll ich's bloß sagen? Verdammt!«

»Was denn? Raus mit der Sprache.«

Er seufzte abermals. Jetzt nahm er sogar ihre Hand und senkte den Blick. »Du und ich, wir haben in den letzten Jahren so viel gestritten, dass es schon zur Gewohnheit geworden ist. Und sobald eine Gewohnheit entsteht, verlieren wir den Blick für andere Dinge. Ich habe viel darüber nachgedacht, dass du vielleicht glauben könntest, ich liebe dich nicht. Aber das stimmt nicht. Im Gegenteil. So, jetzt ist es endlich raus.«

Er blickte auf, um zu sehen, wie sie wohl reagierte. Sie starrte ihn ungläubig an, wusste nicht, was sie darauf entgegnen sollte. Selbst wenn ihr etwas eingefallen wäre, hätte sie keinen Ton herausgebracht, so dick war der Kloß in ihrem Hals. Waren das Tränen, die sich in ihren Augen sammelten?

»Ich werde dir jetzt etwas sagen, das selbst deine Mutter nicht weiß«, fuhr er fort. »Ich hatte keine sonderlich leichte

Kindheit. Meine Eltern schickten mich auf die besten Schulen, auf die die Reichsten der Reichen ihre Kinder schickten. Ich habe es gehasst. Jungen können unglaublich grausam sein. Ständig haben sie mir unter die Nase gerieben, dass ich nicht zu ihnen gehöre. Kannst du dir das vorstellen? Ein Sohn von Adel, der ausgegrenzt wurde.«

Es war, als hätte er eine Zeitreise in seine Jugend unternommen und wäre von seinen alten unangenehmen Erinnerungen eingeholt worden. So langsam ahnte sie, warum er ihr das alles erzählte.

»Du hast nie von draußen hereinblicken müssen, Papa. Dein Titel ist doch so gut wie jeder andere.«

»Ich weiß. Irgendwann bin ich zu der Überzeugung gekommen, dass es sich um reine Eifersucht handelte, weil meine Familie über mehr Reichtum verfügte als die anderer Jungen, deren Titel über meinem rangierten. Aber ich wollte um jeden Preis dazugehören, wollte nicht außen vorstehen. Dieser brennende Wunsch ist nie versiegt – bis du geboren und mit jedem Jahr hübscher und hübscher wurdest. Du warst der Schlüssel zu meinem Glück. Also habe ich dich vorgeführt, vielleicht einige Male zu viel. Die Bewunderung, die wir deinetwegen ernteten, die anerkennenden Blicke und das ständige Schulterklopfen, ich konnte gar nicht genug davon bekommen. Das hat mich für all die Jahre entschädigt, in denen ich mir minderwertig vorkam. Jetzt ist mir jedoch klar geworden, wie selbstsüchtig es von mir war, dich in eine soziale Position zu drängen, für die du noch nicht bereit warst. Ich war einfach nur so verflixt stolz auf dich, Pheli.«

»Du warst nicht stolz auf mich, Papa«, sagte sie mit erstickter Stimme. »Du warst stolz darauf, dass ich deine Tochter bin. Das solltest du nicht verwechseln.«

Er senkte den Kopf. »Du hast recht. Erst jetzt, wo ich dich um ein Haar für immer verloren hätte, sind mir die Augen geöffnet worden. Ich habe eingesehen, dass ich mich, was deine Erziehung betrifft, nicht gerade mit Ruhm bekleckert habe. Mehr als einmal hat deine Mutter deswegen das Gespräch mit mir gesucht, aber es hat immer in einem Streit geendet. Ich habe einfach nicht auf sie gehört, war viel zu sehr gefangen in meinem deplatzierten Stolz. Ich wünschte, ich könnte die Zeit zurückdrehen. Aber das geht natürlich nicht. Wenigstens ist es noch nicht zu spät, meinen jüngsten Fehler auszumerzen.«

»Was meinst du damit?«

»Ich weiß, dass du mit der Hochzeit, die *ich* erzwungen habe, alles andere als glücklich bist.«

»Du hast mich nicht dazu gezwungen, Papa.«

»Natürlich habe ich das. Ich habe dir befohlen, Locke zu heiraten, und dafür gesorgt, dass ganz London es auch erwartete.«

Sie schenkte ihm ein trauriges Lächeln. »Wann bin ich je deinen Anweisungen gefolgt? Meist habe ich doch genau das Gegenteil davon getan. Mein aufbrausendes Gemüt ist schuld daran, dass Rafe sich genötigt fühlte, mich vor den Magistrat zu schleifen. Es hatte nichts mit dir zu tun.«

Mit leicht gehobenen Brauen räusperte er sich. »Mag sein, aber es gibt keinen Grund, warum du in dieser Ehe gefangen bleiben musst. Das Verhalten deines Gemahls ist bis jetzt alles andere als glorreich gewesen. Deshalb glaube ich auch nicht, dass es bei der Annullierung der Ehe Schwierigkeiten geben dürfte.«

Ophelia konnte ihr Erstaunen kaum verbergen. »Du wärst bereit, kampflos darauf zu verzichten, zu einer herzoglichen Familie zu gehören?«

»Pheli, ich bin zu der Einsicht gekommen, dass es hier um dein Leben geht. Du sollst glücklich sein. Der Titel war nicht nur für mich, musst du wissen. Hin und wieder sprechen deine Mutter und ich über dich, ohne dass wir uns streiten. Ich weiß, dass du mehr wie sie sein möchtest, dass du dir nichts sehnlicher wünschst, als die berühmteste Gastgeberin Londons zu sein. Mit Lockes Titel wärst du deinem Traum ein großes Stück näher gekommen.«

Sie seufzte. Wie unwichtig das alles war. Im Moment sehnte sie sich in erster Linie nach gedünstetem Fisch, in der Hoffnung, dass er ihr Übelkeit bescherte.

Sie spürte, wie ihr abermals die Tränen in die Augen stiegen, und versuchte, sie zu bekämpfen. »Vermutlich hast du recht. Rafe und ich sind nicht füreinander bestimmt. Er wird sich gewiss nicht querstellen, wenn wir die Ehe annullieren lassen. Allerdings ...« Sie war kurz davor, ihren Zweifeln Ausdruck zu verleihen. Wenn sie das jedoch tat, würde ihr Vater wissen, dass sie und Rafe sich körperlich nahe gekommen waren. Sie nahm jedoch Abstand davon, wollte erst sicher sein, ob sie schwanger war oder nicht. Was, wenn sie bereits eine Fehlgeburt erlitten hatte, über die der Arzt ihre Eltern informiert hatte, und die beiden sie nun vor der traurigen Wahrheit schützen wollten?

Mit einem Seufzen fügte sie hinzu: »Vielen Dank für das Angebot, aber lass mich bitte erst noch ein wenig darüber nachdenken.«

»Aber natürlich doch. Am besten, du erholst dich erst einmal. Wenn du wieder auf dem Damm bist, ist noch immer genug Zeit, sich darüber Gedanken zu machen.«

Ehe er ihr Zimmer verließ, schloss er sie in die Arme. Eine echte Umarmung ... wenn auch vorsichtig aus Angst, er könnte ihr wehtun. Doch Ophelia spürte, dass die Geste von Herzen kam.

Sobald die Tür ins Schloss gefallen war, ließ Ophelia ihren Tränen freien Lauf. Nach all den Jahren war es überwältigend, sich mit ihrem Vater endlich versöhnt, endlich einen richtigen Vater zu haben. Einen, der sich Sorgen machte. Es würde eine Weile dauern, bis sie sich daran gewöhnt hatte.

Als ihr der Fisch serviert wurde, weinte sie, wie sie noch nie geweint hatte. Der Geruch bereitete ihr keinerlei Übelkeit. Jetzt gab es keinen Grund mehr, Rafe nicht mittels der Annullierung aus ihrem Leben zu streichen. O Gott, die Wunden, mit denen sie für den Rest ihres Lebens würde leben müssen, waren nichts im Vergleich dazu, ihr Kind verloren zu haben – und Rafe gleich mit dazu.

Kapitel vierundfünfzig

Die Ausbuchtung ist doch tiefer, als ich dachte«, sagte der Arzt, der Ophelias Kinn umfasst hielt und ihr Antlitz musterte, nachdem er die Verbände abgenommen hatte. Als er merkte, dass sie kreidebleich wurde, schob er schnell hinterher: »Kein Grund zur Sorge, ich habe nur einen Scherz gemacht!« Dann stieß er einen Seufzer aus. »Meine Gemahlin schimpft ständig mit mir, weil mir der Schalk im Nacken sitzt. Vielleicht sollte ich mehr auf sie hören. Seien Sie unbesorgt, es wird so gut wie nichts zurückbleiben, darauf gebe ich Ihnen mein Wort.«

Ein netter, feiner Mann. Schade, dass er nicht schon früher ihr Familienarzt geworden war, auch wenn sie glücklicherweise nur selten auf ärztlichen Rat angewiesen waren. Da er sie unnötig aufgeregt hatte, schlug er vor, noch einige Tage damit zu warten, ehe sie auch die restlichen Verbände endgültig abnahmen.

Mary, die auf der anderen Seite des Bettes stand, versicherte ihr: »Der Doktor hat recht, Liebes. Wir sind fast umgekommen vor Sorge, aber jetzt sieht alles wieder gut aus. Wenn ich nur daran denke, was hätte passieren können … mein Gott, deine Grübchen wirken irgendwie tiefer.«

Ophelia schüttelte innerlich den Kopf. Was redete ihre Mutter denn da?

»Ein richtiger Charakterkopf«, sagte Sadie, die am Fußende des Bettes stand. »Und Sie sind noch immer das schönste Mädchen, dem ich je begegnet bin, also zermartern Sie sich bitte nicht das Hirn.«

Auch die folgenden Aufmunterungsversuche schlugen fehl. Ihr vollkommenes Antlitz war nicht länger vollkommen.

Sobald ihre Mutter den Arzt nach draußen begleitete, verließ Ophelia das Bett, um sich anzuziehen.

»Ich kann mich nicht daran erinnern, dass der Arzt Ihnen erlaubt hat aufzustehen«, sagte Sadie entrüstet.

»Er hat es mir aber auch nicht ausdrücklich verboten. Keine Angst, ich habe nicht vor, das Zimmer zu verlassen. Ich möchte nur ein wenig hier herumlaufen. Ein Morgenmantel reicht.«

Solange sie keine ruckartigen Bewegungen machte, die dazu führten, dass sich die Haut um die Narben spannte, war alles in Ordnung. Der Schmerz war nun in ihrem Innern, und sie wollte nicht mehr im Bett liegen und weinen. Sie hatte die Nase voll davon.

Erst nachdem Sadie ihr noch einige Mahnworte mit auf den Weg gegeben hatte, sie möge sich nicht überanstrengen, ließ sie Ophelia allein. Eine Weile stand sie vor dem Kamin und starrte in das Feuer. Ihre Tränen hatte nichts mit der Bettlägerigkeit zu tun. Sobald ihre Gedanken um ein Thema kreisten, das ihr zu schaffen machte, konnte sie spüren, wie ihre Augen feucht wurden. Sie versuchte krampfhaft, an nichts zu denken, was allerdings alles andere als leicht war.

»Keine Lust mehr, das Bett zu hüten?«

Ophelia fuhr herum – und zuckte zusammen. Sie täte gut daran, ruckartige Bewegungen zu vermeiden. Rafe lehnte im Türrahmen, die Hände in den Taschen vergraben, und fraß sie mit Blicken förmlich auf. Es tat unendlich gut, ihn zu sehen. Dann erinnerte sie sich jedoch an ihr Gesicht und wandte sich zum Feuer um. Und zuckte abermals zusammen.

»Wer hat dich hereingelassen?«

»Derselbe Zeitgenosse, der meistens die Tür öffnet.« Sein beschwingter Unterton sagte ihr ganz und gar nicht zu.

»Warum bist du gekommen? Mir steht nicht der Sinn nach Streitigkeiten. Geh weg.«

»Aber wir streiten doch nicht. Und ich werde auch nicht gehen.« Er warf die Tür absichtlich laut ins Schloss, um seine Worte zu untermalen.

Ophelia war nicht in der Stimmung, sich jetzt mit ihm auseinanderzusetzen. Sie spürte, wie sie mit jedem Herzschlag panischer wurde. Sie könnte es sich niemals verzeihen, wenn sie in seiner Gegenwart in Tränen ausbrach. Zudem ertrug sie es nicht, wenn er ihr entstelltes Antlitz sah.

»Was willst du hier?«, antwortete sie mit stetig lauter werdender Stimme.

»Wo, wenn nicht an der Seite meiner Frau, sollte ich in einer solch schweren Stunde denn sein?«

»Was für ein Blödsinn!«

»Nein, ernsthaft. Ich bin sogar ziemlich oft hier gewesen, falls es dich interessiert. Genauer gesagt jeden Tag. Gemessen an den vielen Stunden, die ich hier verbracht habe, hätte dein Vater mir ruhig ein Zimmer anbieten können.«

Ophelia glaubte ihm kein Wort. Das Gefühl der Panik schwoll weiter an. Sie war erleichtert, dass sie ihm nicht in die Augen sah, denn sie hatte Angst, sie würde Mitleid in seinem Blick entdecken.

Nein, sie konnte ihm nicht ins Gesicht sehen, solange sie nicht wusste, was mit ihr war. In zwei Schritten war sie bei ihrer Frisierkommode, riss das Tuch fort und starrte ungläubig auf den leeren Rahmen, in dem bis vor Kurzem der Spiegel eingelassen war. War es so schlimm um ihr Äußeres bestellt?

»Ich war außer mir vor Wut, weil es nichts gab, das ich für dich tun konnte«, erklärte Rafe und durchquerte den Raum. »Ich habe den Spiegel zertrümmert. Außerdem wollte ich nicht, dass du dich mit dem Verband um den Kopf siehst und dich erschreckst. Wenn mir dein Anblick schon Angst einjagte, wie wäre es dann erst gewesen, wenn du dich gesehen hättest?«

Ophelia meinte, ein Lächeln in seiner Stimme zu hören. Er machte sich über ihren Zustand lustig? Nicht gerade nett.

»Tut es noch sehr weh?«, wollte Rafe wissen, der jetzt direkt hinter ihr stand.

Bei Gott, ja! Tief in ihrem Innern wütete ein Orkan aus Schmerzen, und sie wünschte sich nichts sehnlicher, als sich umzudrehen und sich an seiner Schulter auszuweinen. Aber das konnte sie unmöglich tun. Mochte sein, dass er ihr Gemahl war, aber sie ertrug die Vorstellung nicht, dass sie ihm jetzt, wo sie deformiert war, zur Last fiel. Ihr Vater hatte ihr eine Möglichkeit aufgezeigt, wie sie aus der Sache wieder herauskäme. Am besten war, wenn sie weiterhin das zänkische Weib mimte, damit er sich leichten Gewissens von ihr trennen konnte.

»Mir geht es gut. Vermutlich reibst du dir heimlich die Hände, dass die Eiskönigin einen Sprung bekommen hat.«

»Was meinst du denn damit?«

»Mein entstelltes Gesicht.«

Ehe sie wusste, wie ihr geschah, packte er sie beim Arm, zerrte sie aus dem Raum und den Flur entlang. Er öffnete jede Tür, an der sie vorbeikamen, bis er ein Zimmer fand, in dem ein Spiegel hing, vor den er sie schob. Ophelia schloss die Augen. Sie konnte es nicht ertragen.

Doch Rafe ließ nicht locker. »Siehst du? Die obere Hautschicht hat sich zwar gelöst, aber das ist normal. Was die Rötung betrifft, sie wird in spätestens einer Woche weggehen. Die Schwellung dürfte sich noch früher zurückbilden. Und wenn mein Gefühl mich nicht täuscht, wird die kleine Delle, die zurückbleibt, deine Schönheit zusätzlich unterstreichen.«

Dieser neckende Unterton in seiner Stimme ... Sie riss die Augen auf und starrte auf ihr Ebenbild. Er hatte die Wahrheit gesagt. Ihre Wange zierte ein roter Fleck, der ihr beim ersten Anblick einen heftigen Schrecken einjagte, bei näherem Hinsehen aber nicht den Eindruck machte, als werde eine Narbe zurückbleiben. Der Rest der Wange war von einer Prellung überzogen. Erst dann entdeckte sie die kleine Einbuchtung am oberen Ende ihres Wangenknochens. Sie lehnte sich weiter nach vorn, um die Wunden genauer zu untersuchen. Sie würde nicht mehr ganz so aussehen wie vorher, so viel stand fest, aber sie war nicht in dem Maße entstellt, wie sie befürchtet hatte. Dennoch musste sie gegen die aufwallenden Tränen ankämpfen. Jeder würde den kleinen Makel sehen, aber es war ein geringer Preis dafür, dass sie den Unfall überlebt hatte.

»Es war die Rede von Narben«, sagte sie. »Wo sind sie?«

»Du hast sie dir noch nicht angesehen? Auch ohne Spiegel, meine ich?«

»Nein. Es gehört nicht zu meinen Gepflogenheiten, meinen nackten Körper zu betrachten.«

»Schade eigentlich. Du hast nämlich einen wunderhübschen Körper.«

Ophelia drehte sich zu ihm um. »Das ist nicht lustig.«

Rafe nahm sie bei der Hand. »Phelia, ich war dabei, als der Arzt die Wunden genäht hat. Auf der Schulter hast du eine kleine Narbe, eine andere an der Taille und eine an der Hüfte, die allesamt im Laufe der Zeit verblassen werden. Wir können Gott dafür danken, dass du ohne gebrochene Knochen davongekommen bist. Und die meisten Prellungen sind zum Glück auch schon zurückgegangen. Die einzige Wunde, die uns zu schaffen gemacht hat, war jene an deinem Kopf, aber auch die verheilt ohne große Probleme, wie mir gesagt wurde.«

Es dauerte einen Augenblick, bis Ophelia begriff. Die Hälfte ihrer Tränen war umsonst gewesen?

Sie schob ihn von sich und lief zurück in ihr Zimmer. Raphael folgte ihr und schloss die Tür hinter sich. Warum empfahl er sich nicht? Vielleicht sollte sie ihn mit der Annullierung konfrontieren. Das würde ihn bestimmt veranlassen, endlich zu gehen – und zwar überglücklich.

Sie legte sich die Worte im Kopf zurecht, brachte sie bei seinem Anblick aber nicht über die Lippen. Wie liebevoll er sie ansah! Beim Allmächtigen!

»Es war nicht die Wette, die mich motiviert hat, sondern die Herausforderung«, hob er an.

»Nicht!«

»Du wirst mir zuhören, und wenn ich dich dafür fesseln muss. Duncan war sich sicher, dass du dich niemals ändern würdest. Ich war anderer Meinung. Jeder kann sich ändern, selbst du, dachte ich. Da du allem Anschein nach kein sehr glücklicher Mensch warst – glückliche Frauen beschwören nämlich nicht auf Schritt und Tritt Ärger herauf –, wollte ich dir helfen. So glaube mir doch, der Wetteinsatz war mir einerlei.«

»Deine Motive kamen einer Lüge gleich.«

»Nein, ich habe lediglich vergessen zu erwähnen, wie es dazu gekommen ist, dass ich mich deiner angenommen habe.«

»Mir schwant, es gehört zu deinem Wesen bestimmte Tatsachen aus reiner Vergesslichkeit unerwähnt zu lassen und dann zu denken, das hätte nichts mit Lügen zu tun.«

»Dasselbe könnte ich von dir behaupten. Oder bleibst du dabei, dass du die Gerüchte über uns in die Welt gesetzt hast, wo ich genau weiß, dass dem nicht so ist?«

»Aber ich hätte es getan!«

Rafe lachte. »Nein, hättest du nicht, Phelia. Gib es auf. Du weißt, dass du nicht mehr die Frau von früher bist. Im Grunde solltest du dankbar sein, dass es zu dieser Wette gekommen ist. Sie hat uns zusammengeführt.«

Ophelia wurde auf einmal sehr still. Meinte er es ernst? Das konnte nicht sein, oder? Und dennoch, dieser warme Ausdruck in seinen Augen zeugte davon, dass er aufrichtig zu ihr war.

Ihre atemlose Stille gab ihm die Möglichkeit, sie näher an sich zu ziehen. »Es gäbe da noch etwas, das ich bislang noch nicht erwähnt habe. Jetzt wird es höchste Zeit, das nachzuholen.«

Ophelia hatte ein wenig Angst nachzufragen. »Was?«

»Ich liebe dich«, sagte er mit ergreifender Zärtlichkeit. »Ich liebe alles an dir. Selbst dein Temperament. Du musst also nicht den Eindruck haben, du solltest etwas vor mir verstecken. Ich liebe dein Aussehen. Wie du dich anfühlst. Und deinen Mut zu sein, wie du bist.«

Träumte sie noch, oder hatte er das wirklich gerade alles gesagt? Nach dieser Offenbarung hatte sie sich so sehr gesehnt.

»Aber du wolltest mich nicht heiraten. Ich habe dich provoziert, nur deshalb sind wir jetzt ein Ehepaar.«

Rafe schüttelte sachte den Kopf. »Glaubst du ernsthaft, du könntest mich zu so etwas bringen, wenn ich es nicht selbst wollte?«

»Dann frage ich mich nur, warum du mich direkt nach der Trauung wieder bei meinen Eltern abgesetzt hast.«

»Weil ich erbost war. Du weißt ziemlich genau, welche Fäden du bei mir ziehen musst.« Ein aufrichtiges Lächeln begleitete seine Worte. Ophelia errötete leicht.

»Und aus dem Grund hast du Geld zum Fenster hinausgeworfen und mir ein Stadthaus gekauft? Nur, weil du wütend warst?«

»Ich hielt es für eine gute Maßnahme. Außerdem ist es nie verkehrt, Geld in Immobilien zu investieren. Vor allem nicht in ein so großes Haus, das sogar über einen Ballsaal verfügt. Dagegen ist mein Haus winzig.«

Er hatte sich an ihren innigsten Wunsch erinnert? Wie liebenswürdig von ihm, auch wenn diese alten Träume etwas fad wirkten, jetzt, wo sie voller innerer Freude war. Sie brauchte keine rauschenden Feste, um glücklich zu sein. Seine Liebe genügte ihr.

»Ich habe es vor allem deshalb erstanden, weil ich weiß, wie gern du dem Regiment deines Vaters entkommen wolltest. Und da du noch nicht bereit warst, mit mir unter einem Dach zu leben ...«

»Schon gut, schon gut, ich habe verstanden«, fuhr sie ihm mit sanfter Stimme ins Wort.

»Ernsthaft? Bist du sicher, dass wir nichts haben, worüber wir uns streiten könnten?«

Sie grinste. »Nicht, dass ich wüsste.«

»Dann nehme ich dich jetzt mit nach Hause, wo ich dich direkt hätte hinbringen sollen. Du gehörst zu mir.«

Epilog

Dein erster Ball sollte nicht zu pompös ausfallen. Wenn du dir einen Ruf als beste Gastgeberin Londons machen willst, solltest du nicht gleich die stärksten Geschütze auffahren. Lass dir noch ein wenig Luft nach oben.«

Ophelia warf ihrem Gemahl einen flüchtigen Blick zu. Sie saßen eng aneinandergekuschelt auf dem Sofa. Was für ein einfühlsamer Mann er doch war. Sobald er in ihrer Nähe war, musste er sie berühren, küssen oder in die Arme schließen – etwas, das sie sehr an ihm liebte. Genau genommen gab es nichts, das sie *nicht* an diesem Mann liebte.

»Ein Ball, meinst du?«, fragte sie.

»Einer pro Saison. Mehr halte ich für übertrieben.«

»Ich enttäusche dich nur ungern, mein Liebster, aber ich glaube, in der nächsten Zeit werde ich viel zu sehr damit beschäftigt sein, unsere Tochter großzuziehen. Für Ballvorbereitungen dürfte da kaum Zeit bleiben, fürchte ich.«

»Sie ist recht anstrengend, nicht wahr?«

Das goldblonde Mädchen, das vor ihnen auf einer weichen Decke saß, untersuchte interessiert das Spielzeug um sich herum, als könnte es sich nicht entscheiden, mit welchem es zuerst spielen sollte. Erst vor ein paar Wochen hatte es das Krabbeln erlernt, war aber bereits flink auf allen vieren unterwegs. Es grenzte fast schon an ein Wunder, dass es still saß.

Ophelias Befürchtungen, sie könnte das Kind verloren haben, hatten sich glücklicherweise nicht bestätigt. Mit Freude hatte sie zur Kenntnis genommen, dass sich wenige Tage, nachdem sie das Bewusstsein wiedererlangt hatte, sich die Übelkeit zurückgemeldet hatte. Rafe war außer sich vor Freude gewesen, als sie ihm die gute Nachricht überbracht hatte. Er wollte nicht zu viele Kinder, nur eine Handvoll. Damit lief er bei Ophelia, die hin und weg von ihrer Tochter war, offene Türen ein.

Sie hatten sich in London häuslich eingerichtet – und zwar in dem größeren der beiden Häuser, das Ophelia nach ihrem Geschmack eingerichtet hatte. Ab und an lud sie Gäste ein, was aber eher selten der Fall war. Einzig um ihre Vermählung in angemessenem Rahmen nachzufeiern, hatten sie ein großes Fest gegeben. Es war Raphaels Idee gewesen, und er hatte ihre Mutter gefragt, ob sie ihnen helfen konnte. Mavis war ebenfalls eingeladen gewesen, und es hatte nicht lange gedauert, bis die beiden wieder Freundinnen waren – dickere Freundinnen als je zuvor. Eifersucht hatte jetzt keinen Platz mehr in Ophelias Leben.

Raphael küsste seine Frau auf die Augenbraue und anschließend auf ihre nicht mehr ganz perfekte Wange. Sie reckte den Kopf, damit er ihre Lippen erreichen konnte. Die Geste war ihm Einladung genug. Es war ein zärtlicher Kuss, in dem das ganze Spektrum ihrer Liebe lag. In jedem anderen Raum im Haus wäre der Kuss leicht ausgeufert – aber so weit würden sie es jetzt nicht kommen lassen. Nicht im Kinderzimmer.

Das kindliche Kreischen zog ihre Blicke wieder auf ihre Tochter, die mit einem breiten Grinsen auf ihrem engelsgleichen Gesichtchen auf sie zugekrabbelt kam. Sie würde nicht das schönste Mädchen Londons sein. Mitnichten. Sie würde das schönste, das intelligenteste und das süßeste Mädchen auf der ganzen weiten Welt sein. Da waren sich ihre Eltern sicher.